大地

大地

崇禎皇帝・燕山雲冷

◎胡長青 著

目錄

第一回

平冤獄恩旨贈封號
行枚卜絳籤選閣臣

早朝已過，崇禎將四位閣臣留下，都賜了座，身邊隨侍的太監忙將捧著的黃龍緞袱，輕輕放在御案上，褪去黃袱，露出一個精巧的紅木小匣，用鑰匙打開木匣的銅鎖，撕開黃紙封條，裡面赫然是一個密封的摺子。

入了臘月，漸近年關，早晨起了一場厚厚的大霧，五步以外不見人影兒。近午時分，濃霧方始飄散，露出一團橙紅的日頭，朦朧無光，天漸漸放晴。正值望日，暮色初起，東方天際生出一輪圓月。雪後初晴，夜空如洗，萬里澄澈，星漢格外燦爛，飛簷廊角滴垂凝結的冰凌晶瑩閃光。

三九冬深，滴水成冰，滿目的肅殺淒冷，乾清宮裡卻溫暖如春。晚朝已散，東暖閣明燭高燒，崇禎坐在嵌螺鈿紫檀條几後朱批著奏章，紫銅火盆裡滿堆著上好的紅羅炭，藍藍的火苗將銅盆燒得通紅，條几上那座小巧的鎏金自鳴鐘滴答不停。

崇禎略一抬頭，見戌時將盡，望望餘下的一摞奏章，將身子直起，一旁隨侍的小太監曹化淳見了，彎腰輕聲笑道：「聖躬宜稍節養。萬歲爺忙了大半夜，該歇息了。」伸手向外一揚，殿外進來一個宮女，懷裡抱著黃龍緞袱，輕步向前，打開緞袱，提出一掛鈿螺剔紅的兩層小食盒。片刻間，一個盛著冰糖燕窩湯的成窰青花蓋碗、一把銀匙和幾粒虎眼窩絲糖擺在崇禎面前。小宮女將碗蓋揭去，碗內兀自冒著熱氣。崇禎放下朱筆，拿起銀匙，慢慢地把燕窩湯喝完，看著那宮女輕手輕腳地收拾了退下，不由打了一個哈欠，閉目道：「著實有些累了。朕非癡人，豈會不知歇息？只是國家百業待舉，朕心裡急，不敢有絲毫的懈怠。」略停一下，又道：「當年皇兄繼位時，朕曾戲言也要做幾天耍耍，找個樂子。哪裡想到做皇帝竟是天下最苦最累的差事，難怪太祖爺有詩說：**百僚已睡朕未睡，百僚未起朕先起。不如江南富足翁，日高一丈猶擁被**。並非一味矯情，實在是冷暖甘苦自知之言呀！」

曹化淳接聲道：「可不是嗎！萬歲爺旰食衣宵，日理萬機，竟有些臣子不知為君的艱難，暗懷怨恨呢！」

「可有什麼風聞？」崇禎不禁一怔，脫口追問。

「也是太祖爺朝的。」

「噢！講來聽聽。」崇禎取了茶盞在手，起身踱步。

「奴婢聽內書堂的先生說起太祖爺，好生仰慕，依理說做臣子的能侍奉這般英主，豈非人生幸事？自該任勞任怨，鞠躬盡瘁了。誰知臨安府有個讀了幾天書叫什麼錢財的，聽他的名字便知道此人好逸惡勞貪財享樂。太祖爺徵他到南京做官，竟不感念，並以上朝爲苦，下朝後閒倚在床頭作了四句歪詩：四鼓咚咚起著衣，午門朝見尚嫌遲，何時得遂田園樂，睡到人間飯熟時。這成什麼話？對得起太祖爺的知遇之恩，對得起天地良心嗎？」

崇禎聽得一口茶險些噴出，笑顏道：「朕聽你說起前朝故事，還道你長了不少學問，幾句話便露了馬腳，卻是只知大概，不求甚解。哪裡是什麼錢財，他名叫錢宰，字子予，是有名的大儒，哪裡只讀了幾天的書！」

「讀書再多，卻不知忠君盡職，又有什麼用處？還不是將書讀死了！啊呀！原來萬歲爺知道，奴婢不敢獻醜了。」曹化淳臉面微紅，神情不禁扭捏起來。雖說入宮將近半年，宮裡的禮儀習練領會不少，然他心裡一想起南城兵馬司的那個小太監，登時忘了天子的威嚴，忍不住露出一些頑皮的天性。

崇禎含笑道：「朕倒想看看你還有多少醜沒露出來。」

曹化淳機靈異常，當即回道：「奴婢出些醜，能博萬歲爺一笑，總比錢宰胡亂讀些什麼書惹太祖爺生氣的好。」忙取壺給崇禎添了熱茶，接講說：「錢宰不曾想到，那些詩句被包藏在窗外的一個錦衣衛檢校筆錄下來並報了太祖爺。次日，太祖爺下朝將錢宰留了，單刀直入問他：『聽說先生昨晚作了一首好詩，不知是什麼樣的奇文，不妨吟出來與朕一同玩味。』錢宰心知事已洩露，害怕詩中的哀怨之情忤怒了太祖爺，登時嚇得大汗淋漓，提筆竟寫不成字了。太祖爺將檢校過錄的紙片擲與他道：『爲文吟詩當發乎情止於禮，先生如何沒由來惩的欺心，朕何時嫌遲了？不如將嫌字改爲憂字，倒也合乎實情，不致湮沒了你的一片忠心。先生以爲如何？』錢宰忙磕頭謝罪，不久上疏求去，太祖爺屁一般地將他放了。」

崇禎聽他言語粗魯，並未責怪，頷首道：「當年太祖爺何等英武，丕基立國，治御天下，海內晏然。國家承平日久，太祖爺以年近不惑之身，一天尚要看兩百多件奏疏，處理四百餘樁事，不得不熬夜，又不得不早起。有時看得頭暈目眩時，便命太監念來聽。太祖爺苦爲什麼？累爲什麼？還不是爲大明江山永固，千秋萬代！」崇禎似是不勝嚮往，眼裡灼灼閃光。

曹化淳垂手鵠立，囁嚅道：「太祖爺驅除韃虜，一統天下，自是秦皇漢武唐宗宋祖一流的人物，只是廢中書，罷宰相，事必躬親，日理萬機，似也太過勞累，而臣工們卻落得個清閒自在，放縱得實在不成樣子。」

「太祖爺也是不得已。當年用胡惟庸爲左丞相，深加倚重，不料他竟專權樹黨，似這等狼子野心，如何留得用得？古人說國之利器不可與人，實在是至理名言。以太祖爺之英武聖睿，尚不敢有絲毫的懈怠，朕春秋鼎盛，身體素健，卻也吃得住累的，如何可以忽玩？」崇禎轉頭瞟他一眼，溫聲道：「朕明白你的心。朕也想垂衣裳而治天下，哪裡有那樣的治世能臣？朕身邊缺人才！朕若不垂範，臣工們何所取法？小淳子，朕當時命你到內書堂讀書，說是報答你在南城兵馬司的救命之恩，躲避魏忠賢的趕殺，其實也想教你成材，日後在宮裡替朕出力。」

「皇恩浩蕩，奴婢心裡感激不盡，只怕駑鈍愚笨，辜負了萬歲爺良苦用心。」曹化淳急忙跪下，聲音不禁有些哽咽。

崇禎抬手道：「起來吧！今後白天要好好用功，夜裡也不必天天來侍候朕。你年紀還小，切不可將光陰虛度了。」

曹化淳點頭道：「萬歲爺也要多保重，事情不是一天能辦完的。外廷四位閣老德高望隆，可替萬歲爺分憂一二。」

「唉！他們並非不才，背上卻都少了根脊梁！」崇禎憤然作色，「平日只知揣摩旨意，專事逢迎，都是好好先生，哪裡有一絲諫言匡正！堂堂一品大員，竟教一個遠在千里以外的小小監生也瞧不起，彈劾他們身居揆位，漫無主持。東岳廟會審閹黨，反被攻得體無完膚，騰笑天下。有這等閣臣，朝廷體面何存？」他用手一拍几上的一份奏摺，曹化淳偷眼一瞥，貼黃上工筆小楷寫著「浙江山陰」等字，下面數字被崇禎手掌遮住。

崇禎拿起奏摺道：「這摺子本當由通政司遞上，呂圖南不敢開罪閣臣，以謄寫不合體式，橫加阻撓，胡監生不得已逕自投到會極門，這才到了朕手裡。朕一連數日玩賞此摺，想了許多，朕不是沒有那個監生潑天的膽子，不是不願治他們的罪，朕知道他們當時迫於情勢，實非得已，本打算留中。誰知他們聽了傳聞，竟聯名具奏，說什麼從來大臣被彈劾，未有爲縫掖書生所數如臣者，負此辱而去，臣等雖身塡溝壑終不瞑目。滿紙開脫之言，哪裡有爲君爲國的半片心腸？」

「那萬歲爺不如命他們落職……」曹化淳話剛出口，便看到了崇禎凌厲的目光射來，心裡一驚，知道犯了內官不能干政的祖訓大忌，忙收聲改口道：「今夜萬歲爺翻了翊坤宮袁娘娘的綠頭牌，是將娘娘請來，還是萬歲爺……」。

「請來！」崇禎低頭看著几上的摺子，不住用手摩挲，口中兀自喃喃不止。良久，才起身出了暖閣，轉往乾清宮大殿背後披簷下的養德齋。

養德齋有兩間寢殿，西邊的一間裡面錯金雲紋博山爐內燃著龍涎香，金鈎掛起床幔，床上平鋪著大紅氈、明黃毯，繡花被外一綹微濕的黑髮，一隻裸露的嫩藕玉葱似的臂膊，手指微微彎曲著，饒是隔著被子，下面的人兒依然顯出起伏曲折的豐腴身段。崇禎剛剛由宮女們服侍脫了衣服，並聽殿外一陣嘈雜，正待發怒，一個宮女飛跑進來，驚恐秉告道：「皇爺，月亮沒了。」

「方才還是大圓的月亮，如何竟沒了？難道被你當作糖餅吞了？妄誕！」崇禎似是無端被擾了興致，心下有幾分不悅。

小宮女還道方才慌張禮儀不恭，忙靜氣定神，分辯道：「皇爺，是天狗吞了，不是奴婢。」

崇禎一驚，披衣下床，疾步跨到窗下仰頭看，見那輪圓月已缺了小一半，光影漸漸轉淡，不多時，竟一片漆黑。崇禎頓無睡意，命宮女們服侍著穿衣出了乾清宮大殿，在廊簷下緩步。此時，皇城外銅盆、銅鑼的敲打聲一片響亂，百姓家家都在驅趕天狗。崇禎抬頭仰觀天象，從紫微垣十五星裡找到紫微帝星，似覺有些晦暗不明，天一星芒角甚大，閃閃搖動。他讀過文淵閣藏的秘本《觀象玩占》、《流星撮要》，還有刻本《天官星曆》，知道這是天下兵亂之象，心頭不由一沉，似是喟嘆一般深深出了口氣。此時，天頂露出一輪彎月，漸漸盈長圓滿，幾個宮女和太監垂手恭立近處，互換著眼色，卻沒人敢上前勸他就寢。

「日食修德，月食修刑。」聽著皇城外面稀落下來的鐘鼓聲銅鑼聲，崇禎心頭默然，並想起西漢人董仲舒的那句明言，不由自語出聲。

「皇上！」一隻臂膊柔柔地伸來，拉住崇禎冰冷的手，「董仲舒的話哪裡可信？東漢人王充說得好：『在天之變，日月薄蝕，四十二月日一食，五月六月月亦一食。食有常數，不在政治，百變千里，皆同一狀，未必人君政教所致。』所謂天道遠，人道邇，天象不足畏懼，要害還是人事。」

「也有天命！朕當盡人事而聽天命，不會惟天是從！」崇禎知道袁淑妃跟了出來，開口一笑，轉腕握了她的手。

「皇上，外頭冷，還是進去吧！」

宣武門外，一座兩進的四合大院，便是浙江會館。前院是普通的客房，後院爲上房雅舍。前院的東廂房剛剛修葺加高，搭起半人高的木板，改作了戲臺。兩根紅漆的大木柱子分列兩邊，掛著黑底白粉的楹聯：

地當韋杜城南，鼓吹休明，共效謳歌來日下；

人在粉榆社裡，風流裙屐，恍攜絲竹到山陰。

剛過卯時，四個年輕的書生一色的方巾大袖，回到西廂房的大通間裡，一個略顯瘦弱的青衣書生從書囊中取出一沓紙片，遞與旁邊身材矮小的書生道：「子一兄，這是小弟昨夜改定的訟冤疏本，尚未謄清，恐有不當之處，祈吾兄指正一二。」

那書生轉頭望望青衣書生眼圈淡淡的烏痕，關切道：「太沖，愚兄昨晚見你半夜輾轉難眠，披衣而起，還道你乍到京師，水土不服，誰知你竟是修訂疏本去了。睡了可有兩個時辰？」

青衣書生赧然一笑道：「宗羲愚鈍，文思遲緩，既無吾兄的倚馬之才，筆掃千軍，又無之易、茂蘭兩位賢弟的氣魄，只得下些笨工夫。其實小弟也想效仿三位兄弟刺血上書，只是小弟原本孱弱，寫起疏文又恐巾短意長，言不能盡，即便流乾了全身的血，怕也寫不成奏本。實在慚愧之至！」

矮書生雙手接過疏本，昂然道：「大凡物有不平則鳴，我等身負家仇奇冤，無時不思上達天聽。昌黎先生云：文章須以氣盛，氣盛則言之短長與聲之高下者皆宜。賢弟涵詠多日，和淚寫出，想必也是字字帶血的。」旁邊兩個少年聽了，一齊聚攏過來觀看，見上面密密麻麻，以顏體行草書寫，運筆酣暢，墨跡淋漓，可知當時心神極是激蕩。矮書生將疏本擎了，起身高聲吟詠道：

「父尊素中萬曆丙辰進士……直節自持，入班未逾一載而十三疏上……因災異示警，直陳時政得失，謂阿保重於趙堯，禁旅近於唐末，蕭牆之憂慘於戎敵……謂忠賢與其私人，柴柵既深，蜇毒誰何！勢必台諫折之不足，即干戈取之亦難，請先予默察人情，自爲國計，即日罷忠賢廠務。於是，忠賢不殺臣父不已……一日，獄卒告臣父曰：內傳今夜收汝命，汝有後事可即書遺寄。臣父乃於三木囊頭之時，北向叩頭謝恩，從容賦詩一首，中有『正氣長留海岳愁，浩然一往復何求』等語。自是而臣父畢命於是夕矣。」

讀至此處，矮書生哽咽難語，兩少年聽得也是淚水涔涔而下，黃宗羲若非極力忍耐，早已放聲痛哭。

矮書生拍案道：「閹黨首惡已究，但餘孽尚存，天網恢恢，不當疏漏。我等就是拼了性命，也要血書投闕，叩請皇上爲父輩們昭雪沉冤，將魏忠賢、許顯純等人的首級恩賜，准我等聯合受害慘死諸臣的子孫，在北鎮撫司牢穴前哭奠拜祭。」

黃宗羲拭淚道：「可是如今投書無門，小弟昨夜聽館主命人灑掃後院的上房，準備迎接浙江總督和巡撫。」

「他們來京何事？」矮書生心下好奇。

「聽館中人議論說是來京待罪聽勘的，紹興府山陰縣出了驚天的大案。」黃宗羲望一眼屋外，壓低聲音道：「有個縣學的監生胡煥猷竟上了彈劾閣臣的摺子，皇上震怒，以爲胡監生逞臆妄言，輕議大臣，出位亂政，命交刑部議處，浙江大小官員牽涉的怕有十幾位之多。」

矮書生嘆道：「自從嘉興貢生錢嘉徵一封朝奏九重天，彈劾魏忠賢老賊十大罪狀，暴得大名，舉國皆知，生員紛紛效尤，漸成風氣，都想著欲爲聖明除弊事，其實並無多少眞知灼見，不過沽名釣譽，以謀終南捷徑而已。唉！眞是世風日下，士大夫柔媚以進，投機取巧，恐非國家之福。」

一個少年接道：「是該殺殺這些士林的敗類了，既想貪天之功，正可教他們夕貶潮陽路八千，豈不痛快！」

黃宗羲瞪了他一眼，呼氣向天，悲聲道：「世風日下，也非我等之福，貶了那些貪名冒功的小人不打緊，只是此次赴闕上書怕是不能了。」

「何出此言？」矮書生一驚，將目光射向黃宗羲。

黃宗羲扼腕道：「我朝自太祖爺欽定臥碑文，既有明旨：天下利病，諸人皆許直言，惟生員不許。皇上懲治了胡監生，聽說那通政司通政呂圖南嚇得膽戰心驚，竟命屬衙凡生員疏本一律扣壓，不得代爲上傳內閣。豈非絕了我等上奏的門路？好恨！」

矮書生聽得面色沉重，兩少年急道：「那如何是好？終不成報仇無門了？」屋內頓時沉寂下來，四人呆坐，默然無語。

「呵——人還不少呢！」四人一驚，見一個身形微胖的年輕太監從門外大模大樣地搖擺進來。

矮書生忙起身拱手道：「學生魏學濂與公公不曾相識，公公何故屈尊枉駕？」那太監搖頭道：「不是找你，咱家是來找他。」說著用手一指黃宗羲。

黃宗羲一揖到地，疑惑道：「公公怎知學生賤名？」

那太監嘻嘻一笑道：「黃孝子之名，天下能有幾人不知？再說當日咱家奉旨去了東岳大廟，見識了你的風采。」

黃宗羲拱手道：「公公說笑了。宗羲不過激於父仇，才有此潑天之勇。」略一停頓，又道：「方才見公公進來，還以爲公公要往後院上房而誤入敝舍呢！」

「那浙江督撫二人四更時就到了東華門外遞牌子候旨呢！他們哪裡敢在這裡暖暖和和地坐等？上趕著都怕不及呢！要是等到咱家上門，那是他們的福分。你這後生家說話恁的沒分寸，咱家什麼時候走錯門兒誤了差事？什麼時候敢耍子大意過？」

黃宗羲賠罪道：「宗羲冒昧，祈公公海涵。請教公公名諱怎麼稱呼？」說著，指著矮書生介紹道：「這位是已故吏部都給事中魏孔時世叔的公子魏學濂。這兩位兄弟一個是左副都御史楊文儒的公子楊之易，一個是吏部文選員外郎周景文的公子周茂蘭。」

那太監大剌剌地挺身道：「乾清宮總管太監王承恩便是咱家。可是比不得你這大鬧東岳大廟的黃孝子，威風得緊哪！不過，你這一鬧算是鬧出了名堂，連身居九重的萬歲爺也驚動了，從驢市胡同回來還忘不了你，要召你入宮呢！」說罷環視四人，肅聲道：「有旨意！萬歲爺口諭，詔黃宗羲入宮。」四人驚得跪倒在地，叩頭不止。

王承恩抬手對黃宗羲道：「快起來跟咱家走吧！」

魏學濂伸手一攔道：「王公公請緩一步，學生有兩句話要囑咐太沖。」說著取了五兩銀子塞過去。王承恩不料有此收穫，順勢收了，略翻一翻眼睛道：「可要快些！萬歲爺等著呢！」

「不敢拖延！」魏學濂答應著將黃宗羲、周茂蘭、楊之易三人拉進了裡間，從背囊的底層取出一份奏摺遞與黃宗羲道：「這是愚兄刺血書寫的摺子，請賢弟面聖時代爲轉呈，我父的沉冤就依靠賢弟了。」要倒身跪地，黃宗羲慌忙將他拉住，周茂蘭也將寫好的血書取出，楊之易則取了父親楊漣的獄中絕筆、一百二十八字血書，同自己寫就的血書一併交與黃宗羲。

早朝已過，崇禎將四位閣臣留下，都賜了座，身邊隨侍的太監忙將捧著的黃龍緞袱，輕輕放在御案上，褪去黃袱，露出一個精巧的紅木小匣，用鑰匙打開木匣的銅鎖，撕開黃紙封條，裡面赫然是一個密封的摺子。崇禎從封套裡撕出一個素紙摺本道：「刑部尚書薛貞密奏了議處胡監生的摺子，依律定罪，以儆效尤，朕就准其所奏，不必再交九卿科道朝堂公議了。四位先生可先看看。」那太監忙將摺子遞與黃立極，黃立極急忙接了抖抖地展看，旋即含笑傳與張瑞圖三人，三人心下早已惶恐，忙歪身伸頸地一齊看了，見刑部所議將胡煥猷革去功名，杖責五十，各個暗鬆了一口氣。崇禎見了，心中隱隱不快，抓起御案上的一個摺子道：「胡煥猷的摺子先生們怕只是耳聞，想必尚未寓目，拿去看看吧！」

黃立極接了打開一看，見上面王體的工筆小楷密密麻麻，洋洋千餘言「閣臣黃立極、施鳳來、張瑞圖、李國楷四人，身居揆席，漫無主持，揣摩意旨，專旨逢迎。甚至顧命之重臣，斃於詔諭；伯侯之爵，上公之尊，加於閹宦。」他惶恐地仰望一下崇禎，又低頭接看，「浙江、直隸各處建碑立祠，閣臣竟至撰文稱頌，宜亟行罷斥，並乞查督撫按院之倡議建生祠者。且聖上有旨，凡含冤諸臣之削奪牽連者，應復官即與復官，應起用即與起用，至今部院九卿科道，拖延阻隔，大違聖上體天愛民之意，宜亟查閣臣辦事不力之罪……」

直看得面紅體冷，汗水不覺濕透了中衣，哀聲道：「皇上聖明，知臣等情非得已，專意施恩，格外體恤，老臣不勝感激涕零。然遭黃口孺子彈劾，臣爲首輔，何以自安？臣年邁昏聵了，爲存朝廷臉面，已擬好乞退的疏本，望皇上恩准。」從懷中摸索出摺子，雙手恭呈。

崇禎擺手道：「當今國事紛紜，東西未靖，東北建虜擾邊，西部流賊猖獗，實在是多事之秋，正賴卿等竭忠盡力。朕登基祚位不久，先生還當安心料理國事，不負朕心。先生捨得下朕，朕尚捨不下先生。求退的疏本不必呈上了，還由先生自存吧！」他看了看黃立極枯瘦的雙手不住抖動，緩聲道：「先生乃股肱之臣，品行德才如何，朕自有獨斷，豈爲一鄉野腐儒左右？彈劾閣臣胡監生並非首倡，魏閹自縊阜城縣，即有戶部主事劉鼎卿上疏，朕以爲不必一味糾纏往日的是非，便留中不發壓下了。朕也是一片苦心！」

「知臣者皇上也！」黃立極哭拜倒地，渾身顫抖。次輔張瑞圖含淚道：「知子莫若父。皇上此番話語都是洞徹微臣肺腑之言。當年魏逆依仗先帝寵信，取旨請詔易如反掌，臣等擬旨，一言不合其意，立命改擬，焉敢不從？魏逆虎狼之性，一觸即怒，數年來多少人遭他殘害，臣等若以生死抗爭，又能有什麼實效？臣等不得已周旋逢迎其間，力雖棉薄，但求略盡區區報國之心，仰不愧於君，下不愧於民。多少個日夜，臣等小心行事，戰戰兢兢，如臨深淵，如履薄冰，其苦何以堪？哪裡是做什麼閣臣，分明是在打熬受罪！」

李國㰖附和道：「是呀！張相竟落了個驚悸症，有時心慌得極難忍受。」

崇禎問道：「召太醫診看過了？」

張瑞圖忙回道：「診過了。」

「怎麼說？」

「太醫說並無良藥良方，倒是也沒什麼大礙，調理靜養即可。」

崇禎點頭，望望施鳳來道：「施先生乃是當世的蘇秦、張儀，今日如何不發一言？難道在心齋嗎？」

四個閣臣之中，施鳳來言辭最爲機辯，聽被問及，卻不辯解，一舉象牙笏板道：「皇上面諭廷訓，微臣哪敢心齋？臣等好生慚愧，當魏逆權勢熏天之時，未能挺身而出，救朝廷於危難而兼濟天下，又不能自請罷黜，虛位以待賢者，退歸林野，獨善其身，實在有負天恩。萬歲不以此罪臣，臣更覺汗顏惶恐，難以居於朝堂，叩請皇上另選賢能料理閣務。」說罷伏地叩頭，咚咚有聲。

崇禎看看李國楷，李國楷忙起身道：「微臣設身處地在想摺子上的話，其實胡煥猷所言出於公心，持論倒也正大，並非無理。是臣等舉止失措以致生員議政，其錯不在胡監生而在臣等，伏請萬歲治臣之罪，法外施恩，寬恕胡煥猷。」

崇禎臉色一霽道：「都起來吧！朕明白你們的心思。朕登基未久，百廢待興，其最緊要者爲邊患、民饑、財匱、朋黨，每件事情都覺棘手難辦。昨夜月食你們可曾看到？」

黃立極道：「臣等聽說了。月食有期，自然之理，並不足畏。皇上不必掛懷。」

崇禎掃視四人一眼，感慨道：「不足畏？《易經》曰：上天垂象，聖人則之。上天不棄，以象示教，朕豈敢不放在心上？昨夜朕反躬自省，所得甚多。自古治國之道以敬天恤民爲第一要義，而其緊要處又在於用人、理財、靖亂、護民。先朝神宗爺在位四十八年，寬刑省罰，無爲而治，與民休息，天下太平，光宗爺與朕的兄長熹宗皇帝效法祖宗，一仍其舊，不料竟使奸佞有機可乘，逆賊魏忠賢結黨營私，擅殺專權，致使天下只知有魏閹，不知有皇帝。朕登基踐祚，除了魏閹，清算其黨，翻案平冤，以圖振作，但人心玩忽，諸事廢弛，竟成積習，官吏不知奉公辦事，小人不畏法度，朝堂人滿爲患，而山野卻多有遺賢。官吏貪鄙無能，只知搜刮民脂，耗費國家錢糧。加派賦稅乃迫不得已，而有司卻敲骨吸髓中飽私囊。東西戰報頻仍，戰守之策毫無定謀，師老餉乏，了無成效。民窮而災荒不絕，官劣而法度敗壞，大臣畏懼讒言，不願實心任事，小臣觀測風向，只知一味追隨。吏治民生夷情邊備事事堪憂，若不痛加砭斥，激濁揚清，整飭綱紀，使官吏明是非，知廉恥，太平何日可望！」

黃立極面色沉鬱，垂首說：「皇上，臣身爲首輔，失於調度，不能爲君分憂，實在慚愧。臣年事也高了，精力不濟，還求皇上准臣歸養，以便會推閣臣，以光新政。」

崇禎莞爾一笑，喊著黃立極的表字道：「中五，不必多言。不是見到國事艱難怕了，想知難而退吧？朕還不想放你走，時候到了，朕自然會有旨意的。事出有因，不是你一人的過錯，不必自責不已。世人常說，一朝天子一朝臣，其實也不盡然，只要實心任事，心裡有君有國，朕還是要用的，豈不聞用人惟舊識？」

「東北建虜遠在關外，尚不成氣候；陝西、山西兩省不過幾個流民草寇，更不足慮，張相倒不會如此沒有膽色。」張瑞圖朝黃立極示意道。

崇禎聽了，擺手道：「事情也未必如此簡單，不可不多加小心。若不以爲意，任其施爲，一旦成燎原之勢，勢必要大費周折。自天啓末年以來，陝西各地百姓造反，勢如狂瀾，屢剿不止，推究原因，罪在官而不在民。澄城縣等地原本偏僻，當地百姓老實本分，不會輕惹是非，遭遇大旱，賑災安撫自然要跟上，可是縣令張斗耀胡作非爲，横徵暴斂中飽私囊，上報只說是白蓮教、弘陽教煽惑，其實是百姓衣食無著，無奈從賊。倘若地方官以百姓之心爲心，多加體恤，百姓便會安居樂業，不爲生計所迫，斷不肯占山做賊造反的。東北之亂，當年若不誤殺覺昌安、塔克世父子，自然不會有努爾哈赤興兵作亂一事。朕正思慮命人到陝西專辦此事，以撫爲主，儘早平定。遼東邊患朕一直焦灼在心，也要物色得力之人。只是這幾日朕總在想昭雪冤獄的事，昨夜上天示警，看來更應加速辦理了。朕意分作兩步，先命吏部從公酌議，開列蒙冤官員名單，死去的官員酌情追贈封號或蔭升子弟，消籍奪職的官員復官起用，仍在監禁的即刻開釋。然後由閣臣、吏部、刑部擬定逆黨名錄，頒布天下，該殺的殺，該關的關，該免的免，絕不姑息。」

施鳳來恭聲道：「皇上所言民變之事，實在是治本之論。應將聖慮曉諭大小官員，必可收事半功倍之效。」

黃立極看了施鳳來一眼，附和道：「臣也是這個意思，打算回去將皇上這些旨意潤色成章，再請皇上過目，如無不可，便用廷寄發往各省，宣示大小官吏。方才皇上剖析甚明，眼下選賢任能最爲要務，不光是遼東、陝西兩地，天下臣工莫不如此，才會振作士氣，更新氣象。辦理此事，臣請以閣臣爲始。」

崇禎道：「大小官吏才品各有長短，立身各有本末，用人之道，朕以爲凡才必核，必以考績而定升遷罷黜，才可人盡其才，施其所長。此事不必急於這幾日，應當好生籌劃，等改元之後再行辦理。眼下已近年關，先將從前蒙冤落職的官員列個名單出來，逐個甄別，儘早昭雪，也好教與此有干係的人過個喜年。」

李國楷爲難道：「過幾日即是皇上的萬壽聖節了，臣等也想早呈御覽，儘快了結，爲皇上賀壽。只是蒙冤官員名單好列，逆黨名錄牽涉極廣，一時怕是難以斟酌，若株連過甚，天下官職將會爲之一空，若詳加挑揀開脫，又恐疏漏過甚，失之公允，不足以堵天下人之口。」

崇禎面色一寒，肅聲道：「此事關係甚大，天下萬民莫不觀望，寧早勿晚，寧嚴勿寬，寧猛勿緩。案子早了結，大小臣工自然早安心。」本待還要申斥一番，瞥見王承恩在門外閃過，便改口道：「朕敬天法祖，上天才會有所警示。你們下去擬個本章上來，朕再召對。」

四位閣臣依次退下，王承恩急忙進來回稟，崇禎命他帶黃宗羲到東暖閣。

咫尺天涯，黃宗羲垂首跪地。

崇禎道：「黃孝子，年關已近，你還沒走？」

黃宗羲叩頭道：「小民尚有事沒有辦完。」

「還是爲父仇嗎？當日你錐刺許顯純等人，心頭之恨還沒解？」

黃宗羲垂淚道：「聖人說：名不正則言不順。當日在東岳廟，宗羲激於義憤，不計國家法度，手執利錐，怒刺奸賊，幸賴皇上聖明，體恤小民下情，不以爲狂悖。小民幸甚，天下幸甚！自此以後，小民日夜引頸觀望，側耳靜聆，焦待沛然天雨甘霖，已有旬日矣！如今天下人盡知先父含冤而死，卻不見皇上恩詔朝廷明文，小民豈可離京？又如何向天下交代？如今將近年關，小民家中尚有祖父不能歸養盡孝，而父冤昭雪無期，每一思及，痛徹心扉。前日接祖父手書，囑宗羲勿念家鄉，專心父仇，父仇一日不報，冤獄一日不申，宗羲不必回鄉。」

崇禎聽了，心中似有同感，點頭道：「朕當日在驢市胡同曾明言給你個交代，自然不會寒了忠臣後人的心，更不想寒了天下人的心，教今後沒有了忠臣孝子，世人無所取法。朕聽說你一直留寓京師，又聯絡了一些忠臣之後。那日本待與你詳談，不想被李實攪擾了。如今首惡已去，冤獄次第將要平反昭雪，朕想聽聽下邊有什麼說道？你可據實奏上，不必遲疑多慮。」

黃宗羲略仰起頭，從懷中取出幾沓紙片，高舉過頂，哭奏道：「萬歲，小民大鬧東岳廟，引來無數知音，便有左副都御史楊文儒之子楊之易、吏部都給事中魏孔時之子魏學濂、吏部文選員外郎周景文之子周茂蘭，刺血上書，並楊文儒獄中血書與小民為父申冤的摺子，祈萬歲過目。」

王承恩忙上前取了呈上，崇禎先取了楊文儒的遺摺，又看了他死前的血書，字跡因血凝乾而模糊黯淡，筆畫卻如長槍大戟，想必當時血水淋漓，悲憤之情溢於紙外，「漣今死杖下矣，癡心報主，愚直仇人，久拚七尺，不復掛念。不為張儉逃亡，亦不為楊震仰藥，欲以性命歸之朝廷……雷霆雨露，莫非天恩。仁義一生，死於詔獄，難言不得死所，何憾於天，何怨於人？惟我身副憲臣，曾受顧命，孔子云：托孤寄命，臨大節而不可奪。持此一念，終可以見先帝於在天，對二祖十宗，皇天后土，天下萬世矣！大笑大笑還大笑，刀斫東風，於我何有哉！」

崇禎又將血書奏摺翻看了，便覺兩眼酸澀，幾乎落淚，見黃宗羲跪地嗚咽，說道：「黃孝子，忠臣孝子其情可憐，其勇可嘉，無奈冤獄已成，再難復原，朕已命閣臣商議此事，冤死的忠臣先行平反，再追贈官職，朕還要擇其顯要者親筆御書制文，以示褒揚，你可放心。血書原非奏體，亦非國家太平之象，今後悉行禁止，不可再有。」

黃宗羲以頭觸地，額角流血道：「小民叩謝天恩，吾皇萬歲萬萬歲！小民還有一個不情之請，叩請皇上恩典。」

「講來聽聽。」崇禎微微皺眉。

「皇上可還記得在驢市胡同詢問小民有何心願未了，小民以為只是一個癡想？」

黃宗羲仰頭道：「小民想法與生員魏學濂不謀而合。」

崇禎輕輕一拍手中的摺子，問道：「可是要朕將魏忠賢、許顯純等人的首級賜與你們，准你等聯合受害慘死諸臣的子孫，在北鎮撫司牢穴前哭奠拜祭？」

「皇上明鑒！小民還要殺兩個人。」黃宗羲不顧額頭滲血，依然叩頭不已。

「哪兩個？」

「毒害家父的北鎮撫司獄卒葉咨、顏文仲。」

「好！朕答應你。只是朕也要你答應一件事。」崇禎微笑著俯看黃宗羲，黃宗羲一挺胸膛決然道：「皇上既是恩准了小民所請，漫說一兩件事，不敢有辭，就是要小民這顆項上人頭，也在所不惜，定會拱手敬獻。」

崇禎見他神色凜然，一副視死如歸的模樣，不禁失笑道：「朕怎會要你的命？朕是要封你官職，命你爲朕做事。」崇禎見他滿臉疑惑，似要出言叩問，搖手說道：「朕知道你想不到，朕想賜你一道密旨，命你做天下巡查使，沒有品級，沒有印信，沒有衙門，沒有隨從，代朕四處查訪，隨時密奏民情，做朕的耳目。」

黃宗羲道：「皇上有命，小民感戴，本不該辭。只是先朝沒有成例，怕不合規矩，有污皇上令德。小民也不想忝在特簡恩貢之列，辱沒先父一世英名，何況如此終非入仕正途。皇上正富於春秋，小民自負胸中萬卷詩書，可搏金榜題名，自然會有許多的日子替皇上出力。一等父冤昭雪，小民即扶柩南歸，守孝於鄉，定不忘皇上諭誨，寒窗秉燭，夜以繼日，以期三年之後魚躍龍門，不負浩蕩皇恩，也可免遭天下物議。」

崇禎點頭：「起去吧！還是那句話，國家正當用人之際，好生讀書，將來替朕分憂辦事。」黃宗羲含淚而退。

吏部尚書房壯麗將會推朝臣的表章密呈上來，孟紹虞、錢龍錫、楊景辰、薛三省、來宗道、李標、王祚遠、蕭命官、周道登、劉鴻訓、房壯麗、曹思誠共十二人，崇禎看了，竟有錢龍錫、李標、周道登、劉鴻訓不曾謀面，錢龍錫現在南京任上，李標、周道登、劉鴻訓落職在家，如何甄選？他將朱筆放下，閉目沉思，想起前日黃立極乞休陛辭的神情。黃立極加贈太保榮銜，蔭其子爲尚寶司丞，命三百兵丁護送，准用驛站的馬匹，退歸故里。黃立極竟舉薦不出一人，只說朝臣無人不在黨，實在左右為難，流品難分高下。崇禎起身踱步多時，心下仍覺躑躅，選用閣臣破除阿黨，打爛門戶為上，而破除阿黨，打爛門戶當先考核他們有何關連過節，但時日不多，改元之年在即，言官們又紛紛上疏催促，實在不可再耽擱了。忽然間，竟想到了萬歷朝掌吏部的孫丕揚，暗忖道：他創制的掣籤法用心可謂良苦，將人才選用一股腦兒交給冰冷冷的竹籤，何人入閣辦差，全憑各自的造化。若能得人，自是天意，不然也可免受不知人之譏，觀其後效而選用，不愁選不到幹練之才。

欽天監奏報的黃道吉日為臘月二十三，正是小年，京城已有了年味兒，百姓們忙著買灶糖、香表、紙錢，恭送灶王升天，一派喜氣。

黎明時分，錦衣衛衣甲鮮明，手持儀仗鹵薄，從丹陛直排到奉天門外，文武百官整齊穿戴著朝會禮服，自左右掖門魚貫而入，在丹墀下分列東西。崇禎高坐在乾清宮金漆九龍寶座上，親筆將一干人的名字寫在大紅灑金澄泥箋上，搓成小丸，放入御案上的短頸金瓶內，下丹墀，出大殿，在乾清宮前的露臺上焚香拜天，行過四拜叩頭禮後，默默祝禱一番。施鳳來、張瑞圖、李國楷率領百官依次排列，崇禎環視群臣，抬頭望望有幾絲陰霾的天色，對著露臺兩側的兩座石台凝視。群臣的目光一齊隨著崇禎而動，東西石臺上各設有一座鎏金銅亭，名為江山社稷金殿，又叫金亭子。金殿深廣各一間，每面安設四扇隔扇門，重簷飛翹，上層簷為圓形攢尖，上安寶頂。群臣暗自揣測皇上的心思，竊竊私語。

片刻，崇禎回轉頭來朝群臣道：「朕受命於天，選用閣臣亦當從天意。」

儀禮司贊禮官誦道：「枚卜大典開始。請陛下取箸。」崇禎取過王承恩獻上的一雙銀箸，向寶案上的金瓶伸去。群臣一下子靜了下來，無數的目光齊齊地盯在那雙銀箸上，八個在場候選的朝臣更是目不轉睛，心頭狂跳不止，盼望著借著銀箸之力入閣拜相，平步青雲。

崇禎夾出一個絳色紙丸，放在身後司禮監太監王永祚捧著的銀碗裡，吏科都給事中魏照秉小心拈開高聲唱名：「南京吏部侍郎錢龍錫——」

崇禎微笑著又夾出一個紙丸「禮部右侍郎李標——」崇禎心頭詫異，竟都是不在京師的，將銀箸在金瓶中深深探入，連攪幾下，將一個紙丸牢牢夾住「禮部尚書兼翰林學士來宗道——」崇禎聽了，略鬆了口氣，伸手再夾。「吏部左侍郎兼翰林院侍讀學士楊景辰、禮部尚書周道登、少詹事劉鴻訓——」崇禎看看跪在眼前的來宗道、楊景辰二人，暗忖閣臣已有九位，便想湊足十全之數，又從瓶中夾出一個，不料剛剛放在銀碗之中，陡來一陣旋風，竟將紙丸高高吹起，飄飄搖搖向眾人頭上落下來。崇禎大驚，忙喊道：「仔細不可失了！」眾人不眨眼地盯著那紙丸在風中不住地亂轉，堪堪落下，又是一陣風來，颳起一股沙塵，吹得眾人睜不開眼睛，待將眼睛睜開，紙丸早已不見了蹤影。孟紹虞、薛三省、王祚遠、蕭命官、房壯麗、曹思誠六人如同冷水澆頭，面色登時一齊慘白。

第二回

開經筵君主喻國策
走邊關將軍偵敵情

袁崇煥奉詔進入紫禁城還是頭一次，見識了皇家森嚴氣象，想及皇帝威儀，饒是久經沙場戰陣，也禁不住戰戰兢兢，心頭亂跳，等進了文華殿，見崇禎年紀不足二十，面貌清秀，言辭溫和，漸漸心安，不料皇上開篇問話卻提及自己身材，實在大出意料，不及細想，叩頭回道：「臣身材矮小不及中人，也怕令皇上失望，不勝惶恐。」

「平湖老相爺，聖眷優渥，總理閣務，大明中興指日可待，他日陵煙閣上圖影留名，士林艷稱，百代流芳，學生實在欽羨之至。」張瑞圖剛在施鳳來書房內落座，便諂笑著奉承一番。

「果亭，太過客氣了。你我本屬同年，萬曆神宗三十五年咱為榜眼，你為探花，豈是一般的交情？今後仰仗之處還多呢！」施鳳來摸著花白的鬍鬚含笑稱呼著張瑞圖的表字道。

「敢不盡力？」張瑞圖從寬大的袍袖中取出一個卷軸，雙上向前一擎道：「相爺位次擢進，學生無以為賀，特地畫了一幅前輩的賢人，不知能否入相爺青眼？」

「果亭，所謂邢、張、米、董四大家屈居第二，你不過礙於官箴，不想以此名世。世人多只知你善繪山水，求得你尺寸的小幅山水，都珍若拱璧，其實寫山水寄情思繪人物見抱負，各擅勝場，不必詳加分判。物以稀為貴，得你一幅人物畫稿，豈非價值連城？咱平時早有此心，只是不好貿然張口，怕求不到落得臉熱呢！」起身走到書案後展觀，卻是一幅蟠溪垂釣圖，一個白髮蒼蒼的老者，蓑衣斗笠，靜靜地坐在一塊大石上，兩眼微闔，似睜似閉地看著水面，上題一行詩句「閒來垂釣碧溪上」，銀鈎鐵划，虬曲飛動。

施鳳來笑道：「果亭，實是過譽了。咱哪裡比得上前輩的賢相姜太公？不過是一時際遇，代天子執掌權柄。」示意下人收了，教取了上好的龍井茶送作潤筆之資。

張瑞圖謙謝了道：「信筆塗鴉，怎當得起相爺如此厚贈？好在學生還有一物奉上，相爺想必喜歡。」說著一邊將手伸入袍袖，一邊接著說：「白日枚卜盛典實在是曠古奇遇，相爺以為如何？」

施鳳來附和道：「也有同感。」

「誰料好端端的，竟起了一陣怪風！」張瑞圖微聳一下肩膀，似是仍覺心有餘悸。

「怪風？也是天意。」施鳳來略飲一口茶，「怨不得人呀！」

「怨天？自然怨不上，要怨還是怨祖上沒有積得陰德吧！命該如此，豈可違逆？」

張瑞圖冷笑道。施鳳來緩緩轉換了一下身子，問道：「原來果亭知道哪個觸了霉頭？」

張瑞圖將拳頭從袍袖中退出來，慢慢展開，手掌上赫然是一個絳色紙丸，在掌心不住地晃動，「相爺可猜得出這是哪一個？」

施鳳來目不轉睛地看著那粒紙丸，驚詫道：「那個紙丸不是被風吹走了嗎？怎麼會在你手上？」

「也是天意！」張瑞圖略帶幾分詭秘的一笑，「可惜呀！十萬兩白花花的銀子打了水漂兒。學生若不秉告相爺，怕是就成了一樁無頭的公案了。」

施鳳來見他說得蹊蹺，越發不解，追問道：「誰的銀子？」張瑞圖將紙丸捧上道：「相爺看一眼就明白了。」施鳳來展開見上面寫著「王祚遠」三個小字，認得是崇禎的御筆，暗暗替他惋惜，只一陣風沙，竟颳丟了一個閣臣。張瑞圖見他出神，解釋道：「當時風沙過後，大夥兒遍找不見，皇上聲言各安天命，只授錢龍錫、李標、來宗道、楊景辰、周道登、劉鴻訓六人禮部尚書兼東閣大學士，參預內閣機務，只虧了一人，其實那個紙丸並沒有被風吹走，而是落在了一個秘密的所在。」

「什麼所在？」施鳳來打斷他的話。

「相爺既然動問，請恕學生直言。當時落在了相爺的衣領之內。禮畢謝恩，紙丸從衣領掉出，落在相爺的袍衣邊，學生在後面悄悄揑在了手裡。」施鳳來大悟，暗道：「怪不得覺得後頸微癢，怕在皇上面前失儀，不敢抓捏，原來是紙丸作怪。」張瑞圖略停片刻，吃了口茶，哈哈一笑道：「可笑王祚遠不惜四處舉債，送了王永光十萬兩銀子，求他會推列名，到頭來竟是一場南柯大夢。」說罷將茶一飲而盡，拱手道：「夜將深了，相爺見召，還請明示。」

施鳳來道：「本想討教逆黨名錄之事，不料卻有意外之獲，眞是絕佳的飯後談資。」

「名錄一事，皇上催得緊，理應急辦，但此事關係多年恩怨，一時怕難撕扯得清楚。」張瑞圖似覺失言，遲疑收住話頭，將案上的龍井茶一嗅，放入袍袖，讚道：「果是好茶!」

「果亭忒小心了，但講無妨!東廠多少也會爲咱留些臉面的。」施鳳來寬慰道。張瑞圖低聲道：「此事無人願意觸及，學生只有八個字，請相爺斟酌，能躲則躲，能拖則拖。」施鳳來心下暗自稱是。

臘月二十六是崇禎的壽辰，宮裡朝外早已籌備萬聖節，各宮眷忙著縫製各色的方勝葫蘆，什麼寶曆萬年、四海豐登、洪福齊天，喜氣洋洋地到昭仁殿給皇上賀壽。萬聖節剛過，便到了新年。因是改元頭一年，爲討皇上歡心，整個皇城、大小衙門、有名的酒樓店鋪商號裝扮一新，花團錦簇。各宮殿門都貼滿了春聯，一樣的泥金葫蘆作底兒，上面寫著吉、利、福、壽四字，煞是好看。

正月初一，崇禎駕臨皇極殿，接受百官四方貢使朝賀。入夜在乾清宮丹陛上燃放煙火，壽帶、葡萄架、珍珠簾、長明塔……一個個光華燦爛，絢麗多姿。初六開辦燈節，這是一年中最爲熱鬧的日子，各衙門官署盡皆放假，直到十六日止，前後十天。乾清宮丹陛上安放七寶牌坊燈，壽皇殿五座方圓鰲山燈，高至十三層。各宮院都是珍珠穿就、白玉碾成的各色奇巧燈，料絲、羊皮、夾紗……各展奇巧。外三大殿、內三大殿也都懸掛數盞碩大的彩燈，殿陛甬道，迴旋數里，圍以白玉石欄，石欄外邊每隔數尺遠有雕刻精致的龍頭伸出，頷下鑿有小孔，專爲懸插彩燈之用。無殿陛石欄處，立有蓮樁，每樁懸掛琉璃燈一盞。各處所懸各色花燈，共有數萬盞，盡顯太平奢華景象。崇禎傳旨，皇城玉漏莫催，金吾不禁，只在各宮門添設人員，群臣俱許入內看燈，各賜酒飯。皇城以外更是熱鬧，東安門外，已爲九衢燈市，數條街道連成一片。白日爲市，夜裡放燈。每日天剛放亮，大小街道便到處湧動著人潮，過了辰時，更是人山人海，熱鬧非凡。入夜，店鋪關門，通夜賞燈，放煙火，歌舞雜耍，簫鼓喧嘩，笙歌徹夜。燈市口大街的東西長街，兩邊盡是彩樓，南北相向，朱門爲戶，畫棟雕梁。一些勛家、貴戚、大官宦和縉紳眷屬，不惜一夜花費幾百串錢，將那些垂了簾幕的彩樓整座地租了，觀燈取樂。遍街掛滿了各式各樣的燈籠，梅花燈，雪花燈、繡屏燈、畫屏燈、蟠桃燈、荷花燈、青獅燈、白象燈、蝦子燈、魚兒燈、羊兒燈、兔兒燈、雁兒燈、鳳兒燈、犬兒燈、馬兒燈、仙鶴燈、白鹿燈、金魚燈、長鯨燈、鰲山燈、走馬燈……一隊隊童子身著彩衣擊著太平鼓，往來穿梭，從晚到曉，響個不停。

崇禎嚴嚴地披了貂皮斗篷，戴了黃色雲字披肩，教王承恩跟了步行隨處走動，見宮眷、太監都穿了燈景補子蟒衣，成群作隊地往來遊玩，更有一些呼朋引伴，尋幾個平日相得的知己備酒取樂，在班房中賞燈、飲酒、猜拳、行令、擲骰子、玩走馬、鬥掉城。

崇禎耳聽目見，心頭也禁不住欣喜異常，瞥見太監、宮女成群地向後湧去，看一眼王承恩，王承恩忙回道：「萬歲爺，奴婢聽說田娘娘串紮了各色的花燈，爭奇鬥巧，惹得大夥兒都去看呢！」果然承乾門外擠滿了人，王承恩正要上前開道，崇禎一把將他拉入人群，好歹擠到門邊兒，只見永寧宮前的月臺上燈火熒熒，月臺正中高掛起一盞全用珍珠穿成的大燈，四五尺高，每一顆珍珠都有黃豆大小，華蓋和飄帶皆用珠寶綴成，帶下又綴著小珠流蘇。四十九盞一尺多高的珍珠燈懸掛四周，如同眾星拱月，將永寧宮裝點得廣寒宮清涼仙境一般。崇禎暗笑道：「看來嫦娥也不落寞了，丹藥也吃得，人間煙火也食得。」

「這珍珠燈聽說是田老爺自江南請名家訂做的，花了不少銀子。」王承恩貼近耳邊小聲說。

「的確不俗，宮裡的匠作局怕是做不出的。」崇禎點頭稱讚，想到花了許多的銀子，不禁皺了眉頭，轉身出來道：「坤寧宮、翊坤宮就不去看了，大同小異的，想必也是玩扔銀子。」悶頭回到乾清宮東暖閣。

王承恩心知皇上在心疼銀子，忙寬慰道：「萬歲爺富有四海，時逢改元，自當更新氣象，些許幾兩散碎銀子換了歡樂，也沒什麼打緊處。」

「富有四海？四海是大，可是天災地荒民饑邊患，哪裡不用銀子？戶部曹爾禎派人稽核太倉、節愼庫銀，所存不過十萬兩，杯水車薪，如何爲使？朕不得已怕要動用內帑了，那可是祖宗積攢下來的膏血呀！」

王承恩見皇上有些鬱悶，忙教小太監往火藥房取來奇花煙火，蘭、蕙、梅、菊、木犀、水仙……種類極多，崇禎取了水仙花點燃，煙火直上雲霄，炸響後變幻成水仙花的形狀，在清冷的夜空中熠熠生輝。崇禎便命眾人一起燃放，登時四下響成一片，映紅了半邊天。

新春已過，京師的二月依然是冰天雪地，沒有一絲的春意。颳了一夜的北風，黎明時分尚未停歇，仍是一陣緊似一陣，嗚嗚作響，崇禎起來聽得風聲凜冽，才到乾清宮門口，只見天色昏暗，半陰半晴，已經升高的日頭閃著淡淡的白光，更覺嚴寒，冷不可當，幾個小太監進出著灑掃殿庭。頭幾天，崇禎就傳旨預備著開經筵。他匆匆用了早膳，王承恩等簇擁著坐了暖轎，來到文華殿。

經筵停廢已久，此次重開竟是異常隆重。文華殿內擺設得十分齊整，御案上燈燭輝煌，香煙馥郁。孔子位前，金盤滿貯時新果品，清酒香茶，金爐內燃著百種名香。崇禎在御案後坐了，知經筵官英國公張惟賢、首輔施鳳來，同知經筵官輔臣張瑞圖、李國楷、來宗道、楊景辰，禮部尚書孟紹虞與侍講官溫體仁、王祚遠、何如寵、吳宗達、黃士俊、成基命、曾楚卿、蕭命官、姜逢元、葉燦、孔貞運、陳具慶、張士范、徐時泰、倪元璐、李若琳一律身穿大紅袍，展書官江鼎鎮、謝德溥、張四知、倪嘉善、黃錦、王錫袞、張維機、王建極則穿青綠錦衣袍服依次進來，行了五拜三叩頭禮，東西站列。

天氣極寒，禮服卻不甚禦寒，講官們都凍得臉色青紫，渾身不住抖顫，口噤難言，只是見有給事中、御史、侍儀官一旁督察，懾於被彈劾，不敢伸手跺足取暖，無法避寒。崇禎見了道：「依照舊例，春日講筵不設明火。不過禮本人定，不必拘於成例。似這等嚴寒，嘴都要凍住了，豈是尊師重道之意？」轉頭向王承恩道：「查查是誰在此當差？」

幾句話說得眾臣子聳然動容，滿臉的感念之色，張惟賢含淚道：「皇上與臣等甘苦同嘗，臣等感激得難以自持，就是天氣再冷生出個凍瘡心裡也是暖的。」

施鳳來聽到凍瘡二字，心下以爲十分不雅，害怕因此召對失儀，忙哽咽道：「自古生於憂患而死於安樂，憂勞可以興國，逸豫可以亡身，祖宗成憲所以春日講筵不設火，也是自有其深意，皇上推恩及於臣下，臣等感激涕零，求皇上不可以此罪及他人。殿內寒冷正是時時提醒臣等自警自勵，不可恣意驕奢放縱。」

「區區一節小事引出如此深奧的大道理，經筵未開，朕已受益匪淺了。理雖正如兩位先生所言，只是當禮既因人而設，自當隨時而變，不可墨守了，所謂《易》一名而含三義，鼎故革新爲其關鍵。百姓常說舊的不去新的不來，小到一事一物，大到治國平天下，莫不如此。今日若一味遵循舊制，終不成大夥兒嘴也張不開，話也說不出，只好乾瞪著兩眼面面相覷嗎！」一席話亦莊亦諧，說得眾人連連點頭。

崇禎莞爾一笑，取熱茶吃了一口，又道：「其實權變與貞守並不相悖，敬天法祖，效仿先賢，當取其精髓，學其風神，法其所以爲法，不該陳陳相因，不知變通，蔽於古而不知今。譬若良醫，病萬變，藥亦萬變，必能一掃沉屙，妙手回春。我朝自太祖爺即命人編纂《昭鑒錄》、《永鑒錄》，宣宗爺、代宗爺命人編纂《君鑒》、《臣鑒》，萬曆朝的首輔張江陵與文淵閣大學士呂和卿選編了《帝鑒圖說》，其意都在於此。」

此時，階下校尉已到各內官直房裡尋來炭火，二十多個冒著暗藍火苗的炭盆擺在殿上，眾人登時覺得溫暖如春，身子慢慢活泛開來，鴻臚寺官宣布進講。講官講了《大學》、《尚書・堯典》各一章，光祿寺送來酒飯。崇禎道：「先生們所講啓沃朕心，所得頗多。《堯典》章旨不外乎用人，所用得人，自然九族既睦，協和萬邦。若所用非人，便會禍國殃民。就拿陝西澄城縣來說，造反的王二不過區區一個賤民，聚眾殺了知縣張斗耀，至今嘯聚山林，耗糜了幾萬兩銀子，影子也沒見到。還有遼東更是多年難了之局。」

施鳳來見皇上面色沉了下來，忙道：「遼東局勢不是一日所成，是因多年拖欠軍餉所致，萬曆四十三年拖欠軍餉達六十五萬四千九百兩，以後年年如此，沒有足用之時，以致士氣不振，屢戰屢敗。皇上踐祚，即解發一百三十萬兩，可是往年虧欠一時仍難補齊，如今山海關內外守軍缺欠軍餉七十四萬兩，太僕寺馬價銀、撫賞銀四萬兩，合計七十八萬兩，廣寧地處前哨，欠餉七萬兩，遼東巡撫畢自肅已有本章來催，順天巡撫王應豸又奏說薊門缺餉六月，累積欠了四十三萬兩……若軍餉充足，後金不過小邦蠻夷，自然不難剿滅。」

崇禎冷笑道：「那樣倒是好呢！十幾年來，白花花的銀子流水似地用了幾千萬兩，堆成了山，卻連失撫順、開原、鐵嶺、瀋陽、遼陽、三河、靜遠、鎮江、海州、復州、金州大小七十餘城。這些銀子皇太極有嗎？可他卻一舉掃平了朝鮮，一步步南侵，都是花銀子買的嗎？遼東打了多少年，勝仗不用數都算得過來，不就是袁崇煥勝了兩次嗎？這樣的邊才如何不舉薦，還教他賦閒在家？」眾人心頭一驚，眼前的美酒佳肴不敢多聞一下，一齊抬頭望著施鳳來。

施鳳來恭聲道：「臣也看到幾個保奏袁崇煥的摺子，可一思慮先帝將他罷職，廢黜不用，若貿然起復，實在怕傷先帝之明，這一躊躇就壓下了。」

「此事哪裡會關涉先帝？都是魏忠賢一黨所為，不必多慮！」

「臣回去即刻命兵部起復袁崇煥。」

「不必回去，眼下即刻辦理。著袁崇煥為右都御史視兵部添注左侍郎事，任遼東經略……」崇禎沉吟片刻，改口道：「遼東事關重大，遼東已有巡撫一人，又有總兵三四員，經撫不和乃成多年的積弊，萬不可重蹈覆轍。朕既起用袁崇煥，其事權當重。嗯！著袁崇煥為兵部尚書、右都御史督師薊、遼兼督登萊天津軍務，將遼東全交付與他便了。」

「皇上，畢自肅現任遼東巡撫，孫國楨為登萊巡撫，若袁崇煥手伸得過長，他們二人難免會有怨言，恐於遼東恢復不利。」

「若袁崇煥一心為國，他們該有怨言嗎？要真收束不住心性，有怨言朝朕來說。」崇禎起身，面色略微緩和一些，含笑道：「就這麼辦！先生們也辛苦了，用酒飯罷！」

三月十八是周皇后的千秋聖節，周皇后不想鋪張，傳免命婦朝覲賀壽，只與宮眷們歡樂一日。崇禎陪著周皇后看了一會兒戲，皇后見他不時出神，知道他心裡想著政事，就暗推他一把，輕聲道：「皇上繁忙，不必老是陪著臣妾了，有田、袁兩位妹妹一起樂子就行了。」

崇禎歉然道：「朕怕掃了你們大夥兒的興致。」

「皇上能抽出身來一會兒，也是臣妾的福分體面。只是皇上待會兒看不到田妹妹蕩秋千，有些可惜。」周皇后心裡暗暗生出一絲幽怨。

「永寧宮的秋千架設好了？」崇禎轉頭看著田禮妃，田禮妃道：「三月三，蕩秋千。今兒個可是都十八了，已經蕩過多日了，皇上忙嘛！」袁淑妃也道：「臣妾的那些羽鴿每日在雲霄裡歌哨，皇上也聽不到。」

崇禎見她們三人神情哀婉，大覺憐惜，忙撫慰道：「春事方深，撤秋千架還有些日子，不必急於一時。鴿哨嘛……等忙過這幾日，朕好生陪你們到西苑遊春，那裡也有秋千架，也放得鴿子？」不等三人再說，起身回了文華殿，喝了一碗銀耳燕窩羹，忙著批閱案上那摞高高的奏摺，見有不少彈劾施鳳來、張瑞圖的摺子，便放在一邊，留中不發，命王承恩進來道：「你到會極門傳朕口諭，每日申時以後，凡不關係邊警戰事的奏本，一律不准投遞。似這般奏摺沒甚緊要，徒勞心神。」他點指著放在一邊的那些摺子，閉上眼睛。

王承恩答應道：「萬歲爺既是勞乏了，先歇息養養神也好。」

「朕豈能歇息，明日想必又是這樣一摞。你下去吧！」崇禎睜開眼睛，直了一下身子。

王承恩望一眼案上厚厚的奏摺，遲疑著喊道：「萬歲爺，有個南蠻子袁崇煥遞了牌子急著要覲見，奴婢怕擾了萬歲爺歇息，教他候著呢！」

「才一個月的光景，他走得倒不慢。宣他進來吧！」崇禎面現喜色，揮手命王承恩快去。

不多時，一個瘦小的漢子跟著王承恩進來叩拜，崇禎見他四十幾歲的年紀，滿面黝黑，風塵僕僕，頷下三綹長髯卻一絲不亂，深覺有趣，問道：「你就是袁崇煥？朕早聞你連克建酋，常思卿家是何模樣，如何竟是鬚長身短？。」

袁崇煥奉詔進入紫禁城還是頭一次，見識了皇家森嚴氣象，想及皇帝威儀，饒是久經沙場戰陣，也禁不住戰戰兢兢，心頭亂跳，等進了文華殿，見崇禎年紀不足二十，面貌清秀，言辭溫和，漸漸心安，不料皇上開篇問話並提及自己身材，實在大出意料，不及細想，叩頭回道：「臣身材矮小不及中人，也怕令皇上失望，不勝惶恐。」一口夾雜粵音的官白，崇禎聽起來頗覺吃力，見他直言以對，明白頗為忌諱，笑道：「孔子曰：以貌取人，失之子羽。你以紅衣大炮驚死努爾哈赤，又擊退皇太極，獨提一旅，戰守孤城，有此戰功，必有過人之處，朕是想用你之長，並非取你之短。」

袁崇煥悚然醒悟召對失儀，忙辯說道：「臣遠處草莽，半生戎馬，初次仰睹天顏，感激在心，以致言語無狀，實在有失人臣之禮，求皇上格外恩宥。」

崇禎含笑道：「平身答話。朕也喜你耿介。吏部報了你的履歷，朕知道你是萬曆四十七年的進士，做過一任邵武知縣，也是正途出身嘛！」

「臣自幼喜戰術兵法，不得已舞弄翰墨，考取了功名，但只做了半年的知縣，便棄文從武，到兵部任職。」

崇禎見他仍有幾分窘迫，安慰道：「直言陳事，足見性情，朕不怪你。到京幾日了？」

「昨日才到。」

崇禎道：「廣東距京五千里之遙，驛站七十餘處，限期一百四十日，你走了一個月多，尚不算慢。」

袁崇煥喊道：「臣跪接了聖旨，即刻準備舉家起程，盡心王事，不敢怠慢。」

崇禎詫異道：「怎麼，舉家來京？為何要帶家眷？」

袁崇煥道：「臣自用兵以來，無不攜帶家眷，身家性命與兵卒共存亡，最能安定軍心。

臣接旨後，即雇船北上，二月底到了南京。不料江北大雪，天氣嚴寒，結冰封河，漕運不通，臣心焦如焚，只好揚州棄舟登岸，將家眷留在後面緩行，獨自騎了驛馬，隻身入京。不料風雪不止，道路濕滑泥濘，險些遲了。」

崇禎暗自感動，破例賜了座，說道：「此次不必再將家眷帶往遼東了，魏良卿的宅子朕已敕名策勛府，一直空著，你可暫將家眷安置。」

袁崇煥心頭一熱，淚水奪眶而出，跪謝道：「臣以身許國，就是戰死沙場，也難報皇上聖恩。只是臣此舉已成積習，皇上即將遼東託付微臣，臣自當與遼東共存亡。」

崇禎道：「你不必辭謝，等遼東恢復以後，朕再將宅子賞賜與你。」吃了一口熱茶，又道：「朕聽說你曾寫過一個條幅，自爲心境，是如何寫的？」

袁崇煥一怔：「皇上竟也知道？」隨即吟詠道：「予何人哉？十年以來，父母不得以爲子，妻孥不得以爲夫，手足不得以爲兄弟，交遊不得以爲朋友。予何人哉？直謂之曰『大明國裡一亡命之徒』可也。不知皇上所指可是這幾句話？」

崇禎點頭道：「正是。這幾句話擲地有聲，先國家而後私人，語出肺腑，豪氣干雲，兵部左侍郎呂純如薦你只有十個字：不怕死、不愛錢、曾經打過，與你自各兒說的正相契合，看來你當得此言。有此氣魄方可鎮守遼東，看來眾臣的舉薦可謂得人。」

袁崇煥聽得熱血沸騰，起身道：「臣既感恩於先帝，又得皇上知遇，萬里奉召，敢不盡心？」

崇禎抬手喚他坐下，問道：「一路情形如何？有什麼見聞？」

「今年江浙、湖廣、南直隸及安徽鳳陽龍興之地收成皆可，糧價回落，百姓口糧無憂。聞說淮安、徐州、臨清、德州四倉儲糧六百餘萬石，已滿八成。只是四川大旱，南直隸多處州府泛濫成災，常州府蟲害嚴重，十月南京地震，廬舍民畜有所損傷毀壞。山東二十八個州縣積雨傷禾，秋糧欠收，好在夏糧豐足，還不至於挨餓。臣沿途也未見到幾個流民。」

崇禎嘉許道：「畢竟做過知縣，見識具體而微，看的都是緊要事，懂得體恤民情。治國之道不外乎吏治錢糧，糧食最爲根本。」話鋒一轉又道：「千里走單騎，雖屬聽聞，倒也頗爲條貫有理。朕聽說你幾年前曾單騎出關，探視遼東山川地理，軍情防務了然於胸。朕登極未久，遼東戰事時刻縈繞在心，你且說與朕聽。」

袁崇煥斜側在凳杌上，聽皇上提及遼東戰事，神情極是激奮，兩眼灼灼有光，緩聲娓娓而談。

天啓二年正月，恰逢六年一度的京察，七品縣令以上都要赴京述職，四品以上的高官在皇帝面前自陳功過，五品以下則由吏部尙書、侍郎、考功司郎中，吏科都給事中，都察院都御史或副都御史，河南道御史、協理御史考核。考核共有八法，查其貪、酷、浮躁、不及、老、病、罷、不謹，看其行謀是否保善家邦，言事是否苟利社稷。年近不惑的袁崇煥冒著嚴寒，離開福建邵武縣趕赴京師，通往京師的各路官驛迎來送往，熱鬧非凡。袁崇煥只帶一個隨從佘義士，快馬入京，住在廣東會館。

次日，早早穿戴齊整到吏部衙門等待傳號，門房內已有數十人相互寒暄攀談，吵吵嚷嚷，袁崇煥爲官日淺，並不認識一人，獨自步入庭院，當值的校尉見他身著七品文官鸂鶒補服，不加阻攔。袁崇煥穿過一個小小的垂花門，裡面又是一個庭院，卻見一架粗大的古藤，枝椏虬曲，如一面屏風擋在堂前，被風吹得嗚咽有聲。袁崇煥見藤條蔓延長大，想是百年前的舊物，便圍著古藤轉了一遭，見藤下隱隱錄出一方刻石，蹲身細看，上面密密麻麻的刻滿了核桃般大小的楷字，筆法嚴整，竟是一篇《古藤記》，說明古藤乃是江蘇長洲人吳寬在弘治六年所植，屈指一算，果然已百年有餘。古藤猶在，只是那植樹人不知埋骨何方，袁崇煥感嘆良久，向裡面一望，見四下都是部曹的值房，不敢再入，返身欲回，並聽北首的司廳有說話聲隨風傳來，隱隱聽到似是在議論時局，說努爾哈赤親統大軍開赴遼河，業已攻下了鎮武堡，廣寧岌岌可危，不由既驚且忿，想要排闥而入，問個究竟，又知道身在吏部，不敢造次，悶悶地轉回門房，不想縣令們也在談論廣寧戰事。

一個黑胖的漢子忿忿地說：「遼東軍敗在輕敵，所謂驕兵必敗，王大人本不知兵，又將後金兵馬視若無物，如此用兵，直似兒戲，焉能不敗！說什麼不久將一舉蕩平遼陽，皇上可在仲秋之夜高枕而聽捷報，好大喜功，都是放屁！如今鎮武大營已潰，廣寧危在旦夕，廣寧不守則山海震撼，山海不固則京師動搖。可惜了十三萬雄兵，一百二十餘萬兩的銀子怕也要打了水漂。」

旁邊一個清瘦文弱的縣令道：「年兄不免有些危言聳聽了，其實也不盡然。鎮武堡雖失，但西平堡未敗，我軍主力尚在，仍可一戰，只是戰法如何尚需斟酌。」

袁崇煥聽得興起，拱手道：「兩位兄台高論，令人茅塞頓開。弟有一言，還望指教。」

兩位縣令一齊道：「不敢不敢，洗耳恭聽。」

「弟以爲廣寧失在經撫不和，熊經略力主在一個守字，而王撫台著眼於一個戰字，自然號令不一，難以調兵遣將，如此進退失據，怎麼能破敵制勝？」袁崇煥目光炯炯，瞬息之間，縱論天下大事，隱隱生出一種咄咄逼人之勢。

清瘦縣令本來也大覺有理，只是在眾人面前突被駁論，心中不免暗自悻然，乾笑一聲道：「兄台出言高妙，令人佩服。依兄台之意，是戰好還是守佳？」

「戰有戰的道理，守有守的方略，不可強分高下，只要運用相宜，都可痛擊建州跳梁，光復我大明河山。」袁崇煥幾句話說得豪氣干雲，慷慨激昂，門外有人大叫道：「不想岳武穆重生了。」

眾人循聲看時，門外大步走進一個身材高眺的青年人，三十歲出頭，面皮白淨，略有髭鬚，門邊一站，恍若玉樹臨風，拱手施禮道：「老先生所言，令人感奮，學生願聞其詳。」

袁崇煥見此人身著獬豸補子服，看不出品級，但知是監察風憲的言官，不敢造次，忙還禮道：「崇煥肆意放言，不想驚動大人。崇煥以爲戰與守本可相通互用，不可截然而分。建虜馬快箭利，習於野地浪戰，馳突騎射，倏忽而來，迅然而退，此其所長，我軍若戰，當深掘壕溝，高築城牆，固若金湯，以爲屏障，等他來攻，再以佛郎機火炮、火箭、木石殺傷來敵，切不可輕易出城而戰，以我所短比其所長，建虜久攻不下，自然不敢深入。若論守則較爲容易，深挖洞，廣積糧，將全國的財力物產聚在廣寧、錦州、大凌河、小凌河、右屯諸城，屯田養戰，復興商旅，招徠四方流民，以圖長遠。建虜所據遼東彈丸之地，物產財力如何能與我大明萬里江山相比，對峙消耗，不出數年，建虜勢必兵疲財竭，不能南進一步。」

眾人聽得暗暗點頭，那青年卻不置可否，一把將袁崇煥拉了走入庭院，低聲道：「學生河南道御史侯恂，此次奉旨大計天下官吏，皇上密詔舉薦知兵可用的邊才。方才聽君一席話勝讀十年書。老先生回去可將方才所言寫成奏摺，學生代為舉薦如何？」

袁崇煥躬身謝道：「卑職雖寄身士林，但性好談兵，平日遇到自邊疆回鄉的老校退卒，便備些酒食請教邊塞守戰事務，因此知曉一些山川湖海之險，也明白不少行軍用兵之策，常以邊才自許，平生宿願是想投筆從戎，立功邊疆，如今年已四旬，兩鬢將白，卻報國無門，令人浩嘆。若侯大人能教崇煥奔赴遼東，實在感激莫名。崇煥必當捐軀報國，死而後已。」說著竟雙膝一曲，跪在地上。

一旬之後，袁崇煥升遷為兵部職方司主事，官居六品，准予回籍探親後赴任。想起進了兵部，袁崇煥感到不久既可奔赴前敵，極是興奮，獨擁被衾，聽著窗外呼嘯的朔風，遙想遼東的戰局、山川地理、風物人情，心潮起伏，輾轉難眠。四更時分，悄悄起來，並不驚動佘義士，背了一把寶劍，牽著那匹白色驛馬，出了德勝門，向西北急馳。將近晌午，出了金山嶺北古口、司馬台長城關隘，便已到了關外。

袁崇煥住馬回首眺望，四處峰巒疊嶂，山勢險峻，宛如壁立，僅有數丈缺口可通，磚砌的城牆順著山脊起伏連綿，三十餘座敵樓高聳群峰之上，關山蒼莽，離家惜別之情油然而生，下馬啃了些乾糧，在山腳的溪邊砸冰取水，略喝了幾口，牽了馬匹，沿著長城向東北緩緩而行。一連數日，白天查看地形，取出兜囊中的炭條絹帛圖畫標識，夜裡圍火而眠，思想行軍布陣之事。

臨近三月，天氣漸暖，河邊溪頭隱隱泛出一絲綠意，遠處的山林籠罩著一團團淺藍的氤氳，袁崇煥騎在馬上，看著西墜的落日，計算著出關的日子，忽然聽到一陣歌聲遠遠傳來，關外人煙本來稀少，袁崇煥一路上又多走的是人煙罕至之處，驟然聽到人聲，格外歡喜，傾耳細聽，卻是一首古曲：

峰巒如聚，
波濤如怒，
山河表裡潼關路。
望西都，
意踟躕。
傷心秦漢經行處，
宮闕萬間都做了土。
興，百姓苦；
亡，百姓苦。

詞意高遠，境界蒼涼，曲調沉鬱，山巒迴響。袁崇煥不禁觸景傷情，思古憶今，浩嘆不已，縱馬上前，轉過一個山彎，見巒坳深處竟有一大群的綿羊，一個鬚髮斑白的老翁揮動長鞭正將羊群趕下山來。

袁崇煥下馬待老者來到切近，高叉手施禮道：「老丈方才一曲清歌，聽來不勝惆悵。晚輩依稀記得此曲乃是元人張養浩所作，慨嘆興廢，緣事而發，聽來令人落淚。老丈既能唱得此曲，如何隱居僻鄉，與羊群為伍？」

老翁上下打量袁崇煥，見他滿面風塵，衣著顯然多日不曾漿洗，袍角還有一些被山上荊棘刺破的小洞，知道他長途跋涉而來，並不回答，翻一下眼睛，淡聲問道：「後生家哪裡來哪裡去？」隱含機鋒，好似佛家禪語。

袁崇煥略一沉吟道：「自天外來往世間去。」

「眾生皆苦，你既身在淨土，何苦惹此紅塵？」

「出民水火，我不下地獄誰下地獄？」

「紅塵學佛，你眞是一大癡漢。割肉飼鷹，捨身餵虎，終是無濟於事，古語說皮之不存毛將焉附，捨棄肉身，功德未必圓滿。」老翁臉上略微閃過一絲悲戚。

袁崇煥朗聲道：「救鷹多活一時也是功德。」

老翁凝視袁崇煥片刻，嘆道：「後生家涉世未深，不知艱難，知其不可而為之，幸耶？非耶？」似是語猶未盡，卻隱忍不說，緊趕幾步，將手中長鞭一揮，鞭梢啪啪作響，準準地打在轉彎的頭羊身上，回身又道：「老夫獨居多年，今日遇到你也是有緣，如蒙不棄，就到舍下再敘如何？」

袁崇煥一拱手道：「正要請教。」牽了馬緩緩跟在後面。

三面環山，南枕溪流，在一片開闊的山坳裡，三間茅舍，前面用樹枝木棍紮起圈羊的籬笆，裡面堆著許多的乾草。暮色已濃，草廬裡正中的火煙早已生起火來，風乾的木柴燒得劈啪作響，火上懸烤一把錫壺、幾塊狍子肉，滿屋飄蕩著濃濃的酒香肉香。老翁擺了一張小木桌，取了兩個粗瓷大碗，斟滿了酒。袁崇煥看著老翁片刻間大半碗燒酒下肚，雙手撕扯著狍子肉大嚼，心下越發好奇，想不出這是一個怎樣的人物？想他早已餓極，只顧吃喝無意說話，便默然端酒品飲。

老翁吃下半隻狍子腿，又將一碗燒酒下肚，才問道：「老夫若沒看錯，你想必是從京裡來，要往前敵去。」

袁崇煥心下暗驚：「怎麼說？」

老翁放下酒碗，淒苦一笑，眼角竟掛著幾滴濁淚，揮袖略拭道：「四十多年前，老夫剛剛二十出頭，就隨軍轉戰建州衛、靜遠、榆林、松山、杏山等地，因積軍功，升為副將。當時大明邊軍兵精糧足，將帥一心，近三十年遼東無戰事。不料，萬曆四十七年，喜好紙上談兵的楊鎬經略遼東，將帥相疑，分兵輕進，被後金各個擊破，可嘆薩爾滸三戰皆敗，屍骨遍地，血流成河，死者四萬有餘，傷者不計其數。」

「老丈竟在遼東廝殺多年？晚輩失敬了。」袁崇煥跳起身來，重新見禮。

老翁長嘆一聲，招手命他坐了道：「那些都是前塵夢影了。薩爾滸之敗至今想來仍教人心酸，氣憤難平，可憐那幾萬個弟兄，多是老夫一手帶出來的……哎！朝廷、朝廷不得已，改命熊廷弼經略遼東，局面才日漸恢復，誰知一年後萬曆皇爺駕崩，熊廷弼卻又被無故罷免。遼事日益敗壞，老夫一輩子出生入死開疆拓土，轉眼間化為烏有，令人好恨！」

袁崇煥聽得緊咬牙齒，面色鐵青，嘶啞道：「朝廷不是又起復了熊大人嗎？」

老翁又斟了滿滿一大碗酒，深喝了一口道：「那又有什麼用？熊廷弼倒是個將才，可是掣肘的人多了，他又能奈何？自古未有奸臣在朝而將軍在外立功的先例，實在教人齒冷心寒。你看著吧！熊廷弼的苦日子多著呢！還不如老夫看淡了功名利祿，遠離了鄉親父老，一個人漂泊異鄉，牧羊吃酒，逍遙自在。」

袁崇煥想起熊廷弼與王化貞經撫不和的傳聞，口中咯咯作響，恨聲說：「晚輩若能提雄師出關，定要收復失地，生擒建州跳梁！」

老翁搖頭道：「少年心雄萬夫，氣概干雲，哪個八尺高的漢子都不能免，一旦經過世事磨礪，往往銳氣盡失，心境與前大不相同。」

「有何不同？」

老翁乜斜他一眼，說道：「到時你自可體會出來，如今說了你卻無從體會。」仰頭將碗中酒乾了，「何以解憂，惟有杜康，酒眞是好東西，乾了！」揮袖拭去嘴角酒痕，以手中的狍子腿骨敲擊酒碗唱道：「**少年聽雨歌樓上，紅燭昏羅帳。壯年聽雨客舟中，江闊雲低斷雁叫西風。而今聽雨僧廬下，鬢已星星也。悲歡離合總無情，一任階前點滴到天明。**哈哈哈……痛快痛快！」倒臥而眠，旁若無人。

袁崇煥厲聲道：「他日定當直搗黃龍，與老丈痛飲！」大口將一碗燒酒一飲而盡，起身將酒碗摔碎在地，正要取塊羊皮蓋在老翁身上，忽聽外面幾聲淒厲的羊叫，羊群不住騷動，知有異常，拔劍出門，隱隱聽到一陣急促的馬蹄聲，急忙退回屋內，掩身門後。一會兒，幾匹快馬旋風般地奔馳而來，馬上人喊道：「前面似有燈光，那頭惡狼想必逃到人家去了。」

「咱們追了小半日，肚子也餓餓難當，定要捉住下酒。」

屋內的火堆不及熄滅，仍閃著微弱的紅光，黑夜裡不啻星月之輝，足以看到數步以外。袁崇煥隱約辨出來了六人，都騎著馬匹。他們先後下了馬，各持刀劍扇形地向草廬圍來。忽然，一人驚呼道：「這裡有羊圈，那頭野狼怕會躲到羊群裡了。」擦亮火摺，點起火把。火光映照之下，六人滿身戎裝，赫然穿的是明軍甲冑，相互揮手示意，一起向羊圈圍攏過來。那羊圈裡果躲著一頭粗壯的惡狼，已咬斷了一隻羊的喉管，正撕扯而食，見了火把，陡然抬起頭來，齜出白森森的牙齒，兀自滴著淋漓的鮮血，連連低吼。

一個身材高大威猛的大漢道：「小心了！困獸猶鬥，這頭惡狼怕是要拼命了。」眾人紛紛呼喝，小心圍逼而上，堪堪到了近前，那狼猛地縱身跳起，竟向屋內躍來。袁崇煥一驚，想到老翁醉臥在地，怕牠傷及，挺身出來，迎頭一劍揮出，削掉狼的半邊腦袋，那狼在地上一滾，兀自掙起半個身子，長嚎幾聲，倒地死去。

「好劍法！」幾人喝采著到屋前相見，袁崇煥見他們戰袍破敗不堪，上面隱隱似有血跡，問道：「幾位可是來自遼東？」

那個大漢粗聲道：「別再提什麼遼東，都拱手讓與後金了。」彎腰坐下取酒便吃，其餘五人侍立不動。袁崇煥暗覺震驚：怎麼，難道廣寧敗了？那大漢喝乾一碗酒，看看地上醉臥的老翁，似是自語道：「這叫打的什麼仗？十三萬大軍竟敗給了五萬兵馬，眞他娘洩氣！」

「廣寧到底如何了？」袁崇煥心頭大急。

第三回

論臣道品茗汰劣相　量刑法翻案現妖書

紫禁城午門內東側有一排起脊的瓦房，坐北朝南，東西橫開五楹，自成院落，這便是機樞要地——東閣，是閣臣們每日辦公的值房。東閣的房間本是先朝的舊制，歷代只是不定期地加以修葺而已，有時閣臣人數多了，也不敢違了祖制，只好將每間南北隔為兩小間。

大漢冷笑道：「狗賊王化貞只顧逃命，不戰而走，哪裡還顧得了廣寧城。」

「那熊經略呢？」

「熊經略既與王化貞不和，各守城池，互不往來。鎮武堡遭圍，他非但不援手，竟有意出王化貞的醜，派人持經略令箭督促王化貞出戰……」

袁崇煥大叫道：「臨陣而懷私仇，鎮武堡休矣！」

「西平、鎮武二堡丟失，王化貞不以為意，退守廣寧，依然不事戰備，人心惶惶不安，以致將士嘩變，廣寧不戰而下。王化貞敗逃到閭陽驛，見了熊經略哭訴，要他到廣寧、前屯安撫將士，不料熊廷弼見大勢已去斷然拒絕，將所餘輜重一把火燒了，率殘餘人馬掩護數十萬百姓退回山海關，遼西之地盡屬後金。」

「整頓殘兵，依仗城池，猶可固守，為何要拱手送人？活活氣煞人也！」袁崇煥握拳大怒，一掌拍在低矮的木桌上，將酒碗震起老高。老翁驚醒坐起，見多了六人，身背弓箭，手持刀槍，惘然不解。

那大漢也斜了袁崇煥一眼，見他兀自惱恨不已，驚問道：「你是什麼人？竟也懂得戰事！」

袁崇煥道：「在下兵部職方司主事袁崇煥，敢問尊姓高名。」

「原來是兵部袁大人，失敬了。末將滿桂，在軍前任游擊一職，遭遇兵敗，想卸甲歸田，與三五個弟兄回蒙古草原。」說話之間，神情不勝頹然沮喪。

「滿游擊原是蒙古人？」

「是。」

袁崇煥道：「在下聞聽蒙古多是成吉思汗的子孫，英雄彪悍，向來不輕易服輸，如何竟這般灰心了？」

「都是一些狗官，教人如何不灰心？咱是個粗人莽漢，遼東沒有邊才，空有一身蠻力氣無處使用，索性回草原跑馬牧羊，大碗喝酒，大塊吃肉，卻也逍遙快活。」滿桂苦笑道。

老翁嘆息道：「報國無門，徒喚奈何？」

袁崇煥慨然道：「哀莫大於心死，大丈夫處世萬不可失了志氣，自可幹一番轟轟烈烈的事業，頂天立地，流芳千古，也不枉此生。在下回京後正要自請守衛遼東，六位可願意殺回遼東，一雪此恥？」

滿桂見他說得慷慨激昂，不覺怦然心動，抬眼掃視五位弟兄，答道：「果真如此，咱弟兄六人也願意追隨，只是袁大人可有把握，終不成教咱們再失望一回？不如我弟兄六人暫回草原恭候佳音，袁大人若能如願，我們弟兄自會到軍前報效。」

袁崇煥極力挽留道：「何必如此曲折，還是與在下一同回京，豈不更好？」

「唉！這麼多好戰的人，你來我往的，邊疆怕是永無寧日了，苦的還是小民百姓哪！東躲西藏，難以聊生。」老翁不等滿桂回答，喟然嘆息，語調悲涼，彷彿一下子又蒼老了許多。

「老丈，晚輩並非好戰之人，實在是不得已。不然難道該束手待斃，任人宰割不成？失意不成失志，怎可將個人得失看得重於君王百姓江山社稷？」袁崇煥還要往下駁辯，屋外傳來幾聲狼嚎，在寂靜的夜裡聽來分外刺耳。

老翁翻身而起，見了門邊的狼屍，大驚道：「不好，你們殺了此狼，怕是引來了狼群。」

袁崇煥、滿桂幾人躍出草廬，四下一看，果見草廬四周百步以外無數的綠光閃爍，滿桂大罵道：「咱剛受辱回來，就是這些雜種也來欺負老子，老子正好拿你們出氣。」從背後抽出鐵弓，搭箭便射。

老翁疾步上前，一把將鐵弓抓了喝道：「不可鹵莽！」轉頭示意眾人回屋，霍然變色道：「餓虎害怕群狼呢！你們想必沒有見過狼群攻擊獵物是多麼駭人。」老翁酒已醒了大半，想是極力克制但話音仍不免顫抖，臉上極爲驚恐。

袁崇煥急問：「怎麼辦才好？」

老翁道：「好在狼群尚未合圍，你們火速騎馬衝出去，萬萬不可戀戰。」

「你老人家怎麼辦？」眾人幾乎齊聲問道。

「我老朽了，早是該死的人了，還怕什麼狼群？你們若有意搭救，可將狼屍帶走，或許會引走狼群。」

袁崇煥遲疑道：「若狼群追趕我等不上，可要回來搜尋？」

「那就看老夫的造化了。」老翁蒼然一笑，擺手道：「你們走吧！當年老夫也曾叱吒疆場，虎老雄心在，老夫又不是死人，聽任幾頭野狼擺布！」

「老丈名諱可否見告？」袁崇煥重施一禮。

老翁哈哈一笑：「多年沒人稱呼老夫的名姓了，提它作甚！快上馬！」

滿桂伸手提起狼屍，飛身上馬，七人一聲吆喝，打馬如飛，一齊向外衝去。頭狼仰天長嚎，群狼從四處飛奔過來，尾隨追趕，幾隻健壯的公狼跑在前頭，堪堪追上，滿桂大喝一聲，將狼屍向旁邊深谷中拋丟，拈弓搭箭，一箭射出，正中前面一頭大狼，尖尖的箭頭貫腦而出，登時摔倒在地。群狼一驚，追勢頓緩，七人絕塵遠去。轉過一個山頭，

五人將馬慢下來，緩步而行，滿桂突然問道：「袁大人，那老翁究竟是什麼人？」

袁崇煥搖頭道：「我一時也說不出，等回京後慢慢查訪。」

說到此處，袁崇煥看看崇禎，見他神情極是專注，不敢稍停，接著道：「臣出京後，兵部大嘩，以爲臣不奉旨，不陛辭，不告擅離，狂悖至極，家人也惶惶不安，日夜望歸。臣此次出關，草就遼東、薊鎮邊圖，回京後依元人朱思本《輿地圖》與我朝許論《九邊圖》、羅洪先《廣輿圖》，反覆核校，取朱思本計裡畫方之法，詳加標識，見形知實，遼東邊鎮的建制、山川及遼東至山西之間長城的走向及城堡、關隘、墩台，都了然於胸，便力請赴遼東，放言給我軍馬錢糧，我一人守此足矣。先帝嘉臣忠勇，命臣監關外軍，掛按察司僉事銜，發帑幣二十萬兩，以作招募人馬所用，臣才得以保寧遠，戰錦州，也算薄有軍功。」

崇禎聽得有些心蕩神馳，含笑道：「軍旅乃是國家大事，歷來用兵最忌將帥不和，所謂事權集於一人才能號令暢通，克敵制勝。朕將遼東專付與你，不日先將遼東各地的監軍內臣撤了，再召回薊遼總督張鳳翼，遼東只用你一人，你自可放手施爲，只要利於邊防，朕都依你。如今正是殘冬，天氣尚寒，不宜用兵，滿桂、張守印剛剛奇襲上榆林奏捷，稍滅清軍氣焰，遼東戰事正在間歇，你離開遼東半年有餘，諸多事情尚要熟悉，也需時日，可再到遼東仔細巡查一番，好生斟酌籌劃，及早定下平遼方略。日後召對，朕將率閣臣、六部九卿聽你

的治安之策。起去吧！卿守好遼東，朕才能專心國事，勿負朕望。」

「臣蒙皇上施恩復起，必掃平東北狼煙，光復遼東。」袁崇煥聽皇上諄諄誨言，坦誠相待，頓感深受倚重之樂，雙眼含淚，叩謝不已，鏗然有聲，額角一片殷紅，起身欲退，崇禎卻又問道：「你可知那草廬的老翁是何許人？」

袁崇煥駐足答道：「臣回來曾查閱兵部文檔，四十年前李成梁縱橫遼東，當時的副將便是他的胞弟李成材。」

紫禁城午門內東側有一排起脊的瓦房，坐北朝南，東西橫開五楹，自成院落，這便是機樞要地——東閣，是閣臣們每日辦公的值房。東閣的房間本是先朝的舊制，歷代只是不定期地加以修葺而已，有時閣臣人數多了，也不敢違了祖制，只好將每間南北隔爲兩小間。每間屋子幾乎都是靠邊一個火炕，地下僅放一個几案、兩把椅子，旁邊牆角是鑲了銅葉的大櫃，炕上、條几上、櫃頂標著黃籤的文卷堆得老高，擺擠得滿滿當當，原本狹小的空間越發顯得擁擠，北側的房間終年不見日光，白天也需掌燈。十間屋舍的正中一間是供奉孔聖人或閣臣開會的廳堂，其他屋舍則據資歷自東而西，先南後北，依次分配，東南角的第一間一直是歷代首輔的值房。

施鳳來坐在几案後面，看看堆積如山的文牘，搖頭苦笑，自語道：「遴選六位閣臣只到了來宗道、楊景辰兩人，每日文牘如山，挑燈夜戰也難看完。」

「首揆老相爺的心胸當眞無人能及，眞是任憑風浪起，穩坐釣魚臺呀！」張瑞圖推門進來，不知是誇讚還是揶揄。

施鳳來微笑道：「什麼風浪？果亭，老夫一向佩服老弟謙謙氣度，今日如何這般心急？想必是昨夜與夫人們打馬吊牌輸了，心火未熄。」

張瑞圖驚訝道：「河南道御史羅元賓上本彈劾相爺與瑞圖，已經御覽留中了，相爺竟不見絲毫的心焦氣躁，心胸當眞能容？」

「且坐下說。」施鳳來沉穩地指指一側的椅子道：「摺子老夫也聽說了，不過是糾纏舊事，上次我等在皇上面前早已剖白，舊話重提未必打動帝心，何必在意？且教他奏就是了，若急著分辯，反是自各兒輕賤了身分。」

「老相爺，皇上睿智聖明，無奈三人成虎，一旦聖眷有衰，怕是回天無力，豈不遂了他人的心願？這幾日瑞圖心神不寧，堂堂閣臣竟似不如回籍享享田園之樂安逸些。」

施鳳來心下一驚，見他神情暗然，面色灰白，全不似前幾日一起主持春闈的模樣，暗覺傷神，冷笑道：「老夫與賢弟自天啓六年七月一起入閣當差，經歷了多少風浪，羅元賓一個黃口孺子竟教你怕了？想當年魏忠賢何等的跋扈，何等的勢力！一言不合，便可灰飛煙滅，我等仍泰然處之，一個小小御史又能奈何！千難萬險才謀到閣臣之位，如何拱手相讓？我等爲官日久，門生故吏不敢說滿天下，也是有一些的，不妨暗命他們彈劾羅元賓，代爲剖解，你我隔岸觀火，坐看風雲。他們兩下交訐，是非難辨，最多各打五十大板，就算羅元賓不被打死，也嚇丟了魂魄，罷官落職怕是不可免的，誰教他蚍蜉撼大樹，豈不是自討苦吃！」

張瑞圖堆笑道：「天塌了有長子撐著，大樹底下好乘涼，有老相爺擋在前面，瑞圖心安多了，這就回去擬個乞休的疏本，以免壞了規矩。」

「快去吧！老夫昨日便呈上了。」

張瑞圖暗悔見機遲緩，急急出來，抬頭望望窗外漸漸轉紅的日光將午門上高大的堞雉長長地投影下來，心底忽然想起唐人李商隱的詩句：夕陽無限好，只是近黃昏，兩眼湧滿了淚水。悶悶回到府邸，草草用了晚飯，便在書房苦思奏摺，若依慣例說遭人彈劾，無顏居位，願意讓賢，太過老套，不夠懇切，與施首輔也難免雷同。若一味開脫，曲意辯解，心胸則顯狹窄，不是宰輔的氣量，提筆躊躇，沒有頭緒，便找了《陸宣公奏議》、《張太岳集》等歷代名家的奏摺翻閱，平日裡常覺平淡無奇的詞句漸漸竟有了一番不同的感受，言淺旨遠，便是批評時政的奏疏字裡行間莫不是一腔赤誠。又憶起東閣內施鳳來的一席話，隱隱覺得不安，若是唆使門生彈劾羅元賓，一旦事情敗露，皇上最恨朋黨，豈不弄巧成拙？他莫不是給我下了套兒，引我上勾？心念及此，登時警醒，額頭不禁浸出冷汗，心頭暗呼幾聲：好險，好險！還是撇開羅元賓彈劾一事的好。如此超然物外，只談國是，正合先國家而後私人的古義，當下有了主旨，文章便好做了，略加思索，揮筆而就，取在手中推敲潤色，看到得意之處，禁不住捋鬆頜首。正在兀自吟詠，進來一個衣服艷麗的年青女子，上來用手扯了，嬌滴滴地道：「老爺，都定更了，兩位姐姐等得煩了，你還在這裡胡亂消磨。」

張瑞圖見是那個最寵的小妾，忍住不悅道：「老夫忙的是正事，且不要攪擾。待我忙完了，自然過去。」

不料，那小妾扭著捱身坐到懷裡，抓著他的髫鬚嬌聲道：「奴家忙的不是正事嗎？老爺白日裡忙，回府還不歇息，若是腰腿再疼了，看誰來給你揉捏！」張瑞圖無奈，只得將筆放了，笑道：「好在奏摺已草了稿，若不是老夫文思還算快捷……」

那小妾撒嬌撒癡道：「天下有幾個不知老爺下筆千言倚馬可待的？老爺是名聞天下的鼎甲探花郎，那一手金剛杵的筆法，何等雄偉勁健！寫個摺子何須費許多周章？」

張瑞圖見她風情萬種，渾身上下竟似無一處不風流，看得心頭火起，一把摟緊了，伸手探入她的小衣道：「老夫不只是科場上的探花郎，風月場上也探得花呢！」一面嬉笑，一面將老臉貼上來，在那小妾的頰頸間不住蹭磨吸嗅，小妾忙推阻道：「老爺，那邊等得心焦，火都要上房了。若被兩個姐姐瞧見，奴家在這裡耽擱，少不得一頓好取笑了。老爺有意，先去鬥了馬吊牌，奴家留下從從容容地陪老爺，老爺可要打起精神，不要這般一味耳鬢廝磨的！」

「依你，依你！嬌娃摟得全身暖，馬吊鬥到四更寒。」張瑞圖將小妾的手拉到腿根兒，在她耳邊小聲說：「老夫豈止筆法如金剛杵，還有地方勝過金剛杵呢！」

那小妾觸手硬梆梆的，低頭一看，登時臉頰緋紅，啐道：「老沒正經的，小心給人家聽見，走啦！」

過了早朝，崇禎換了便服，將施鳳來、張瑞圖的摺子又看了一遍，同是乞休，立意、胸懷各異，施鳳來僅寫了幾句畏懼人言，請准回籍頤養的套話，張瑞圖所奏卻關乎朝廷，多有跳出是非痛定思痛之言，他輕聲誦讀道：「近日士大夫各是所是，各非其非，恩怨相尋，冰炭互角。秉政之臣，無論有所偏袒，必然默受擊排，雖復虛心以似論定持平以求至當，則又甲乙交攻而兩可模棱之謂至矣。人各有心，眾思爲政，順是不止，則漢唐黨人、宋時議論之禍將與國家迴圈無有窮也。」

崇禎看看自鳴鐘，剛過戌時，喚了金忠等幾個當值的御前太監，也不坐肩輿，出了文華門，轉過協和門，來到東閣，門外當值校尉急忙跪拜，崇禎輕步進了院子。東閣內一片寂靜，簷下的紫藤有了綠意，幾株迎春更是開得一團金黃，極爲燦爛。崇禎見閣臣都在專心辦差，心下大覺寬慰，逕直走到中間的廳堂居中坐了道：「小忠子，將幾位閣老請來。」

不多時，施鳳來、張瑞圖、李國橧、來宗道、楊景辰一齊進來伏地叩拜，施鳳來感激道：「皇上駕臨，不能遠迎，也該到門外候著，怎麼能沒事人兒一般，還等著皇上召見？恕臣等失儀之罪。」

張瑞圖也道：「皇上召臣等奏對，極是便當，怎麼輕易勞動萬乘之尊。哎呀！這、這怎麼好？」

崇禎擺手道：「春色如許，萬木萌發，朕身子乏了，想起你們整日地看奏章商量票擬，便過來探看。有人說入了閣好似坐了監，其實坐監還有放風的時刻，你們卻忙得兩頭只見星光，不見日頭，朕便來攪擾你們一番，也算放放風。都坐吧！」轉頭命金忠道：「上茶來！」

眼見金忠要退，施鳳來忙起身道：「皇上，老臣有個不情之請，望恩准。老臣值房內有自備的新茶，想請皇上品嘗。」

「可是虎丘的天池茶？」

「聖斷燭照。」崇禎一語中的，施鳳來頗有幾分悵然。

「臣有武夷山的岩茶，皇上可飲得來？」張瑞圖稟道。

崇禎道：「武夷山岩茶自太祖爺年間便爲貢品，宮裡也有。不論什麼茶，要在解渴，都取了來，今兒朕就做回客人，不要拘君臣之禮，就到院中慢慢品飲。」

桌椅擺設整齊，金忠早命小太監回文華殿取了茶盞、白泥風爐、銀銚等一應用具，燒炭煎水，閣臣各自拿著大小的茶葉罐過來，崇禎微笑道：「都坐嘛，坐下慢品才得其樂，豈有站著吃茶的道理？」閣臣們紛紛施禮謝座。

仲春剛過，風和日麗，日光曬到身上暖洋洋的，幾團柳絮乘風飛過高大的宮牆，飄搖著落下來。崇禎道：「如此佳日，隨幾個伴當，提酒爲漿，尋芳踏青，眞是人生一大樂事。」

「若去江南更妙，日出江花紅勝火，春來江水綠如藍，景致與京師大不相同。正德皇爺下江南數次，江南山水得睹天顏，也是江南臣民的福緣。皇上此時若是在江南品茶，用惠山、中冷、虎跑三大名泉的水泡虎丘天池新茶，別有一番趣味。」提起茶事，施鳳來極爲稔熟。

崇禎點頭道：「吃茶之風，盛自唐代，凡茶、水、器等莫不講究。說起水品，唐人陸鴻漸以山水爲最上，江水次之，井水又次之，而世俗之人則講究荷露、梅雪，煎茶必要什麼天泉無根水的，以爲水愈輕而色味愈佳，未免有些虛妄了。其實泡茶之水要在一個活字，綿綿不絕，生機無限，最宜激發茶性，正所謂水十分茶亦十分。」看一眼新近拜相的兩位閣臣道：「你們平日喝什麼茶？」

來宗道挺身欲起，想及皇上不拘君臣之禮的話，順勢改爲恭身道：「臣與施相同好，性喜青茶，常吃獅子峰的龍井。」

楊景辰道：「臣自幼年便喝慣了烏龍茶。」

崇禎道：「如此看來，李先生必是喝花茶了。」

李國樁愕然道：「以所見知所不見，皇上聖明。」

崇禎笑道：「那朕也算是有道之士了。」

張瑞圖稱頌道：「皇上是有道明君，豈是一般儒士可比？」

金忠過來稟道：「萬歲爺，水響了。」

崇禎傾耳一聽，微微有聲，道：「剛剛魚目散布，正宜泡青茶。若等到四邊泉湧，累累連珠，便有些過了。提過來吧！先嘗龍井，茶中的新貴嘛！」

崇禎平日極喜淨潔，飲食一絲不苟，金忠幾個耳濡目染，泡茶也略通了一二，只是心裡沒底，一時又難傳到專司茶事的太監，擺好了宣窰的青花瓷盅，用一柄小瓷勺次序在瓷盅裡各放了一撮茶葉，提壺高沖，恰恰將茶葉淹沒，便停手等著兌水。

崇禎點頭道：「小忠子知道冷熱，也算略窺門徑了。泡茶春秋宜中投。方才朕說到水，言未盡意。若生發來論，水十分茶亦十分此語大有深意，水似君茶似臣，有什麼樣的君主便會有什麼樣的臣子，桀紂有奸佞，湯武有賢良，朕若成中興之主，你們便是中興之臣。做臣子的入閣拜相，便是有了機緣，品行才學卓異，不難成爲一代賢相，流芳千古。治國一如茶道，君臣相宜自然會有太平盛世，一樣不協，也泡不出好茶來。」眾人凝神細聽，不住點頭。

金忠逐個添了水，一陣茶香瀰散蕩漾開來，與四周的花香混合起來，沁人心脾。崇禎看看嫩黃微綠的茶水，葉片漸漸停止了翻滾，攢起了根根旗槍，輕輕一嗅道：「畢竟是新茶。」見閣臣們個個斂容，直著身子蹙眉沉思，笑道：「幾位先生都如演傀儡戲一般，哪裡像品茗閒話？」眾人見泡茶已畢，皇上招呼取飲，忙取了杯子微呷，果覺清爽甘冽，唇齒留香，心知沖泡火候恰到好處。

施鳳來道：「金忠到乾清宮當差不過月餘，便有如此不凡的手藝，名師高徒也是自然之理。方才皇上所諭，語重心長，期許殷殷，臣等蒙皇上知遇調教，感激莫名。」

崇禎放了茶盞，掃視眾人一眼道：「古人說治大國如烹小鮮，其實煎茶之道也是如此。譬如綠茶，水沸熱滾燙，再耐沖泡的茶葉怕是也要爛熟了，水味必然焦苦不堪解渴提神，遑論聞香？水若溫吞不開，則激不出茶味，再好的茶葉也白白糟蹋了。治天下猶如泡茶，要在火候，水冷近乎廢刑，水熱則是酷政，必要寬猛相濟，才能揚善罰惡，使大小臣工平頭百姓知所遵循。朕御極未久，一直在想如何矯枉振頹，再開太平，當今諸事紛紜，太祖爺言亂世用重典，朕也應如此嗎？」

李國楷道：「飲茶本小道，皇上並以此爲端，點鐵成金，振聾發聵。聖人之道要在致中和，中也者，天下之大本也；和也者，天下之達道也。日前也曾想過如何光明新政，預備上個條陳，今日品茗論道，皇上諄諄諭教，臣眼界大開，有些想法豁然貫通，皇上勵精圖治，想望太平，臣等莫不感奮，便將一孔私見面奏。」

「好吧！你們若只顧悶頭吃茶，朕還以爲是怕少用了茶吃虧呢！施相該不是心疼茶葉吧！」崇禎幾句戲言惹得眾人發笑，施鳳來急要分辯，無奈嘴裡含著一口熱茶，吞也不是吐也不是，神情極是尷尬，眾人相顧掩口而笑，崇禎也忍俊不禁：「施相本不是個急性子，不必忙於解說，且聽聽元治有什麼高論。」

李國楷聽崇禎喊自己的表字，心頭一陣酸熱，眼裡登時含了淚道：「每日的奏章不下三百餘個，皇上都要一一周覽，常至深夜，臣不敢妄斷日久必會厭煩，只是以爲皇上太過辛勞，可否仿效宋人貼黃之例，由臣等簽出節要，提綱挈領，加以票擬，再呈皇上御覽。」

崇禎笑道：「朕還撐得住。你接著奏吧！」

「天下財力虛竭，當極力節儉，懲貪黷以安撫百姓，大小官吏借名加派銀稅，濫施刑罰，當依律追贓定罪，不可擔心督察在苛，懲罰過嚴。」

崇禎點頭道：「元治所言多切中我朝積弊，下去細細上個條陳，等朕批了紅，用邸報發了，教州府縣衙也都知道。」

此時，茶已泡乏，金忠忙另取一套小巧的紫砂壺，換了烏龍茶，滌壺溫盞，投茶沖泡，一陣濃郁的香氣登時瀰漫開來。崇禎道：「閣臣綜核政事，譬如朕的左右手，朕遵祖制以先生相稱，多有倚重。施相、張相都上了手本，朕已批紅。張相所言朋黨一事，稱近日士大夫各是所是，各非其非，恩怨相尋，冰炭互角，朕尤爲究心，摺子反覆看了三遍，說的都是實情，見識確乎不凡。只是關乎前朝，不敢直言。其實此事根子在神宗爺一朝，東林、宣、昆、齊、浙、楚各黨恩怨相尋，挾私相爭，有幾個想著君王社稷黎民百姓？各黨多以地望而分別，竟有些似茶葉，各地水土不同，秉賦習性自異，閩地爲烏龍，江浙爲青茶，江北則多爲花茶，物以類聚，人以群分，可是茶不管什麼南北什麼青紅，都是香的，不似朋黨交惡攻訐，良莠不分。如今九位閣臣，散在浙江、福建、江蘇、河北、山東，不少都是朋黨極盛的地方，殷鑒不遠，先生們爲百僚之長，備加小心才是。」一席話將方才和樂的氣氛一掃而空，眾人心頭不由顫慄難已。

崇禎見大夥兒變顏失色，一笑道：「快午時了，朕叨擾得久了，你們不好端茶送客，朕也該知趣回去了。若是誤了你們回府的時辰，打不成馬吊，背後不知如何埋怨朕呢！」說罷起身出了院子。

張瑞圖不知皇上有意無意，但想到昨夜正在家裡鬥馬吊，忽地感到脊背發涼，惶恐不安，午飯沒有吃出個滋味。施鳳來也是難以下嚥，老是品味著崇禎言內言外之意，極想知道如何批的紅，心頭惴惴不安。崇禎這頓午膳卻是進得極好，飯後合衣小睡了一會兒，取了施鳳來、張瑞圖的本章又看了，丟在一邊，暗自冷笑：「尸位已久，以爲主動乞休朕會一再溫旨慰留嗎？天威豈可妄測！」

李實在北鎮撫司獄已關了三個多月，三法司奉旨與九卿科道會審已畢，刑部尚書蘇茂相、都察院左都御史曹思誠、大理寺署事少卿姚士愼本來忙著審理五虎、五彪等一干閹黨要犯，只得抽身會審，好在風聞了崇禎在驢市胡同如何申飭李實，心裡都有了底，略一提審，草草結案，決不待時，上了奏本。崇禎細細看了，又取了山西道御史劉重慶、江西道御史葉成章諸人彈劾的摺子，與李實的口供相互勘驗，不由蹙起眉頭，次日恰逢大朝，崇禎問刑部侍郎丁啓睿道：「蘇茂相去職回籍，由你署理部務，李實一案你可曾參與審理？」

「臣參與始終。」

「此案可有疑惑之處？」

丁啓睿道：「三法司奉旨與九卿科道會問過，蘇大人已據實回奏。」

「奏疏朕已看過，其中尙有暗昧不清，李實何以決不待時？」

丁啓睿道：「李實與李永貞羅織罪名，害命七條，周起元、高攀龍、繆昌期、周順昌、周宗建、李應升、黃尊素都因他而死，人神共怒，迫於天威，未及用刑便已招供。」

崇禎哼道：「不刑自招，大違情理，除非他是不想活了。朕在驢市胡同曾見李實一面，十分驕橫，言語囂張，威風得緊呢！有人彈劾他初任蘇杭織造，便責令地方有司行屬見禮，似這等的人嘗到了爲官之樂，豈可輕易言死？王永光，你身爲六部之長，也參與其間，果眞是不刑自招？一板子也沒打嗎？」

吏部尙書王永光恭身道：「聖上明察，確曾動刑。」

「用的什麼刑？」崇禎冷冷地看著丁啓睿。

丁啓睿慌忙答道：「只吩咐堂上皀隸抬上夾棍，吆喝一聲，把夾棍向堂口一摜，李實已嚇得變顏變色的，才夾了片刻便招了。」

「還要強辯？夾棍乃是大刑，血肉之軀如何承受？朕曾親見逆閹魏忠賢命人做的立枷，重達百餘斤，犯人常被活活壓死，極是殘酷。重刑之下，誰能消受？如此審案，何求不得？」

「李實劣跡斑斑，昭昭而在，臣等並未冤枉他。」丁啓睿並不氣餒，直言而諫。

崇禎不覺生出一絲惱怒，肅聲道：「有無冤枉，你仔細看看李實的奏疏原本自然明白。那李實將鈐了印的空白奏本上與魏忠賢，由李永貞塡寫，其實迫於威勢，本非得已，如何置大明律例於不顧，含糊定罪，草草結案？」將李實奏疏丟與丁啓睿，「你再看看是朱印在墨跡之上，還是墨跡在朱印之上？」

丁啓睿聞言，驚得心頭狂跳，彎腰拾起，細心驗看，果見朱印數處爲墨色所掩，跪地叩頭道：「臣如瞽盲，有眼無珠，疏忽失察，罪在不赦。皇上剖析極是，臣口服心折，五體投地。威福出於朝廷，一憑聖裁。」

崇禎並未命他起來，輕輕嘆口氣道：「若事事都要朕裁斷，則將大小臣工置於何地？審推斷案有大明律例在，便是無數朕的化身，何須事必躬親？孔子曰：過猶不及，旨在適中，實在是千古不滅的至理，意味深長，令人咀嚼不盡。太祖爺欽定大明律例，其意不在寬嚴，而在於持法宜公宜平，違法必究是究其所犯，不是隨意濫用。用法適中，平頭小民才知威嚴，才會懂得有所遵循，不然執法犯法，天下豈會心服？你們做了多少年的官，豈不聞吏不畏我嚴，而畏我廉，民不畏我能，而畏我公。公則民不敢慢，廉則吏不敢欺。公生明，廉生威？不錯，朕是瞧不上李實，也答應過還屈死的冤魂一個公道，並不想壞了祖宗的規矩，更不許你們望風揣摩，曲意媚上，邀功取寵。」大殿內一片寂靜，眾人垂手鵠立，眾耳傾聽。

崇禎取茶吃了一口，問道：「丁啓睿，朕問你李實與五虎五彪相比，罪責哪個大？」

「自然是五虎五彪。」

崇禎語調一揚，呵斥道：「既知五虎五彪罪大惡極，如何卻只將吳淳夫、倪文煥削秩奪誥命，田吉、李夔龍革職，田爾耕、許顯純下獄，楊寰、孫雲鶴、崔應元削籍，不問他們決不待時？朕一再嚴旨催問，你們尚曲加庇護，將吳淳夫、倪文煥、田吉、李夔龍遣發衛所充軍，田爾耕、許顯純處斬監候，楊寰、孫雲鶴、崔應元杖一百，流三千里，遣發邊衛充軍。原籍撫按追比贓銀，吳淳夫三千兩，倪文煥五千兩，田吉、李夔龍各一千兩，較之當年左光斗追贓兩萬兩，周起元十萬兩，周宗建一萬三千五百兩，相差何其懸殊，權大贓減少，官小贓反多，持法公嘛？其中是有情面在，還是有朋黨在？」

丁啓睿兩腿顫抖，叩頭碰地，砰砰作響，急聲道：「臣並未主持此事，不知內情。會審衙門眾多，刑部也無力把持。」

「無力把持？問案斷刑本是刑部份內職責，執法不力，敗壞王綱，罪無可恕。朕不想株連過眾，將蘇茂相免職回籍，便是警戒你們。半年多來，朕枚卜閣臣便有難免僥倖的非議，豈知朕用才必核，並非一經選用，終生不換，而是隨用隨核，隨核隨汰，容不得素餐尸位的人。蘇茂相失職忘恩，朕將他落職回籍。」崇禎重重看了一眼站在列中的施鳳來、張瑞圖，厲聲說道：「閣臣施鳳來、張瑞圖主持閣務未久，遇事敷衍，暮氣沉沉，言官交章彈劾，引罪致仕，朕薄示優容，准其所請。」

「天威莫測！等著謝恩吧！」張瑞圖將身形搖晃的施鳳來在背後偷扶一把，欠身貼近他的耳邊輕嘆道。

施鳳來並不回頭，淒然一笑，低聲說：「也好，不必每日打熬了，老夫也學著打打馬吊。」

丁啓睿請旨道：「李實爲李永貞脅迫，雖屬從犯，卻甘願諂媚魏逆，居心險惡，若無李實的空白本章，周起元等七人未必盡死，李實之罪不可赦，只是不當與主犯李永貞雷同，似可略減一等，改爲斬監候，待秋後處決。」

崇禎道：「罪有主從，依律例當有分別，斬監候仍覺重了。此案自然是李永貞主謀，狐假虎威，盜用權柄，中書房掌房劉若愚受命主筆，如何構陷周起元七人，李實並不知曉，依此而論，李永貞決不待時，劉若愚次一等，斬監候，李實再次一等，邊衛充軍，追比贓銀。」

散了朝會，崇禎極爲倦乏，只喝了一碗銀耳羹，田禮妃便差貼身長隨王瑞芬過來，請他去看蕩秋千。

崇禎乘肩輿來到永寧宮，才進永寧門，便見院裡紮起了一丈多高的十字秋千架，四周拉起掛滿七彩綢花彩帶的繩子，頂上懸著兩隻碩大的火紅燈籠，秋千架前又豎起一個高高的橫樑，上頭繫著半圓型竹簍，裡面插滿大朵的牡丹，若能蕩到簍前，用嘴隨意銜起一枝牡丹花來，便算能手。一個穿海天霞羅衣、頭帶草裹金鬧蛾的宮女剛剛下去，又一個淡紫色衣裙的宮女輕盈地飛上秋千，好似一隻輕巧的乳燕穿過花叢，蕩起在輕軟的春風裡，四下響起一片喝采聲。田禮妃汗涔涔地坐在青紗小傘下看著，兩個小宮女輕輕掌扇，緋紅宮裝竟似尋芳的彩蝶張開翅膀，見那紫衫宮女漸漸慢了下來，急道：「還未叼到鮮花，怎麼就落下來了。」

那宮女卻恍若未聞，急降下來，田禮妃情知有異，回頭一看，忙伏身便拜，口中嬌嗔道：「萬歲爺悄沒聲兒地來了，臣妾都不知道。都是這些貪玩兒的奴才，越來越不會侍候差使了，只顧自各兒高興，都不曉得稟一聲！」

崇禎含笑道：「不怪他們，是朕不教他們通稟，怕你們見了朕拘束，玩的都成了假把戲。」

「萬歲爺，娘娘的秋千打得極好，奴婢們都是娘娘調教的，那個穿紫衫的春萍剛剛學了十幾天，說是不錯了，可比起娘娘來，還有雲泥之別呢！」王瑞芬無限欽佩地看了田禮妃一眼，聲音脆脆地稟道。

「朕倒要看看愛妃到底怎麼個好法，前幾日朕忙於國事，不曾來看，今兒也算償了宿願。」

田禮妃幽幽地說：「未到清明先禁火，還依桑下繫秋千。皇上說前幾日可是不止呢！如今過了清明，若不是臣妾命人去請，說不得皇上還在批閱奏章呢！」

「依舊例，宮裡的秋千要到立夏前一天才拆卸，還有日子呢！怕朕觀賞不到嗎？今兒好生陪你。」

「謝皇上。皇上若不嫌臣妾放浪，臣妾就打個立秋千與皇上看。」說著摘了珠冠，將銀紅褲腳紮緊了，露出一雙尖尖的玉筍也似的小腳，穿著一雙大紅的軟底宮鞋，跳上畫板，兩手挽定彩繩，扭身道：「皇上，且來替臣妾送一送。」

崇禎看著她纖細白嫩的腳踝道：「纖小自憐行步怯，秋千架上更風流。不足三寸的金蓮站在畫板上，也眞爲難你了。」雙手一推，那秋千蕩起，只幾下便飛在半空中，起落之間，一襲柔軟輕薄的春衫飄起，漫起片片淡紅的彩霞，那是春夕中最惹人心動的一抹，璀璨、明艷、飄忽，有如曇花瞬間的開放。突然，田禮妃用力一蕩，幾乎飛到與橫杆齊平，雙唇堪堪觸到竹簍裡的牡丹，不料腳下一滑，幾乎從畫板上滑脫，崇禎失聲驚呼，霎時一口氣憋在胸間出不來，兩眼直直地看著，急聲呼道：「仔細些！切不可笑得腿軟，滑倒了不是耍的。」田禮妃並不理會，輕聲嬌笑，竟將雙腿彎了，鉤在畫板上，雙手一鬆，頭臉朝下蕩個不住，忽地將身子一擰，雙手攬住彩繩，兩腳穩穩站住，又向那花簍悠悠蕩去，崇禎只覺眼前一花，定睛再看，一枝紅艷的牡丹已銜在田禮妃口中。

崇禎連聲讚喝道：「好，好！」田禮妃微微嬌喘著跳下畫板，將牡丹遞與崇禎道：「臣妾教皇上受驚了。」

「朕著實害怕了，不該准你胡鬧的。若一失手，追悔莫及，朕豈非抱憾終生？」崇禎將牡丹在鼻邊一嗅道：「可是從觀花殿折來的？」

「觀花殿的牡丹要到四月才開，臣妾等不得了，教人到豐台草橋置辦的，一枝竟要三錢銀子呢！」

崇禎讚嘆道：「三月剛過，竟有了上市的牡丹，可真稀奇，怪不得貴出許多呢！」

「不算什麼，還有更稀奇的呢！」說著一挽崇禎坐到傘下，崇禎正覺納罕，韓翠娥捧著一個巴掌大小的竹籃，款款走過來放在矮几上。崇禎細看，見那竹籃青竹製成，散作蓮花狀，編織極為精細，田禮妃淺淺一笑，伸手將覆在籃上的白緞揭去，崇禎不由怔住，籃內赫然是壘做尖塔形的大紅櫻桃，顆粒飽滿，色澤晶瑩，竟似閃著光芒的粒粒寶石，驚問道：「這是哪裡來的？五月才當有櫻桃，如何早了兩個月？」

田禮妃笑道：「稀罕不稀罕？這倒是沒花銀子，是自家樹上摘的。」

「宮後苑與西苑並未栽種，怎會摘得到？」崇禎心下狐疑。

田禮妃道：「不是在宮裡，是在臣妾老家揚州的庭院裡栽植的。揚州地處南國，陽氣回生得早，又搭了暖棚，自然要早許多了。嘗嘗比北果園的櫻桃如何？」纖纖細指拈起一個紫紅的櫻桃送入崇禎口中。

「甜，眞甜！其味不在北果園櫻桃之下。」

「那便多嘗幾個，就算巡幸揚州了。」

「朕想南巡，只是老脫不開身。」

田禮妃怕他提及政事，忍不住著惱壞了心情，忙岔開道：「已近酉時了，皇上就在永寧宮進晚膳吧！要在這兒歇息，臣妾便命人照著江南的樣式，安排下器玩清供，皇上不必千里迢迢地舟車勞頓的，才能一飽眼福。」

她俯首低耳，臉上隱隱飛起紅霞，緩緩向崇禎身邊偎了偎，一陣蘅蕪香氣幽幽地襲來，崇禎心神爲之一蕩，點頭道：「也好，摘了門外的燈籠吧！再命王承恩到文華殿將未曾批紅的奏本取來。」

「皇上還要批紅嗎？」田禮妃嚶嚀一聲，扭偏身子，笑靨淺生，閉著眼，臉上微微泛起潮紅。

崇禎嘴裡笑道：「還早呢！」卻一把將她攬在懷裡，另一手摟了她腰肢。

天色漸晚，幾片陰雲將落日掩住，僅餘幾處殘霞。暮色更重了，天空變得莽莽蒼蒼，霎時閃出無數的星斗，各處的銅壁宮燈都有宮人在灌油燃火。崇禎、田禮妃二人晚膳尚未用完，王承恩抱著本章進來，望著田禮妃，在崇禎的耳邊低聲道：「萬歲爺，李閣老請萬歲爺移駕，他已在文華殿內候著呢！」

「此時入宮到底有什麼急事？」崇禎看看含顰帶嗔的田禮妃，心裡不禁有些既急且怒。

「五鳳樓前發現了一卷妖書。」

崇禎手中的象牙箸一抖，微紫的嫩筍掉回盤龍碗內，他穩了心神問道：「書上寫了什麼？」

第四回

話前塵嚴旨焚要典
遭暗戲冷面犯帝顏

崇禎將灰燼抖落，抬眼看看屋外沉沉的黑夜，冷笑說：「以靜制動，朕還是不理會，看他究竟有多少解數？將來自有敗露的日子，那時有了證據，看他們可還躲得過？」從袖中取出一個摺子道：「這是翰林院編修倪元璐上的疏本，請毀《三朝要典》，下去票擬吧！」

午門是紫禁城的南門。城門三闕，上為九楹重簷廡殿頂式門樓，前後各有彤扉三十六扇，左右兩側建有兩座方亭，內藏古鐘，名曰「鐘鼓亭」。門樓東西兩側城臺上，各有廡房十三間，南北兩側各建重簷攢尖頂厥亭一座，稱為東西雁翅樓。正中城樓巍峨，四座厥亭高聳，恰似五峰突起，形同雁翅翻飛，俗稱五鳳樓。左右兩側有重簷方亭四座，方亭以廊廡相聯，與正樓環抱一體，樓頂兩側鋪綠色琉璃瓦，中央鋪黃色琉璃瓦，最高處雕有一對五爪金龍，昂首盤旋，凌空欲飛。李國楷正在東閣當值，紫禁城護軍統領來報，巡城到午門，在五鳳樓的城道上拾到一個黃袱，不敢擅自開視。李國楷叮囑護軍統領不要聲張，待他退了，打開黃袱，只見一個小匣，打開小匣，裡面一個字卷，展開讀了，大吃一驚，忙命人飛報皇上。

崇禎來到文華殿坐下，李國楷便要叩拜，崇禎傳免了，李國楷忙將黃袱呈上，崇禎開匣取出那個字卷，在御案上撫展開來，見上面只有數個拳頭大的朱字：「天啓七，崇禎十七，還有福王一。」滿紙猩紅，森然刺目，似是天書讖語，忽然想起荷香閣那個少年所言，暗忖道：皇兄在位七年而歿，難道我真的是十七年嗎？為什麼會是十七年，怎麼還有福王一年，難道皇叔常洵還要回來奪位嗎？他一時想不明白，面色極是沉鬱，目光閃爍不定，問道：「李先生，此事幾人知曉？」

「知道此事詳情的只臣一人，那護軍們未曾開視過。皇上，臣以為此等浪言意字蠱惑人心，乘機作亂，當急敕有司大索奸人，剪除後患。以免邪說橫行，混淆視聽。」

崇禎聽了，不置可否，沉思道：「大索奸人？先生是要朕效法神宗爺？」

「皇上……」

「先生可還記得神宗朝的妖書案？」

李國楷道：「臣慚愧！妖書案事在萬曆三十一年，當時臣馬齒徒長，年已弱冠，到萬曆四十一年才中得進士，三年後選授檢討，未及親歷，只是風聞一二，不知詳情。」

崇禎道：「朕其時也未出生，後來聽先帝光宗片言說起，不成體系，御極以後，看了皇史宬所藏的神宗實錄，才知端的。」

崇禎離座進了暖閣，上炕坐了，招呼道：「春夜尚寒，先生隨來暖閣細談。」

李國楷感激地跟進來，在繡墩上淺坐了，傾身正色細聽。王承恩捧上茶來，悄聲退到門外。崇禎吃口茶，不勝感嘆，喟道：「前朝往事，塵封許久了。眞有些白頭宮女在，閒話說玄宗了。萬曆十六年，山西按察使呂坤將歷朝列女事蹟編爲《閨範》一書，當時翰林院修撰焦竑奉命巡視山西，他向來自負，自謂大明第二博學人，放眼天下，僅服膺楊愼一人。見了此書，因與呂坤友善，慨然爲序，雕版付梓，竟有人以爲焦弘的序文將有他志，到東廠告發。總領東廠的司禮監秉筆太監陳矩命人購得一部，獻與神宗爺裁決，神宗爺不及批閱，帶入鄭貴妃宮中。鄭貴妃看了，如獲至寶，暗裡囑託伯父鄭承恩、兄長鄭國泰重新增刊，首列漢明德馬皇后，將鄭貴妃刊入在最後，改名爲《閨範圖說》。鄭貴妃親自撰序，內有『儲位久懸，曾脫簪待罪，請立元子，今已出閣講學，藉解脫疑』等語，竟牽扯到立太子一事。孝端皇后只生一女，孝靖皇后生了皇考，依年齒當爲皇長子。不料鄭貴妃生了皇三子福王常洵，神宗爺寵愛鄭貴妃，愛屋及烏，竟動了立他爲嗣的念頭，故遲遲不立父皇，朝臣多次力諫，都沒有結果，如此一拖便是十幾年。」

崇禎娓娓道來，所說的就是萬歷朝的妖書案，此事普天之下本沒多少人知曉，再說終歸關係著皇家體面，知道得多了未必是什麼好事，李國楷心念及此，身上登時滲出了大片的冷汗。話題牽涉神宗、光宗兩朝，都是崇禎祖輩父輩的舊事，雖已時過境遷，但崇禎談論起來也不能無所顧忌，只是說到動情之處，言辭難免閃爍，神色不勝嘆惋。李國楷聽得心驚，暗自揣摩著皇上話中的臧否之意，以備答對。崇禎接道：「《閨範圖說》傳出宮禁，萬曆二十六年有人托名燕山朱東吉為此書寫一跋文，標名《憂危竑議》，援引歷代嫡庶廢立之事，將鄭貴妃的序文藉機發揮，言她欲奪儲位，呂坤等助之。大旨言《閨範圖說》中，首載後漢明德馬后，明明是借諛鄭貴妃，結納宮闈，逢迎掖廷，微言諷諫，包藏禍心。馬后由貴人進位中宮，鄭貴妃亦將援例以妃進后。貴妃重刊此書，實有奪嫡易儲之謀。一時天下沸騰，朝野橫議，良久才息。二十九年，神宗爺迫於朝臣壓力，冊立皇考為東宮太子，然仍不遣福王赴藩地。三十一年十一月，又出現《續憂危竑議》一書，肆意妄言，較之《憂危竑議》有過之而無不及。」

崇禎說到此處，見李國楷聽得神情駭然，怔怔地捧著茶盞，一滴未進，淡然笑道：「先生喜歡吃涼茶嗎？」

李國楷低頭一看，面色赧然道：「茶是愈陳愈香。初泡時水茶相激，氣味蒸騰，是王者香。現在水冷氣收，香氣內斂，已是隱者香。各有其長，不分軒輊的。下田出苦力的農夫也常這般飲呢！」

「元治仍是不諳茶事，說著說著就露餡了。那喝涼茶豈會是暮春的季節？品茶與解渴也是不同的。品茶以器小爲上，以客少爲貴。客眾則喧，喧則沒有了雅趣。所謂一人得神，二人得趣，三人得味，七八人得名施茶。至於說農夫提壺而飲，有人稱之爲驢飲，只是解渴而已。」

李國楷笑道：「臣哪裡省得這些，喉嚨乾了，索茶便吃，顧不得什麼甘香不甘香的名堂，只要能大口飲下解渴就行了。」

崇禎眼見他大口吃了，想起方才所說的驢飲，幾乎笑倒，放了茶盞道：「那妖書文字不多，只是日子已久，記不住幾句了。」便命王承恩往皇史宬取來神宗實錄並妖書案的文書，揀出那卷《續憂危竑議》交與李國楷。

李國楷小心接了，見紙頁已然發黃，字跡倒還清晰，僅寥寥數百字，平常的文書而已，幾乎不敢相信二十多年前這小小的紙片竟能掀起一場軒然大波，急忙低頭細看：「或有問於鄭福成曰：今天下太平，國本已固，無復可憂，無復可虞矣。而先生嘗不豫，何也？鄭福成曰：是何言哉，是何言哉！今之事勢……夫東宮……不得已立之，而從官不備，正所以寓他日改立之意也。」

曰：改立其誰當之？

曰：福王矣。大率母愛者子貴，以鄭貴妃之專擅，回天轉日何難哉！

曰：何以知之？

曰：以朱相公知之。夫在朝在野，固不乏人，而必相朱者，蓋朱名賡，賡者更也，所以寓他日更立之意也。

曰：是固然矣。仲公一人安能盡得眾心而必無變亂乎？

曰：陋哉子之言矣。夫蟻附膻，蠅逐臭，今之仕宦者皆是，豈有相公倡之，而眾不附者乎？且均是子也，長可立而次未必不可立也……

「或曰：眾附姓名可得數否？曰：數之熟矣。文則有王公世揚、孫公瑋、李公汶、張公養志；武則有王公之禎、陳公汝忠、王公名世、王公承恩、鄭公國賢。而又有鄭貴妃主之於內，此之謂十亂……」

李國楷越看越驚，看到此處，竟覺不寒而慄，神思恍惚起來，定了心神再看，見篇末署名：吏科都給事中項應祥撰，掌河南道事四川道監察御史喬應甲書。

他將字卷呈回，心頭暗自揣摩是什麼人竟有如此膽色見識？嘴上卻罵道：「什麼人竟這等的喪心病狂，胡亂誹謗朝政，敢是要造反嗎？」

崇禎道：「雖是危言聳聽，未免捕風捉影，但若非如此，皇考的東宮之位怕是得不到，得到也未必穩固得了。」

李國楷情知方才失言，忙道：「光宗爺命有天助，豈會是幾個斗屑之輩所可左右的。」

崇禎原未在意，聽了點頭道：「自天佑之，吉無不利，也屬萬幸。當年妖書一夜之間傳遍京師，上自宮門，下至街巷，到處刊刻散發，不可勝數。」

李國楷噤若寒蟬，吃驚道：「竟有如此之多，想必是蓄謀已久，伺機發作。何人先發覺的？」

「還是東廠太監陳矩，連夜將此事秉報神宗爺，神宗爺勃然震怒，嚴令東廠多布旗校，用心密訪，並敕命京師各緝事衙門、各地撫按盡力捕拿，務在必獲……」

「聽說閣臣朱賡府上也發現了妖書。」李國楷見皇上神情漸爲肅穆，後悔自己出言打斷。

崇禎道：「次日一早，朱府門外即發現了妖書，朱賡驚慌失措，將原書呈進神宗爺，上疏申辯，神宗爺英明睿智，知此事與他無關，深加撫慰。妖書所關涉十餘人也紛紛上疏申辯，神宗爺亦加撫慰，一概不究，只命東廠、錦衣衛、五城巡捕衙門嚴訪密緝。」不料，此時謠言四起，鄭貴妃等人爲脫干係，誣陷皇考背後主使，意在逼迫福王儘快之藩，鞏固東宮儲位。皇考驚聞，恐懼不安，惶惶不可終日。神宗爺將皇考召至啓祥宮後殿西暖閣，命眾人退下，只有父子二人，招手教皇考坐到身邊說：「哥兒，你莫怕，此事與你無關，回去放心讀書寫字，每日早早關門，晚些開門，無事不要隨意走動。朕雖年方不惑，但自二十四歲即患眩頭暈之症，痰火之疾，體虛力乏，心神煩亂，去年險些撒手而去，實在顧不得你，你要好生珍攝，以免朕懸心焦慮。」皇考聽了神宗爺的一番慰諭，覺得滿腹委屈，登時涕泣如雨。」崇禎說到此處，面含悲戚，眼中淚光晶瑩。

李國楷悚然動容道：「神宗爺以孝治天下，父慈子孝，終教奸人未能得逞，天下黎民幸甚。」

崇禎接著道：「神宗爺此時也已情不自禁，唏噓道：『父慈子孝，本諸天性。你如今年已弱冠，世間的情理想必多有洞徹，朕在你這個年紀早做了十一年的皇帝。二十一年父子相處，父知子，子也知父，父子本是一心。近來有逆惡捏造妖書，離間我父子，動搖天下，朕已有嚴旨緝拿以正國法。朕怕你驚恐，特地將你宣來寬慰，父子多日不見，本來還有許多言語，只是朕因憤怒引動肝火，不能多言。』」神宗爺喘息著取了諭本，遞與皇考道：『哥兒，這是朕親筆所寫，賜你回去細看，好生體會朕的心意，安心調養，用心讀書，切不可爲小人所誘。』神宗爺不住地咳，皇考感念不能言語，只是不住叩頭拜謝。神宗爺賞賜皇考膳品四盒、手盒四副、酒四瓶，親送出殿，站在殿簷下看著皇考走遠了，還不願回寢宮。」崇禎止不住熱淚長流，忙用袍袖掩了。李國𣚴聽得凄切，哽咽流淚，雙肩顫動，強自忍著哭聲。

良久，崇禎放下袍袖，李國𣚴紅腫著兩眼，澀聲問：「皇上明鑒，那妖書究竟何人所撰，何人刊刻？」

崇禎恨聲道：「何人所爲當時一直不可究詰，只好找了順天府的秀才皦生光做個替死鬼，屈打成招，凌遲處死，算是了結此案。其實此事並非一個區區秀才所能爲，非熟悉宮闈、朝廷大事不可。妖書實出武英殿中書舍人趙士楨手筆，此人一直逍遙法外，後來病篤，喃喃自語，和盤說出，並緘口不說受何人指使。朕以爲此事不外乎朋黨相爭，首輔沈一貫身爲浙黨魁首，與東林黨人積怨已深，東林黨人想以此將他逐離朝廷，而沈一貫反藉此案誣陷次輔沈鯉與其門生禮部右侍郎郭正域，欲興大獄，株連無辜，致政敵於死地，其心不可測。幸神宗爺聖明，只誅了一個無用的秀才，救下了許多的生靈。」

崇禎講得酣暢明白，李國𣚴不住點頭，讚道：「皇上天縱神明，寥寥數語剖析極爲明晰，臣受益匪淺。」

崇禎莞爾笑道：「旁觀者清嘛！」一指炕上的妖書道：「先生以爲何人可爲？」

李國楷略一遲疑，道：「門城下即是錦衣衛值房，五鳳樓四周都站滿禁軍校尉，形爲可疑的人難以靠近，以此來看此人也當是身處機樞，出入宮禁，才方便行事。」

「說的有道理。可是若依你所說大搜宮禁，宮中有十幾萬人，個個排查，正如漫天撒網，豈能捕到大魚？那魚兒早已聞風走了。」崇禎擺手，甚覺不以爲然，沉吟道：「沒有內奸引不來外鬼，這事出在宮裡，根子也在宮裡，說什麼『福王一』，哪個許了他？朕好好地治理祖宗的天下，卻也招人嫉恨了，眼巴巴地看著這把椅子呢！只是看朕查辦了魏忠賢不是好欺的，一時不敢輕舉妄動，便想法子試探，要攪亂人心，亂了他們才有空子可鑽。」

「請皇上詔諭明白，臣即刻派人緝拿嚴辦。」

「不可造次。如今妖書流布未廣，大行搜捕，勢必攪得天下沸沸揚揚，恰是中了奸人之計。寥寥數字的妖書，朕不理會，看他奈何？」說著將妖書取在手中，起身走近燭臺點燃了，妖書轉眼間化爲灰燼，滿室瀰漫著焦糊的氣味。

李國楷急道：「若妖書再現，又該如何？皇上切不可掉以輕心，使奸人恣意胡鬧！」

崇禎將灰燼抖落，抬眼看看屋外沉沉的黑夜，冷笑說：「以靜制動，朕還是不理會，看他究竟有多少解數？將來自有敗露的日子，那時有了證據，看他們可還躲得過？」從袖中取出一個摺子道：「這是翰林院編修倪元璐上的疏本，請毀《三朝要典》，下去票擬吧！」

「聖意以爲妖書出自閹黨？」李國楷暗自駭然，回到東閣細細思想，又似不單是閹黨所爲，隱隱覺得其中藏有極大的秘密，體會得一二卻難說出來。惶恐了多時，才想起手中的疏本，忙收了心神反覆看了幾遍，數次下筆卻深怕不合聖意，忤怒了皇上，心頭惴惴不安，苦思不定，頭疼得像要裂開一般，衣服也沒脫躺了歇息，並沒有絲毫的睡意，折騰到半夜，又想到皇上那句話——根子在宮裡，到底是什麼人在搗鬼？登時不敢再想下去，只覺得周身發涼，心自顧咚咚咚地跳個不住，一團亂麻似的理不出頭緒，急切之間，便想迴避，於是連夜草了乞休的摺子，言老母年已八十二歲，時日無多，爲人子者當回家奉養，以盡孝道。

次日一早，李國槽等來宗道、楊景辰、劉鴻訓三位閣臣來了，將倪元璐的疏本交與他們，推辭道：「倪汝玉所奏，來相、楊相兩位事曾親歷，知曉其中曲折，是非功過一看便可判定，勞煩兩位票擬，以呈御覽。」說罷袖了乞休的疏本去覲見皇上，劉鴻訓也知趣地退了。

來宗道看了，遞與楊景辰，譏笑道：「倪元璐竟如此饒舌，身在翰林院，不過一個閒差，每日裡吃吃茶吟吟詩打發光陰就算了，何必多事言政，操一些閒心？」

楊景辰接了，見洋洋灑灑數千言，文辭極是犀利：「《三朝要典》一書，成於逆豎……不可不速毀……門戶之說興，於是逆黨殺人則借三案，群小求富貴則借三案。經此二借，而三案之面目全非矣。故凡推慈歸孝於先皇，猶夫頌德稱功於義父……崔、魏兩奸乃始創立私編，標題《要典》，以之批根今日，則眾正之黨碑；以之免死他年，則上公之鐵券……由此而觀，三案者天下之共公議，《要典》者魏氏之私書，三案自三案，《要典》自《要典》……若夫翻即紛囂，改亦多事，如臣所見，惟有毀之而已。夫以閹豎之權而屈役史臣之筆，亙古未聞，當毀一；未易代而有編年，不直書而加論斷，若云彷彿《明倫》，規模《大典》，則是魏忠賢欲與肅皇帝爭聖，崔呈秀可與張孚敬比賢，悖逆非倫，當毀二；矯誣先帝，僞撰宸篇，既不可比司馬光《資治通鑒》之書，亦不得援宋神宗手制序文爲例，假竊誣妄，當毀三；又況史局將開，館抄具備，七載非難稽之世，實錄有本等之書，何事留此駢枝，供人唾詈？當毀四。故臣謂此書至今日不毀，必有受其累者，累則必非主……伏願皇上敕下該部立將《三朝要典》鋟存書板盡行焚毀……一切妖言市語，如舊傳點將之謠，新騰選佛之說，毋許奏牘，橫起風波則廓然蕩平，偕於大道矣。」

楊景辰看得心驚肉跳，變色道：「來兄，你我都曾參與此事，當時顧秉謙、黃立極、馮銓爲總裁，你我與孟紹虞、曾楚卿爲副，廁身其中，怕是不好票擬，李相貌似順水推舟，做個人情，其實是將燙手的山芋給了你我，恐會跋前躓後，動輒得咎，難以脫得了是非。」

來宗道哼道：「哪裡有如此艱難？李相如意算盤打得好，你我開脫不是，不開脫也不是，反正難脫干係。他哪裡想到，你我倒也不會如此的死心眼直腸子，票擬有何難的，著禮部會同史館諸臣詳議具奏即可，你我何苦夾雜其中，纏繞不清呢！」

「薑還是老的辣！如此局促之事，來兄舉止投足之間，料理得當，實在高明，正所謂不動聲色，坐觀風雲。」楊景辰十分佩服。

來宗道陰陰一笑道：「老弟過譽，愚兄只是不想引火燒身而已。」

文華殿上，崇禎准了李國楷乞休，命加少傅致仕，早朝散後留他在便殿召見，李國楷含淚叩別，舉薦韓爌、孫承宗。崇禎道：「先生求去，朕心裡明白，奉養老母，也是人之常情，所以准你。朕知你昨夜不曾安睡，先生致仕，朕雖一無所賜，但能教你安心歸養其實比賞賜些金銀還好。」說著將一個疏本遞過來，李國楷恭敬接過看了，赫然是倪元璐的奏章，心頭不禁又跳個不住，待看了內閣的票擬，暗自搖頭，果見票擬後面有朱批五字：「聽朕獨斷行。」便要稱頌，崇禎阻止道：「其實朕當時已有獨斷，不過想示人以公，所以服朝臣服天下。如今朕已明詔，將皇史宬所藏及《三朝要典》書板焚毀，官府、民間所藏一律徵繳，擅藏者以附逆論處。朕先處治妥了閹黨，妖書案已命東廠多派人手打探，不忙著收網，你想全身而退？朕也得安置你呀！」

李國𣚴連連叩頭，嗓音嘶啞道：「臣懦弱少才，有負聖恩。」

「朕倒也不這麼輕易地打發了你。」

「皇上後悔了？」

「哈哈哈……」崇禎長笑一聲，「朕是金口玉言，什麼時候不算數了？朕是想教你回去後辦件事兒。」

「什麼事？臣肝腦塗地……」

「好了，忠言又來了。朕不想聽什麼慷慨悲歌，也不是教你提著腦袋去，此事辦得好，也算一場不小的富貴，朕准你拿，誰教朕沒銀子送你呢！」

「一場富貴？」李國𣚴只覺禍福難測，一臉茫然，暗道：平安無事就是大吉了，什麼富貴不富貴的。

「你回到高陽老家，將宮中的妖書詳情寫成書信，派個幹練的家人送到洛陽，呈與福王，就說朕已緝訪出了幾個奸人。」

「難道是福王？」李國𣚴禁不住有些失色，幾乎脫口而出，忙伸手將嘴捂了，定定心神才問道：「皇上可是想敲山震虎？」

「不是震，是引，不引蛇怎麼會出洞，如何打牠的七寸？」

「福王……不，那背後的主謀想必在宮裡布下了內線，如何肯信臣的一紙書信？」

崇禎輕點一下頭道：「你將朕說的萬曆朝妖書案一併寫上，妖書案知道底細的人多數做了鬼，不怕他不信你。不要小看區區一封書信，可是不少的銀子呢！福王雖說生性吝嗇，可這是性命攸關的事兒，再心疼也會割肉的。你起去吧！」

「臣何時回覆皇上？」

崇禎揮手道：「你不必回覆，朕到時候自然會知曉。」

一春無雨，連日艷陽，京師天氣漸暖，西苑早已桃紅柳綠，草長鶯飛。崇禎用罷午膳，命人到彈子房取了彈弓，只帶王承恩幾個貼身太監，騎馬到西苑遊玩，王承恩提著盛滿泥丸的明黃袋子，緊隨左右。穿過西苑門，遠遠望去，瓊華島聳立水面，波光塔影，在一池春水中緩緩蕩漾。沿岸一帶的亭台樓榭，隱現綠叢水色之間，迴廊、山峰和白塔倒映水中，景色如畫。眾人沿著太液池的南岸打馬如飛，轉眼間來到高聳的團城下，仰望團城城台中央的承光殿，飛簷翹角，宏麗軒昂，黃琉璃筒瓦綠剪邊的殿頂，在午後的驕陽下閃爍出各色的光芒。殿東側有株高大蒼勁的油松，樹冠如蓋，另有兩棵被封爲「白袍將軍」的白皮松，一棵被封爲「探海侯」的探海松，掩映著重簷大殿，松枝含綠，籠罩著一團紫煙，眞如海上的仙山瓊樓。「萬歲爺，樹上有幾隻鳥呢！」王承恩眼明手快，將泥丸奉上。

崇禎下了馬提著袍子向前靠了靠，果見幾隻麻雀在松枝上跳上跳下，啾鳴不已，舉彈弓便打。「吱」地一聲，一隻麻雀歪著翅膀落下來，剩下的幾隻拍翅欲飛，崇禎又彈出一彈，一隻麻雀悶聲直墜下來。王承恩忙上前拾起，見一隻打爛了頭，另一隻傷了翅膀，兀自奮力掙扎，不住哀鳴。

眾太監喝采道：「萬歲爺神技，彈不虛發。」

王承恩獻上，嘖嘖稱讚道：「萬歲爺的彈子竟似長了眼睛一般，小小的一隻麻雀，遠遠望去，不過豆粒大小，卻如在眼前，這等有準頭！」

崇禎大喜，笑道：「牛刀小試，便有斬獲，也不枉朕習練一回。」上馬沿岸馳奔，並見前面太湖石的背陰處有幾株黃梅，將謝未謝，兀自吐芳爭艷，命王承恩下馬折了，欣然道：「朕極喜黃梅，難得暮春尚有遺存，將這幾枝分插注水的長頸膽瓶裡，擺放在青霞軒、清暇居的几案上，還有幾日的玩賞呢！」

清暇居是坤寧宮的小殿，在東披簷下，與在坤寧宮北面曲廊的遊藝齋都是崇禎剛剛賜的名字，兩處的門楣正中懸著高時明新書的匾額，擘窠大字，筆法森嚴，端莊肅穆。周皇后嫻靜地坐在清暇居裡，看著掌事吳婉容帶著幾個小宮女出來進去地收拾著入夏的衣裳，一件件地拿出來熏晾。吳婉容雙手托著珍珠衫走到她眼前，嘖聲稱讚道：「娘娘這件珍珠衫眞是精巧，不知是哪個巧手的妙人兒織成的，五顆珍珠、一粒寶石簇成一朵白梅，梅花本是神仙骨，落到人間品自奇，虧她想得出。」

周皇后用手一摸，便覺觸膚冰涼，細看一會兒道：「那是千秋節前，皇上特命蘇杭織造的，用了一萬顆珍珠，一百粒寶石。那時天氣尚寒，珍珠又性涼，不能穿試。看此樣式想必不錯的。」

吳婉容道：「娘娘肌膚如雪，這般晶瑩的珍珠衫穿起來還不知有多好看呢！」

周皇后含笑道：「你這古怪精靈的，變著法兒誘我，好在今兒個天暖，就穿了看看。」

吳婉容忙服侍著她除得只剩下一層薄薄的窄小衣裙，兩襟的細帶繫成蝴蝶扣樣，罩了珍珠衫，宛若粉雕玉琢的一般，吳婉容驚嘆道：「娘娘眞如仙人似的，一陣清風吹來，怕是要臨風飄舉了，到時萬歲爺向奴婢要人，奴婢拿什麼來還？只得遙向月宮祈拜了。」

周皇后問道：「拜什麼？」

吳婉容眨眼道：「求蟾宮裡的娘娘快些回來，不要撇下萬歲爺不管，教奴婢們心焦懸望呀！」

周皇后假嗔道：「你這張油舌眞會巧嘴，我才不稀罕什麼月宮，做什麼仙人呢！怪冷清的，有什麼好？」

「娘娘是捨不得萬歲爺吧？奴婢們也捨不得娘娘呢！」吳婉容咋舌一笑，轉身出去道：「奴婢去叫那幾個姐妹一齊過來看看。」

周皇后並不阻攔，走到妝台前，取了菱花鏡自顧端詳。珍珠衫乃是低領微開的樣式，將整個脖頸顯露得一覽無餘，身上素白的衣裙若隱若現，肌膚貼了珍珠，便有絲絲涼意，有說不出的清爽細滑，習習生風，她想起那首有名的詩詞，輕聲吟詠道：「小山重疊金明滅，鬢雲欲渡香腮雪。懶起畫蛾眉，弄妝梳洗遲。照花前後鏡，花面交相映。新貼繡羅襦，雙雙金鵪鶉。」一下子緋紅了臉，閉上眼，彷彿回到了細雨濛濛的江南……忽然被人從後面一把抱住，摟在了懷裡。周皇后不禁大吃一驚，急掙身時，卻被緊緊摟住，哪裡掙得脫，待要轉頭去看，無奈那人竟在頸後一路吻下來，呼出的熱氣直吹胸脯兒，她自恃身分，不敢聲張，慌忙左手掩在胸前，右手向上一翻，就是一掌。背後那人將頭一轉，饒是躲閃得快，也被指尖掃在臉上，痛得鬆了手，掃興道：「你的手好狠，打著朕了。」

周皇后見崇禎撫了腮頰退在一邊，頓時怔住，不知如何言語。崇禎見她臉上沒有一點血色，情知方才嚇著她了，忙笑著上前撫慰道：「是朕沒有說話，不怪你，看把你嚇的——」又攬了她的腰肢，調笑道：「這件衫子當眞好看得緊，上下裡外都是雪白的，渾然一體，粉胸半掩疑暗雪，最是可人兒！」說著便將珍珠衫胸前的袢兒解了一個，伸手進去。

此時，周皇后才回過神來，見崇禎腮邊隱隱有幾道紅痕，急道：「皇上，教臣妾看看可曾傷著了？」

「不妨事。」

「皇上再不可如此了，差點兒將臣妾嚇死。」周皇后兩眼流淚，忍不住哽咽起來。

崇禎看她滿臉珠淚，笑道：「還君明珠雙淚垂，朕還沒吃過珍珠呢！這等好的東西如此白白淌落，糟蹋了豈不可惜？」低頭作勢欲吃，周皇后破涕爲笑，啐道：「臣妾可是未嫁時便遇著皇上了，還說什麼恨不相逢未嫁時？只是皇上近日來得少了，倒成了郎爲出來難，教郎恣意憐了。」她忽地通紅了臉道：「臣妾該死，竟失了身分說出這等的淫詞！」

崇禎搖頭道：「這算什麼淫詞？一往情深，說得也是實情。皇上皇后也有人道嗎？也要生兒育女，紹續血脈。床上夫妻，床下君子，老是板著面孔，最是要不得。年紀輕輕的不可教自各兒心如古井似的。」說著，見皇后吃驚地看著，撟舌不下，輕輕捏了一下她的香腮道：「發什麼怔？心裡可是在罵朕誨淫誨盜了？」

皇后囁嚅道：「臣妾不敢，只是覺得奇怪，大白天的，皇上竟然……這些話臣妾是不敢說的？」

「敢想嗎？」

周皇后點頭道：「只是不敢違了禮法。」

崇禎輕喟道：「也難為你了，要母儀天下，統率後宮，不敢閃失。還是方才那句話，皇上皇后也是人嘛！有七情六欲，有喜怒哀樂，朕多日沒來坤寧宮，其實心裡頭也極想的，只是麟兒小產，怕你見了朕更傷情。朕還聽太醫說，你產後體虛，身子又不甚方便，要慢慢調養，朕這幾日也忙，老脫不開身，冷落你了。」

「皇上寬心，臣妾身子已然復原，沒有大礙了。藥已停了，只是還定時進補些。」皇后說了，眼裡又噙滿了淚。

崇禎笑著替她拭了，憐愛道：「太醫已向朕說過了，要不朕還是不敢來。」說著摸了一把珍珠衫又道：「珍珠性涼，天氣又未曾炎熱，穿的時候長了，你這身子骨兒怕是經受不起的，朕替你去了吧！」將餘下的幾個袢兒解了，剛要脫去。忽聽門外一片嘰喳之聲：「你們想不出娘娘穿了是怎樣脫俗的模樣。」「像嫦娥還是洛神？」隨著進來幾個宮女，周皇后慌忙掩懷，崇禎出手更快，背對門口一把將她貼胸摟了。事起倉促，幾個宮女不曾意料到皇上來了，忙跪下請安，崇禎眉頭微蹙，呵斥道：「嗐！沒看到小恩子在門外嗎？」

領頭的吳婉容顫聲道：「奴婢們光想著娘娘的珍珠衫了。再說奴婢前腳才出的門，實在想不到萬歲爺……奴婢該死，求萬歲爺罰奴婢到浣衣局。」

「都起來吧！你們近日將皇后伺候得好，且饒了你們這遭，今後可要多長些眼風，再這麼莽打莽撞的，看不剝了你們的皮！」周皇后又被皇上摟抱，四肢一陣酥麻，但在宮女們眾目睽睽之下，卻早窘得兩頰緋紅，將頭埋在崇禎的肩窩，心裡暗暗害怕皇上大發雷霆，將宮女們嚴加責罰，傳揚出去，還不被人背後嚼爛了舌頭？聽皇上一番申斥，便想命她們退下，卻見一個小太監在門外徘徊，欲進不進，罵道：「什麼事？只顧賊頭賊腦的，成什麼體統！」

那小太監嚇得忙在門邊跪了，結結巴巴道：「奴婢來、來送果子，是、是北果園新下、下的櫻桃。」將紅漆小食盒放了，一溜煙兒地飛跑了。吳婉容等人也醒悟過來，忙低頭退走，吳婉容退到門邊兒，將紅漆食盒提了進來，才轉身下去。

皇后換好了衣裳，將黃梅插入案上的花瓶，王承恩在門外輕聲問道：「萬歲爺，已過酉時了，傳晚膳沒？」

崇禎這才覺得肚子有些餓了，跑了一回馬，又長坐了多時，不理會暮色已然上窗了，但想起方才宮女們闖入一事，朝外罵道：「你這個混賬東西，方才死到哪裡去了？見人進來，怎麼不攔？」

「奴婢，奴婢還以爲是她們奉了娘娘懿旨，再說走得又飛一般的快，阻攔不及……」

「你倒是越來越長進了，學會了回嘴！」

門外撲通一聲跪了，顫聲道：「奴婢不敢！」

「哼！還說不敢，你方才怎麼說的？狗東西，下去領二十鞭子。」

「皇上，還是饒了他這次罷！不然豈不是嫌臣妾教諭無方了。」

「好，就在門外自各兒掌嘴十下。」崇禎聽得外面劈啪地響了起來，笑著握住周皇后的手道：「朕今夜就歇在這兒，不必換妝了，這樣更顯清麗，若塗了什麼珍珠粉、玉簪粉的，渾似廟中的鬼臉，沒有了人氣。」

周皇后道：「皇上自管去忙，朝野臣民上上下下，有多少大事等著處置，別總這麼惦記著我，臣妾有的解悶兒呢！教宮女們讀讀唐詩宋詞，這一天天地，過得也快。」

「你這麼通情理，老是替朕著想，朕更覺對你不起。快不要說了，見你氣色這麼好，朕心裡萬分歡喜，不要掃朕的興致了。」

周皇后含淚道：「臣妾心裡也是時刻想著皇上，好端端的一個麟兒，眞教人心疼，都是臣妾不小心，彎腰扭了身子，哪裡會想到孩子竟沒了。」說著便又要哭。

崇禎拉著她的手道：「朕與你春秋尚富，留得青山在，不怕沒柴燒，朕又不吝惜氣力，愁什麼呢！」

皇后聽他說得鄙俗，破涕一笑，啐道：「這也是皇上說的話？臣妾也明白這個理兒，怕誤了皇上見人辦事。」

崇禎道：「朕知道做皇后也不易，體態要端方，行止要穩重，要賢淑嫻靜，要有母儀天下的風範，耳不旁聽，目不斜視……還不許妒忌……」

皇后低頭拭淚道：「皇上倒是體貼臣妾的心，其實臣妾的難處比起皇上不算什麼的。如今萬事待舉，等著皇上料理的事太多，萬機宸翰都在皇上肩頭，不要再分心臣妾了。聽說焚《要典》一事，都有人尋死覓活呢！噢！按說這是朝政，臣妾不該多嘴的。」

「說說也無妨的，又不是給朕吹枕頭風。」崇禎起身踱了幾步，將紅漆食盒提過來，想起孫之獬大鬧東閣，心下也覺好笑，坐下將一枚嫣紅的櫻桃放到皇后嘴邊，問道：「你是怎麼聽說的？」皇后仰口吃了，吐掉桃核兒，笑道：「那孫之獬不知是個什麼樣的人，想必是個倔強的脾氣，腦袋不轉彎兒的。聽說他到東閣大鬧了一番，戟指大罵閣臣不能直言進諫，有所匡正，令皇上陷於不孝不友之地，閣臣們都躲在屋裡，誰也不願出來惹他。他哭罵夠了，一個人無興無趣地回到翰林院，刺破中指，寫了血書奏本，竟要上朝在皇上面前誦讀，可真狂悖！」

崇禎道：「這個孫之獬是山東人，一根筋的犟驢脾氣，在翰林院任侍讀學士。那日他到東閣，外衣裡面竟穿了一身的孝服，藏了哭喪棒，如喪考妣一般，邊罵邊哭，誰勸打誰，後來鬧得實在難以收場，劉鴻訓命校尉驅趕，他兀自裝瘋賣傻，倒地亂滾，不得已請出『內閣重地擅入者斬』的鐵牌，孫之獬見閣臣動了真怒，才爬起悻悻而去。血書奏本卻沒敢在朝堂上誦讀，朕也看了，滿紙胡言，說什麼『皇上於熹宗，曾北面事之，見有御制序文在朕之一字，豈可投之火？皇上與先帝同枝繼立，非有勝國之掃除，何必如此忍心辣手？於祖考則失孝，於熹廟則失友。』」崇禎話鋒一轉，似憐似嘆道：「此人倒也憨直，只是不識大體，空談氣節，有賣直沽名之嫌，令人生厭。」

「《要典》非要毀損？」

「《要典》不毀，便會給三案以口實，起朋黨，翻舊案，釀大獄，鬩牆相爭，非國家之福。」

「三案不是早有定說了？」

崇禎道：「那些定說乃是魏忠賢擅權亂政而作，閣臣顧秉謙代擬的御制序文，沒有一個字是先帝欽定，都是魏閹一面之詞，不出朋黨藩籬，殊失公正。東林黨心懷怨憤已久，伺機傾力翻案，再爭執起來，還不知有多少人捲入進來，怎麼得了？」

「二者折中如何？」

「兩黨各持偏見，互存是非，並不肯化異求同。東林黨以爲紅丸案乃是首輔方從哲主使，其實當年皇考食紅丸，方從哲極力勸阻，朕就在左右，親眼所見。梃擊案的主犯張差確屬瘋癲，東林黨卻硬要審出鄭貴妃背後主使。閹黨說移宮案都是王安挑唆操縱，藉以居功自重，也不合情理。如今諸事紛紜，朕不想糾纏舊事，只有焚毀最宜。」崇禎將櫻桃吐了道：「這顆恁的酸！朕枚卜以來，言官交章相攻眾閣臣，對來宗道、楊景辰二人尤烈，焚毀《要典》，他們已難自安，學李國𣚴的樣子上疏求去。如今錢龍錫、李標業已到任，加上劉鴻訓已有三人，韓蒲州已在來京的路上，周道登也快到了，人手不算少，自然不必挽留他們。」

皇后問道：「那皇上怎生處置孫之獬？」

第五回

召平臺名將對良策
息兵變寧遠走單騎

日頭已高，改在大殿裡召對。大殿四周擺放著整塊的冰，丹陛對面那個雕鏤精致的玉水缸裡堆得滿滿的，冒出一縷淡淡的白泡，丹陛左邊的銅胎鎏金大缸裡安著一個攪車水輪，四周是二十四個雕成螭首的水斗，不停地攪起水簾，嘩嘩作響，循環往復。清水寒冰，大殿裡竟似起了習習的涼風，絲絲清爽。

崇禎道：「孫之獬託言身患疾病，不能供職，力請回家調養，一副不阿權貴遺世高蹈的模樣，朕當時便准了他。有的臣子以爲他拿御制二字壓朕，罵朕不孝不友，當將他即刻褫斥，以爲臣子者戒。朕倒是不這麼看，孫之獬一個翰林院閒差，不過一時糊塗，教人當了槍使，能掀多大風浪，命他回籍就行了，何必苛求！朕是想看他背後有什麼人，怎樣動作？」

「以不變應萬變？」

「有所爲有所不爲，豈能教一個孫之獬攪了大局？」崇禎冷笑道：「朕這幾日一直想著如何再下旨申明一番才好。朕明旨將皇史宬內收藏的那部《三朝要典》與書板付之一炬，四處官府學宮所藏也要盡毀，就是要那些深懷怨憤的人沒了把柄，看他們還如何妄議生事？自今而後，官家不以此書定臧否，人才不以此書定進退，過不了多久，天下還會有幾人記著《三朝要典》呢？若都置之不理，最合朕意。此事處置不難，朕所究心的還是妖……」崇禎想起妖書一事尚未查出背後元凶，皇后身子還弱，怕驚嚇了她，忙改口道：「還是遼東，還有陝西的民變，安內才可攘外呀！」

「只要東夷不來進犯，將東北的州縣占上一些，也無甚要緊的。歷朝歷代不多是漢人居中，蠻夷分散四方嗎？」周皇后聽說用兵廝殺，心裡大覺不忍，嘆口氣道：「邊疆血流成海水，一將功成百骨枯。舞刀弄槍的，還不知死多少人呢！」

崇禎霍然起身道：「東夷虎視眈眈，伺機而動，朕深覺不安。臥榻之旁豈容他人酣睡？朕不想養癰成患，遺禍子孫。」

周皇后後悔提起了遼事，忙寬慰道：「臣妾知道皇上要做中興之主，遼東不是有袁崇煥嗎！此人屢敗東夷，皇上大可放心。」又幽幽地看了崇禎一眼，調笑道：「皇上方才好生威嚴！說什麼臥榻之旁豈容他人酣睡，敢是教臣妾肅立中宵，皇上獨占了此床嗎？」

「你若是在院中吸風飲露，朕一人獨眠有什麼樂趣？你要冷落朕嗎？」崇禎一把將她拉了，擁入懷中說：「皇嫂那兒，你尋個機會去探探口風，切不可教她以爲朕是對著皇兄的。你不妨告與她，朕到什麼時候都不會忘了她舉薦的恩德。」

七月流火，北京暑氣猶熾。崇禎元年，入夏以來一直乾旱無雨，更覺酷熱難當。將近晌午，德勝門外的官道上，兩匹健馬一前一後如飛而來，揚起一道長長的煙塵。到了門外，兩人下馬，前面的矮瘦漢子將馬轡交與身背包裹的彪形大漢，穿門而入，彪形大漢一手拉了馬轡，緊跟幾步道：「袁大人，還住廣東會館嗎？」

矮瘦漢子將手一搖道：「佘義士，咱們先找一家小店吃點東西，再到會極門遞牌子覲見。此次不住廣東會館，以免行事不密，應酬不暇，住城外的驛站便了。」二人草草用了午飯，趕往紫禁城，進了東華門，一直向西，遠遠望見了一排齊整的屋舍，崇基之上廡房二十二間一溜排開，正中便是左順門，與此相對，西邊還有一排同樣規模的屋舍，正中爲右順門。左順門便是會極門，又名協和門，有門五楹，門上掛著藍地金粉的對聯：

協氣東來，禹甸琛球咸輯瑞；
和風南被，堯階蓂莢早迎春。

協和門的南廡爲內閣誥敕房，北廡是稽察上諭處。熙和門南廡是敕書處，北廡是起居注公署。

袁崇煥遞上手本，不多時走出來一個太監，手裡拿著一卷東西，袁崇煥忙上前見禮道：「可是御前的王公公？」

「正是咱家。萬歲爺口諭。」那太監直身昂頭道：「詔袁崇煥明日早朝後平臺召對。」

「吾皇萬歲！」袁崇煥忙跪接了旨。那太監彎腰笑道：「見過袁大人。大人一路征塵，鞍馬勞頓，且回去歇息吧！」

「敢問王公公，聖上還有什麼話？」

「吓！袁大人見外了不是，呼咱一聲小恩子就成，一口一個公公的，顯得生分了。往後沒準兒萬歲爺派咱監軍遼東什麼的，還要多仰仗大人指教呢！萬歲爺倒是沒什麼別的話兒，咱看著報說大人到了，開懷笑了，想必是歡喜得緊呢！這不還將以前張閣老寫的一個卷軸賞與你，望闕謝恩回去吧！」王承恩晃晃手中的那卷東西，恭敬地捧與袁崇煥，轉身走了。

袁崇煥回到驛站，已是入夜時分。他焚香淨手，小心將卷軸展開，見上面是一首詩，題爲《感遼事作》：「三岔河北玄菟城，三十萬人齊列營。饗士椎牛堪入保，將軍躍馬任橫行。胡兒反骨非難料，蜀卒遊魂豈易平？頗牧拊髀憂不細，虛名誤國是書生。」筆勢飛動，縱橫跌宕，如兵卒列陣肅殺，往來衝突，似聞干戈撞擊鐵騎嘶鳴之聲。袁崇煥看得血脈賁張，想起了宋人辛棄疾那首《破陣子》，脫了袍服來到案前，取筆在手，一揮而就，「醉裡挑燈看劍，夢回吹角連營。八百里分麾下炙，五十弦翻塞外聲，沙場秋點兵。馬作的盧飛快，弓如霹靂弦驚。了卻君王天下事，贏得生前身後名，可憐白髮生。」棄筆長嘯。佘義士端了一大盆的涼水進來，見他周身是汗，衣服濕了一片，忙將水盆放在一邊，打起扇子。袁崇煥見他早已脫去外衫，赤條條的，只穿了一條犢鼻褲，兀自大汗不止，笑著接過扇子道：「你去睡吧！不必伺候著了。」

佘義士答應一聲，去了旁邊的耳房，不多時響起了長長的鼾聲。外面不見丁點兒的風，白天的熱氣鬱積不散，依然蒸籠一般悶熱難當。袁崇煥想著明日的召對，揮扇獨坐，沒有一絲睡意，將近三更，才略略朦朧了一會兒，便不敢再睡，忙起來收拾，又到旁邊的耳房喊起了佘義士，梳洗整齊了入城。趕到東華門，已過四更，門外已有了一大片黑鴉鴉的人群。袁崇煥不想與人寒暄，躲在一旁，燈影之中，竟無人發覺，在眾人後面領了牙牌，天色已然發亮。

召對在建極殿右後門的一處寬大平臺上。建極殿廣九間，深五間，重簷歇山頂，四周圍著三道漢白玉石欄杆，丹墀三層。袁崇煥抬頭看看丹墀，見平臺上設了天子儀仗，兩旁侍立著眾多大臣，從胸前的補子看盡是閣臣、九卿科道一干人。台下肅立著兩行錦衣儀衛，神情肅穆威嚴，不敢胡亂張望，手捧象牙朝笏，躬腰細步，拾級而上，站立等候。忽聽太監喊道：「皇上升座——」只見崇禎皇帝身穿明黃的袞龍袍走出大殿，端坐在盤龍寶座上，御座背後有太監執著傘、扇，眾人忙在丹墀上一齊跪行了常朝禮。崇禎輕輕抬一下手，眾人平身依舊站列兩行。崇禎道：「袁卿前來！」

「臣在。」袁崇煥出班低頭而跪，重新行了禮，等候問話。崇禎俯看了一眼，讚道：「卿萬里赴召，忠勇可嘉。」手略虛抬，命他平了身，問道：「卿再入邊陲，至今將近三月，有何平遼方略，據實奏來。朕未食言，九卿科道都來了。」

袁崇煥道：「臣此次奉旨巡邊，先前未曾到過之處都細加查看，遼東地理已是瞭如指掌。關外千里山河多遭戰火，滿目瘡痍，生靈塗炭，令人扼腕。臣數旬以來，常想遼東邊事何至於此？自嘉靖、隆慶年間，建州夷狄日漸強盛，但終不過偏居一隅，攻略城池，搶掠財物，意在自存，並不敢公然與我大明爲敵。萬曆三十四年，遼東總兵李成梁與薊遼總督蹇達、遼東巡撫趙楫將孤山堡、險山堡、新安堡、寧東堡數堡盡情放棄，以大軍驅迫居民內遷，八百里膏腴之地拱手讓與夷狄，自此建州跳梁開始向南深入。萬曆四十六年，建酋努爾哈赤以七大恨告天，掩襲撫順，在薩爾滸大敗我軍，遼東戰局日漸糜爛。後雖經熊廷弼、孫承宗與臣竭力收復，有所轉機，建州強勢終未曾遏制，也未能盡復我大明封疆。臣以爲並非建州跳梁不可戰勝，其誤在我大明，以致爲其所乘。」

眾人左右相覷，面有驚疑之色。崇禎見他不知避忌，慷慨陳言，不以爲忤，緩聲問道：「卿以爲有什麼誤失？」

袁崇煥侃侃道：「誤失有三：所用非人，用人不專，經撫不和。自李成梁恃功貪墨而遭罷黜，不出十年，遼東更易了八個總兵，都是所用非人。薩爾滸敗後起用熊廷弼經略遼東，廣寧敗後起用孫承宗，都是知人善任。熊經略所定固守之計，貌似怯懦，實爲萬全良策。孫督師徐圖恢復，修繕大城九座、堡寨四十五座，練兵十一萬，拓地四百里。可惜熊經略兩次起伏，落得傳首九邊，孫督師屢遭彈劾，辭官回籍。遼事竟成數十年不結之局，可爲痛惜。」

袁崇煥心裡不勝悲憤，聲調已顯沉鬱，因害怕在皇上面前失儀，只好極力忍耐。

崇禎聽得暗自點頭，但事關皇祖父的聖譽，不好有所表露，忙道：「朕想聽卿此次遠赴遼東，有何見識？前塵舊事，再提無益。」

袁崇煥並未省悟，接著道：「前事不忘，後事之師。臣此次赴遼東，所聞所見所知所感尤爲痛徹。建酋努爾哈赤亡後，其四子皇太極繼承汗位，此人雄才大略，可算亂世梟雄。寧、錦大捷後，建酋不再向我進兵，一意清除心腹大患，征討蒙古察哈爾林丹汗。今年二月他派精騎閃襲察哈爾多羅特部，俘獲萬餘人。如今皇太極已與蒙古科爾沁、鄂爾多斯、阿巴亥、阿蘇特、喀爾喀、土默特諸部會盟，白馬烏牛，誓告天地，正厲兵秣馬，伺機一同攻打林丹汗，估計他們用兵當在八九月間，所謂草初黃馬正肥之時。臣有意乘機直搗盛京，使他前後不得相顧，可惜時日不多，來不及整治甲兵，怕是坐失夾擊建酋的良機了。」

袁崇煥極感惋惜，又頗爲憂慮道：「建酋在天啓七年便已令朝鮮臣服，每歲供糧，緩解了糧草之需，若擊潰了林丹汗，再無後顧之憂，勢必全力南下，專心與我大明爲敵，遼事恐怕更爲艱難。」

崇禎道：「朕已有旨給皮島總兵毛文龍，若後金兵有所動作，務必伺機攻其後方，牽制建酋。皇太極果眞西征林丹汗，朕便命遼東、宣化、大同等處守軍一齊進擊。」

袁崇煥道：「蒙古地勢遼闊，一馬平川，最宜走馬，但我大明軍不擅騎射，臣擔心兵士未經習練，猝然出擊，勞而無功，白白挫了銳氣。不如合兵圍攻盛京，也嚇他一嚇。」

崇禎點頭道：「事起倉促，不必勉強爲之，此事先放置一邊。卿不必枝蔓，有何方略，快快奏明，朕與九卿科道也好權衡。」

袁崇煥見皇上催問，不敢再肆意漫言，忙從袖中取出疏本，呈上道：「所有方略，臣已寫完奏本，伏請陛下御覽獨斷。」

王承恩將疏本呈到御案，崇禎接過細看，密密麻麻，寫得滿滿一紙，擇要默念：「恢復之計，不外臣昔年以遼人守遼土，以遼土養遼人，守爲正著，戰爲奇著，和爲旁著之說。法在漸不在驟，在實不在虛，此臣與諸邊臣所能夠，而無煩聖慮者。至用人之人與眾人用之人，皆至尊司其鑰，何以任而勿二，信而勿疑，皆非用人者與眾人用者所得與。蓋馭邊臣與廷臣異，軍中可驚可疑者殊多，但當論成敗之大局，不必摘一言一行之微瑕。事任既重，眾怨實多，諸有利於封疆者，皆不利於此身者也。爲圖敵之急，敵亦從而間之，是以爲邊臣甚難。」

細細看完，放下疏本道：「觀卿所奏平遼方略，以遼人守遼土，以遼土養遼人，守爲正著，戰爲奇著，和爲旁著，不外乎守、戰、和三事。依朕看來，後金精騎約有十五萬，加上蒙古各部，怕有二十萬以上，增兵進剿誠屬不易。款和一事，朕也有所聞。先帝時，曾暗中議論，只是後金貪得無厭，開口竟要黃金十萬兩、白銀一百萬兩、絹緞一百萬匹、綾布一千萬匹，而僅以東珠十顆、黑狐皮兩張、元狐皮十張、貂鼠皮兩千張、人參一千斤回報，花銀兩買太平，不過白白空耗國力，也無顏以對列祖列宗。三事相較，固守爲上，力戰次之，款和最不可行。只是朕擔心一味固守，遼事何年可爲結局?」

袁崇煥道：「陛下聖斷。固守與款和都是權宜之計，最終還要力戰進剿。臣受陛下恩眷頗隆，若陛下給予臣便宜行事之權，糧餉充足，將士用命，估計不出五年，便可掃平遼東恢復故土。」

崇禎見他說得甚是決絕，並沒有絲毫遲疑，心下大喜，笑道：「卿所奏方略，五年復遼，解數萬黎民倒懸之苦，朕甚欣慰。凱旋之日，朕不吝封侯之賞，還要蔭封卿的子孫。」眾臣聽得也覺鼓舞，憂懼之色漸去，彷彿遼東大患到時既除。錢龍錫拜賀道：「恭賀陛下得此干城大將，五年復遼，就憑敢說此話，足見崇煥膽識過人，著實不凡。」

劉鴻訓等人也暗暗擊掌喝采，附耳對李標道：「寧錦大捷時，後金大兵壓境，軍心動搖，日夜盼望援兵，袁崇煥並將老母妻子接到軍中，以振士氣。真有古大將之風。」

李標道：「袁蠻子是從矢石鋒刃中磨練而出的，見識、膽色、謀略非紙上談兵之輩可比。」

崇禎估計已到戌時，賜眾大臣茶水，退入便殿小憩，眾大臣飲茶談笑。袁崇煥方才言語滔滔，口乾至極，正要舉杯快飲，卻覺衣角被人輕拉一下，「袁督師，請借一步說話。」

袁崇煥回頭一看，並不認識，忙跟出殿來，跟到丹墀的西北角，拱手道：「敢問尊姓，有何見教？」

那人微微一笑，還禮道：「在下許譽卿，表字公實，浙江華亭人氏，司職兵部給事中。」一口略帶江南口音的官話，極是溫和儒雅。

「久仰，久仰！崇煥也曾在兵部當差，份屬同僚。」袁崇煥知道兵科給事中按品級只是從七品，就是所謂「言官」和侍從之臣，對兵部任何舉動都可監督彈劾，不敢大意得罪，以免掣肘掖廷，多生是非，不利於遼東邊事。當下，言辭極是客氣。

「不敢！譽卿才入兵部未久，知兵部曾有督師如此英才，深爲感佩，恨不逢其時，不能早些左右請益。」

「老先生客氣了，有話何妨直講，皇上還要回殿升座召對，不便多耽擱。」袁崇煥原本對言官暗存了輕視，常恨他們以言亂政誤國，見他言辭落於俗套，心裡禁不住有些著惱。

許譽卿依然慢聲細語道：「在下也想問問督師的方略。」

袁崇煥更爲不悅，故作吃驚道：「方才老先生不曾細聽嗎？」

「遼東大計，事關社稷和數十萬黎民，豈敢遺漏一字？督師敢言五年復遼，在下思忖建虜兵精馬壯，銳氣正盛，即使傾全國之兵征討，五年也是未必成功，何況內憂不斷，斷難傾巢而出，督師可是有什麼奇策，能確保五年之內建此不世之功？」許譽卿臉上依然含著笑意，目光卻炯炯地盯著袁崇煥。

袁崇煥一怔，感慨道：「學生見皇上焦思憂勞遼東邊事，寢食難安，期以五年，以分皇上之憂。」

許譽卿登時臉色大變，見左右無人，悄聲道：「皇上英明睿智，苛於察人，督師怎敢虛言應對？督師放言五年，朝臣知則天下知，到時按期核功，一旦事有不協，何以回覆皇上，何以謝天下黎民？」

袁崇煥聽了，才覺召對失言，驚得遍體冷汗，忙施禮道：「老先生一言猶如黃鐘大呂，振聾發聵，學生冒昧失言，可有挽回餘地？」

許譽卿面色愁苦，搖頭嘆道：「如何挽回？所謂覆水難收，怕是不好補救了。」

袁崇煥無奈道：「事已至此，學生不敢隱瞞，誇口五年復遼也是有難言的苦衷，情非得已，才出此下策。學生不過是想教皇上看重遼東邊事而已。」

「如何看重遼東邊事？」許譽卿極是不解。

袁崇煥悲聲道：「遼東邊事數年以來，糧草、餉銀、馬匹、器械供應不足，兵部、戶部、工部督責不利，學生想借皇上之力而督促之，使遼東邊事早日報捷，縱然不能盡復遼東，拓地千里，收復撫順、遼陽數城當無大礙。」

許譽卿道：「今年雖早旱災，但竭我大明全國的物力，不愁遼東用兵的供給，皇上將遼東託付督師，其志不在小，掃滅狼跡，靖除內亂，都是皇上力圖成爲中興之主的宏圖偉略，督師一招不慎，天威難測，怕是萬劫不復了。」言下竟似有些憂心忡忡。

袁崇煥急問道：「如之奈何？」許譽卿正要回答，身後有人笑道：「了卻君王天下事，贏得生前身後名。哈哈，元素，老夫也要聽聽你如何五年復遼。」

袁崇煥聽有人呼自己的表字，便回身去看，見一位蒼桑高大的老者含笑過來，身穿一品仙鶴補子服，許譽卿忙引見道：「袁督師，這是新近入閣的華亭相爺。」

袁崇煥深施一禮，那老者還禮道：「已是老朽了。方才見元素在朝堂上出語豪壯，氣吞斗牛，怦然心動，不勝欣喜。遼東得一元素，朝廷無憂矣。」說罷錢龍錫捋鬚而笑。

「閣老謬讚，崇煥慚愧。方才朝堂言語孟浪，意在拋磚引玉，也好聆聽諸位前輩的高見。」

「老夫已近天命之年，自萬曆三十五年入仕，遼東方略聽得多了，熊廷弼、孫承宗而後，當以元素所言最爲得計，若朝廷用人專一，收復遼東指日可待。元素之功，不愁凌煙閣題名，封侯拜相的。」錢龍錫滿心嘉許，臉上如綻霜菊。

袁崇煥遜謝道：「閣老屬望殷殷，崇煥感念在心。行軍布陣，崇煥樂爲，糧餉器械等物，尚需閣老居中調度。」

「這個自然。」錢龍錫還待要講，便聽一聲高喊：「皇上臨朝——」急忙說了聲：「容後再談。」匆匆前面走了。

許譽卿一笑道：「看來激賞五年復遼大計的並非許某一人哪！」跟著便要入殿，袁崇煥疾步追上道：「老先生話未說完，還請明示。」許譽卿並不住腳，低聲道：「多言其難。」

日頭已高，改在大殿裡召對。大殿四周擺放著整塊的冰，丹陛對面那個雕鏤精致的玉水缸裡堆得滿滿的，冒出一縷淡淡的白泡，丹陛左邊的銅胎鎏金大缸裡安著一個攪車水輪，四周是二十四個雕成螭首的水門，不停地攪起水簾，嘩嘩作響，循環往復。清水寒冰，大殿裡竟似起了習習的涼風，絲絲清爽。

崇禎換了一身白緞絲金龍袍，分外精神，問袁崇煥道：「卿五年復遼，朕極感欣悅。朕思復遼事務繁富，卿不必盡言，可擇其要者詳實奏來。」

袁崇煥道：「遼東邊事至今已成四十年積重之局，原本不易了結，然食君之祿，則爲王前驅，所謂主憂臣辱，主辱臣死，都是做臣子份內之事。臣並非大言貪功，但陛下勵精圖治，留心封疆，銳意遼東，臣自當枕戈待旦，盡心竭力，五年復遼，不敢辭難。只是五年之中，須事事應手才行，戶部轉軍餉，工部給器械，吏部用賢能，兵部調兵選將，都應悉心措置，內外相應，齊心協力，何愁遼東不復。」

崇禎點頭道：「用兵之道，錢糧最爲首要，所謂兵馬未動而糧草先行。戶部，可曾聽得？」

戶部尚書一職正在出缺，現由侍郎王家禎署理部務，王家禎忙出班道：「今年陝西等地大旱，各省加派的遼餉怕一時難以徵齊，福建巡撫熊文燦已有本章，請將福建一省的遼餉留作剿滅海盜之用。臣怕此風一開，群起效尤，遼餉便有其名而無其實了。」

崇禎蹙眉道：「如今遼東邊事吃緊，輕重緩急，權衡不難，邊事急於賑災，不可延誤。熊文燦正在一心撫慰鄭芝龍，靖平海事，遼餉可依他留用，他省怎可胡亂效尤？我大明江山萬里，此許錢糧若難籌措，如何開太平盛世？」

王家禎慌得滿頭熱汗，急道：「臣不敢辭難，當全力措辦，務必使遼東不短缺錢糧。」

崇禎看著袁崇煥道：「卿可滿意？」

袁崇煥點頭道：「遼東邊備不修已久，所供刀槍未用時便已生銹，旌旗鑼鼓帳篷衣甲多已朽壞，難以臨陣對敵。」

崇禎不悅道：「工部，器械爲何朽壞如此？」

署理工部的侍郎張維樞聽得早已心驚肉跳，忙辯解道：「儲存器械的庫房年久失修，漏雨透風，以致器械多有損傷。在籍的匠戶爲完定額，多方取巧，刀槍鍛造火候不足，淬火太過，兼以偷工減料，而器械數量極多，難以遍檢，給小民以可乘之機。」

「可有對策？」

「庫房修繕容易，防範小民取巧實難。」

崇禎斥道：「這有何難！今後所有兵器都鑄上監造本官與工匠姓名，所有衣甲帳篷製作之人的姓名也都繡在腋下、帳角，何愁難以查究！」張維樞連聲稱是，汗顏而退。

吏部尚書王永光、兵部尚書王在晉不等崇禎問話，一齊出班。王在晉道：「督師所言本兵調兵選將，太過簡略，如何調選若能當面明示，最宜辦理。」

不等袁崇煥回答，王永光笑道：「吏部用賢能也是如此，所謂得心應手，可是惟督師之命而從？」

袁崇煥聽他弦外有音，不僅暗生一絲憤懣，分辯道：「豈敢！崇煥以爲五年之中，事務變遷，難以預料，吏、兵二部選用人員若令學生得心應手，當選之人選與學生用，不當用之人即刻罷斥，以利於復遼爲準，一本公心，切勿濫推。」

崇禎掃了王永光一眼，見他欲言又止，厲聲道：「崇煥所言並無不當，你們二人要謹之慎之，不可玩忽。」王永光、王在晉不敢多言，唯唯而退。

崇禎轉問袁崇煥道：「卿還有何事？可一併奏來。」

袁崇煥沉吟片刻道：「臣還有兩事奏請。」

「講來朕聽。」崇禎略向前傾了一下身子，專心納諫。

袁崇煥心頭一熱，稟道：「遼東將士已達十三萬，幾與建虜等同，然多數久不習練，這些將士守城則可，若列營布陣，攻殺進剿，則力不能及。寧遠一役，臣憑堅城用火炮，大敗後金。當年所購四門大炮，至今四載有餘，已生銹跡，不便使用，而固守城池，火炮不可或缺。火器爲我所長，臣有意更定營制，十二個車營、五個水營、八個前鋒後勁營，略加減核，但將兩個火器營分增爲十個，每營騎兵、銃兵各兩千人，配置雙輪車百二十輛、炮車百二十輛、糧車六十輛，共三百輛。大銃十六位、中銃八十位、鷹銃一百門、鳥銃一千二百門。甲冑及執把器械，凡軍中所需，一一備具。如此四萬之眾，攻殺戰守，建虜不可擋其鋒。叩請陛下速命專人購買。」

崇禎道：「此事不難，朕已有旨給兩廣總督張鳴岡置辦，張鳴岡回奏已派兩廣提督李逢節和通譯王尊德前往澳門，向葡國波加勞鑄炮廠求購，卿可放心。只是數目頗多，恐一時難以置辦整齊，怕是要用兩年的工夫。」

袁崇煥慨然道：「兩年之內若能齊備，臣便額手稱慶，定與建州跳梁一較雌雄！」

崇禎笑道：「他日凱旋，朕當成禮午門，以壯我大明天威。還有一事爲何？」他見袁崇煥遲疑不已，激勵道：「大丈夫當機立斷，勇往直前，卿爲國事奔波多年，拋頭顱，灑熱血，不曾做此小女子狀，今日如何矜持了？」

袁崇煥回道：「臣恐此言一出，引起眾怒，四處樹敵，想破藩籬反爲藩籬所縛。然此事關係甚大，不敢不告。」

「但凡有利國事，講來無妨。」

「用兵布防，攻城略地，臣所擅長。通關節，植朋黨，是臣的短處。以臣之力，平定全遼有餘，調和眾口卻不足。臣一出國門，遙居萬里，諸事難以上達天聽，面奏剖白，若有忌能妒功之人，即便不憑藉權力而掣肘，恣意妄言，也足擾亂臣的謀略，所謂三人成虎，臣甚憂懼。」

「又是朋黨！」崇禎心裡不禁默然，起身離開御案，在丹陛上來回踱步，凝視著熹宗皇帝生前親手所製的攪水車輪，暗忖：如今門戶已成，數十年來積習難改，破除朋黨實非易事，沉思再三，緩聲道：「卿不必瞻顧疑慮，朕自有主持，自有鑒別，斷不會爲浮言所動。」

袁崇煥見崇禎面色陰晴不定，正自惴惴難安，以爲觸怒皇上，聽得此言，跪下道：「陛下如此任用，臣自敢放手而搏，若不能收復遼東故土，實在沒有顏面再見陛下。只是臣志大才疏，言語或有不周，思慮或有不及，還望陛下諭示。」

崇禎道：「卿所奏對有條不紊，可知此次遠赴遼東，必有破敵良策。邊事得人，朕甚欣慰。」

袁崇煥道：「上次蒙陛下召見，陛下諄囑事權專一，臣牢記在心。我朝自萬曆年間遼東只設一員總兵，逆閹崔呈秀掌兵部時，賣官鬻爵，濫用私翼，山海關外竟添設四員總兵，以致權勢相衡，號令不一。如今雖增至二員，而掣肘如故。臣以爲山海關內外當以各設一員總兵爲妥，關內總兵麻登雲雖行伍出身，歷經戰陣但不如薊鎮總兵趙率教諳熟遼事，可將此二人對調，趙率教加官一級，掛平遼將軍印。關外總兵朱梅身患宿疾，遼地嚴寒，不宜久處，當將其所駐寧遠合屬錦州總兵祖大壽，寧遠由中軍副將何可綱加駐紮。」

「朕悉行准奏。」

「祖大壽、趙率教、何可綱都是臣手下舊將，臣當年寧遠、錦州連挫建虜多有倚重。倘陛下能令此三人與臣相始終，再給臣便宜行事之權，五年為期無效，臣必手刃三人，赴闕自請死罪。」袁崇煥將頭深深叩下去。

錢龍錫道：「陛下，臣以為崇煥所言有理，孫子云：將在外，君命有所不受。臨陣見機，瞬息萬變，若往來請命，則必貽誤戰機，反為建虜所乘。自古用人不疑，但利復遼大事，無不可為。」

劉鴻訓附和道：「陛下既命崇煥總攬，並准其便宜行事，臣請再賜他尚方劍，以壯威嚴。」

崇禎看看李標，李標道：「臣請收回遼東經略王之采、滿桂的尚方劍，事權統一於崇煥。」

崇禎點頭，向袁崇煥招手道：「卿近前來，朕有幾句祝語賜贈。願卿早平外寇，以解遼東黎民之苦。」

袁崇煥渾身一顫，仰臉含淚道：「臣自覲見陛下，知陛下對遼東邊事憂心如焚，便有志要做西漢趙充國一流的人物，為陛下多分此憂，但臣所學淺薄，常恐有負皇恩，每每心痛不已。如今陛下恩寵過望，臣敢不仰體聖意，早日了結遼事，以解陛下焦勞。」

崇禎徐步走下丹墀，親手挽起袁崇煥說道：「卿所言更見忠愛，此次遠赴遼東，朕不知你何時歸來，但卿畢竟曾經打過，將士一體，同心協力，滅寇何難！」

袁崇煥俯身跪下以頭觸地，竟似有些傷感道：「皇上威德，必定滅寇！」

崇禎笑道：「起來，起來！朕已命光祿寺準備了酒飯，一壯行色。起去吧！」

袁崇煥吃了賜宴，將剩餘的酒飯收拾了一些，出了宮門，佘義士忙迎上來道：「許大人邀老爺到柳泉居小酌。」

「可是許譽卿？」

「只說是兵部許大人，小的不敢問及名諱。」

袁崇煥將手中的酒飯遞與佘義士道：「這是皇上所賜酒食，你回驛站自用吧！」

「多謝老爺！小的前生積了什麼德，託老爺洪福，竟也嘗得到御膳了。」佘義士喜極而泣，「要是太夫人與夫人在就好了，也能嘗到皇后娘娘親手做的飯了。」

袁崇煥幾乎笑倒，說道：「你哪裡聽的這些胡說？御膳坊有的是天下的名廚，哪裡用得著皇后娘娘親做。」

佘義士紅著臉扭捏道：「小的聽說書人講的。小的見他也是個識字讀書的人，便信了。」

袁崇煥笑著脫去冠服，命佘義士帶回，只穿了件白色中衣，頭上紮一塊青巾，打馬緩緩而行。

瀛州酒樓早已易手，爲了主人，又改回了原來的字號——柳泉居，掛上了當年大學士嚴嵩的手書匾額，買賣依然興隆。袁崇煥剛到樓前，早有小二接過韁繩，許譽卿一直在門內等候，也是一身時樣便服，二人也不寒暄，逕直上了三樓雅間。飯菜早已擺上，兩熱兩涼，葷素各半，許譽卿將袁崇煥讓了首座，從桌下提出兩罈酒來，說道：「督師身繫天下萬民所望，朝廷重臣，如日中天，承蒙撥冗來會，不勝感激。這是敝鄉所產狀元紅，在下開蒙時，家嚴親手埋於地下。萬曆四十四年，在下中了進士，回籍省親喝了一些。天啓三年，在下來到京師，便帶了數罈埋在舍下院中，每遇大事便取出小飲一些。不知督師可喝得慣？」

袁崇煥拱手道：「浙江米酒甲天下，紹興狀元紅更是米酒中的佳釀，色如琥珀，醇香可口，實在不下仙人所飲的玉液瓊漿。今日召對得老先生一言，醍醐灌頂，大恩不言謝，學生請以兄弟相稱。」

「也好。袁兄屈尊赴宴，足見情誼。」許譽卿用手輕輕拍開一罈，登時滿室酒香，仰頭用力猛吸一口，竟自大聲讚道：「好酒，好酒！」便推與袁崇煥，酒香撲鼻，甚是濃郁，袁崇煥也禁不住讚道：「果然是好酒！」

許譽卿道：「此酒藏了將近五十個年頭，豈有不好之理？」說著將另一罈的泥封拍開道：「各掃門前雪，一人一罈，不必謙讓。」也不用杯，兩手擎起酒罈，咕嘟嘟連飲幾大口，將酒罈一放道：「這紹興狀元紅其味雖美，失之於甘，略稍淡薄，當用巨觥大斗飲之，方顯氣概。岳武穆道：直搗黃龍，與君痛飲，何等的英雄豪邁，令人不可仰視。今日既無巨觥大斗，便用酒罈痛飲如何？」

「如此最好。」袁崇煥照他的樣子捧罈喝了，笑道：「許兄還是放心不下遼東？」

「非也，非也！在下不是放心不下遼東，是放心不下袁兄。」許譽卿面色微紅，想是喝得快了，連打幾個酒嗝。

袁崇煥問道：「小弟怎生教兄放心不下？弟出入遼東數次，建虜刀箭雖利，也未傷及小弟毛髮，何必擔憂？」

許譽卿搖頭道：「袁兄久在沙場，不知仕途險惡，舉世所不得不避之嫌疑，你卻不知避諱而執意獨行，暫借皇上之力保遼東糧餉無憂，小智耳，但兄當廷請命，刁難面辱諸臣，大事也。弟深恐兄樹怨過多，因小失大，諸臣表面敷衍，暗中掣肘，將如何應對？」

袁崇煥嘿然無語，半晌才嘆道：「弟也頗擔憂，只是要五年平遼，顧不得許多了。」

許譽卿苦笑道：「內有讒臣，外難立功。袁兄長於治兵而拙於謀身，走的是一步險招呀！」

袁崇煥憮然道：「弟當年有專疏上奏先帝，些許話語記憶猶新，『勇猛圖敵敵必仇，奮迅立功眾必忌，任勞則必召怨，蒙罪始可有功；怨不深則勞不著，罪不大則功不成。謗書盈篋，毀言日至，從古已然，唯聖明與廷臣終始之。』朝中若有人專意相對，卻也無可奈何，只盼皇上聖明，是非厘然，爲小弟解脫。」

許譽卿搖頭道：「皇上聖明，但也不會事事如兄所願。兄深入遼東，萬里之遙，君臣如何相知？一旦聖眷有失，禍當不測。袁兄愼之！」

袁崇煥憤恨道：「苟利國家生死已，豈因禍福趨避之？平臺召對，如箭在弦，不得不發。弟若能一雪國恥，丹心汗青，雖死何憾？如兄所言，禍起蕭牆，而致五年復遼不成，弟無可奈何，卻也羞見江東父老，生不如死。盡人事而聽天命，事猶不成，亡我者天也，非戰之罪。」

許譽卿大笑幾聲，用竹筷敲擊酒罈，砰啪作響，吟唱道：「楚天千里清秋，水隨天去秋無際。遙岑遠目，獻愁供恨，玉簪螺髻。落日樓頭，斷鴻聲裡，江南遊子，把吳鈎看了，闌杆拍遍，無人會、登臨意。哈哈哈，這登臨意嘛，普天之下竟無一人領會得，卻也可笑！」

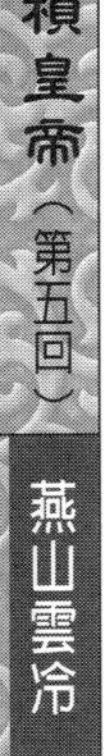

捧罇又喝，接唱道：「休說鱸魚堪膾，盡西風季鷹歸未？求田問舍，怕應羞見，劉郎才氣。可惜流年，憂愁風雨，樹猶如此。倩何人喚取，紅巾翠袖，揾英雄淚？有朝一日，督師淚作傾盆，可有紅巾翠袖爲你擦拭淚？」

袁崇煥也覺心中不勝悲涼，想起寧錦大捷，被魏忠賢冒功，又遭閹黨彈劾，受譏一味暮氣，不得已解甲回籍，遼東邊事一再蹉跎，「莫等閒，白了少年頭，空悲切」，幾乎落下淚來，嘆道：「邊衅久開終是定，室戈方操幾時休！」仰頭痛飲，喝得汁漿淋漓，濺灑得桌上點點滴滴，有如暮春一地的落紅。二人各用衣袖擦拭臉腮，相視大笑。

「嘭嘭嘭」一連幾聲拍門，不容呼進，門外闖入一個大漢，不住聲地叫道：「老爺，老爺，出大事了。」

袁崇煥見佘義士慌張闖入，倏地一把抓住他的胳膊急問：「到底出了什麼事？」許譽卿舉著的酒罇停在嘴邊，不飲也不放下，兩眼緊緊盯著佘義士。

佘義士道：「小的也不知端的。錢閣老命小的跑來稟報，只說寧遠兵變了，皇上有旨命老爺速赴寧遠，教老爺快回。」

「壞我大計！」袁崇煥暴喝一聲，拍案而起，桌上的酒罇經不住這一拍之力，搖晃起來，直墜而下，嘩啦一聲，摔成幾片，金黃的酒漿流了一地。

第六回

欠糧餉亂兵擒主帥
問方略驛站訪元戎

四月前便為我等向朝廷請糧，如何今日還沒到？這些狗官哪裡有什麼仁慈的心腸，說什麼為我等請糧餉，哼！想是為他們自各兒討要的吧！若沒糧餉他們克扣什麼？終不成也似咱們一般餓肚皮囊？卻拿虛言假情來哄誰？張思順，咱累了，你且來打這狗官幾鞭，出出怨氣！

寧遠城南臨渤海灣，北依山丘，東西南北各長一里半有餘，城牆外包砌青磚，內用石塊砌成。牆高三丈二尺，底寬兩丈，上寬一丈六尺，城頭的女牆高至六尺。城牆四面各闢有城門，外有半圓形甕城，以護城門。城牆四角設角台，東南角臺上建有魁星樓。

城池高大結實，城門上的箭樓，重簷高聳，氣勢雄偉壯觀。城內東西、南北街十字相交，鐘鼓樓端居正中，紫牆青瓦，重簷高聳，氣勢巍峨，方型城堡式樓座，十字券洞，構成東西南北通道，最上一層正中高懸著新鐫的匾額，大書遼東重鎮四個金字。鐘鼓樓與南城門之間，鋪成青石甬路，太平錢莊、盛世樓幾家商號生意甚是興隆。鐘鼓樓往北不遠有一片高大的青磚瓦房，坐北朝南，門前石獅雄峙，立有直入雲霄的旗杆，東西各建轅門，山牆高大，這便是設在寧遠的遼東巡撫衙門。遼東巡撫畢自肅正在書房捧著準備上奏對案沉吟，不住嘆氣道：「哎！疏本上了幾道，至今卻仍不見糧餉，都四個月了，戶部竟這等難爲？」起身踱步，幾個來回，咬牙道：「若再無糧餉解到，已是死路了，哪裡還顧得什麼情面？」急急地濡了筆在疏本上添寫道：「群情已憤，禍亂已迫。近日又有匿名揭貼在寧遠鼓樓前，倘諸軍共爲，臣與餉司糧廳庸得保有首領乎？關門一重之藩籬，再令決裂大壞，主計者既不爲諸臣身家惜，獨不爲朝廷封疆計乎？」擲筆在案，餘怒未息，自語道：「誤糧餉即是誤國，這兵敗失城的罪名哪個擔待得起？」

已是定更時分，白日的暑氣消散殆盡，夜風竟有一絲涼意，幾條人影悄無聲息地摸到衙門的牆邊，搭著人梯輕身而入，循著燈光而來。「你們是什麼人？怎麼如此亂闖！」

畢自肅惱怒地喝問。一把寒光閃閃的鋼刀架到他的脖子上，爲首的蒙面人道：「噤聲！

我等是什麼人，到時自然會告訴你，走吧！」

「去哪裡？」畢自肅並不畏懼，在遼東多年，他見慣了刀槍死亡。

「鼓樓。」

「我知道你們遲早要來，糧餉不到你們便會到。」畢自肅並不掙扎，任憑他們綁了，塞了嘴巴。

鼓樓前燈籠火把亮成一片，幾十個手持刀槍的士卒站在樓前，畢自肅遠遠看見樓前幾根粗大的木柱上已綁著三個人，定睛細看，赫然是寧遠總兵朱梅、推官蘇涵淳、州同知張世榮，個個衣衫破敗，滿身血污，不由面色一陣慘白。眾士卒七手八腳將他推過去依樣綁了，便在一旁生起篝火，吃酒取樂。天已大亮，才將四人口中的破布取出，挨個審問。

朱梅想是憋得久了，大吸幾口，竟連咳幾聲，慘笑道：「巡撫大人，沒想到你也要遭此毒手。」

畢自肅見他喘得如牛一般，知他氣喘的舊病又發作了，關切道：「覺得心口如何？」

朱梅搖頭道：「有如一團爛棉花堵了，氣息總是不通用。哎！大人替卑職上了乞休的本章，卑職正等得心焦，時刻盼著回籍安享幾年清福，看來是等不到那一天了，這把老骨頭埋在遼東也好。」一連說了幾句話，朱梅臉已憋得紫黑，如醬豬肝一般，滿臉的悲涼之色。

旁邊的士卒啐道：「朱梅，你這龜孫子，病得要死，卻不忘侵吞糧餉。格老子的，你曉得買房置地討小妾回家養老，爺爺們舞刀弄槍地玩兒命，卻連飯也沒得吃，不教爺爺們活，爺爺們也放你不過！」刷地又是一鞭子打下去。

畢自肅氣得鬚髮戟張，厲聲喝道：「住手！朱總兵身染沉屙，如何經得起這般的鞭打？」

那人嘿嘿冷笑著走過來道：「畢自肅，老狗嘴裡豈會吐出象牙來？你身爲遼東巡撫，就是遼東的土皇帝，這三個龜孫子都受你節制。快說！他們克扣的糧餉送了你多少？」

唰唰兩鞭打在畢自肅身上，夏日衣單，鞭鞭見血，畢自肅疼得渾身顫抖，罵道：「你這混賬東西，怎可不分青紅皀白，胡亂污口害人？我畢自肅生與孔孟爲鄰，自幼讀聖人書，便知忠君報國，朝廷俸祿雖薄，不義之財卻絲毫不取，哪裡有什麼克扣糧餉之事？」

「你這老狗牙齒倒還伶俐，事到如今，還敢狡辯？若不是你們這等狗官克扣，軍中何致缺餉四月？得了好處還要臉面，我等的肚皮哪個來管？」那人冷笑著，甩手一鞭打在畢自肅臉上，登時隆起一道血痕，鮮血順腮而流。

朱梅嘶啞著喊道：「楊正朝，你這狗頭！此事不關撫台大人，大人四月前已上本請糧，不惜得罪朝中權貴，誰知你、你們竟這般恩將仇報。」

楊正朝哼了一聲，轉身對後面十幾個同夥兒道：「大夥兒聽到沒有？這狗官說什麼四月前便爲我等向朝廷請糧，如何今日還沒到？這些狗官哪裡有什麼仁慈的心腸，說什麼爲我等請糧餉，哼！想是爲他們自各兒討要的吧！若沒糧餉他們克扣什麼？終不成也似咱們一般餓肚皮囊？卻拿虛言假情來哄誰？張思順，咱累了，你且來打這狗官幾鞭，出出怨氣！」

張思順上前接了鞭子，不由分說，各自打了幾鞭，氣咻咻地說：「臭娘賊，老子們不戰死在沙場，卻要餓死在你們這些狗官手裡，今兒個老子倒要看看哪個先死！」

畢自肅長嘆一聲，說道：「請餉的奏章我四月前已上奏朝廷，無奈戶部一直未曾解發，近四個月來，你們可曾見得一輛糧車來過？我畢自肅一生清白，此心可比日月。」

張思順聽了，心下躊躇，望望身後的弟兄，一個瘦高個子的士卒疾步過來道：「大人所言不假，我等確實不曾見過朝廷的糧車來過，但小的卻見過糧車在深宅大院中出入，那糧食是哪裡來的？」

畢自肅道：「商人屯積居奇在所難免，若無商家，軍糧所缺更多。」

那人道：「不是商人，卻是官人。商家公平買賣，各憑所願，怪他何來？」

「什麼官人？」

那人往旁邊一指道：「便是州通判張世榮這狗賊！昨夜我等巡城，見他宅院後門暗開，許多糧車出出入入，便在暗中窺探，原來這狗官竟將克扣的軍糧高價賣與商家，一斤白米竟要一錢銀子。我等十幾個巡城弟兄不及回營稟報，碰到推官蘇涵淳，請他一齊去看了，求他做主，不料這廝卻要將我等弟兄拳打腳踢，好生喝罵，還威嚇我等若走漏半點風聲，便將我等緝拿下獄，好生可恨！若再不反，如何出得了胸中的這口惡氣？張大哥，將鞭子給小弟。」

張思順笑道：「伍老弟，可悠著點兒，你那瘦猴似的身板兒，莫要閃折了腰！」

那人一把將鞭子搶過，不服道：「咱伍應元摸爬滾打了幾年，韃子也殺過無數，何曾能包過一回？」

「哥哥是怕你聽話慣了，見官便腿顫腰軟，使不出力氣來。」

「哥哥且瞧著，好官咱敬他服他，卻也不曾怕過，這等貪官自是不在話下了。先打張世榮這狗賊，一斤糧食抽一鞭子，若要不打，一鞭子換一斤糧食也行，咱倒要看他忍到何時？」

「這些狗官都是要錢不要命的，將銀子看得比人都金貴，他哪裡會輕易拿來贖買？」張思順負手胸前，看一眼楊正朝，不住地攛掇。

「那就看是他的皮肉結實，還是咱的鞭子重了。」伍應元唰唰幾鞭，專打兩肋兩股，痛不可當，張世榮殺豬也似的嚎叫，哭道：「你且住手，有話好說。糧食我又沒帶在身上，若是將我打死更換不成糧食了。」

背後眾士卒紛紛喝罵道：「這麼嘴硬，死到臨頭，還敢用言語要挾不成？」

伍應元卻不急不惱，問道：「大爺便沒名字嗎？什麼你呀我的，咱爲何要聽你的？偏要再打！」

「不要打了！」一個尖細的聲音傳來，眾人回頭去看，見不知何時已停了一乘涼轎，轎上下來一個艷裝的麗人，來到樓前拜道：「妾身是張同知的如夫人，求軍爺不要再打了，妾身認捐就是。」說罷，眼淚汪汪地看著渾身血污的張世榮，哭道：「老爺受苦了。」

張世榮跺腳道：「嘿！你來做什麼，拋頭露面的！」

那女子杏眼圓睜，恨聲道：「你那原配恃著身分不來，也不教你的寶貝兒子來，怕你張家斷了香火，賤妾不來，哪個救你？」

眾人聽了哄然大笑，伍應元乜斜著那女子道：「嘖嘖嘖，這般花容月貌的，好教人疼。大爺要是下手重了，教你守寡豈非苦了你？咱也沒那麼狠的心腸，你既親來認捐，足見誠意，咱便不打了，快回去運糧，日落前若見不到糧食，就預備下棺材吧！」那女子施了個萬福，目光掃了畢自肅一眼，回身上轎走了。

伍應元晃晃手中的鞭子，狂笑一聲道：「還是鞭子管用，跪了多時也求不到糧，幾鞭子便有了。」又轉到畢自肅身前道：「這小小的同知都有人來捐救，你這般的大官豈不更是值錢？快教人送信取錢來吧！」將鞭子高高揚起，帶著一股刺耳的風聲，堪堪落下。噠噠噠的馬蹄聲驟然響起，一匹快馬飛奔而來，馬上的人大喝道：「休得放肆！」

馬上擰身彎腰，一把將鞭子奪了，擲在地下，翻身下馬，擋在畢自肅身前。

楊正朝向前一步，堆笑道：「小的當是何人，竟有此膽魄！原來是兵備副使郭大人。你要小的放人也無不可，先將銀子送來！」將手伸到郭副使面前。

郭副使忍住怒氣道：「我騎馬前來，銀子隨後便到。」

「不是再哄小的們吧！」楊正朝一翻眼睛，便要動手，伍應元看看升高的日頭，正沒遮攔地照下來，笑道：「哥哥，郭副使拖延幾個時辰也無妨的，如今十三營都已躁動，他豈能奈何得了咱們？等一時也不打緊，這大熱的天兒，弟兄們也好喝些水解解渴。若等不到銀子，再好生消遣消遣他不遲。」將嘴一撇，神情極是不屑。

郭副使看著滿臉血污的畢自肅，慚愧道：「卑職來遲，教撫台大人受苦了。」

畢自肅苦笑道：「郭廣，你能來老夫已知足了。」又壓低聲音問道：「十三營果真皆動？」

郭廣點點頭道：「大人不必心急，士卒躁動不過是求發糧餉，原沒有犯上之意，卑職已將庫銀盡行取出，共二萬兩，按半餉之書先發與士卒，以後再補足。」

「你好糊塗！將庫銀全都分發了，後繼糧餉尚未解到，今後如何維持？士卒一旦潰散，寧遠城豈非不戰而敗，拱手送與建虜？可憐袁督師數載的心血付之東流，你我對得起何人？實是萬死莫贖呀！」畢自肅湧出淚來。

郭廣道：「大人，此時若不動庫銀，群情再難抑制，拖得一時算一時，與其坐等潰營，不如全力一搏，或許會有轉機。」一席話說得畢自肅垂淚不語。

說話間，已有十輛大車停在了譙樓下，楊正朝道：「郭副使果是信人！下去清點。」伍應元帶著幾個人下了譙樓，略略點了高聲回道：「不多不少，正好兩萬兩。」

楊正朝冷笑幾聲，問道：「副使大人，按半餉而論十四營每營該是五千兩，如何卻只有兩萬？那五萬兩哪裡去了？」

郭廣道：「庫銀只剩這些，一時只有這麼多。若是不信，你們可到庫房驗看。」

「到庫房驗看？我等又不是三歲的娃娃，任你哄騙！銀子早被你們分光了，哪裡還會放在庫房裡，定是藏在家裡了。」

楊正朝走到女牆邊，扒著垛口向下喊道：「小伍子，去巡撫衙門搜一搜，我不信白花花的銀子會飛了。」

畢自肅聽了，便覺威嚴盡失，又怒又羞，又急又熱，竟昏了過去。郭廣大驚，連聲呼喊，只是不醒，憤然道：「所欠五萬兩銀子向郭某討要便了，不可再折辱朝臣。」

「哼！向你討要，你哪裡值五萬兩銀子？」

「郭某向當地商家借貸，給你們五萬兩就是，救撫台大人的性命要緊。」郭廣將胸膛拍得山響。

「好！先立了字據。」

郭廣方寸已亂，寫了欠條，楊正朝忙命人取來涼水，當頭淋下，解了暑氣。此時，伍應元等人也一頭汗水地跑回來，喘息道：「哥哥，好生奇怪，小弟將巡撫衙門裡外都搜了，撫台大人的臥房也未放過，竟只搜出這幾兩散碎的銀子。」雙手遞過來，成色遠遜庫銀。

楊正朝怔了片刻，上前給畢自肅解縛道：「自古無官不貪，小的們有眼無珠，不知大人清廉如水，一時激憤開罪大人，請大人責罰。」說著俯身跪下叩頭，其餘士卒也跪了一片。

畢自肅回到巡撫衙門，支撐著草了告急引罪兩份奏疏，六百里加急飛報朝廷。疏本七月十四不到酉時即送入了會極門，接本官見了上面標著六百里緊急公文字樣，不敢怠慢，急忙送到司禮監，司禮監文書房掌房報與掌印太監高時明，高時明親到青霞軒送與皇上，崇禎急召閣臣、兵部尚書、戶部侍郎即刻入宮。半燭香的工夫，劉鴻訓、錢龍錫、李標、王在晉、王家禎都到了青霞軒，見皇上面色鐵青，各自心裡敲起了鼓，暗暗揣摩。

崇禎待眾人參拜已畢，喝道：「王家禎前來！」

王家禎急忙上前，才走幾步，嘩啦一聲，幾本摺子迎面摔來，砰地落在腳下。王家禎驚得面色慘白，不敢抬頭也不敢低頭，立時窘在當場，眾人心裡也覺迷惑，不知皇上為何大動肝火。

崇禎厲聲道：「這些都是畢自肅奏請糧餉的摺子，你拾起再看，寧遠糧餉為何遲至今日未發？」

王家禎跪下將摺子撿起，抱在懷裡，叩頭道：「皇上，臣自四月接到寧遠巡撫衙門催糧的本章，便預備籌措，可是薊州、宣府、大同、偏關、榆林、寧夏、固原、甘肅等處邊鎮也有本催糧，一時難以應付，各邊將也都不好開罪，臣想等秋收後籌備齊了，一起解發。」

「蠢材！」崇禎拍案大怒，「軍情也等得秋收嗎？」

王家禎支吾道：「臣一時糊塗，請皇上責罰。」

「責罰？怎麼責罰？罰了你寧遠兵變就自行平定了？」崇禎目光凌厲地逼視著王家禎。眾人一下子明白了皇上爲什麼發火，心中不免暗恨王家禎做事顛倒，誤了遼東邊事，也害得大夥兒一起頂缸。崇禎穩了穩心神，語氣卻更加冰冷，緩緩地問道：「朕才發戶部的五十萬兩內帑哪裡去了？畢自肅說寧遠自三月至七月欠餉，總數不過十三萬五千兩，爲何不夠解發？」

王家禎渾身顫抖，囁嚅道：「臣已分發給了九邊，暫時填補先前的虧空，穩定軍心。」

「混賬！」崇禎再難忍耐，斥罵道：「朕撥出宮中的內帑意在救急，你卻撒鹽似的胡亂分用了，可知遼東邊事乃國家首務，如何不分緩急？寧遠兵變雖由士卒發起，你實爲首惡，朕豈能容你！天災猶可恕，人禍豈能饒！來人！將他拿下，削籍褫職。」殿外的錦衣衛進來將王家禎拖了下去。

崇禎餘怒未息，喝問王在晉道：「寧遠欠餉，兵部難道不知？士卒嘩變，危及寧遠，如此遼東何日平復？」

王在晉稟道：「皇上，寧遠兵變並非缺餉所致，如今缺餉者並非寧遠一城，他處不反而寧遠獨反，是因寧遠守卒多爲流民，都是烏合之眾，本來就沒有什麼報效朝廷之心，往往是一聞警報，便藉口缺餉來掩飾潰敗眞相。」

崇禎不悅道：「這不過是些揣測之辭，索要餉銀本爲活命，如你所言，何必冒死犯上作亂？」

「想是那畢自肅治軍無方，軍紀鬆弛，致使士卒蔑視法度，不知約束。」

崇禎怒道：「你倒推得乾淨！若是軍紀不嚴，還會是幾十個人作亂嗎？寧遠守軍不下七萬，人人參與，城池早就丟了，還會插著我大明的旗幟？事到如今，竟還有心思推諉自保。哼！嚴查起來，戶部、兵部都脫不了干係。」王在晉惶恐地退下，偷偷擦拭額頭上的冷汗。

崇禎心裡極爲憂慮，面色更加沉鬱，掃視群臣，壓下怒火，冷冷地說：「寧遠亂兵雖多，但領頭的不過數人，追罪不宜過眾，懲辦首惡，餘者不問既可。能綁了叛卒打開城門的官兵，重加升賞。一時糊塗受人挑唆的兵卒，若能擒獲帶頭鬧事的，即可免罪，或發赴前敵，准其戴罪立功，切勿株連。朕以爲寧遠兵變撫慰爲上，必定使兵卒安心，萬萬不可逼得他們逃往遼東，降了建虜。」

劉鴻訓道：「皇上所慮深遠，臣以爲當速派人安撫，以免日久亂大，不可收拾。」

「先生以爲當遣何人？」

「守遼非袁蠻子不可，寧遠兵變也非袁崇煥不可。寧遠本爲他舊地，將士平素極是欽服，平定當屬不難。」

崇禎點頭道：「那就擬旨吧！命袁崇煥爲欽差出鎮行邊督師，火速趕赴寧遠，免朕日夜懸望，不必入宮陛辭了。」又轉臉對錢龍錫道：「就由先生前往宣諭，代朕送行。」

夜風依然灼熱，袁崇煥辭別許譽卿，打馬回了驛站，進了內堂，便見錢龍錫一身青衣小帽，手中捏一把竹紙的摺扇，極像散館的老教書先生，正在屋內慢慢踱步，手中的竹紙摺扇扇得嘩嘩作響，忙上前施禮。錢龍錫一手扯住，一起坐了，佘義士早上好了茶，又送來幾塊濕涼的手巾，兩人擦了，錢龍錫搶先道：「尋著你，老夫放了一半的心。」便將寧遠兵變及皇上召見之事簡略說了一遍。

袁崇煥靜靜地聽著，任憑臉上的汗水不停滴落，既不擦拭，也不搖扇取涼，心裡暗自惱怒不已：畢自肅呀畢自肅，你枉追隨我多年，如何如此柔弱寡斷？朝廷糧餉不到固然不該，可你萬萬不敢處置失措，使兵變難以收拾，當時若將蘇涵淳、張世榮兩個狗頭斬了，何至於此？良久才說道：「皇上英明果斷，只是罷了一個王家禎並無多少裨益，變亂已生，當務之急是想想如何平定。」

「皇上有旨命你去辦理此事。」說著從袖中取出聖旨宣了，說道：「老夫便服造訪，不敢進門宣旨，你自看吧！」

袁崇煥依然跪接了旨，看了長嘆道：「寧遠將士多爲舊部，不難處置，但恐糧餉拖欠遙遙無期，日子久了再生變亂，便不好懾服。」

錢龍錫道：「這個不必擔心，糧餉不會拖得太久。遼東邊事要緊，皇上震怒，戶部斷不敢再掉以輕心。老夫此次過寓相擾，還想細問平遼方略，金殿之上言語簡賅，不得詳聞，心下頗有疑惑。」

袁崇煥一笑，想起方才柳泉居酒樓上許譽卿慷慨激昂的樣子，暗道：不知多少朝臣矚目遼東，那些奸佞小人再想暗中作祟怕是不易了，意念及此，心神爲之一振，答道：「兵家密事，崇煥本不願明言，但閣老屈尊造訪，不恥下問，崇煥不敢不言。其實平遼方略並無多少奇異，不外東江、關寧兩路進兵。」

錢龍錫道：「東江？可是毛文龍嗎？」袁崇煥輕輕點頭。錢龍錫不解道：「兵法云：兵分則弱。如今寧遠城堅兵多，宜於攻守，爲何捨此實地而用海道？毛文龍坐擁貔貅，化外稱雄，怕是驍悍難以節制。」

袁崇煥道：「用兵譬如對弈，如今棋盤上有四子：山海關、錦州、寧遠、東江，東江不過居其一，守將毛文龍據海自恣，但只求自安，不思盡忠報國，學生到得遼東，文龍若聽號令，可用則用之，不可則除之。海道若暢通，建酋皇太極果敢來犯，祖大壽拒他於寧遠，學生親提一旅雄師，取海道北上直搗他遼陽、盛京老巢，使他前後不得相顧，進退失據，一舉平定遼東。」

錢龍錫沉吟道：「毛文龍據守東江數年，對建虜多有牽制，如鯁在喉，心存顧忌，便是有功，還當以用之爲上。皇上英明，若遼東有事，難以獨斷，當急報京師，以免皇上生疑。」

袁崇煥深施一禮，感激道：「學生記下了。軍情緊急，皇命在身，不敢遲緩，學生想連夜動身，前往寧遠。閣老可還有指教？」

「元素要下逐客令了？哈哈哈，皇上既命你不必陛辭，老夫也不敢再逗留了。老夫就在京裡等候佳音。」

袁崇煥送錢龍錫出門上轎，命佘義士護送家眷慢行，急到兵部取了火牌，換了輕裝便服，將冠服用包袱裹了，又用黃緞絲龍套子將尚方劍裝好一起背在身上，打馬出京。一路急馳，第三天近午時分便到了山海關行轅，總督王之臣、總兵麻登雲率眾將迎接拜見，宣旨已畢，袁崇煥卻不停留，將督師印信先留在總兵衙門，只背了尚方劍獨騎出關，將近黃昏時分來到了寧遠城南。

寧遠東西南北四方各有春和、永寧、延輝、威遠四門，永寧門、威遠門非用兵打仗時不開，平日只開春和、延輝兩門，這些日子兩門也關了，只准商隊出入。袁崇煥望著延輝門高大的城樓，故地重遊，不由暗自唏噓，頗多感慨，城上兵丁早已見了，大喊道：「什麼人？再往前走，可要射箭了！」

袁崇煥勒馬道：「大明欽差出鎮行邊督師袁崇煥。快將門開了！」

城上兵丁哪裡相信，笑道：「哪裡有獨自一人的欽差？斷是假冒的！」

袁崇煥喝道：「寧遠兵變，朝廷已知，本部院奉皇命前來。寧遠城爲我所修，我袁崇煥又回來了，你們如何不放我入城？」

兵丁們聽了，不住交頭接耳，更覺疑惑，暗自思忖道：「細看面目倒像袁大人，怎麼孤身一人？」爲首的小校高聲問道：「袁大人，既知兵變，怎麼你一人入城，難道不怕嗎？可是身後還有大隊的伏兵，等大人打開城門圍剿寧遠？」

袁崇煥朗聲大笑道：「你們看我身後可有一人？本部院駐守寧遠五年，與士卒築城抗敵，先後大敗建酋努爾哈赤、皇太極，出生入死，浴血而戰，寧遠將士與我情同手足，此次回寧遠如回故園，有什麼可怕的？兄弟相會，大碗痛飲，把盞盡歡，本部院也不信眾兄弟會與我刀兵相見？我未帶一兵一卒，單人獨騎，眾位弟兄卻怕了嗎？」

「袁大人言語豪邁，不減當年。兄弟們信你！」為首的小校不住讚嘆，扯起吊橋，開了城門。

袁崇煥抱拳匹馬入城，直奔鼓樓。鼓樓前早已無人，只剩下幾堆尚未燒燼的木柴，隨地散落著，下馬一探，木炭已涼多時，一絲熱氣也無。袁崇煥上馬轉奔巡撫衙門，但見衙門前冷冷清清，並無一個人影，也不下馬，衝到大堂前，高聲呼喝道：「范九——范九——，袁崇煥在此。」裡面竟闃無一人。袁崇煥心下大驚，正待調轉馬頭出來，卻聽後面有人問道：「可是袁大人嗎？」

袁崇煥見後院奔出一個全身戎裝的將領，問道：「你是何人？」

「卑職兵備副使郭廣。」

「畢自肅何在？」

「卑職已將撫台大人護送去了中左所。」

袁崇煥大怒道：「臨陣脫逃，按律當斬。如今兵變未平，主將擅離，眾將寧遠交與何人？」

「兵饑作亂，眞是難以安撫，撫台大人也盡力了。」

「命他前來見我！」

郭廣垂淚道：「畢撫台已去了。」

袁崇煥雙眼通紅，急聲道：「他究竟怎樣了？」

「他被亂兵拷打了整整一天，身子虛弱至極，心中羞愧更是難以忍耐。到中左所後，即不飲水進食，整整九天，昨夜已然去了。臨死前，還命親兵架著朝南磕了頭，連說有負君恩，大叫數聲而亡，眼睛卻兀自不閉。」

袁崇煥心頭大痛，想起當年寧遠鏖戰，畢自肅也是兵備副使，左右追隨，登城督戰，用火炮痛擊後金兵馬，恍如昨日，不料轉眼竟人鬼殊途，已成永訣，更覺熱血翻滾，咬牙道：「朱梅傷勢如何？」

「總兵大人現在後面將養，倒無大礙。」

袁崇煥略略放了心，又問：「那兩個貪官何在？」

「蘇涵淳、張世榮二人不敢回家，也藏在後院。」

「帶了隨我走！」袁崇煥換上二品錦雞補子大紅紅絲蟒服，頭戴六梁冠，腰繫玉帶，背了尚方劍，打馬直奔大營。

西邊的日頭將落，餘暉散成萬道霞光，遠處的山巒、近處的城牆民舍一片耀眼的金黃。城區北部，數排的營房錯落有致，這便是寧遠兵卒的十四個大營。各營周匝都圍著巨石大木堞雉，營門放哨的士卒幾倍於平時，各持刀劍，虎視眈眈，來回遊走。

「袁大人回來了——」郭廣飛馬大呼。片刻間，各營湧出不少的兵丁，聚集在營門外，紛紛張望。

袁崇煥放馬緩行，來到中間的演兵校場，下馬緩步走上校場月臺，左右巡視，高聲道：「寧遠十四營的弟兄們，我袁崇煥又回來了。你們之中不少曾與我一同朝夕相處，浴血奮戰，當年是何等慘烈艱難，你們沒有一人叫苦退後，可如今只爲了點兒的糧餉，竟將畢自肅逼死了，當年的患難情誼何在？報效朝廷的忠心何在？」

「袁大人，我等弟兄沒有逼死撫台大人，欠債還錢天經地義，朝廷拖欠糧餉，一些狗官乘機克扣，只知大把地撈銀子，哪裡管我等死活？何必要替他們賣命？」有人在營門口大喊，不少士卒跟著呼喝，「不給他們賣命！大不了回家，守著老婆孩子也強似在這裡吃苦受氣。」

袁崇煥道：「方才是哪位兄弟？可否現身面談？」四下一望，無奈天色已暗，看不清面目。

那人道：「袁大人，教咱現身，是不是抓了砍頭，殺雞給猴看，嚇唬人呢？」

袁崇煥一笑，說道：「兄弟莫怕，袁某平生只殺韃子，不殺手足。聽你口音，老家必是在蜀中。四川天府之土，自古富甲海內，兄弟萬里辭親，爲國效命，上不能養高堂父母，中不能陪伴嬌妻，下不能含飴弄子，所爲何來？還不是求取功名，博得個封妻蔭子，光宗耀祖，以振家聲嗎？如今不思立功，卻受人挑唆，附逆爲亂，若不懸崖勒馬，功名利祿轉眼便成黃粱一夢，空身回家有何顏面去見父母妻子？何況依大明律例，一人判亂禍及九族，你爲出一口惡氣，竟甘心教家人受你牽連？」眾士卒聽了默然無語，不知哪個悔恨交加，嗚咽出聲，頃刻便響成一片。

「我等受罰，那克扣糧餉的狗官便沒人管了嗎？」那人大叫道：「左右是死，拼了性命不要，也要殺了那狗官，吐出胸口的惡氣！」

袁崇煥冷冷道：「克扣軍糧，按律當斬。此事自有國法王章，不需你們勞心費力。來人！將犯官押來！」郭廣親領兵丁將兩人五花大綁地押了上來，兵丁們早已恨透二人，不由分說，背後狠狠一腳朝二人腿彎處踢下，撲通跪了。

此時，各營門口的兵丁越聚越多，不少悄悄蹩到校場邊兒，燃起星星點點的火把，蜿蜿蜒蜒地圍攏著，將校場上下映得一片通明，各營的都司、游擊、僉事也隱身其中偷偷觀看，只見火把影裡袁崇煥精神抖擻威風凜凜，各自心下欽敬。有人喊道：「宰了他們！」四面八方一齊回應，山呼海嘯一般，驚天動地。

袁崇煥朝四下揮揮手，示意兵丁們停止呼喊，喝問：「蘇涵淳、張世榮你們可知罪？」二人早知袁崇煥威名，見他嗔目厲聲，已是怕了，顫聲道：「卑職知罪。」

袁崇煥大喝道：「既已知罪，便不需再饒舌辯白，台下斬了！」

蘇涵淳掙扎道：「袁大人你有何權柄殺我？」

袁崇煥臉上帶著一絲冷笑道：「本部院乃是欽差出鎮行邊督師，自然有權斬你。」

蘇涵淳哈哈笑道：「可有印信？取出一觀，便任大人隨意施為。」

「印信攜帶不便，寄放在山海關臨時行轅。」

蘇涵淳叫道：「那大人算什麼督師？我等拒不奉命。」

張世榮也跳罵道：「我等不受你節制！」

郭廣心下登時不安起來，惶惑地看著袁崇煥，低聲道：「若無督師印信，一旦眾人彈劾，擅殺邊臣，其罪不小。」

袁崇煥微微一笑，說道：「郭副使，你不曾知道本部院任寧前兵備副使之時，便刀劈過克扣軍糧的糧官，當年督師孫承總也未深罪，朝廷更未追究。今日斬這兩個狗頭何須多慮。」

張世榮心有不甘，哭喊道：「刀在你手，要殺也行，只是我們哥倆不服，堂堂的三品大員，名震天下的袁崇煥，呵！什麼時候換成了二品的冠服，想必又高升了。只是你這樣跋扈行事，傳將出去不免教人齒冷！你道是也不是？」

蘇涵淳附和道：「我說袁大人官升得如此之快，原來是他人鮮血染得緋袍紅呀！殺了我們這些墨吏，才顯得大人清廉如水嘛！」

袁崇煥冷哼一聲道：「你倆巧言狡辯也沒甚用處，本部院教你倆心服便是。」往身後一探，將尚方劍取下遞與郭廣道：「請王命！」劍光如水，吐出萬丈光芒，張世榮看清了果是御賜的尚方劍，一下子癱倒在地。蘇涵淳怨毒地望著袁崇煥，嚎叫道：「袁崇煥，我們與你無怨無仇，克扣軍糧的又不止我們兩個，你何必與我們過不去，自損陰騭？」

袁崇煥斜視一眼，「別人是不是有克扣，本部院不知道，也管不了，那是兵部的事兒。如今你們犯在我手裡，我自然按律行事，豈可任憑你們狡辯？立斬！」

此時，月臺上早已居中擺放好一個烏木條几，郭廣接過尚方劍，褪去外面的黃緞帶龍套子，端端正正地擺在條几上。兵丁們將蘇涵淳、張世榮二人推搡下臺，刀光一閃，兩顆人頭登時滾落在地，濺得一片血紅。「殺得好！殺得好！」眾人一齊歡呼，聲如雷動。

袁崇煥等眾人呼喝一停，將皇上旨意宣了，說道：「皇恩浩蕩，體念上天好生之德，網開一面，只誅首惡，此外不妄殺一人，但凡有所悔改，便既往不咎，准予陣前立功。大丈夫寧死軍前，落個奮勇殺敵之名，也不該死在自己弟兄的刀下。各自回營吧！朝廷糧餉不日即到。」眾兵丁見誅了惡人，心下快活，說笑著慢慢退了。

袁崇煥當夜便住在巡撫衙門，草草吃了晚飯，暗命郭廣探尋搭話的兵丁。郭廣將自己的親兵布置在衙門周圍，以防不測，這才匆匆去了。將近亥時，郭廣帶著兩個兵丁來到內堂，二人跪了自報姓名，袁崇煥招手道：「楊正朝、張思順，名字起得好呀！來……坐到草席上來。」

二人心存惶恐，逡巡不前，袁崇煥笑道：「本部院身無寸鐵，何故畏懼？」見二人猶豫地走近，又道：「將鞋脫了才覺爽快，本部院家在南方，平日裡哪有這麼多穿鞋的時日？上山砍柴，下河捕魚，耕田走路，赤腳慣了，這樣才覺痛快。」幾句話娓娓道來，如拉家常，二人登時自在了許多，扭捏道：「小的怕壞了規矩。」

袁崇煥含笑道：「此非軍前陣上，不過私下晤談，要那麼多規矩何用？」命人煮了解暑的青茶，四人盤膝而坐，邊飲邊談。

袁崇煥道：「皇上旨意已宣讀了，本部院知道你倆倡亂起事，一則朝廷未能如期解發軍餉，二則也見不得幾個墨吏貪酷枉法，激於義憤，迫於無奈，實非得已，情有可原。方才校場相交數言，聽出你倆報效之心並未泯滅，與其他叛亂犯上者不同，本部院也曉得義氣當先，不想教你倆捉拿同黨。再說你倆人單力孤，也有所不及，只將同黨姓名說出，便可寬恕舊罪。本部院推心置腹，言出即行，也不強求，說與不說，你們好生斟酌商議，只是不可白白錯過了改過自新的機會。」

楊正朝道：「我等在廣武營前歃血為盟，喝了血酒，賭了血咒，無論生死，絕不相負。」

袁崇煥並不急躁，勸道：「講義氣也是人之常情，只是還應持大節，有為善之心，不可有作惡的念頭，不然空講義氣有何用？他人叛亂，你若還念朋友一場，本該勸阻，使他懸崖勒馬，不致越陷越深，回頭都難，你反而做了幫凶，這般助紂為虐，豈不害了朋友？」

郭廣也道：「古人說過而能改，善莫大焉。既然知道錯了，何必還要一意孤行？追隨作亂，其實是疏離骨肉而討好異姓，只想對得起朋友，可曾想對得起家人？」楊正朝、張思順深覺慚愧，紅著臉默不作聲。

袁崇煥趁機道：「大丈夫恩怨分明，也要是非分明，報恩與報怨都該合乎禮法，以免做出些禽獸不如的事來。人人都有父母妻子，他人不顧父母妻子，將人倫置在度外，自然不當學他。」

楊正朝、張思順哭拜在地，面帶悔恨之色，叩頭道：「大人莫講了，我倆已知道悔恨了。倡亂者的名字都說與大人，求大人准我倆陣前立功贖罪。」

「這個自然。」袁崇煥點頭應允。郭廣忙起身取筆寫錄，楊正朝閉目道：「我倆之外，還有二十一人，最先倡議的是伍應元……」

話剛出口，便聽屋外一個陰惻惻的聲音道：「我說此人靠不住，果然如此。方才校場上便胡言亂語，不是人多早一刀將這個軟骨頭殺了，省得背地裡出賣弟兄。」話音甫落，嗖地一箭透窗射來，楊正朝大叫一聲僕倒在地。袁崇煥急忙一口吹熄了燈火，閃身躲避。郭廣大喝一聲：「拿刺客！」院外腳步一陣紛沓，隨即刀劍相擊，呼喊不斷，整座巡撫衙門登時亂作一團。

第七回

皇太極議征林丹汗
李喇嘛求款後金兵

寧遠已然平靜，袁崇煥便將巡撫衙門改作督師行轅，召齊十四大營的將領，思謀拓地復遼。誰料錦州、薊鎮相繼欠餉兵變，袁崇煥大驚，暗自忖道：若後金來攻，錦州、薊鎮如何守得住？一時憂心如焚，火速派人持著令旗前往兩城宣諭皇上恩旨，告知祖大壽、趙率教，務要安撫平息。又親筆寫了請餉的疏本，六百里快馬加急發出。正在擔憂錦州、薊鎮的軍情，校尉來報：「後金遣使者議和。」

「乒乒乓乓」，院中的兵器撞擊之聲不絕於耳，夾雜著幾聲呼喝，郭廣挺劍欲出，袁崇煥在他肩頭一按，低聲道：「敵我未明，不可逞匹夫之勇，犯險而行。」四人緊貼了牆壁，全神戒備。爭鬥之聲愈加激烈，遠處傳來陣陣馬嘶，袁崇煥擔心大營，心急如焚，卻聽外面一聲吆喝：「弟兄們，衝進去砍了那兩個軟骨頭的內奸！」

楊正朝捂著肩頭咬牙道：「袁大人，這個便是伍應元，不要教他走脫了。」伸手將肩頭的狼牙箭連皮帶血地拔了，縱身躍出，撿了門外的一把鋼刀直撲上去。院中的親兵越聚越多，亮起火把，將十幾個亂軍團團圍住。那伍應元吼叫道：「風緊扯了——快隨我走！」一把鋼刀舞得雪片也似的，嘩嘩作響，合圍的兵丁見他瘋魔一般，各自吃驚，手腳略緩一緩，竟被他殺出一條血路，聳身躍起，幾個起落，搶到牆邊，手抓牆頭的繩索攀緣而上，眨眼間到了牆脊，身後的幾人隨著跟上。伍應元哈哈一笑，揮刀將繩索砍了，翻牆而去。郭廣急命人出門追趕，追到門外，早已失了蹤影，未及逃走的三人兀自掙扎，無奈寡不敵眾，被親兵們一陣槍扎刀砍，逼得手忙腳亂，氣喘如牛，繩捆索綁推搡到屋內。三人站在屋內，毫不畏懼，對著楊正朝破口罵道：「貪生怕死的狗賊！伍大哥的那一箭怎沒將你的黑心射穿了？省得這等沒骨氣地丟人現世！」

楊正朝哂笑道：「便要成刀下之鬼了，還要逞強？」用手指點道：「袁大人，這三人是宋仲義、李友仁、張文元，與那逃走的伍應元等六人都是車右營的。」

袁崇煥問道：「此營何人掌管？」

「都司左良玉。」郭廣答道：「此次兵變車右營以外，車左營、總鎮標營倡亂者最多，其餘大營多屬從亂，僅祖大樂一營人馬未動，一切如常。」

袁崇煥點頭讚道：「名將世家，果不尋常。治軍如此，也不枉做祖大壽的兄弟。」忙令楊正朝、張思順二人報了倡亂者姓名，取過看了，伍應元六人以外，尚有田汝棟、舒朝蘭、徐子明、羅勝、賈朝吹、劉朝奇、鄒大、滕朝化、王顯用、彭世隆、宋守志、王明十二人。袁崇煥將人名一一記下，命道：「郭副使，你與本部院先到祖大樂營，隨即趕赴各營拿人，不可再遲延了。這些人終是心腹大患，一刻不除，寧遠一刻難安。」

郭廣領命轉身出門，卻見大門外進來十幾個人，手中的刀劍森然閃光，驚問道：「什麼人？竟敢夜闖督師行轅，給我拿下！」

卻聽前頭一人笑道：「郭副使好大脾氣！可是將我等當作了亂軍？」

袁崇煥聽了，一步跨到屋門，喜道：「可是允仁嗎？」

一個身批甲胄的中年漢子急忙趕上來，與身後四個持刀的將領一齊拜見道：「卑職謝尚政、韓潤昌、林翔鳳、黃又光、葉向日來遲，督師受驚了。」

進來的這五人都是袁崇煥在寧遠左右追隨的得力部將，個個武藝精熟，眾人相見，不勝歡喜，袁崇煥與謝尚政自幼交好，拉了他的手問道：「允仁，你們怎的此時才來？我在校場勸說兵卒時，你們哪裡去了？」

謝尚政將手中的繩子用力一收道：「且問這些賊子。」門外那串人影不由一齊向前跨近，步調不一，相互蹬踏，撲通通接連倒在地上。謝尚政大笑幾聲，兀自惱怒不息，罵道：「這些不知死活的呆貨！那些兵丁吵嚷著討什麼糧餉，參將彭簪古、中軍吳國琦兩人不查何人克扣，卻誣說林翔鳳督糧不力，我四人爲翔鳳開脫了幾句，這兩賊子竟攛掇兵丁一擁而上，將我五人捉了關押。督師在校場曉以大義，引得看守的兵丁也聚攏去聽，我五人才趁機掙脫繩索躲了，等他們回營安歇，拿這兩賊子來見督師。未到巡撫衙門，就見牆上下來幾個兵丁，想必也是叛亂的，便一齊拿了來。」

楊正朝早已看到伍應元捉了回來，此時搶上來劈面一掌道：「伍應元，還想跑嗎？」

伍應元左腮登時紅腫起來，他張嘴呸地啐出一口血水，，恨恨地說：「方才我那一箭怎麼沒射死你這個反覆小人！」

「就憑這些混賬話，足以砍了你的狗頭。迷途知返是小人，犯上作亂卻是君子嗎？」袁崇煥轉頭逼視彭簪古、吳國琦二人，冷笑道：「王法森嚴，你們卻不知警懼，再回頭已是晚了。將他們押下，明日斬了祭旗！」

不幾日，袁崇煥到寧遠城的消息便傳到了盛京。

盛京城裡，宮闕連綿，巍峨莊嚴。五彩琉璃鑲造的大清門內，迎面是一座五間九檁硬山式的宮殿，頂蓋黃琉璃瓦鑲綠剪邊，大殿前後有出廊，圍以石雕欄杆。殿外匾額寫著「崇政殿」三個大字，旁邊還有一行彎彎曲曲的滿文。此時，一滿一漢兩人急急走進來，對著龍座一齊叩拜，行了三跪九叩大禮，。

龍座上那人身材魁偉，方面大耳，雙目炯炯有神，約莫四十來歲年紀，穿一身馬蹄袖的明黃團龍袍，正是皇太極。只見他抬手道：「二位請起，坐了說話。范章京，寧遠軍情這幾天怎樣？昨日接到急報，說是袁蠻子回了寧遠，便召你們二人來商議討伐林丹汗一事，是否緩行？」

那個被稱作范章京的漢人乃是北宋名臣范仲淹的後代，一副文弱儒士的模樣，年紀三十歲出頭，急忙回道：「大汗，勝敗兵家常事，袁崇煥到了寧遠，我大金倒也不必怕他。」

那龍座上的人微微一笑，搖頭道：「朕不是怕他，是心裡忘不了呀！我父汗起兵二十五年，攻無不取，戰無不勝，誰知一世英名竟毀在他手。朕繼承汗位，整頓人馬，本想替父汗復仇雪恥，數萬大軍，一場苦戰，未討得一點兒便宜。如今袁蠻子總督薊、遼，威風想必更勝往年了。」說到後來，竟似有幾分讚嘆。

花白鬍子的老者朝上稟道：「大汗，討伐之事已籌備了月餘，秣馬厲兵，也與蒙古各部會盟，不可失信。我以爲無論袁崇煥來與不來，都當討伐。」

皇太極道：「老希福，你恁古板了。會盟時約定一同出兵征討不假，可是袁崇煥若趁機攻襲盛京、遼陽，我大金自顧不暇，又如何踐行盟約？無功而返，兵家大忌，不可莽撞了。明朝治邊向來崇尚制衡之術，朕與察哈爾相爭，若互有得失，一時難分短長，他們最願意坐山觀虎鬥，收取漁人之利。若察哈爾有失，他們斷不會坐視其亡，必想法出兵救援，豈可不防？」

希福面現愧色道：「臣愚魯之極，不及大汗思慮深遠。」

「也不盡然。老希福，你所說的原也有理，盛京會盟不過月餘，言猶在耳，不可背忘，會盟不易，不可輕待，只是務要謀劃周全。」皇太極轉對范文程道：「范章京，你以爲當攻還是當緩？」

「攻與緩當視情勢而定。依當今大勢而論，明軍距我最近，然其所用方略爲守勢，察哈爾離我則遠，有蒙古科爾沁諸部相隔，我大金安若磐石。但大汗立志有爲，自然不可一意守成。如今朝鮮已經臣服，關外能與我大金抗衡者只有察哈爾林丹汗一人，大汗王要替老汗王復仇雪恥，不可有後顧之憂。再說蒙古科爾沁諸部懾於林丹汗凶殘好殺，才想依附我大金，其實並未心服，汗王若不能看護他們，他們勢必改投察哈爾，我消彼長，汗王的宏圖偉業怕成了泡影，所以西征之約不可違失。」范文程略一停頓，見皇太極聽得入神，緊鎖眉頭說：「只是西征察哈爾實在是有極大風險的。其一，勞師襲遠犯了兵家大忌，恐爲明軍所乘；其二，朝鮮雖定，暫無東顧之憂，但其臣服不過迫於威勢，內心猶自眷顧明朝，不是心服，一旦情勢有變，必會反噬大金，是爲心腹隱患；其三，東江毛文龍驍勇異常，背後騷擾，亂我軍心；其四，大汗今春二月雖率精騎閃襲察哈爾，挫其銳氣，朵顏兀良哈、科爾沁、土默特、鄂爾多斯、阿蘇惕、阿巴嘎、喀爾喀等部的聯軍又在召城滅其四萬人馬，但未動搖其根本，仍是敵眾我寡，勝負實難預料。」

皇太極道：「范章京，還有一事你未提及，林丹汗有三大法寶不可不謀取。」

「三大法寶？」范文程一怔。

希福道：「不錯，林丹汗是有三大法寶，國師沙爾巴呼圖克圖盜自五臺山的嘛哈噶喇金佛，乃是元世祖時紅教八思巴喇嘛用千金所鑄，林丹汗建了一座金頂白廟，將金佛供於其中。林丹汗召集當今耆老宿學翻譯了一部佛經寶藏《甘珠爾》，一百零八卷經文全用金字抄

寫。還有一寶更是天下人人都想得到的，林丹汗藏有一顆祖傳的傳國金印。」

范文程道：「可是那顆以和氏璧雕成，上有篆文『受命於天，既壽永昌』八字的傳國玉璽？」

希福搖頭道：「是不是那顆秦璽不好斷定，林丹汗將金印深藏秘不示人，如何看得到一眼？」

皇太極離了寶座，在丹墀上徘徊道：「林丹汗乃是忽必烈的子孫，金印當爲元朝的舊物無疑。」

范文程見皇太極凝神西望，情知他志存高遠，不甘偏居遼東一隅，便改口道：「明軍雖換了主帥，但我大金與明朝數年征戰，也見識了袁崇煥的韜略。此人外表頗有鋒芒，其實用兵極是謹慎，他所以成就大名，都是憑藉堅城火炮之利，並非列陣攻殺，臣料他不會輕易捨其長而用其短。當年天啓朝時，我大金進攻朝鮮，朝鮮與皮島守將毛文龍一再求援，明廷多次下旨切責，他都以寧遠、錦州戰後城池亟待修葺爲由，遲遲不出兵，便是明證。不過……」

「章京直言，不必繞什麼彎子。」

范文程點頭道：「按理說，袁崇煥剛剛到任，寧遠城已非當年的模樣，諸多事情需要條理整頓，準備不足，他不會即刻用兵。只是用兵之道不可犯險，知彼知己方可百戰百勝，大汗不妨試探一番，再做打算。」

「如何試探？」皇太極不由停下腳步。

「示敵以弱。」

「怎麼講？」

「皇上可還記得當年的款和？」

皇太極道：「明朝無意款和，咱何必低聲下氣地求他？」

范文程道：「袁崇煥其實也沒什麼誠意，只將款和當作緩兵之計，但此次他若再遣使者來，自然不必擔憂寧遠明軍會有什麼舉動，皇上便可放心用兵了。再說兵者詭道也，如今寧遠兵變剛剛平定，薊鎮、錦州也有兵卒嘩變，明軍防備空虛，一旦有變，我們也可相機行事，不西征察哈爾，轉攻明軍也未嘗不可。」

皇太極沉吟道：「范章京，你先寫一封議和的書信，我再與三大貝勒代善、阿敏、莽古爾泰商議後再定。」

寧遠已然平靜，袁崇煥便將巡撫衙門改作督師行轅，召齊十四大營的將領，思謀拓地復遼。誰料錦州、薊鎮相繼欠餉兵變，袁崇煥大驚，暗自忖道：若後金來攻，錦州、薊鎮如何守得住？一時憂心如焚，火速派人持著令旗前往兩城宣諭皇上恩旨，告知祖大壽、趙率教，務要安撫平息。又親筆寫了請餉的疏本，六百里快馬加急發出。正在擔憂錦州、薊鎮的軍情，校尉來報：「後金遣使者議和。」

袁崇煥笑道：「觀我動靜來了。」傳令放入城來。不多時，從轅門外進來兩個垂著大辮子的滿人，穿過轅門與大堂之間的一道二門，見二門內的石鋪甬路兩旁站著兩行佩刀的甲士，倒也並不畏懼，邁步進了白虎堂。

袁崇煥見是上次議和傳書的舊人，問道：「方吉納、溫塔石，你們汗王還好嗎？」

二人施禮呈上書信，回道：「我大金汗王康健如昔。」

袁崇煥道：「寧遠也是堅固如昔，我倒是怕他不來攻呢！」

方吉納拱手道：「袁大人，我二人奉命議和，不知戰事。」

袁崇煥道：「當年你們老汗王努爾哈赤病逝，我曾派都司傅有爵、田成與李喇嘛等人前去弔唁，得觀後金兵軍容之盛，今日你們既來，也應有所回報，看看城頭的火炮，回去也好有個交代。」命黃又光帶二人下去，又將書信反覆看了，自語道：「皇太極要攻打察哈爾了嗎？」

謝尚政道：「卑職擔憂後金乘我兵變來攻，他若西進用兵，寧遠倒是暫可無憂了。」

袁崇煥捋鬚道：「咱們擔心他攻，他又何嘗不怕咱們攻他！他西去征討察哈爾，正可乘機搗他巢穴，眞是千載難逢的時機呀！可惜糧餉不足，錦州、薊鎭情勢尚不知如何結局，實在難以爲戰，眼見皇太極從容西進，教人如何心甘！」

謝尚政見他面上隱現鬱憤之色，勸慰道：「據探馬報說，後金一個月前既有征討察哈爾之意，不知爲什麼遲遲沒有動兵。或許是皇太極佯攻察哈爾，暗設埋伏，誘我進兵，野地浪戰，憑其馬快箭利，與我一較高下。」

袁崇煥沉思片刻，說道：「我想皇太極遲遲未動，是因天氣炎熱不宜用兵。如今天氣漸已轉涼，並聽說我又回到了寧遠，有所顧忌，才遲疑難爲。允仁，當年的那個李喇嘛可還在？」

「要用他探後金虛實嗎？」

袁崇煥擺手道：「他哪裡探得出什麼虛實！只會闡揚佛教，嚮往化干戈爲玉帛，都是些虛妄不實之詞，皇太極豈是如此好糊弄的？」

「那他此去豈非多此一舉？」

「不會，他若去了，皇太極才會不再時刻想著寧遠城。」

謝尚政半信半疑道：「李喇嘛果有如此的神通？」

袁崇煥道：「皇太極征討察哈爾之意已久，以前是眾寡懸殊，沒有必勝的把握，不敢輕舉妄動。如今他與蒙古科爾沁各部會盟，兵力更非以前可比，不料此時我卻回到寧遠，他擔心我乘他西行收復失地，顧此失彼，做了賠本的生意。我如遣人款和，皇太極便知我無意出兵。若不遣使者，皇太極必時刻防備著寧遠，西征之意不決，一旦偵知錦州、薊鎮兩城兵變，乘亂來攻，此事甚爲棘手。」

「何必遣李喇嘛出使呢？」

袁崇煥苦笑道：「迫於無奈，爲教那些言官們不再藉口搬弄是非。天啓皇爺時，魏忠賢等人不知款和乃是權宜之計，責我通敵。如今新主登基不久，尚無款和的旨意，不得不遣方外之人，以免授人以柄，予人口實。」

謝尚政心下豁然，轉言道：「前次款和不成，那李喇嘛暗生悔意，明言跳出三界，躲在一間破廟裡不再出來，倒也真是癡心的人。」

袁崇煥笑道：「痴和尚，竟不怕犯了嗔戒呢！走，帶我去見他。」

寧遠南城有一處梵刹，名為靈山禪寺，原本是座頗有規模的廟宇，梵唄聲聲，香煙繚繞，長年住著僧人。自萬曆年間，遼東戰亂不止，僧人們都南逃入關，香火日漸衰落，年久失修，早已破敗不堪，正殿坍塌，神像毀壞，偌大的廟宇只剩下東邊的一間偏殿，殿前一株高大虬曲的古松，張開樹冠好似無邊的傘蓋將半個偏殿罩住，竟也有幾分出塵離世的氣象。袁崇煥帶了謝尚政、韓潤昌二人便服而來，才到樹下，便聽到殿內鼾聲如雷，謝尚政笑道：「人倒是還在。」

三人輕步進殿，但見蛛網結絲，塵土遍地，四面的牆壁上多有雨水沖刷的痕跡，殿中空空如也，並無什麼佛陀世尊的金身法相，居中鋪著一張破爛的草席，一個黑胖的和尚在上面仰臥酣睡，身上一口鐘的僧袍半披半遮，赤足穿一雙破舊的僧鞋，身邊放個黑瓷大鉢。謝尚政上前要將他搖醒，袁崇煥伸手攔道：「他若知我來自會醒的，何必要人來喚？」

謝尚政、韓潤昌正覺心疑，卻見那和尚翻了一下身，口中喃喃道：「阿彌陀佛，聽此言語大有禪意，極似我佛門中人。」說著睜眼坐起，合掌道：「三位施主遠來，老衲未能出迎，失禮了。」

「豈敢，不告而入，叨擾大師清修了。」袁崇煥含笑施禮。謝尚政、韓潤昌二人都是武舉出身，見這老僧竟似身懷地聽之術的絕技，聞音知人，心下駭然，當下不敢大意，手按劍柄，護在袁崇煥左右。

「故人來訪，何談叨擾？」那老僧斜眼微睨，見謝尚政、韓潤昌二人滿臉戒備之色，微笑道：「兩位勿疑，老衲在扎什倫布寺出家之前，每日清晨既起來磕著三步等身長的頭到寺禮佛，路上人多，害怕臥地時被別人撞到，便用耳朵細聽，練就了這般地聽的本領。老衲一生參研佛理，武功未曾究心，甚是不濟，只會些粗淺的防身功夫。」

袁崇煥道：「出家人不打誑語，大師是方外高僧，哪裡會稀罕那些殺人鬥狠的本事。你們且退下，我與大師細談。」

老僧垂眉道：「和老衲談何用，不如和該談的人談。」

袁崇煥見他一語道破玄機，也不遮掩，回道：「與大師談了才可與那人談。」

老僧挪一下身子，讓出些草席道：「若你倆都坐得這草席，有什麼談不得的？何勞他人？」

「大師還爲上次遠赴盛京的舊事耿耿於懷？」

「前塵往事，老衲記不得了。」

「那如何放言不再沾惹紅塵？」

「見得紅塵眾生相，卻救不得，奈何？今日和談，明日攻城略地，殺人盈野，塗炭生靈，若難放下屠刀，何必費神地裝什麼和談的樣子。」

袁崇煥見他低眉順目，一副悲天憫人的模樣，勸道：「大師，身後榮辱，花開花落，想他作甚！且移蒲團到盛京，顧得一時是一時，何必執著往事，拋不下嗔念呢？」

「爲再戰而求和，老衲進退兩難，即便不生嗔念，也有求不得之苦。蜘蛛結網，毀於風雨，雨後復結，結成復壞。」老僧癡癡地望著屋頂牆角的蛛網，喃喃自道，竟似偈語。

袁崇煥雙眉一聳，笑道：「割肉飼鷹、捨身餵虎，歷代傳誦不歇，卻不過只救得一個生靈，豈如大師救得數萬性命？」

老僧悲聲長嘆，心頭暗自哆嗦道：「施主一笑之中竟似有無數的劍光刀影……」

「大師答應了？」

「哎！我佛慈悲，我不入地獄誰入地獄？」

次日清早，李喇嘛僧衣芒鞋，一鉢一杖來到督師行轅，袁崇煥命人伺候他洗了澡，又將身上的僧衣漿洗乾淨，用了齋飯，才將書信與他，親自將他送到東面春和門。遠遠望見方吉納、溫塔石二人在城門下牽馬等候，袁崇煥命人牽過一匹馬來，李喇嘛阻攔道：「袁大人，不必了。和談有如朝聖，心若誠時，何懼萬里？」

袁崇煥笑道：「我是怕遼東數十萬生靈等不得大師。」李喇嘛只得上了馬，與方吉納、溫塔石二人一齊出城折而向北去了。

李喇嘛到了盛京，被安置在慈恩寺淨室住下。一連十幾日，並未見到後金汗王，心裡納罕不止，想起慈恩寺乃是盛京有名的叢林，便往前殿觀賞，見寺院整修得上下一新，遠遠望見山門內高聳的鐘、鼓二樓。天王殿、大雄寶殿、比丘壇、藏經樓、司房、齋堂、禪堂、客堂、念佛堂、方丈室、十方堂庫房甚是齊全，如來三世佛、航海觀音、四大菩薩、十八羅漢、四大天王、彌勒、韋馱金身彩塑，寶相莊嚴。看了一遭，悶悶欲回，卻見山門外抬進一乘涼轎，山門的執事僧在轎前引著路，直奔後面的禪堂而來，到了堂前，自轎上下來一個宮裝的明艷女子，梳著高髻，圓領大襟的百蝶袍，留著寬寬的花邊兒，湖藍色緞底上繡滿了千姿百態的蝴蝶，中間點綴數朵菊花。那禪堂的住持老僧早迎了出來，合掌道：「貴主兒，今日怎麼得閒來了？」

李喇嘛聽得稱呼，暗想：此女子敢是皇太極的妃子，難怪衣著如此絢麗。聽說他有三個絕色的妃子，個個如花似玉，此女子不知是哪一個，竟這般年輕貌美。正思忖間，聽那麗人還禮道：「大師，我來求個籤。大汗親領大軍征討察哈爾，不知吉凶如何，聞說寺中的觀音籤甚是靈驗，特來請大師指點。」

李喇嘛心下一凜，原來那皇太極早已離了盛京，想是並未將款和放在心上，心裡暗自憤恨。見那老僧將籤筒、籤本在佛前的神案上供好，剔去蠟花，添了香火，在蒲團上拜了幾拜，禱告已畢，伸手取了籤筒，連搖幾下，筒中脫的跳出一條竹籤。老僧將籤條撿起，雙手恭敬地奉與麗人，那麗人看了道：「是第一籤，求大師解說。」說著將籤條遞與老僧。

老僧合掌含笑道：「貴主兒求的乃是姜太公封相的上上大吉籤。有道是：靈籤求得第一枝，龍虎風雲際會時。一旦凌霄揚自樂，任君來往赴瑤池。貴主兒所求正如所願。」

那麗人笑靨如花，命隨身侍女道：「蘇麻喇姑，多捐些香火錢。」身邊美貌的侍女答應一聲，向殿外招了招手，只見兩個蘇拉太監抬著一箱禮物進來，老僧合掌謝過，便請麗人到淨室吃茶，進些點心。出了大殿，一個小蘇拉太監迎面匆匆跑來，稟道：「娘娘，皇上在錫爾哈、錫伯圖、英湯圖等地大破林丹汗，大軍凱旋，已到了城外，有旨意說圍獵幾日再進城。皇上召娘娘大營覲見。」

「多虧佛祖保佑！」那女子回到殿中，在佛前深施一禮，上轎去了。李喇嘛摸摸懷裡的書信，遠遠隨了轎子出城。

日色近晚，薄薄的煙霧升起來，有的營盤已掌起燈火。想是進了國門，又剛打了勝仗，軍營甚是鬆懈，只有幾個兵丁來回巡邏，見李喇嘛以爲是化緣的遊方僧人，竟不阻攔，任他走動。李喇嘛正不知皇太極的大帳在哪裡，四處胡亂查找，耳聽得金鼓齊鳴，鐵騎奔踐，眼前塵頭大起，無數的兵馬直衝過來，李喇嘛急忙躲了，遙遙望見皇太極一身金甲，左右眾人各拿獵物歡呼大叫，簇擁著他進了聳立著九旄大纛的金帳。軍中的廚子便將那些獵物宰殺乾淨架火燒烤，片刻之間，飄出一陣陣誘人的香氣，饒是出家人早已戒了葷腥，也禁不住暗嚥了幾口唾沫。那些廚子將烤好的獵物送入金帳，又搬來大罈的烈酒，頓時金帳裡笑語喧嘩，眼見是酒宴已開，帳中響起陣陣歌舞之聲。李喇嘛見夜色已濃，從背後悄聲靠近金帳，輕輕分開縫隙，見皇太極高坐飲酒，兩旁都是大小的將領，慈恩寺裡的那個女子正在金帳中踏歌起舞，一忽兒舉袖到額頭，一忽兒反袖在背上，雙袖翻飛，體態婀娜，兩目顧盼生輝。皇太極看得興起，取了琵琶在手，錚錚鏦鏦地彈起來，眾人起身環立，一齊拍手助興。那女子應節而動，舞姿一變而爲急促，竟似打拳一般，手腳颯然有風，忽地將身形一轉，手指捏個蘭花樣式，一足腳尖著地，另一足擡起，身子陀螺也似的不住旋轉，卻將腰肢漸漸向外彎下。眾人連聲喝采，大呼道：「小福晉的舞跳得果是好看，眞如蟒蛇出洞！」

「什麼蟒蛇出洞，該說是白鹿下山。」

李喇嘛聽得好笑：果然是拿刀動槍的武夫，這般出言無狀，少不得要被責罰了。卻見小福晉臉上笑意更盛，皇太極也沒有一絲不悅之色，一雙肥厚的手掌應節拍擊。李喇嘛大覺好奇，暗自思忖道：果是蠻夷之邦，竟如此粗鄙少禮。殊不知滿人地處偏遠，狩獵爲生，聽慣了狼嚎虎嘯，喜看蟒翻鹿走，將人比作野獸實含讚美之情，並無不敬之意。此時，那女子緩緩收住身形，皇太極端起金碗大喝一口道：「玉兒，你跳得我心都癢了。」

「玉兒？」李喇嘛登時心頭豁然，上次到後金便聽說皇太極娶了一個美貌如花的側福晉，乃是科爾沁寨桑貝勒的小女兒，閨名喚做玉兒，不想今日竟一睹芳姿，果然天香國色。

玉兒輕聲嬌喘著上前道：「若是背癢腳癢的，玉兒倒還替大汗搔一搔，心裡癢起來卻不知該啊怎樣辦了。」皇太極哈哈大笑，伸出粗壯的手臂將玉兒攬到懷裡，將碗中的酒一飲而盡，眾人也一齊痛飲。

李喇嘛正在思忖，是悄悄將書信塞入帳中回去覆命，還是硬闖大帳當面呈獻，陡覺後頸一涼，兩把閃亮的腰刀架在了脖子上，兩個高大的侍衛喝道：「哪裡來的野和尚，敢是要行刺嗎？」將他一陣推搡，帶入金帳，一掌將他推摔在地，用腳踏住，稟道：「大汗，捉到一個刺客。」帳中登時一亂，眾將領各持刀劍挺身而起，怒目而視。

李喇嘛大叫道：「老衲不是刺客，大汗認不得老衲了？」

皇太極端坐不動，看了看李喇嘛，揮手示意放人，待眾人坐了問道：「果然是大師，你不是在慈恩寺候著嗎，怎麼突然到了我的大營？」

李喇嘛取出書信獻上道：「受人所託，忠人之事，實在不敢遲延，一聽到大汗的消息便趕來了。」

皇太極接了書信並不拆看，竟往案上一丟道：「大師遠來，多日不曾會見，失禮之至。」

李喇嘛不悅道：「豈敢？皇上軍務繁多，哪裡顧得款和之事。可笑老衲兀自抱著一腔熱腸，隨著方吉納、溫塔石二人巴巴地趕來。若知皇上無心拆看，不如早些回去交付差事，也勝過空等多日。哎！老衲原本不該來的。」

皇太極道：「大師可是責我無心款和？」

李喇嘛合掌道：「老衲不曾說出，此如飲山泉冷暖自知，捫心而求即得。」

皇太極點頭道：「不是我一個人捫心自求，袁崇煥也該如此。大師以爲袁崇煥的心意我不理會嗎？他信上寫的那些話不過老生常談，哪裡會有什麼誠意。」

李喇嘛道：「皇上此言還是放不下那七宗煩惱，心有所恨，自然不能平等待人接物，怨怨相報，來世輪回，何日終結？」

皇太極長笑一聲，冷冷地說：「明朝無故興兵，害我二祖，侵我疆土，奪我財物，豈能輕易放下？」

李喇嘛嘆道：「往事已矣，何必執著？天道無私，人情忌滿。是非曲直，今已昭然。一念殺機，開啓世上無窮劫運；一念生機，保護身後多少吉祥。老衲伏請皇上三思。」

皇太極道：「人不相敬則爭鬥之心難息。明朝自恃大國，漢人眾多，欺我滿洲人少，對我大金心存辱慢，明人一日不改此心，舊仇放下，新恨又生，也是徒勞無益。」

「殺敵三千，自傷八百。大汗難道不知若要殺人，人也殺你，不如放下屠刀，各自安生。」

皇太極嘿嘿笑了幾聲，默然無語。小福晉咯咯笑道：「遼東戰事多年未斷，也屬情非得已，大汗豈是好戰嗜殺，不過念念不忘於滿洲的百姓，不忍他們再受明朝欺凌。大師佛理深湛，卻怎不能體會得大汗這番心意？」

李喇嘛低首斂眉道：「阿彌陀佛，我佛慈悲爲體方便爲用，需要救濟眾生，消除瞋恨，方成正果。兩國是非，老衲也知原委，受袁督師所托，居中調停，曲在滿洲則規勸滿洲，曲在明朝則規勸明朝，並無偏袒之心。貴主兒所言，還是滿洲人語，不是持公之論。滿洲百姓與明朝百姓何異？天下若得太平，何來欺凌？大汗放下屠刀，必得上天眷顧。」

皇太極一笑道：「大師今日莽撞闖我大營本該治罪，念在大師與我也屬故人，當年父汗病逝，曾不辭勞苦，做了七七四十九天道場，這次就免了。下去進些齋飯吧！」

李喇嘛道：「老衲吃齋念佛，爲的是風調雨順，天下太平，大汗殺心未去，老衲便在帳外念一千遍《金剛經》，爲皇上鎮祛心魔消弭殺氣。」說罷恭身而退，在帳外打坐，合掌默經。

約摸大半個時辰，眾人酒足飯飽紛紛辭了出來，一個白袍的小將醉醺醺地走到李喇嘛跟前，嘲笑道：「你這個禿驢，好不曉事理，竟敢來我大金替那些南蠻子說話，大汗禮待你，我卻沒那麼慈悲。」唰地拔出長劍，分心便刺。帳外侍衛大驚，七手八腳將他攔下，勸道：「貝勒爺，區區一個出家的和尚，理他作甚！不可誤了大汗吩咐下的大事！」

那白袍將領將劍收入鞘中，口中兀自叫罵不止，「哼！便宜了你這禿驢，等我取了錦州回來再收拾你！」

「貝勒爺，你喝多了。」侍衛將他扶了。

李喇嘛一經攪擾，片刻之間再難心念合一，眼看那小將被扶回自己的營帳，不禁長吁一聲，便覺渾身酸痛難當，強自忍耐一會兒，竟沉沉睡去。

帳中只剩皇太極與小福晉，二人相偎而坐。皇太極將座下的羊皮扯起反鋪在案上，伸手從腰間解下一隻小包袱，取出一個錦囊，嘩啦一聲倒出數十顆碩大的明珠，都有小指頭般大小，個個光彩晶瑩，他扳著那女子的粉頸道：「玉兒，這些珍珠賞賜與你，你串成珠串戴在身上，豈不是珠玉交輝了。」

玉兒嬌笑道：「大汗征戰沙場竟還如此掛念著我，教我如何生受？我就是粉身碎骨，也所……也所甘願。」說到後來，歡喜得竟有些嗚咽了。

皇太極不勝憐愛道：「不過區區幾顆珠子，竟惹出你這麼多的眼淚。」撩起袍角便要為她擦拭，玉兒嘻笑一聲躲閃道：「皇上，這珠子我姑姑與姐姐海蘭珠可有嗎？」

皇太極一怔，隨即一拍錦囊道：「這裡還有許多，也夠她倆分的。」

玉兒道：「姐姐名字裡有個珠字，若是蒙皇上賜了珍珠，可是歡喜得緊呢！」

二人久未見面，相抱相偎，漸漸調得火熱起來，皇太極將玉兒抱在膝上，便要為她寬衣解帶，玉兒扭捏道：「大汗，我已有了兩個多月的身孕，怕是經不起大汗的勇力。大汗再忍耐一夜，明日回了盛京，自然有姑姑或姐姐相陪，我今夜就陪大汗說說話可好？」

皇太極頹然放手，喘息片刻，說道：「我終日繁忙，你有身孕竟也不知道，還特意召你來軍中侍寢，你可怪我？」

玉兒嚶嚀一聲，扎入他懷中，流淚道：「見到大汗歡喜都不及，怎麼會怪你？」

皇太極摸著她的腰肢道：「果然粗大了許多，回盛京後好生養息，不可太勞動了。我改了主意，不回盛京帶兵逕往錦州。」

「攻打錦州之事，不是交與多爾袞了嗎？」

「你身子如此沉重，我回去也沒什麼趣味，等你生產以後再回盛京也好。」

「大汗！」玉兒心裡一酸，嚶嚶地哭出聲來。皇太極握起她的手，柔軟得如同一團新摘的棉花，懷中的女人抖得像是春天熏風中微顫的花枝，他輕輕將她推開道：「你好生歇息，小心動了胎氣。」

玉兒淚眼婆娑道：「大汗要去哪裡？」

「我出去走走，你且自顧安歇，免得我看著你的模樣忍耐不住。」

「教大汗受委屈了。」玉兒目送皇太極出了大帳，心中兀自愧悔，輾轉難眠，天將黎明，才沉沉睡去。

李喇嘛一覺醒來，天色已然大亮，翻身起來便要進帳，兩個侍衛將他一攔道：「大汗不在帳中。」

李喇嘛道：「老衲還有東西放在了帳內，取了就走。」

侍衛道：「大汗金帳豈可輕進，再說福晉正在安睡，你不必妄想了。」

李喇嘛並不急躁，合掌道：「那老衲就在此等皇上回來。」盤膝坐下，閉目高聲誦經。侍衛大急，害怕誦經聲將福晉吵醒，免不了責罰，無奈問道：「大師要取什麼東西？」

李喇嘛道：「老衲昨夜有封書信呈與大汗，大汗既不願拆看，留下也是無用。」

侍衛道：「你切莫高聲，等福晉出來時，你再進帳去取也不遲。」

李喇嘛無奈，只得枯坐苦等，才坐得片刻，就見貼身侍女蘇麻喇姑走來問侍衛道：「大汗可起來了？」

侍衛道：「大汗昨夜不曾在帳中安歇，想是又去圍獵了。」

「福晉呢？」

「是蘇麻嗎？快伺候我起來。」不等侍衛回答，帳中的玉兒聞聲問道。蘇麻喇姑挑簾子進去，不多時，二人出帳而去。李喇嘛疾步轉進金帳，逕直奔到案邊，見信已打開，伸手便抓，不料碰翻了一隻金碗，半碗的奶茶盡灑到紙上，情急之下，忙用僧袍擦抹，卻弄得片片墨黑，字跡都似塗了一般。李喇嘛後悔不已，湊近細看，卻不是自己所帶的那封書信，上面寫著毛文龍幾個字，心下大驚，再要搜尋，卻聽帳外的侍衛請安道：「福晉吉祥，如何又轉回來了？」

蘇麻喇姑說：「福晉本想去看大汗圍獵，走不多遠，忽覺身子不爽，回來歇息，你們守好金帳，不要教人進來。」李喇嘛再要出去已是不及，將書信胡亂往懷裡一塞，四下一看，見旁邊散亂地堆著十幾張羊皮，便伏身鑽了進去。蘇麻喇姑攙著玉兒進來，玉兒強忍著疼痛道：「哎喲——想必是跳舞累了，夜裡又受了些寒氣，蘇麻，你快去燙碗熱熱的酒來，我將體內陰冷之氣驅一驅。」

蘇麻喇姑哀告道：「福晉，奴婢怕你是動了胎氣，怎麼吃得烈酒，還是快回盛京找個郎中瞧瞧，千萬不可逞強。奴婢先去燒些熱水，與福晉敷敷身子。」

李喇嘛見她們片刻之間難以離開，心下大急，羊皮縫隙不大，極是悶熱，又擔心眾人發覺，不敢多動，少傾滿身是汗，猛然想起懷中的書信，忙小心取出，又弄污了幾處，索性細讀一遍，首行寫道：「毛文龍上書於滿洲國皇帝陛下：」以下數行字跡多已污浸，有的依稀可辨，有的漫漶難識，「我之心意，本欲與上及諸貝勒共圖大事……與某千總商議欲降之法，三弟在寧遠、四弟在山東，時明兵又至，故慎而未動……請爾取山海關，我取山東。若從兩旁夾攻，則大事成矣……非常之事，必待非常之人；大事成後，方見我心，書不盡言。」

李喇嘛越看越覺心驚，心想：難道毛文龍早已降了後金？那他如何還在皮島卻不到盛京來？一時想不出什麼頭緒，只將書信悄悄收好，向外偷看，無奈縫隙極小，看不到二人，但聽一陣悉悉嗦嗦的聲響，夾雜著淅瀝的水聲，想是蘇麻喇姑在用熱水替玉兒擦敷身子。少頃，水聲停了，蘇麻喇姑道：「福晉，你且好生躺了歇息，奴婢出去叫人預備車馬。」李喇嘛略爲抬頭，見蘇麻喇姑扶著玉兒合衣躺下，順手抓了兩張羊皮爲她蓋上，快步出了大帳。

李喇嘛縮在羊皮堆中，驚得一身冷汗，側耳一聽，福晉兀自不住喊疼，正要趁機脫身，忽聽蹬蹬蹬一陣腳步響，帳外侍衛連呼貝勒爺，忙將羊皮掀開一些，見昨夜那個白袍小將大步進來，伏身問道：「嫂嫂可好些了？」

玉兒睜眼道：「多爾袞，你怎麼來了？」

「小弟特來向大汗辭行。怎麼，哥哥不在嗎？」多爾袞四下觀望，似是極爲詫異。

「大汗想必一早又去圍獵了，我昨夜不曾與他在一處。你到別處去找……哎喲……哎喲……
……」玉兒雙手捧著肚子，滿臉漲得通紅，將身上的羊皮盡情掙落了，露出纖纖的手指和一雙白玉般的皓腕，多爾袞一時竟看得癡了，問道：「嫂嫂怎樣了？」

玉兒強忍疼痛，掙扎著坐起來，蹙眉強笑道：「一時覺得身子不爽，想必昨夜受了些風寒，不妨事的。」

多爾袞多日征戰在外，久已不見女色，見她有如西子捧心一般，痛楚之中竟也現出萬般風情，心頭狂跳，嬉笑道：「哥哥怎麼恁的狠心，這般黑漆漆冷颼颼的夜裡將花朵般的嫂嫂拋捨一旁！嫂嫂哪裡疼痛？小弟替你暖暖，驅散些寒氣便容易好的。」向前捱著身子，伸手向她胸前摸去。

玉兒登時臉頰緋紅，側身閃過，喝道：「大膽！」多爾袞一怔，隨即撲身上來，一把將她摟翻，玉兒奮力掙扎，雙手被他壓在身下，張口待喊，嘴又被他用手捂了，又怒又急，一下子暈了過去。多爾袞本在興頭上，見她雙手一鬆，兩目緊閉，嚇得慌忙起身走了。帳外的侍衛早已驚得魂魄盡散，對了李喇嘛的藏身之處低喝道：「你這該死的禿驢，要等死嗎，還不快走！」

李喇嘛急忙出來，轉到帳後，一顆心兀自在怦怦亂跳，略略喘息才要離開，便聽帳內咣噹一聲，水盆摔在地上，蘇麻喇姑驚呼道：「福晉，你醒一醒，可別嚇著奴婢。天爺呀！福晉，你下身怎麼流了這般多血？」語音甚是淒厲驚恐。她奔到帳外，朝侍衛喊道：「快、快去稟報大汗！」

「什麼事，這般失聲失色的？」一陣急驟馬蹄聲響過，皇太極手裡攥著一隻白色的野兔含笑而來。

「大汗，你快去看看福晉吧！好多的血呀！」

皇太極將野兔往蘇麻喇姑手裡一塞，大踏步進帳，跪地伸手將玉兒攬在懷中，低聲呼喚道：「玉兒，玉兒！」

「大汗……」玉兒面白如紙，流淚幽幽地看著皇太極道：「是我不小心，孩子不知能不能……」

「盛京城中有的是郎中，不要胡思亂想。」皇太極回身目光凌厲地看一眼驚慌失措的蘇麻喇姑，喝問道：「你是怎麼照看福晉的？」

蘇麻喇姑囁嚅道：「奴婢出去預備車馬……不想、不想……」

「不關蘇麻的事，是我不小心……哎，是我不……」玉兒哽咽難語。皇太極怒氣難息，將她輕放在羊皮上，命道：「快將福晉送回盛京！命盛京的郎中火速趕來，這樣可節省些工夫。」他忽然覺得硬硬的一物蓋在羊皮下面，伸手一摸，竟摸出一柄短刀來，登時滿臉驚詫，急問：「這是什麼？」。

第八回

籌餉銀周侍郎得寵
食蟹會田禮妃奪魁

崇禎大覺意外，吃驚道：「竟有如此的虧空？朕即刻下旨曉諭各省直司府州縣等官不得恬安積習，各懷私心。責成各省撫按督催，户部也要派員去查，吏部考比以此為據，按時繳納完全者錄優擢升，依舊拖欠的革職降調。」

玉兒、蘇麻喇姑一看，見是把曲柄刀身略彎的短刀，刀鞘嵌珠鑲金，純銀刀柄嵌滿著紅藍寶石，平生不曾見過這等名貴的短刀，驚嘆之下，各自搖頭。皇太極冷笑道：「諒你們也不知它的主人。這是我西征察哈爾所得，乃是林丹汗的心愛之物。我將此刀賞給了多爾袞，怎麼到了這裡？多爾袞可來過？」

玉兒見無法隱瞞，只得將多爾袞闖入金帳的事情哭訴了，皇太極大怒，暴跳道：「來人，將多爾袞的人頭帶來見我！」

玉兒急勸阻道：「大汗要替我討個公道，我感激涕零，只是這等張揚，不憐惜我的臉面也就罷了，但萬不可墜了大汗的英名。」

「嗯！」皇太極點頭，沉吟道：「先召他回來，將他由貝勒降為貝子，奪去鑲白旗旗主之位，罰銀一萬兩。你若還不解氣，再尋機會慢慢處置他。」

「大汗處置他，我一千個願意，只是一定要找個時機，免得有人說三道四的，胡亂猜測，有損大汗的威名。」玉兒手捂腹部，痛苦不堪。

皇太極咬牙道：「也好！」

袁崇煥已知皇太極取勝回師，暗自嘆惋，得知毛文龍通敵，更覺吃驚，小心將書信收好，急忙向朝廷請餉，加緊戰守。六百里加急，不幾日便到了京城，送到了崇禎手裡。

崇禎蹙眉看著奏摺，良久無言，王承恩小心地上了茶，崇禎似是無心飲用，將那摺子用手攥著起身離了御案，走到殿外的丹墀上，憑欄望著碧藍如洗的晴空，幾十隻鴿子在空中盤旋翻飛，一陣陣鴿哨傳來，甚是悅耳。崇禎仰望多時，轉頭問道：「什麼時辰了？」

王承恩趕忙緊走幾步，上前道：「萬歲爺，已是巳時了。」

崇禎道：「九卿科道召對文華殿。」

半個時辰，九卿科道齊聚文華殿。崇禎等他們參禮過了，便道：「朕命你們來，是議議遼東軍餉一事，袁崇煥奏請速發拖欠餉銀五十三萬兩。畢自嚴，朕因你兄弟畢自肅爲欠餉事，身死遼東，特擢你爲戶部尚書，遼東欠餉你當有切膚剜心之痛，如何籌措何日解發，當面條陳明白。」

戶部侍郎王家楨已遭罷黜，戶部部務無人署理，崇禎便命畢自嚴任戶部尚書。畢自嚴剛剛到任，便遇到皇上召對，絲毫不敢大意，小心道：「臣對欠餉實在深惡痛絕，敢不盡力？臣剛到任，部務知之未細，但庫銀缺乏也是實情。庫銀本有七十萬兩，賑陝西、山西兩省旱災二十萬兩，賑杭、嘉、紹三府水災十五萬兩，安撫海盜鄭芝龍十萬兩，都已遞解而出。寧遠一下子要這麼多餉銀，戶部一時難以解發，容臣陸續籌措。」

崇禎面色一沉，說道：「新舊賦額可曾核實明白？」

畢自嚴道：「俱已核查，各年都造有清冊，只是庫中沒有錢糧。」

「如何沒有？既造清冊，爲何不清點入庫？」崇禎強忍內心不悅，但語氣已有幾分嚴厲。

畢自嚴並不驚慌，回道：「神宗爺以寬治天下，稅免各省錢糧多年。皇上登極，又將南直隸、浙江等十三省拖欠錢糧蠲免到天啓元年，北直隸八府蠲免到天啓二年，內供顏料、蠟、藥等項也多稅免，本爲皇上仁政，不料各地群起效尤，托言地脊糧重，敷衍拖欠，藉故截留，事經多年，地方官升遷的、改任的、致仕的、病死的都有，不少拖欠成了死賬，無法徵繳。江南向爲天下糧倉，但蘇州、松江、常州、徽州四府及江西、湖廣自天啓元年至七年積欠金花銀兩數百萬兩，至今戶部清楚雖存，卻不曾解來入庫，就是各省藩庫也虧空良多。神宗爺時遼餉五百二十萬兩，今加至九百萬兩，用於遼東本來綽綽有餘，但各地解發不力，實解銀兩尚不足三百萬兩，如何會不拖欠？遼東尚且如此，其他邊鎮更不待言。自萬曆三十八年至天啓七年九邊前後積欠十八年，例銀九百六十八萬多兩，都向朝廷伸手，這麼大的虧空一時萬難塡補。」

崇禎大覺意外，吃驚道：「竟有如此的虧空？朕即刻下旨曉諭各省直司府州縣等官不得恬安積習，各懷私心。責成各省撫按督催，戶部也要派員去查，吏部考比以此爲據，按時繳納完全者錄優擢升，依舊拖欠的革職降調。」

首輔李標道：「皇上，這樣做是否太過火了些？今年旱魃爲災，各州縣收成不一，這樣一概而論，一些官吏即使不生怨恨之心，若只想個人仕途，曲意媚上，爲納足錢糧一味苛政，橫徵暴斂，那些勇悍好鬥的小民饑寒交迫，吃穿艱難，說不得會鋌而走險，生出什麼變亂，或因此而牽動復遼大局，也失了皇上愛民護民的本意。臣以爲可將天下州縣，依其土地脊肥年成豐欠，分出等次，該加的加，該減的減，像廣西的柳、慶、恩、太四府，福建的浦城，山西的垣曲、襄垣、寧鄉等縣依例免了，陝西一省今年災情最重，自足都難，能減免才好。」

崇禎道：「朕所究心的不過邊防、民生、吏治三事，其實只是一事，旨歸還是民生，爲君之道，先存百姓。《尚書》說：民惟邦本，本固邦寧。國、君、吏都是以民為本，朕下旨催繳錢糧，也是為封疆護民。先前修三大殿，建生祠，花費多少銀兩，卻解發有餘，如今大工完了，生祠都已拆毀作價折銀，如何反不足了？錢糧哪裡去了？」

兵部尚書王在晉頌道：「皇上憂心天下，身繫萬民，一些邊將不知仰體聖恩，危言聳聽，虛張聲勢，軍餉拖欠屬實，但並非如其請餉所說的那般嚴重。邊將蠹餉自肥，往往虛報兵額，冒領餉銀，更有甚者貪墨克扣，中飽私囊。東江毛文龍既曾有疏本彈劾登萊總兵楊國棟克扣，而楊國棟又彈劾毛文龍虛報。東江兵號稱十五萬，其實據兵部核實僅兩萬八千，依遼西舊有兵例：一等月給銀二兩，解發餉銀最多不過五萬六千兩，而毛文龍所請為三十五萬四百六十兩，兩者所差甚巨。兵籍空懸，歲餉太浮，若不核實兵額，總是解送糧餉也不是辦法，欲壑難填，邊地永無糧餉富足之日。如此國不堪其用，君不堪其憂，民不堪其苦。臣以為糧餉固然當依例解發，但唯今之計必核兵籍，兵清自然餉足。」

崇禎點頭道：「核兵籍自然可行，只是要得其法。六月間，戶部派員外郎黃中色專理東江餉務，核查東江兵額為三萬五千，毛文龍上疏說他是以一島兵丁之數囊括各島兵員，其實遼民避難，聚集海島，拿起鋤頭是百姓，穿上甲冑便成兵丁，不可拘泥成例一概而論。再說，毛文龍孤獨海上，苦心經營，大不容易，戶部卻以糜費軍餉為藉口，橫加刁難，朕如坐視不問，怕是不用後金進兵，戶部的幾個官員便將東江剿滅了。區區幾兩餉銀與東江重鎮，孰輕孰重，判然可分，還用大費周章，這般纏繞不清楚？」遼東情勢本來已是危急，朝臣卻一味因循，崇禎心下隱隱有些不快。

一個身形高瘦的言官道：「皇上，邊將虛報自肥容或有之，然軍餉不足不全在邊將，而在於吏治。」

「你……」崇禎本待要問他姓名官籍，話到嘴邊，又覺有失明察，改口道：「你細奏上來。」

那人見皇上遲疑，恭聲道：「臣是戶科給事中韓一良，對邊餉一事也曾究心。臣以爲各邊糧餉所需終不過數百萬，我大明萬里河山，舉全國之財力供給自當綽綽有餘，而今只遼東一隅也難滿足，大可懷疑，但所疑者不當只是邊將，各臬台州縣官吏也可懷疑，百姓錢糧年年交納，而各庫空虛，無力解發，是何道理？」

韓一良輕鬆說出，但殿中召對的眾人卻如春雷在耳邊炸響，驚得面面相覷，變顏變色，不知如何是好。崇禎感嘆道：「當年宋高宗問天下何時太平？岳飛說：文官不愛錢，武官不惜命，則太平矣。看來各庫空虛實在大有積弊，許多的銀子都哪裡去了？」

韓一良苦笑道：「哪裡去了？都送了花了貪了。如今哪裡有不用錢的地方？哪個官是不愛錢的人？花錢買來冠服，怎會不暴斂錢財撈回來？有人說縣官爲行賄之首，各科給事中爲受賄之魁，不少人談起貪官污吏，都歸咎於縣官帶頭亂法，實在是皮相之論。縣官俸銀不多，一年不過二百兩，花費卻極多，上司要打點，來往的客人要招待，巡按舉薦要感謝，三節兩壽更是概不能少花紅水禮。上京朝覲莫大榮耀，可是花費更是驚人，往往不下三四千兩銀子。若想高升或是調換肥缺，出多少銀子得什麼樣的差事早已成了慣例。」

崇禎問道：「什麼慣例？」

韓一良見眾人神色極是驚愕不安，情知牢騷發得多了，但見皇上追問，不敢不答，硬著頭皮道：「各個品級都有成例，總督巡撫最少要五六千兩銀子打點，富庶地方的道台知府要兩三千兩銀子，各州縣衙門的主官佐貳也各有定價，舉人監生衙門胥吏也多因捐銀而得。這上上下下有多少銀子，不是從天上掉下來的，也不是從地裡冒出來的，想要郡守縣令們廉潔，辦得到嗎？臣平日寡於交際，閉門自守，但這兩個月來辭卻書儀還有五百兩，何爲善於交結，廣爲周納之人呢！伏請皇上嚴加懲處，使臣子視錢爲糞土，懼錢爲禍患，臨財毋苟取，不然文官不愛錢之說，終屬空談。」

崇禎聽得面色陰沉，默然無語，殿裡一片沉寂。劉鴻訓見韓一良將官吏說得一塌糊塗，擔心激怒皇上，忙分辯道：「韓一良所言也不盡然，錢禮往來也不盡是納賄，還有人情交際。」

崇禎追問道：「什麼交際？」

劉鴻訓解說道：「親友饋贈，禮尙往來，不可與納賄並論。」

周道登接口道：「納賄意在希榮求寵，破不得情面，以致損公肥私，終成巨貪窩鼠。而人情往來正合尊尊親親之意，與納賄自是不同。」

崇禎冷笑一聲道：「何謂情面？」

周道登本欲幫劉鴻訓辯白，未料皇上發問，不由黑紅了面皮，怔道：「情面、情面者，面情之謂也。」眾人聽他顚來倒去渾似未說，偷著掩嘴而笑。

崇禎見他奏對淺鄙，責道：「周先生想必讀熟了《爾雅》、《毛傳》，做慣了八股文章，回話自然便古板了。什麼情面者，面情之謂也，全是些車軲轆的話，反覆陳述，沒有絲毫闡發，說了也是未說。讀書意在經世濟用，要在變通，若死讀書讀死書，國家開科取士，用讀書人做什麼？」

周道登早已心慌，竟以爲皇上又問，瞠目結舌，片刻才囁嚅道：「容臣回到閣中取書查看明白再奏。」眾人哄然大笑，又見皇上早氣青了臉，忙各自掩了嘴，憋著腮不敢笑出聲。周道登窘紅了老臉，用衣袖不住擦拭額頭的冷汗。

崇禎隱忍不發，目光淩厲地望他一眼，說道：「韓一良所奏大破情面，忠鯁可嘉，當破格擢用。錢龍錫，回去記著擬旨，著韓一良實補督察院右僉都御史。」眾人望著韓一良，各有欽羨之色。

錢龍錫道：「韓一良只是從七品，督察院右僉都御史乃是正五品，一下子升得太快，是不是……」

崇禎打斷道：「那有什麼不可的？從太祖高皇帝到朕，歷來都是不拘一格用人的，若都依資歷名望，熬到入閣拜相豈非都是賜杖之年了。朕年才弱冠，如何用得起？」

錢龍錫不敢再說，忙答應道：「臣回去即刻辦理。」

王永光出班道：「皇上，臣有一言請問韓一良。他所講上京朝覲花費尤多，各個品級都有成例，言之鑿鑿，當知詳情，必有所指，請皇上命他明言，舉發貪贓最甚者，以爲警戒。臣忝爲吏部之長，稽核天下官吏，每年考核，三歲大比，升遷調降但憑卓異與否，卻不知什麼成例，然恐左右侍郎與各司分設郎中、員外郎、主事以權納賄，而臣不察。若關係吏部，臣必破得情面。斷無遮掩庇護之意。」眾人聽了驚懼此人心機之深沉，又喜他代自己開脫罪責，各懷心事一齊望著韓一良。

韓一良聽了，如墜冰窟，方才皇上破格擢用的喜悅登時化爲烏有，惶恐道：「臣所言官吏貪風，其實對事而不及人，所舉事例只是爲說理而已。」

崇禎安慰道：「不必害怕，朕與你做主，盡可當廷直言，五百兩書儀既非從天降，又非從地出，到底是何人所贈？」

韓一良不勝遲疑，支吾道：「當時夜色深重，臣看不清來人的面目，那人只將銀票取下便走了。」

崇禎冷笑道：「豈有送禮而不明言所求的道理？你心存情面，便來敷衍，難道朕是可欺之主嗎？」

韓一良越發驚恐，辯解道：「納賄一事，臣原本就是風聞，實在不曾知曉姓名。」

崇禎厲聲道：「難道朕是不通情理之人嗎？朕嘉許你忠直，你卻越發欺朕了，難道一人都不知曉，突發奇想而有此侃侃之論？必將姓名指來，不然以通贓論處。」

韓一良已無退路，跪地叩頭道：「臣所指納賄者不過以下四種人，已經彈劾下部議論處久拖未決者、不負眾望而竊擁重權者、俸祿不多而廣置房產者、投機鑽營而求內閣點用者，有關衙門查核即可明白，實在不須臣明言。」

崇禎臉色一霽道：「你明言與衙門查核，二者並行不悖，不必搪塞。此時不想講出，明日上個條陳亦可。」

韓一良叩頭有聲，哭泣道：「皇上必要臣指名道姓，臣不得不奉旨。據臣所知，貪墨納賄以前朝崔成秀、周應秋、閻鳴泰數人爲最，近來貪墨者究竟都是些什麼人，吏部職掌考核，定然知曉，皇上也可體會。」

崇禎勃然變色道：「方才所言明明有人，卻以周應秋已有公論之人敷衍塞責，如何前後矛盾？既賣直沽名，卻又躲閃含糊，如此首鼠兩端，足見本性泯滅，都御史豈是輕易做的，檢舉有功，方可實授。」

韓一良叩得額角血紅，哽咽道：「臣不敢向皇上求擢升官職，但卻揭露積弊，今將生死置之度外，知無不言，但有一事求皇上恩准。」

「講！」

「准予臣回籍安養。」

「爲何？」

「臣害怕，臣與大夥兒爲難必不容於士林，孤身一人實在無力應對今後的變局。」

崇禎咬牙道：「朕准你。」

韓一良回頭看看群僚，朗聲道：「臣聽說工部召商採辦物品，經辦官員層層抽扣，發銀一千兩，到得商賈手裡不過三四百兩。此情如何，皇上一問便知。」

「所涉何人？」

「工科給事中王都、陝西道御史高賚明。」

崇禎命道：「傳他二人來回話！」

不多時，王都、高賚明跪在丹墀下，崇禎問道：「朕命你們巡視廠、庫，查奸革弊，發銀一千兩實給三四百兩，其餘六七百兩竟敢私自瓜分。此等積弊如何不報？」

王都急忙回道：「臣奉旨巡視節愼庫，交放錢糧都是依照工部出據的領狀，並無二八抽扣之弊。工部書辦汪之蛟曾想謀取堂批，包攬山東外解而後瓜分，臣當即究治。至於發到庫外，已不是臣所管轄，而屬工部監督。今日大司空張鳳翔在，皇上可當面查問。」

崇禎掃一眼張鳳翔，見他早已出班跪了，詰問道：「可有此事？」

張鳳翔道：「錢糧未出庫時，差人與外面商賈早已默契，商賈又怕工部抽取，返還自是避過工部。」

崇禎點頭問王都道：「此事根由全在你們，不經過你們批准發放，誰能瓜分？朕早聽說瓜分之例以前是二八，近年改爲四六，你們豈會不知？」

高賚明道：「臣所過手的銀兩三萬有餘，商賈工匠領取銀兩出庫全憑票據，臣疑心其中有陋規，但苦無憑據，未敢貿然奏告。」

崇禎憮然變色道：「朕身居九重，此中關節都已久聞，你們每日辦此差事反倒惘然，可知必是牽連其中，乾淨不了。朕命科道巡查錢糧意在查奸革弊，不想你們沆瀣一氣，寡廉鮮恥，推委縱容，以致更生奸弊，若不嚴辦，生民如何復甦，財用如何富足？你們不必巧辯，著錦衣衛拿下！」

李標勸道：「皇上，從來陋規，罪責不盡屬他二人。」

劉鴻訓跟著道：「臣不敢申救此二人，只是數十年積弊而罪及如今任事之人，大不合情理，難以服人。」

崇禎語調一高，說道：「此時不矯枉振頹，太平何日可望？日攘一雞既非君子之道，自然當即刻革除，何必要月攘一雞而待來年再痛改前非。遼東軍餉不足，今日雖說議透了緣由，但如何解發？袁崇煥在摺子上說，若戶部無餉可解發，請朕發內帑，不然士卒鼓噪，難以消弭。朕倒不明白了，若是將帥與士卒親如家人父子，士卒懷其威德，自然不敢叛亂，也不忍心叛亂，如何會有鼓噪之事？」

「皇上所言明心見性，洞徹古今。齊人田穰苴治軍恩威並用，執法嚴明。司馬遷說他：『士卒次舍井灶飲食問疾醫藥，身自拊循之。悉取將軍之資糧享士卒，身與士卒平分糧食，最比其羸弱者。』一個將帥能如此愛兵，難怪生病的士卒都爭奮出為之赴戰。衛人吳起與士卒最下者同衣食，臥不設席，行不騎乘，親裹贏糧，與士卒分勞苦。竟親自為兩個生瘡的士兵吸吮膿血。為將之道，愛兵為上，愛其命，惜其死，士卒赴湯蹈火都在所不惜，哪裡會有什麼反叛之心？」一個身穿孔雀補子服的人侃侃而談，旁徵博引，竟是十分妥帖。崇禎見那人年方而立的模樣，風神俊朗，如玉樹臨風，心下已是幾分歡喜了，問道：「周延儒，袁崇煥請發內帑，你有何條陳？」

周延儒少年得意，二十歲中了狀元，自此一帆風順，近來剛從南京翰林院召拜禮部右侍郎，三十五歲已是朝廷三品大員，引得無數人好生羨慕。他見皇上面色略略緩和，小心回道：「皇上，我朝自太祖高皇帝以來既看重邊關門戶，所以看重者，因其可以防禦虜變，如今東虜未至卻禍起蕭牆，若不嚴懲，各邊若群起效尤，動輒兵變便成積習，不但空耗內帑，還怕養癰成患，兵驕將劣難以臨陣對敵，不能防虜卻自生賊。如寧遠兵變輸餉平息，今已波及錦州、薊鎮，此風不可長呀！」

劉鴻訓不以爲然，反駁道：「以情理揆之，將士以身許國，卻凍餒父母妻子，如何安心邊事？臣以爲可暫發內帑，等各地秋收後解來錢糧，再由戶部填補。」

周延儒道：「皇上，臣並非阻攔解發內帑，遼東邊事非一日可了結，內帑倒不是不能解發，但鼓噪則解發，治標而不治本，終非長久之策，還望皇上從長計議，謀出個一定之規，不須分神勞心地召對，邊將也不再憂心糧餉拖欠。」

劉鴻訓道：「邊事危急，袁崇煥曾許皇上五年復遼，如今請餉不發，怕是會冷了他們的心腸，那遼東何日可以了結？」

周延儒道：「劉閣老，所謂欠餉者不過少餉銀而已，邊地銀兩不便使用，當年薊遼總督熊廷弼曾有疏奏說遼陽縱有銀兩亦難買得衣棉，士卒多裸身穿甲，以此推論，士卒並不急於使用餉銀。山海關積粟甚多，並無匱乏，古人羅雀掘鼠爲食，軍心尚且不變，如今邊兵有糧果腹卻動輒鼓噪，或許另有別情，貪墨克扣也未可知。」

劉鴻訓道：「餉銀不足，罪不在士卒，周侍郎所言未免有些苛求了。」

李標、錢龍錫二人也請道：「皇上，還是解發內帑爲妥。」

崇禎掃視群臣，用不可違拗的口氣道：「不必爭執了。暫借內帑十萬兩、御前供奉銀十萬兩、刑部贓罰銀五萬二千八百兩及戶部十萬兩充關寧軍餉，李標，下去擬旨吧！朕知道如今普天下的官吏，不貪不占的人不多，擬旨九邊核實兵額，到底有多少兵員，都要給朕報個實數，讓朕心裡有個底兒，今後就依此數解發糧餉，光顧了吃空額如何打仗對敵？各地拖欠錢糧務於萬聖節前解來入庫，若再膽敢拖延，拿來詔獄審問，絕不姑息。你們起去吧！」

大半天的召對下來，極是累人。崇禎回到清暇軒，用了午膳便昏昏地睡了，一覺醒來看自鳴鐘，已近申時。王承恩見他醒了，先命宮女獻上茶來吃了，笑著稟道：「萬歲爺，劉太妃在慈寧宮擺酒賞月，與各宮宮眷同樂，教人過來好幾次了，見萬歲爺睡著，沒敢驚動。」

崇禎活動幾下手腳，點頭道：「往年都在乾清宮，大夥兒吃得拘謹，改在慈寧宮才像家宴呢！誰的主意？」

王承恩思索道：「想是娘娘們商量的吧！皇后娘娘說今年中秋要好好地過，有個開元太平的氣象。」

崇禎一時來了興致，問道：「外頭天色如何？」

王承恩賠笑道：「天倒是晴的，瓦藍如洗，只是略有些薄雲。」

崇禎道：「微雲掩月最是可人。」

王承恩見皇上興致不減，放心道：「那奴婢這就下去預備。」

崇禎吩咐道：「時候尚早，遲不了的，拿些摺子來看。」見王承恩轉身要走，又叫住他道：「問問皇后可請了鄭貴妃？」

又過了半多個時辰，崇禎動身往慈寧宮。過了隆宗門不遠，便聞到一陣桂花、玉簪花的幽香，心神為之一振，命落了肩輿。王承恩忙上來打起簾子，扶他下來。崇禎雙眼望去，見慈寧花園古木參天，綠蔭壓地，透過攬勝門，裡面的咸若館、慈陰樓、寶相樓、吉雲樓、含清齋、延壽堂、翠芳亭、綠雲亭、臨溪亭在暮色中影影綽綽，看得已不甚分明。兩個高大的銀杏樹葉上殘留著一絲餘暉，泛出明艷的金黃，煞是可愛。

剛轉進慈寧門，便聽到慈寧宮裡笑語喧嘩，王承恩道：「萬歲爺，奴婢先去通報一聲。」

崇禎笑著攔了道：「通報什麼？都是一家子，進去就是了。」領頭邁步進殿，見裡面幾張小條案眾星捧月一般，拱圍著中間一張雕花紫檀大圓桌，周皇后與皇嫂張嫣左右陪著一個鬢髮如銀的劉太妃，田禮妃、袁淑妃二人也在一旁陪坐，老祖宗老祖宗地叫個不住。

崇禎見座中沒有鄭貴妃，心下詫異，一時不便詢問，上前道：「兒子給老祖宗請安。」便要行禮，劉太妃虛攔了攔，便道：「快坐了吧！就等著皇上開席呢！」

崇禎又向張嫣施禮道：「皇嫂可安好？朕忙於國事，疏於問詢，慈慶宮那邊兒難得一去，供奉可還周全？需用什麼，與皇后說一聲便了。」

張嫣眼圈一紅，忙低頭斂衽一禮，遮掩道：「皇上放心，宮裡供奉有餘。我一個人也用不了多少的。」周皇后知道她又想起了熹宗皇帝，卻不便勸慰，忙與田、袁二妃過來請安。

崇禎笑道：「你們也都坐下吧，咱這是家宴，沒有外人，不必拘禮！」又對旁邊的太監宮眷們道：「今兒個有御膳坊的人伺候，你們只管隨意吃喝，等使喚再過來。」眾人極是欣喜，見他在皇后身邊坐下，才一齊入了座。

崇禎見桌上一色的宣窰青花碗碟盛滿了各種果品，葡萄、鴨兒梨、蘋果、柿子、石榴、桃子、紅棗、西瓜、荔枝等鮮果以外，還有栗子糕、蜜海棠、蜜紅果和油酥核桃仁、糖炒栗子等乾果蜜食，桌子中央擺著一盤月餅，大有尺餘，上繪月宮蟾兔，依稀可見桂影婆娑，用手指了笑道：「老祖宗，這月餅做得有趣！眞如天頂的圓月。兒子聞說初升的月亮又大又圓，一直沒見過，往年在乾清宮家宴過了，早已月上東南，今兒個到殿外月臺宴飲可好？」

劉太妃道：「皇上喜歡哪裡就在哪裡好，難得這般雅興，月白風清，又是佳日，露臺賞月豈不更是敞亮？」

不多時，收拾停當，四個鎏金銅香爐裡燃上龍涎香，眾人坐在月臺上朝東望去，見東邊一輪金黃的圓月緩緩爬上宮牆，幾塊薄紗似的雲彩飄在周圍，略有一些朦朧，更見風致。眾人談笑著吃了一些果品，劉太妃道：「傳膳吧！」太監宮女們撤下了桌上的瓜果點心，御膳坊的首領太監帶著十幾個小太監魚貫進來，慢聲細氣地報著菜名，「龍鳳呈祥一品、燕窩迎字鮮鴨子一品、燕窩喜字口磨肥雞一品、燕窩多字鍋燒鴨子一品、燕窩福字什錦緞絲一品、翡翠蝦一品……」每報得一個名目，便有小太監將食盒打開將菜碗擺放出來。劉太妃道：「這烏雲托月名字起得好！我還沒進宮的時候，便聽老輩人常說：守得雲開待月明。雲與月本是一對冤家，如今卻成了兄弟姐妹，要將月亮托起呢！有賞！」

那首領太監謝道：「老祖宗瞧得明白！這道湯菜源自聖人門第，是孔府的拿手菜。是將紫菜撕成數片，置鴿蛋於紫菜之上，兌入鮮美可口的清湯，使紫菜鴿蛋飄浮其上，其狀便如烏雲托月。」

崇禎也覺新奇，笑道：「月亮倒是有的好比呢！」

「可不是嗎？」周皇后接口道：「詩人騷客看它是天鏡、銀盆、玉盤，癡男怨女當它是牽紅線的恩公，求仙好道的看它是瓊樓玉宇，各因心事而定，說不完的。」話音剛落，只聽旁邊兒桌上有人道：「月亮還像燒餅呢！」

眾人聽得好笑，崇禎看一眼，見是與自己甚有緣分的太監馬元程，兩手掐成圓圈狀望著月亮，不由莞爾道：「小元子，你卻是個不讀書的，如此風雅的事被你一說便俗了。」

馬元程道：「奴婢小時常覺得吃不飽，夜裡餓得難受，老娘便摟著奴婢唱：月亮圓圓像燒餅，裡面住個兔子精。奴婢想著火爐上熱氣騰騰的燒餅，卻又怕那成了精的紅眼兔子，肚子咕咕直叫，也不敢喊一聲餓，睡著後嘴裡還流著口水。」

眾人忍俊不禁，笑成一片。田禮妃嬌喘著道：「聽你的名字，元程元程看來原本就是能盛的，怎能吃得飽？」話頭一轉，向崇禎道：「說起菜名，臣妾倒想起一首唐詩入菜的笑話來。」

劉太妃不等她說，先喜道：「又是怎樣的笑話？」

田禮妃見眾人一齊把眼望來，將臉兒抬起道：「一個窮酸的秀才家裡來了客人，沒有酒飯招待，怕客人笑話，臉面上掛不住，好在秀才娘子聰慧，親到廚下整治出些菜肴，端上來道：『幾位佳客想必也是飽讀詩書的，以文會友，吃是在其次的，奴家手拙，只做得四道小菜，各含著一句唐詩，猜得出來，奴家再去料理酒飯。』客人見第一道是根碧綠的韭菜配兩個雞蛋黃，第二道是藍色瓷盆裡放一溜切碎的蛋白，第三道則是兩半撐在一處的蛋白，第四道是清水白滾湯中飄浮著四瓣空雞蛋殼。客人百思不得其解，便一齊請教，秀才娘子笑道：『唐人有詩：兩個黃鸝鳴翠柳，一行白鷺上青天。窗含西嶺千秋雪，門泊東吳萬里船。依次便是吃這四道菜了。』」眾人聽得大笑，劉太妃軟了身子，用手指著田禮妃說不出話，崇禎剛入口的茶箭也似地直噴出來，張嫣與周皇后各自抿嘴淺笑，袁淑妃身子一歪險些仰倒，旁邊的太監宮眷們更是笑得沒了形狀，田禮妃始終強自撐著，臉色卻已漲得通紅。

崇禎轉臉道：「眞是罵盡天下文士，爲巾幗增色了，虧你想得出。」

劉太妃此時才回過氣來，咳道：「大夥兒且進些酒飯，終不成還要再去熱了。」

崇禎喝下一杯桂花陳酒，夾起一隻淺胭脂色的翡翠蝦，在白瓷小碟裡蘸了淡青的醋汁，果覺鮮美無比，連吃兩隻，還要再夾，忽覺桌下的腳被什麼輕觸了一下，抬頭看看，見眾人都在埋頭吃食，田禮妃卻眼光流動地掃來一眼，似怕眾人看見，慌著將目光收了。崇禎心知她擔心自己吃多了，便探腳在她腿上勾抹幾下，相視一笑，田禮妃頓時臉又紅了起來，掩飾道：「清蒸螃蟹可好了？」旁邊伺候的太監回道：「已著人去取了。」田禮妃吩咐道：「不可拿多了出來，以免冷了吃得人胃寒，仍舊在蒸籠裡溫著，吃了再拿。」

眾人見螃蟹上來，先淨了手，周皇后要給劉太妃剝蟹肉，劉太妃道：「我吃了多年的螃蟹了，神宗爺在時給神宗爺剝著吃，手順著呢！吃螃蟹邊剝邊食才有味兒，就如同好香必須自焚，好茶必須自斟一樣。別人剝給我吃，我總覺得味同嚼蠟。看來我是享不了這個福了。」

張嫣怕她來讓，也道：「不須讓的，自個兒掰著吃最好，品得出滋味。」

劉太妃道：「家常吃喝又沒外人，不須這樣費神的，平日裡橫豎禮體不錯就行了。往年宮裡一逢中秋月明之夜，便舉辦食蟹大會，看誰吃得手巧，就似七月七乞巧一般。」

「怎個比法？」田禮妃問道。

「螃蟹吃完後，看誰吃得乾淨，吃得精細，若能將螃蟹的殼、螯、腳復拼成原形最稱巧妙。」劉太妃興致勃勃，似是對往事不勝回味嚮往。

張嫣也道：「先帝的乳母客印月最擅此道，她只憑一副指甲細細挑剔，食得極是淨潔，吃完將螃蟹殼骨擺作蝴蝶形，無人可及。先帝曾大加讚賞，我自知不如，命人特製了一套工具，還是有所不如。」

崇禎道：「北京自古不吃螃蟹，京城的螃蟹多是來自直隸的趙北口與勝芳鎮，趙北口以尖勝，勝芳鎮則以團勝，故北京有七尖八團之說，七月尖臍雄蟹螯大，八月團臍雌蟹黃肥。朕從小懼憚食蟹之煩，剝了半天，兩手腥臭，剝的蟹肉尚吃不滿一口，吃蟹反是吃苦了。有時竟教蟹螯夾了指頭，劃破肉皮，豈非得不償失？」

周皇后道：「皇上此說實在是局外人語，未免有些煞風景了。螃蟹其實乃是天下聞名的美味，自古而然。《世說新語》上說有位叫畢卓的，他的志向竟是『得酒滿百斛船，四時甘味置兩頭，右手持酒杯，左手持蟹螯，拍浮酒船中，便足了一生矣！』比西晉張翰因見秋風起，乃思吳中菰菜、蒓羹、鱸魚膾味美，當是難分伯仲。你想他官都可不做了，那螃蟹豈非好吃之極？」

田禮妃也笑道：「皇上是北京的頭號大鑾子，不曉得江南風物。在江南八月九月稱作蟹秋，恨不得日日食蟹才好。螃蟹在民間又稱無腸公子，分海蟹、河蟹、江蟹、湖蟹，以松江府的大閘蟹最好，食蟹的法子極多，南北朝時有糖蟹，隋唐時有糟蟹、蜜蟹、醉蟹，極是講究，貼以鏤金龍鳳花鳥，進貢入宮。宋代則取蟹黃做包子，別出一格。螃蟹可炸、可炒、可烤、可腌、可醉，不過諸種蟹饌中，最佳者還是清蒸，不失本色。」

崇禎道：「朕一句話，牽出你倆這麼多言語，只顧辯說，不怕螃蟹涼了？朕還要看你們比試呢！王承恩，添些彩頭。」王承恩取了一袋金豆子當堂放了。

袁淑妃道：「臣妾生在北地，不諳此道，就做個見證吧！」

崇禎道：「不須你做見證，今夜朕與老祖宗主持，你們都來比試。這袋金豆子分量可不輕呢！」

眾人埋頭剝食，田禮妃小心掀開蟹蓋，蟹膏似玉，蟹黃似金，小口啜飲，鮮而肥，甘而膩，火候做得極好，大覺受用。周皇后見她已經動手，卻不著忙，雙眼看看旁邊的宴席，吳婉容忙取出一個明黃裹袱的小匣，打開呈上。崇禎見是一套小巧玲瓏的銀製器具，小錘、小鐓、小鉗、小叉、小鈎、小刮、小匙、小針，堪堪拿得起來，不知何意，問道：「宴席上還要做女紅嗎？」

周皇后笑道：「皇上，想你也是不知道的。這是臣妾的老家蘇州專門吃螃蟹用的，名字叫蟹八件，掏、挖、敲、剔、捏……一絲蟹肉也不會糟蹋，一尖一團兩隻吃完，怕是要個把時辰呢！」

崇禎暗覺不耐煩，胡亂吃了一隻，便住手不吃了，卻見她們細吹細打，其樂陶陶，仰頭看看月亮漸漸上了南天，薄雲早已散了，月光水銀似地瀉下來，竟有森森的涼意，便對劉太妃道：「老祖宗，夜露已重，兒子陪你到殿裡吃茶歇歇，且教她們慢慢地吃。」

劉太妃笑道：「正是呢！我見你們今兒個高興，怕走了掃你們的興。」喝了蘇葉湯，又用蘇葉洗了手，見眾人起身要送，便又道：「都別起動，好生吃乾淨些。」

崇禎伸手扶了，她兀自囑咐將酒燙得熱些，免得吃壞了肚子疼，才笑著進去，坐了道：

「皇上，想必是有什麼事要說吧？」

崇禎一笑，問道：「鄭太妃如何沒來？」

「我曾命人去請，她推說身子不爽快，想是還丟不下先前的舊事。她本來身分就尊貴，可這太后印璽卻掌在我手裡，怕是心裡老大不痛快的，抹不開這個臉面，不肯屈尊的，便說不耐這邊兒煩亂，搬到咸安宮去了，想是不會輕易到前邊來的。」

崇禎寬慰道：「老祖宗不要往心裡去，她不是自作自受嗎？好好的有福不享，卻怪誰來？當年掀的那些風浪，害了多少人，父皇都是終日惶恐不安。朕既往不咎，已是法外施恩了，還妄想什麼太后印璽？」

劉太妃嘆道：「我們兩個老姐妹好似一對活冤家，往時人家是皇貴妃嘛，我只是個平常的妃子，忍氣吞聲的，哪敢有半句怨言？如今有皇上這句話，我也安心了。」

崇禎微笑道：「有什麼不安心的？如今已不是神宗爺朝了，兒子要恢復太祖爺的家法，恃寵而驕是不能的了。兒子敬她是個長輩，對她也頗禮遇的，衣食供奉從不吝惜，好好的家宴不來，躲在咸安宮裡做什麼？有什麼委屈不好說出，有多少恩怨化解不開。」

「她能做什麼？怕是自怨自艾吧！」

「可不止呢！」

「還會做什麼？」

崇禎笑笑沒有說話，劉太妃自覺失言，忙轉了話題，兩人又說笑了一陣，便聽外面嚷著吃完了，崇禎透過菱花扇窗見眾人都圍著大圓桌看，嘖嘖稱讚不住，扶了劉太妃出來，果見桌上的蟹骨擺作四處，都吃得八路完整，端詳多時，才見一蟹腳上的金毛竟根根挺拔，兩隻大螯遠伸，八腳微曲，宛如浮出水面半個身子的活蟹，又如伏在枝頭的蝴蝶，問道：「這是誰吃的，恁的精巧？可算第一。」

劉太妃也誇獎道：「怕是要勝出客印月一籌了。」

田禮妃上來斂衽施禮道：「謝皇上恩典。」

袁淑妃不依道：「田姐姐是彈琴弄簫的巧手，原說是比不過的。」

周皇后道：「擺的樣式精巧，不知吃的可乾淨？」

崇禎命人取來戥子，將蟹骨分別稱了，周皇后最輕，田禮妃次之，張嫣再次，袁淑妃最後，其他太監宮眷一時難以分出等次。田禮妃辭讓道：「還當以皇后第一。」

周皇后道：「不必謙遜了，皇上金口不能改的。再說我用了蟹八件，才及得上你一雙妙手兒，已是落了下乘。」

崇禎笑道：「今兒個高興，凡來的都有賞。」眾人不勝欣喜，都跪了謝恩，王承恩忙將金豆子呈上，又取了銀葉子分與眾人。

正自忙亂，卻見東廠提督王永祚匆匆進來，手忙腳亂地給皇上、娘娘、太妃們分頭行了禮，崇禎忙起身朝劉太妃一躬道：「老祖宗，兒子本來還想陪一會兒的，不想卻又有了事。」

劉太妃笑道：「皇上自管去忙，這裡不用你陪，我們娘們兒還要再鬥會兒馬吊呢！」

第九回
吐怨言劉鴻訓謫戍
報師恩瞿式耜徇私

崇禎越聽面色越沉鬱，一句也沒有插言，一直等王永祚收住話頭，才道：「張慶臻的八世祖張麒，乃是仁宗朝的國丈，他如此不法，何以報皇恩見祖宗？若非鄭其心上本檢舉，便被他們蒙混過關了。」

轉出慈寧門，崇禎問道：「可是劉鴻訓有什麼動靜？」

「嗯！」

「他說了些什麼？」

王永祚猶豫道：「奴婢怕說出來對萬歲爺大不敬。」

「赦你無罪。」

王永祚回頭一看，見左右無人，只有王承恩幾個遠遠地跟在後面，才放心說：「劉鴻訓對萬歲爺不准解發內帑到遼東十分氣惱，回到家中不住地罵萬歲爺畢竟還是年幼，不知輕重。」

崇禎冷笑道：「召對時他勸朕發內帑以示不測之恩。哼！不測之恩，他不是早測到了？朕最恨那些賣直沽名的臣子，人越多他便越敢進言，竟想替朕當家，朕不採納他誓不罷休。當年的東林黨便是如此，人多勢眾地進來逼宮，鬧出了移宮案。還有魏忠賢說什麼先帝准什麼，不是被他牽著鼻子走嗎？自古恩自上出，不可亂了。要做明主，絕不可養權臣。如今在朝雖說還沒有什麼朋黨，但朕風聞江南士林社團很多，你要留心。」

王永祚道：「秀才造反，十年不成。奴婢以爲他們尙沒有什麼可憂的，抓幾個領頭的，便鳥獸散了。」

「朕是擔心他們將手伸到北京來，遙相呼應。將來什麼同窗、同年、同鄉、同庚、同姓的，保不准又結成朋黨，一動百動，一驚百驚，朕的旨意就打折扣了。」崇禎拾級而上，站在乾清宮前的丹墀上，用手摸著雕著雲龍的漢白玉欄杆，遙望南天，緩聲道：「劉鴻訓敢作敢當，是個有膽色的人，只是他持論太偏，行事過激，做閣臣未免心胸狹窄了些，他罷斥了楊維垣、李恆茂、楊所修、田景新、孫之獬、阮大鋮、徐紹吉、張訥、李蕃、賈繼春、霍維華等人，一屁股坐到了東林的椅子上，與不少朝臣積怨日深，正所謂不黨而自黨。治國之術要在制衡，朋黨日盛，非國之福。你回去安排人接著監視，切不可洩露了身分，鬧得滿城風雨的，教朕難堪。」

王永祚在一旁恭身道：「萬歲爺放心，奴婢安排的番子手做了他的小書僮，極是穩妥的。」

崇禎點頭道：「定要機密些，不可大意。」略一停頓，又問道：「袁崇煥那裡可有什麼消息？」

王永祚道：「奴婢遵旨已派出好幾撥錦衣衛健騎，暗查遼東動靜，大事三日一報，小事五日一報，袁崇煥平定兵變，便加固城池，修繕兵甲，訓練士卒，沒有什麼打緊的。前幾日卻派一個李喇嘛去了盛京。」

「哦？」崇禎看著王承恩等人在遠處停步張望，轉身道：「進來講。」

王永祚隨在崇禎身後進了清暇軒，叩見行禮道：「奴婢好久沒見著萬歲爺了，方才在慈寧宮那麼多主子，奴婢行禮手腳都不夠用的，蜻蜓點水似的不成樣子。」說著紮紮實實地磕了頭，細聲稟道：「風傳他有意與後金款和。」

「沒有查清嗎？」崇禎面色倏地一變。

王永祚起來躬身道：「盛京地面不在我大明治轄之內，錦衣衛怕被後金發覺，沒有跟蹤，不知事情結果如何？那李喇嘛回來，袁崇煥卻要拿些餉銀爲他修繕廟宇，他竟一口謝絕，用了些酒飯，也不回原來的廟宇，飄然入關。沒有確證，奴婢不敢貿然呈報，再說袁崇煥如日中天，也惹不起呀！」

「混賬！什麼如日中天？還會有兩個日頭嗎？」崇禎慍怒道。

王永祚嚇得跪倒，不住自行掌嘴道：「奴婢失言，該打該打！奴婢其實已將李喇嘛捉到了鎮撫司監獄，本想嚇他一嚇，問出了口供再來呈報，誰知那賊骨頭倒是硬得很，前後只一句話，說消弭兵燹，共登極樂。」

崇禎冷笑道：「有這句話便夠了！朕想不到袁崇煥竟有這麼大的膽子？背著朕與東夷款和，實在有失朝廷體面，哼！又一個替朕做主的。」略一沉吟，他又道：「那個喇嘛要小心伺候，不可虧待了他。那些派去遼東的錦衣衛定要可靠，千萬不可露了行蹤，妄生是非，攪了遼東的大局。」

「奴婢記下了。」

「這幾日便要會推閣臣了，京師也要盯得緊些，朕最恨結黨營私，那些四處遊說投靠鑽營的人要偵查明白，伺機再行緝拿。會推可是大事，朕不想出什麼亂子。」

王永祚道：「奴婢打算派人潛到江南，臥底查探。只是怕萬歲爺催得緊，不能按期覆命……」

「只要差事辦得好，朕不催你。」崇禎淺笑著打斷他的話，又問道：「九門提督鄭其心訐告惠安伯張慶臻侵職一案查得怎樣了？」

「奴婢剛剛查訪明白。」王永祚見皇上有了笑意，才放心地將查辦經過細聲地稟了。

缸瓦市路東，有一家別具風味的飯莊名和順居，兩層的小樓，在一樓的堂屋內，有一口煮肉的大砂鍋，寬四尺深三尺，在京城獨一無二，其燒、燎、白煮之法傳自元朝皇宮御膳坊。另有炸肥腸、炸卷肝、炸鹿尾兒等一應小吃，先煮後炸，色澤金黃，外酥內嫩，肥而不膩，瘦而不柴，獨創一格，每日食客盈門，生意十分興隆。店主人心思頗爲奇巧，每日只燒煮一頭肥豬，晌午時分便賣得精光，將幌子摘了不再賣肉，並改賣木樨棗、蜜煎海棠、大紅杏乾等甜食。

這日晌午已過，幌子也摘了，可是那大砂鍋裡依然熱氣騰騰，煮著不少肥腸、肉片兒，那小夥計看著砂鍋下的炭火，呵欠連天，昏昏欲睡，他三更起來幫著殺豬、洗肉、生火、煮燉，早已疲憊不堪，往日此時早收拾了砂鍋，回屋歇息了，今兒個卻不行，還要伺候著。他抬頭看看樓上的那個單間雅座，裡面靜悄悄的，聽不到什麼聲息，低頭看看火嘟囔道：「裡面那兩位不知哪裡來的爺，想必是剛從詔獄裡出來，八輩子沒吃上肉了，都小半天了，還恁的沒完！害得咱在這兒死煎活熬的，受這等苦楚。」不料卻被掌櫃的聽到了，過來老大一個耳刮子，低聲吼道：「你個小王八羔子，好沒眼色，這等的大主顧你也敢輕慢？怎樣才長進知道個輕重？不用說兩位爺給了一錠大銀，咱就該伺候著，就是看看那兩位爺的作派，可是平常的主兒？還不知是哪個衙門裡的老爺呢！你困乏了，歇息一會兒倒不打緊，若是教兩位爺聽到你剛才的混賬話，怪罪下來，如何吃罪得起？」小夥計用手捂了腮，不敢作聲。

樓上的雅座裡酒飲方酣，黑胖的漢子將一個卷軸取出，展開道：「田中書，小人知道你寫得一手好字，又精於鑒賞古玩字畫，這一幅黃山谷的法帖可入得你老法眼？」那略顯文弱消瘦的田中書名佳璧，乃是內閣西司房的中書舍人。

中書舍人雖屬微末之官，但往來內閣的機密文書都要經手謄抄，身居清要，不容小視。這田中書最嗜書畫，前人法帖歷代名品珍若性命，聽說是宋人黃庭堅的法帖，當下搶身過來細看，只見滿紙雲煙，銀鈎鐵劃猶如長槍大戟，森然直逼入眼，登時便覺心癢難止，恨不得一把抱入懷中，二目生光道：「老兄哪裡尋得此等寶貝？此帖乃是山谷隨意墨抄的太史公《廉頗藺相如列傳》，正因隨意，筆勢飄逸，縱橫穿插，活潑灑蕩，轉折流暢，確是他入古出新的草書傑作，在下仰慕已久，始終未得一見，今日萍水相逢，何致如此厚愛？」

那漢子一笑，將字軸卷起道：「小人狄正久居京師，對中書早已慕名，想求得一幅墨寶，不知可否恩允？」說著從懷裡摸出一張銀票遞上來說：「這一千兩銀子權作潤筆，萬望你老收了。」

田中書雙手接了，面有驚色，辭謝道：「如何用得這許多？就是先朝的文衡山先生的字怕也值不了這個價錢，在下如何敢收？再說老兄手上有前朝這般的珍品，哪裡還用求咱這鬼畫符似的字。」

狄正道：「你老收了，小人才好說話。你老一個清貴的官兒，俸銀也不過百十兩，著實可憐。其實你老也恁死相了，守著金山銀海卻活受苦，卻也教人好笑。」

田中書笑著將銀票藏入懷裡，搖頭道：「咱一個從七品的閒官兒有什麼生財之道？只是老兄若用得著咱，但請明言，不必吞吞吐吐的。」

狄正笑道：「常言說秀才以筆活死人，你老手中的那枝筆天下有幾人能握的？筆尖兒略轉一轉，什麼都有了。話說到此，小人就不繞圈子了。小人現在惠安伯張慶臻府上當差，近日宮裡傳出消息，我家老爺將總督京營戎政，可你老想想，太平年景，京營有多少油水？我家老爺便想兼管些民政，敕書繕寫時請你老加上幾個字，事成之後，我家老爺還有酬報，文徵明的字哪裡比得你老的字值錢呢！」

「你是說教咱偷改敕書？這可是掉腦袋的事，哪個敢？」

狄正勸道：「你老不必如此驚恐，作奸犯科的事體怎敢勞煩你老？咱這不是什麼偷改敕書，只不過略動幾個字而已，沒什麼打緊的。」

「加些什麼字？」

狄正見他頗有些進退兩難，開懷笑道：「也就四個字，不多的。」

「哪四個字？」

「兼轄捕營。」

田中書面露難色，搖頭道：「京城捕盜是九門提督的職事，總督京營不能管轄巡捕兵丁，這是我朝的成例，如何猝然刊改的？」

「小人已替你老想好了計策，偷天換日，沒有人能覺察的，你老盡可放心拿銀子便了。」

「如何偷天換日？」

「你老先將此字軸帶入內閣，請當值閣老鑒定眞假，再趁他分神揣摩字跡之機，將繕寫好的敕書報上，想此等敕書不過例行公事，文辭固定，他想必不會細看，大事便可成了。有人告發也沒甚可怕的，大不了革職回籍，也強似在這裡憋屈苦熬還不知有無出頭之日的。」

「那這法帖……」

狄正一笑道：「這法帖一併送與你老，不須還了。」

「哎！咱可是提著腦袋替你做事了，若一旦出了紕漏……」

「你老但放寬心，只要加上這四個字，其他事不須多慮。我家主人乃是外戚，自然能大事化小，小事化無了。」

崇禎越聽面色越沉鬱，一句也沒有插言，一直等王永祚收住話頭，才道：「張慶臻的八世祖張麒，乃是仁宗朝的國丈，他如此不法，何以報皇恩見祖宗？若非鄭其心上本檢舉，便被他們蒙混過關了。」

王永祚道：「可不是嗎？田佳璧將字軸帶入內閣，尋機作弊，果見兵部上報內閣請發敕書的揭貼上已批了由西書房辦理字樣。」

「是哪個批的？」

「當值閣臣劉鴻訓。」

崇禎輕喟道：「又是他，怎的如此不小心？閣中無細事，竟如此馬虎！」他取茶吃了一口，又問道：「那田佳璧有什麼話說？」

王永祚呈上口供道：「奴婢已將他與張府的家奴狄正一起羈押在北鎮撫司，並未用刑他們便都招了。田佳璧自稱是劉鴻訓指使，想必劉鴻訓也收了什麼賄賂。」

崇禎未置可否，說道：「張府的家奴所言不過一面之詞，劉鴻訓那裡是否使了銀子，難以確定，多半是誣扳，閣臣幾時當值他們如何知曉，不然豈不是個個都要送禮？此事牽扯到閣臣，關係重大，不可輕放了。你連夜將人犯及口供移交刑部，此事你們只可暗中插手，不宜出面推問。你起去吧！明日朕當面問個明白。」

崇禎正用早膳，王承恩進來請旨，閣臣都已到了，候在外面請見，崇禎停箸道：「宣他們到便殿候見。」又草草吃了些，宮女進來伺候漱了口。

崇禎進便殿升了御座，李標、錢龍錫、劉鴻訓、周道登一齊叩見行禮，崇禎命賜了座，問道：「張慶臻私改敕書一事，先生們可知道？」四位閣臣都敬謝不知，崇禎道：「敕書文稿先由兵部草擬，報送先生們裁定，命內閣中書繕寫謄清，再送先生們復核明白進呈朕覽。先生們如何不知？」

劉鴻訓道：「兵部奏請張慶臻總督京營戎政，已經臣等奉旨裁定，怎會不知？但私改敕書之事，臣等實是未聞。」

崇禎道：「朕召先生們來問，而不及九卿科道，便是要略存先生們的體面。此事何人當值，有內閣記檔在，可以查看，但事因何在，責在哪裡？先生們明言。」

錢龍錫道：「此事臣等當有失察之責，想是復核未審，致使奸人有機可乘。」

崇禎冷哼道：「若只是失察倒是情有可原，不過事出的蹊蹺，這麼多的關口還教人鑽了空子，怎見得不是內外勾結？朕已命刑部審理此案，人犯已有招認，只是此事關係極大，不可不當面問明。」

劉鴻訓道：「皇上，敕書報送內閣，是臣當值，原稿經臣改定，批與西書房辦理，並無兼轄捕營四字，顯是有人妄自添加的。」

李標與錢龍錫、周道登對視一眼道：「臣等非敢妄稱清白，若與閣臣有涉，臣等也無顏身居揆位，難以統領百僚。皇上便殿召見，雖見恩典，但此事關係非小，臣請皇上召九卿科道一起評議明白，以免有人背後捕風捉影，胡亂揣摩。」

崇禎以爲四人有意搪塞，心下惱怒，強自忍著，不露聲色道：「最好！」

一盞茶的工夫，吏部尚書王永光、戶部尚書畢自嚴、禮部尚書何如寵、兵部尚書王在晉、刑部尚書喬允升、工部尚書張鳳翔、京營總督張慶臻、都察院左都御史曹于汴、給事中張鼎延、御史王道與劉玉一干人等列隊進來，眾人見皇上與閣臣都在，便知有大事要議，心裡各自打鼓，惴惴難安，朝拜過了次序而立。

崇禎道：「喬允升，私改敕書的原委可曾查明？」

喬允升道：「皇上，臣昨夜接管人犯，連夜審問，張慶臻賄改敕書，確有實據，只是何人指使，人犯支吾，一時難以明辯。」看了劉鴻訓一眼，欲言又止。

張慶臻如墜冰窟，急忙辯白道：「皇上，私改敕書乃是中書舍人一人所爲，臣並不知曉，也不曾賄賂。」

崇禎罵道：「全是混賬話！若無利可圖哪個願意犯著欺君的死罪，爲你添加兼轄捕營四字？那奸邪的光棍狄正不是你府上的家奴？」

張慶臻哭拜道：「皇上，那狄正曾在臣家裡做事，但因手腳不乾淨，又曾調戲婢女，早已被臣逐出家門，即便是他所爲，也屬懷恨誣陷微臣。增轄捕盜軍卒，臣並無多少好處可得，何必拿許多的銀子而行重賄？」

給事中張鼎延道：「事實俱在，如何抵賴得掉？」

御史王道似是規勸又似是恫嚇道：「及早供出背後何人指使，立功贖罪，皇上體念你是外戚，或許法外施恩。」

御史劉玉道：「不須用刑推問，主使想必是劉閣老，兵部尚書王在晉、中書舍人田佳璧，一道舞弊。不然單單王在晉、田佳璧二人，如何也過不了復核一關。」

王在晉恨恨看他一眼，急忙分辯道：「皇上，兵部草擬揭貼並不曾有此四字，其中關節臣實不知。」

「失察之責，我尚未推脫。」劉鴻訓也氣劉玉信口雌黃，胡亂推演，恨聲道：「我一時大意只看了看敕書謄寫是否違制，沒想此許幾個字也會出錯。致使聖慮焦勞，萬死莫贖。」跪伏在地，連連叩頭。

劉玉反問道：「劉閣老說不推脫，如何拈出失察兩字？果眞如此簡單嗎？道可道，非常道。不推脫其實已經推脫了。」

劉鴻訓抬頭厲聲道：「言官的嘴兒，狗子的腿兒，你竟這般胡說！一旦此事澄清，我定要劾你誣陷。」

崇禎見他們吵鬧起來，拍案申斥道：「據理而論，不在聲高。論爭是非不可徒逞意氣，失了大臣體面！言官之職本可風聞奏事，怎可一遭彈劾便懷恨在心？」看一眼喬允升又道：

「人犯是如何招認的？」

喬允升道：「那內閣中書田佳璧與狄正都已招供，臣查驗敕書，果是田佳璧所書，並有劉閣老所批由西書房辦理字樣，恭請皇上御覽。」將敕書呈上，崇禎看了放在御案上，目光沉沉地看著眾人並無言語。

工部尚書張鳳翔因劉鴻訓一再嚴催遼東軍餉、軍械，早有怨恨，見皇上並不回護劉鴻訓，便奏道：「張慶臻私賄改敕，盜竊權柄，罪不可恕，此事不可不深究。田佳璧一個區區從七品的小官兒，哪裡來的如此膽量？想必有人暗中指使。賣官鬻爵，代不乏有，不過都是國家敗亡、社稷行將顛覆之時，乃是不祥之兆。如今皇上篤志中興，豈有買賣官職之理？太祖高皇帝丕建基業，誅叛賊胡惟庸，廢丞相之設，內閣漸爲朝廷中樞，若牽扯此事將怎樣懾服百官？」

喬允升道：「田佳璧招認乃是劉鴻訓指使，然如何指使，其中關節卻支吾不清，臣恐另有曲折，不敢妄奏，伏請聖裁。」

劉鴻訓申辯道：「皇上，揭貼雖爲臣所批，臣卻並未主使。若臣爲主使，豈會留下字跡？臣當不會癡到做此地無銀的傻事。失察之責臣不敢辭，其他盡屬田佳璧誣扳。此事本是他們串通所爲，東窗事發便推到臣的身上，想要落個脅從減罪。」

張鳳翔道：「未思進先思退，說不得劉閣老早已想好了對策，反其道而行之，故意留下把柄打消大夥兒的疑心，想得可真周全？」

「你……你如何捕風捉影，誣我清白？」劉鴻訓瞠目大怒，渾身亂顫，戟指喝問。

李標怕他君前失儀，惹得皇上震怒，再難挽回，忙丟個眼風給錢龍錫，叩頭道：「劉長山平日立身正大，自持甚嚴，當不會行此苟且之事。」

錢龍錫也道：「揭貼批語乃是閣臣辦理文書所必經環節，並非定與受賄有關。每日數百個文書奏摺，都經閣臣票擬，難道都曾受賄不成？皇上明鑒。」

劉玉道：「皇上，私改敕書，茲體事大，以情理而論，應當不是初犯，一而再再而三才成積習。臣聞聽御史田時震擬了疏本，彈劾劉閣老納賄二千金，舉薦田仰任四川巡撫，給事中閻可陛也彈劾他受賄擢用賈毓祥遷爲副都御史。可見此次受賄可謂早有端倪，只不過遲至今日方才事發而已。」幾件事情糾纏夾雜，劉鴻訓情知難以分辯，不由臉色慘白，癱軟在地，一句話也說不出來。

何如寵反駁道：「以上三事都未爲定讞，你如何片言隻語便坐實了？是何居心？你可有人指使？」

「有。」劉玉不假思索承認。眾人大驚，紛紛不解地看著他，彷彿白天見了夜叉一般。

何如寵追問道：「怎麼不在皇上面前講出來？」

劉玉並不驚慌，一字一頓地說：「孔子——」

何如寵失笑道：「還有周公呢！想必方才入夢了，刑部喬尚書所奏你怕是沒有聽見吧！」

劉玉聽他反唇相譏，不加駁辯，凜然道：「孔曰成仁，孟曰取義，我有此念頭才敢不畏權貴，面折權臣。殺身成仁，捨生取義，自是我等做臣子的本分，何須畏避刀斧，苟且偷生？」

崇禎見他伶牙利齒，口若懸河，雄辯滔滔，暗自嘉許，並假意怒道：「你動輒殺身捨生，陷朕於何地？朕是夏桀還是商紂？」

劉玉一怔，隨即道：「桀紂之君，其臣雖賢如比干猶然剖腹挖心，想要全屍尚且不能，如今臣與比干相差甚遠，不是還侍立在朝堂，毫髮無傷嗎？不必臣言，皇上是怎樣的君主大小臣工已然明白。」眾人聽他面諛皇上，暗覺無恥之尤，但聽他言辭不窮，卻禁不住各自在心頭喝采。

曹于汴拊掌道：「劉御史果然高才，不過有一部書不知看過沒有？」

「書有未曾經我眼，我沒讀過的書想必不少。曹大人所言是哪一部？」

「唐人趙蕤曾著一部《長短經》，可曾寓目？」

劉玉搖頭，心下暗忖他用意何在？曹于汴道：「我倒是讀得熟了，不妨念一段你聽。」書裡有《臣行》一篇，論如何做臣子：「中實險詖，外貌小謹，巧言令色，又心嫉賢，所欲進則明其美，隱其惡；所欲退則彰其過，匿其美，使主賞罰不當，號令不行，如此者，奸臣也。主所言皆曰善，主所為皆曰可，隱而求主之所好而進之，以快主之耳目，偷合苟容，與主為樂，不顧後害，如此者，諛臣也。按此書所言奸臣諛臣的行徑，竟與你方才的言論相彷彿。或許我記得不牢，有訛誤之處，下朝後我教家奴送一部到府上，你可自觀自省。」

劉玉面皮紅白了一陣，乾笑道：「嘿嘿，若我是奸臣諛臣，那大人將皇上置於何地？」

眾人聽他將自己與皇上夾雜在一處，暗罵他歹毒無恥，也為曹于汴擔心，曹于汴並不急於辯駁，只淡淡地說：「自古聖君也不乏奸諛之臣。」劉玉登時啞然。

崇禎見他們饒舌不止，相互究詰，暗覺耐煩不得，便道：「事情已然剖析明白，多議無益。李標，下去擬了旨朕看！」

李標躊躇道：「此事尚有可疑，容當細訪深查。」

「不必了。先將他二人革職候勘，許他倆上摺子謝罪辯說，刑部會同吏部上個條陳，再廷議如何處置。」

王永光請旨道：「皇上，此事是尙寬還是當嚴？」

崇禎橫了他一眼，不悅道：「你們斟酌。起去吧！」眾人叩頭出殿。

劉鴻訓出了乾清門，萬念俱灰，一眼瞧見兩旁那十口鎏金大銅缸，近午的日頭曝曬下，金光閃閃，映照在宮牆上竟是一片血紅，疾步上前，迎頭撞去，不等眾人呼喊之聲落地，乾清門的侍衛早已死死將他抱住。劉鴻訓求死不能，急得跺腳大哭，跪在門側再不起來。侍衛飛報入殿，崇禎又添了幾分怒氣，暗忖：朕不是不想用你，只是你樹敵太多，多少人想與你爲難作對，朕壓下了不少，也該疏解疏解了，不然處處掣肘，你不好替朕做事，朕也舉步艱難，顧江山、朝廷、群臣，就顧不得你了。命王承恩道：「你去打發他出宮。」

「萬歲爺，是拖還是打？」王承恩伸手扶他離了御座。崇禎見他說得唐突，暗覺好笑，臉上也有了笑容，說道：「君子動口不動手，幾句話便可打發了。你去說給他，朕是在沖齡，可有志不在年高，神宗爺十歲登極踐祚，不也做了四十幾年的太平皇帝？朕明白他冤枉，卻不必自各兒還尋死覓活的，爭什麼『屍諫』的美名，單就這一節就是死罪。要想死還不容易？不用朕成全他，想要他死的人多了，放他回老家，那些山東閹黨哪個不對他恨入骨髓？

回去就清靜得了嗎？」

王承恩答應一聲，便急著轉身，崇禎並將他喊住道：「傳口諭給李標，劉鴻訓落職謫戍山西代州邊地，好歹給他個善終。王在晉仍坐削籍，張慶臻罰俸三年。劉玉、張鼎延、王道等各增秩一級。」

天啓七年十二月枚卜大典，閣臣增至九位，最爲繁盛，轉眼不到一年光景，又剩了李標、錢龍錫、周道登三人，終日忙亂，無奈閣務繁多實在不堪其負，支持了不到兩個多月，三人聯名上了請增閣臣的疏本。崇禎也有此意，閣臣只有三人，周道登又才不堪用，幾次下詔督促韓爌來京，前幾日才起程，山西到京師千里之遙，他又花甲年紀老邁了，快了也要一個多月。上次枚卜實非得已，也頗令人失望，可又有什麼更好的法子？

崇禎一連苦思了數日，翻檢了前代有名的選拔人才故事，都不切實用，只得依然命吏部會推，呈入御定。詔書頒下，不過半個時辰便已傳開，九卿科道有資歷入閣拜相的無不躍躍欲試，其餘大小官吏押寶似地上下奔忙。

東四牌樓的十字路口有一處三間門面的小店，並不扎眼。天色已暗，一個人影摸黑來到門前，輕輕敲了幾下，一會兒，屋內才傳出人聲，「誰呀！早已打烊了，打酒天明再來。」門外的人並不死心，連敲了四下，屋內微有腳步聲，有人到了門邊張望，外面夜色漸濃，隱約只見到一個便裝的人影，面目難以看得眞切，低聲吟道：「欲爲聖明除弊事。」門外接道：「肯將衰朽惜殘年。」店門悄無聲息地開了，那人閃身進去。

「夫子，你老人家如何又來了？」圍坐在一起的四個人急忙起身迎上來，一個面目微黑多鬚的漢子神色最是恭敬，將他身上的風衣風帽接了，乍驚又喜。

那人點頭道：「你們都在呀！式耜，皇上詔命會推閣臣，正是爲國出力一展抱負之秋，此事關係我東林興旺大計，我錢謙益既早已托身東林，怎好不來？只是這個地方當眞難找得緊。」

那漢子姓瞿名式耜，乃是錢謙益的門人，剛剛到京任戶科給事中，其他三人是吏科都給事中章允儒、御史房可壯與毛九華，各自見禮落了座。瞿式耜道：「今日廠衛四出，大小九卿的府門周圍多有窺伺，弟子不敢大意。怎麼，夫子一人來的？這大黑的天兒，夫子肩負東林振興重任，如何孤身犯險？」

「我怕帶人出來反不機密。前幾日劉長山一案實在教人心驚，劉相獲罪名爲失察，其實據宮裡說是禍從口出，說了不該說的話。誰會想到那身邊的書僮竟會是東廠的番子？不可不防呀！如今人人自危，除了你們四個，我也不敢說還有幾人可信。」錢謙益坐下長嘆一聲，似是心有餘悸。

瞿式耜道：「此處原是個茶葉店，弟子新近盤下改作了酒肆，取名大酒缸，不想招搖，只圖個說話方便，酒肆的掌櫃與小二都是弟子從家鄉招來的，夫子大可放心。」

錢謙益四下一看，店鋪十分簡陋，一個櫃檯擺著幾個小酒罈，上寫財源茂盛四個黑字，旁邊紅銅盤子裡放著大小不一的竹筒酒提子與一個酒漏子，地上稀稀落落地布陣似的立著七八個大酒缸，蓋著厚厚的紅漆木蓋。收眼看身邊圍坐的竟也是個酒缸，一小半在地裡埋了，露出兩尺多高，紅漆木蓋上擺著油炸花生、拌豆腐絲、鹹鴨蛋、芥末墩兒、玫瑰棗、辣白菜幾樣小菜，還有一壺黃酒。瞿式耜面色一赧道：「不知夫子光降，弟子打發掌櫃的與夥計睡了，不然將他們喊起來，再做些可口的？」

錢謙益搖手道：「不必了。今日共謀大事，不在吃喝。你們議得如何了？」

章允儒道：「我四人只是胡亂議論了，牧老既來了，大主意還是你拿，我們三個爲王前驅就是了。」

錢謙益道：「當年涇陽先生有一名聯曾高懸東林書院，想必你們都知道。風聲雨聲讀書聲聲聲入耳，國事家事天下事事事關心，何等胸懷！天降大任，凡我東林一脈同氣連枝，戮力王事，上承孔孟，下啓後學，不可自己輕賤了，如今百廢待興，天下事捨我其誰？自魏逆擅權，戕我東林，毀我書院，東林日漸式微。」說到此處，他不勝悲憤，拈著鬍鬚，面色沉鬱。片刻，才拱手道：「當今皇上誅滅閹黨，爲我東林諸公平冤昭雪，我輩得以回朝任職，正可乘機東山再起，恢復東林當年之盛。如今閣臣李標、錢龍錫還有即將到京的韓爌雖說與我東林頗爲友善，但終屬周邊，七卿之中也僅有一人。若要張大東林，必要有人入閣拜相，再尋機援引眾多黨人執掌部院，同氣相應，戮力王事，不愁朝廷清明。只是此次會推極爲要緊，關係東林復興，不可出什麼紕漏。」

房可壯道：「魏逆亂政，東林人才凋零，有資歷會推的屈指難數，牧老聲望素重，名垂朝野，無人可及，但若牧老一人入閣，東林仍嫌勢孤，勃興怕是艱難，只得緩圖了。」

錢謙益道：「還有兩人資歷更深，參與會推不難。」

「老師明言。」瞿式耜將杯中酒一口乾了，雄心大起。

錢謙益拱手道：「一個是我的座師總憲曹自梁夫子，另一個是故大宗伯孫愼行，都是東林名宿，聲望資歷朝野沒有幾人匹敵。」

毛九華道：「皇上登極以來，數次下旨嚴懲閹黨，逆案卻遲遲難定，還是閹黨勢大，正氣難揚。此次會推可多舉薦些遭閹黨迫害的君子入閣，何愁東林日後不倡！」

章允儒憂慮道：「話雖不錯，可是如今王永光掌吏部，此人與閹黨往來甚密，舉薦什麼人也逃不過他的耳目，他若能容忍我東林自然是好，若有意爲難，當眞棘手呀！」

錢謙益道：「這倒不怕。如今閹黨失勢，他避之猶恐不及，想必會借此洗脫干系，以示清白也未可知，不然豈非自認了閹黨？他斷不會那般呆傻的。」

瞿式耜昂然道：「夫子說得有理，他若膽敢橫加阻攔，弟子便要當廷彈劾，將新舊賬一齊算算。」

錢謙益笑道：「你來京時日不多，所有建白多合皇上心意，名頭響亮得很了，權貴們都怕你這張嘴，更怕你潑天的膽子呢！只是王有孚自恃權重，未必就怕了你。倘若他一意孤行，怕會對東林不利。」

毛九華道：「那可反其道而行之，打不行就拉倒？」

瞿式耜正色道：「王永光是何許人，式耜怎堪自污名節，與他爲伍？」

毛九華道：「大行不顧細謹，大禮不辭小讓。於東林有益，暫時委屈一下何妨？」

瞿式耜起身道：「此話已是墜了東林的名聲，若與閹黨往來，東林前輩的血豈非白流了。」

房可壯拉他坐了道：「此一時彼一時，不必拘泥，慢慢細論。」

錢謙益輕咳一聲，看看四人，將目光落在瞿式耜臉上，嘆道：「名節一事最爲害人，名節看得重了，身體鬚髮便看得輕了……」

瞿式耜不待他說完，問道：「義利之辯，自聖人發起已歷千餘年，夫子博聞強識，自當詳知。弟子失禮搶了話頭，並非不願聆聽老師教誨，只是怕老師事關緊要，一時心焦糊塗了。」

錢謙益面皮微紅，嘿然笑道：「式耜，當仁不讓於師，你庶幾可以當之。我所說名節害人乃是權衡之言，不是一概而論。人生在世，若不講名節與禽獸何異？只是名節不可拘泥，不可食古不化，只求虛名而誤了實效。大丈夫一生橫行天地，心雄萬夫，靠的是經世濟用之學，不是空談心性，執著虛妄，若勘不破這一關，終會中了王陽明的流毒。在此緊要關口，非坐而論道之時，妄生爭執，於會推於東林何益？」

瞿式耜低頭道：「夫子教訓的是。」又在毛九華手彎兒處輕輕一拍道：「還請見諒。」

毛九華道：「小弟省得，鷸蚌相爭漁翁得利之事，豈是你我兄弟所爲？」

五人之中，章允儒年紀居次，忙含糊道：「還是先議一下誰是敵手，不可一味樂觀，知彼知己，心裡有數才好。」

房可壯道：「復興東林難以一蹴而就，也不當有此念頭。會推人選不可單以東林好惡爲準，取捨要有容人的胸襟，不然東林本來天下爲之側目，多少人都在盯著，樹敵過多，並非東林之福。依我來看，如今禮部侍郎周延儒聖眷正隆，皇上接連召他入宮密奏，商議給餉事，當在會推之列。」

瞿式耜鎖眉道：「周延儒與夫子同爲禮部侍郎，斷無一部並取兩閣臣之理。我擔心一旦同時列名，皇上既有所屬意於他，必蒙點中，如此夫子入閣就艱難了。」

錢謙益憤然作色道：「周延儒柔佞媚上，素無節操，庸駑無材，本性貪婪，只是長了一副好皮囊，我還恥於與他一同入閣。」

房可壯道：「牧老，周延儒尙無大惡，我與此人來往不多，但他與我東林還算友善，常與姚希孟、羅喻義交遊，量不是什麼小人，也不是我東林冤家對頭。不知其人看其交友嘛！說不得兩人一齊點中了，何必爲淵驅魚爲叢驅雀，將他推到別人的懷裡？」

瞿式耜道：「對東林而言，周延儒絕難與夫子同語，爲了東林復興，顧不得得罪他了。再說周延儒資歷尙淺，朝野沒甚聲望，即是廷臣會推，自然與聖眷無關，不必妄揣聖衷，自我掣肘。」

錢謙益起身負手踱步道：「式耜說得好！大凡臨事切忌瞻前顧後，前怕狼後怕虎如何決斷？會推一事猶如破釜沉舟，唯有前進而已。我這裡擬了一個名單，你們看看如何？」四人齊圍過來細看，見上面蠅頭小楷寫了幾人的名字：成基命、孫愼行、曹于汴、錢謙益、李騰芳、何如寵、羅喻義、畢自嚴、喬允升、張鳳翔，都是極有名望的高官。

章允儒搶先道：「牧老將孫聞斯、曹自梁兩位前輩放在前面以示尊師之意，固然是美德，但此事關係重大，矯情不得。孫、曹年過花甲，氣血已衰，怕是不復有當年之勇。牧老不到天命，正是大展鴻圖的年紀，不可過分謙讓了。愚意以爲牧老當列第二。」

房可壯點頭道：「第二最好。如此前有成基命，不致太過招搖，引人注目，又壓了後面數人，可算左右逢源，可進可退。」

瞿式耜道：「六部司憲除兵部王在晉落職闕如，只剩了王永光不在其列，此事怕他難以相與了。不如將他一併列上，不然名單還有經他手，豈是我輩定則定矣的事？」

錢謙益道：「王有孚已六十八歲了，年近望七，行將致仕歸養殘年，皇上必不會點中他的。」

「話雖如此，何妨送個順水人情。九華方才所說反其道而行之，弟子領會了。會推名單必經王永光手，才可上達天聽，既不可繞開他，便要欲打還拉才好。」瞿式耜胸有成竹，彷彿手捏的不是酒杯而是王永光一般。

章允儒道：「近日風聞王永光回府後杜門不出，決意仕宦，連上疏本，有歸林下之志，若皇上准其所請，我們豈非白費了心神？」

瞿式耜道：「這倒不難，我明日上本保奏他會推後再致仕便了。」眾人聽他說得容易，心下狐疑，暗覺他話說得太滿，拘於情面不好直言。瞿式耜見眾人不語，忙辯說道：「此次會推皇上看得極重，自然怕不得其人，都因會推難以公正。如今王永光行將致仕，自然更爲超脫，換了他人或許會身陷其中，遑論主持？諸位說此言可否打動皇上？」

錢謙益讚道：「式耜此論出人意表，當有奇效。王有孚那裡就交與你遊說了。」「瞿式耜斂了笑容，正色道：「定不辱命。教周延儒不入會推之列不難，只是他聖眷正隆，若背後使什麼手段，倒也不可小視。」

「你的意思是……」錢謙益取了一塊散碎的銀子放在木蓋上。

「不錯，怕是要破費一些。堵住王永光的嘴加上宮裡走動，弟子想來不可少於這個數。」瞿式耜豎出食指。

房可壯驚問道：「一萬兩？」暗想：這可是我一輩子也掙不出的錢財。不料，瞿式耜鼻子裡哼了一聲，竟似有幾分不屑地說：「一萬兩哪裡夠？你做了這些年的京官當眞不曉行情，一萬兩如何出得去手？我說的是十萬兩。」

房可壯看看眾人，不禁暗自咋舌。章允儒、毛九華二人也變了臉色，幾乎同聲問道：「你說得輕巧，哪裡去找這麼多的銀子來？」錢謙益擺手道：「你們不必著慌，只管去活動，銀子一事好說，我先給你二十萬兩，夠不夠？」

「夠了。只是教夫子費鈔，弟子實在慚愧。他日東林復興，夫子功莫大焉！」瞿式耜噙著淚，取筆低頭謄錄名單。

錢謙益一笑，豪邁道：「眞有那一天，你們也全都是功臣吶！」

三人遜謝道：「夫子捨得家財，我們出些力氣也是應該的。」此時，瞿式耜已將名單寫好，用嘴吹乾，折得一寸見方大小，彎腰脫了靴子，將靴底撕裂一個小口，放入名單，用手捏捏，又穿在腳上，對著錢謙益賠罪道：「弟子將老師名諱放在靴中，太過得罪。但廠衛偵緝得極嚴，只得權變，以免誤事。」

錢謙益道：「情非得已，本該如此機密。」略一停頓，問道：「什麼時辰了？」瞿式耜道：「已過二更了。」

錢謙益起身取了風衣風帽，穿戴道：「將要淨街了。各自散去吧！」「夫子且慢。」「瞿式耜走到旁邊的酒缸，掀起紅漆木蓋，舀了滿滿一瓢酒過來，依次在眾人身上胡亂澆灑，口中連稱得罪道：「這才像吃了酒的，免得被人看見起疑。」眾人見他一個粗壯的漢子，卻心細如髮，各自讚佩。

錢謙益出門輕聲道：「式耜，你要小心！銀子只管用，我家裡還存著毛文龍歷年送的二十多萬兩，不夠我再籌措。到時教他還便了。」

「夫子靜候佳音。恕弟子不遠送了。」瞿式耜對著眾人躬身一揖，親將店門關了。

第十回

遭算計寵臣懷暗恨
遊湖山主考聞玄機

會推大事，舉朝矚目，名單既經公布，一時之間，大小官員不但茶餘飯後紛紛議論，就是當值辦差也竊竊私語，揣測著十一人之中哪個入閣，入選的十一人也惴惴不安，忐忑地等著皇上點中。錢謙益自以為勝券在握，便想著下一步東林黨人勢力大盛，幹一番轟轟烈烈的事業，流芳百代。崇禎見了會推名單上沒有周延儒的名字，心裡隱隱有些不快，傳了王永光來問……

皇極殿冬至朝會剛過，崇禎便命王承恩到吏部將所存正二品官員以上的檔案一齊抱了來，一邊細細翻閱琢磨，一邊摘錄勾畫，半天下來便覺腰背酸麻，進了午膳，又命王承恩捶打拿捏了一回，輕快了許多，忽然想到中秋之夜鄭皇貴妃身子不爽，心裡不住冷笑，她難道還不死心嗎？傳旨親去探視。

咸安宮在西六宮的西面，穿過慈寧宮、養心殿與西六宮之間長長的夾道，將到西邊宮牆的盡頭，便見一座黃琉璃瓦單簷歇山頂的大殿，前後三進的院落，東西各有跨院，前院有春禧殿，中院是正殿咸安宮，後院建東西兩個小殿，取名福宜齋、萱壽堂。崇禎一次也沒來過咸安宮，年幼時奶媽不願帶出來太遠，漸已長大時，客印月便住在此處，避之如蛇蠍，唯恐不及，更不敢來。在正南的咸安門前，崇禎下了肩輿，見三座隨牆的琉璃門煞是好看，只是門外冷冷清清，竟無一人看護。進了院子才有一個穿陽生補子服的小太監迎面走來，見了他身上的衮服，嚇得急忙跪了請安。崇禎並不理會，穿過春禧殿，下臺拾級來到咸安宮前，太監宮女們驚得手足無措，隨地跪了不敢抬頭。

崇禎大步邁進，朗聲道：「皇太妃，身子可好轉些了？」便聽裡間回道：「可是皇上嗎？快、快扶我起來接駕。」

一個宮女輕輕打起門帷，迎面又是一道簾子，全用珍珠穿成，崇禎進了寢宮，見霜髮的鄭貴妃在床上掙扎著起來，忙阻攔道：「身子既不爽快，不必拘禮硬撐著起來，朕看得也心疼。」

小宮女搬了椅子，崇禎坐下見床頭已跪了一個人，身穿三品武官的猛虎補子服，滿臉的鬍鬚甚是威武，慌著叩頭道：「臣右軍都督僉事鄭養性叩見皇上。」

鄭貴妃見崇禎疑惑，忙說道：「皇上，他是我娘家的侄子，聽說我病了，求了皇后恩准，特地進宮來探看，不想險些衝撞了皇上。」

崇禎笑道：「侄子拜望姑姑，天理人情都合的，倒是朕攪擾了你們拉家常敘親情呢！」

鄭養性又叩頭道：「皇上此言，臣感激莫名，今日得睹天顏，分外之喜，娘娘保重了，臣侄告退。」起身重又施禮。

鄭貴妃望著他退下，叮囑道：「皇上待我恩重情深，你都見著了，安心回去，不必記掛了。」轉頭又說：「皇上，我只是一時心慌胸悶的，老毛病了，也沒甚打緊，竟教皇上勞神……」

崇禎見她眉頭微蹙，似乎頗有病痛之色，說道：「你是侍奉過神宗爺的人，朕怎麼說也是晚輩，該來的！太醫可請過脈了？」鄭貴妃點頭，崇禎又說：「朕若不是中秋宴飲聽劉太妃提及，也不知你有病，好生將息，給俸可夠？慈寧宮那邊多熱鬧，好好的怎麼一個人偏要搬到這裡，怪冷清的。」

鄭貴妃本來沒什麼病，自光宗朝起，劉太妃執掌太后印璽，她堂堂的皇貴妃，卻反居一個平常的妃嬪之下，心有不甘，暗暗惱恨，賭氣搬出了慈寧宮，中秋家宴也不去赴，但是獨坐在冷寂的宮殿裡，想著前面慈寧宮的熱鬧，禁不住生出一口悶氣。那些太監宮女們見她臉掛寒霜，嚇得個個噤聲，走路都如煙一般地放輕了腳步。鄭貴妃見他們神情猥瑣，越發覺得不如人，惱怒得晚膳未進一口，早早躺了歇息，輾轉到半夜，竟真的病了，發冷發熱的，濕了幾床被子。自此以後便動不得氣了，稍有氣惱心焦，頭常暈暈地疼個不住。崇禎的問話正觸到心痛處，強忍了不快，咳了一聲道：「我本不喜熱鬧，圖這邊清靜。給俸足著呢，我上了些年紀，也用不了多少。這裡本是仁聖太后的居所，也不算委屈，說不得還違了制呢！」說到此處幽幽地嘆了口氣，眼裡便噙了淚道：「年紀大了老是想些以前的事兒，怕是日子不多了。」

「不可多想了，身子要緊。」

「說不想也忍不住的。我有個下情埋在心裡好久了，一直想請皇上恩准卻不敢說出來，怕皇上駁了面子老臉沒處擱沒處放的。今兒個皇上來了，又沒有外人，我就說出來求一求，准不准都在皇上了。」掙扎著起來，在床上便要行禮。

崇禎心裡暗笑，嘴上阻攔道：「有什麼話只管說就是，只要不壞了祖宗的規矩，什麼事都做得都准你。」回頭罵門外的宮女道：「你們這些瞎眼的混賬東西，皇太妃病得沉重，起來不是要勞累了身子？只顧在那裡木樁似地站著做什麼？」

宮女們嚇得急忙上前死死地架著攙了，鄭貴妃口裡粗喘著氣道：「皇上，福王赴洛陽藩地已有十四年了，我見他一面，死也甘心了。」

崇禎聽她終於把心裡的話說了出來，心裡不住冷笑，假作為難道：「福王之藩一事神宗爺朝便鬧得沸沸揚揚，天下矚目，他與一般的親王更加不同。親王之藩，非召不得回京，這是太祖高皇帝定下的規矩，不好為福王一人違了祖制，也不能分什麼親疏遠近。近日朕聽到一些議論，不利於福王，朕也怕他招人猜忌，難以自安。」

「都是些什麼風聲？」鄭貴妃面色更加慘白。

崇禎笑道：「都是些風傳，福王是朕的皇叔，朕還信不過他嗎？他就是有什麼事也會上疏陳奏的，不會用那樣下作的手段的。」

「皇上說的是……」鄭貴妃眼裡露出無限的驚懼之色，竟癱軟在床上，手足不住地微微抖動。

「太妃是見多識廣的人，先朝的三大案都親身經歷過了，如今五鳳樓上重現了妖書，朕知道太妃病著沒敢驚擾。此事早已過去了，顯然都是欺人之談，不必管他。」

「什麼妖書？皇上以爲是福王所爲嗎？」

「不是他，另有別人，朕心裡明白。」

鄭貴妃囁嚅道：「可是誰呢？」

「太妃就不必掛在心上了，只管好生將息，事多傷神，不宜安養。」崇禎望了望寢宮內貼的綿羊太子畫幅、九九消寒詩圖，命王承恩將新進的冬酒送過二斤，又略略寬慰幾句，起身出來。

在散朝的途中，瞿式耜見到了王永光。二人到了僻靜處，各將冠服去了，放在轎中，將伴當打發回府，轉入一個小巷的酒館，尋了單間坐下，王永光道：「伯略，我已上了兩個乞休的摺子，年老無用，行將致仕，你還找我做甚？」

瞿式耜道：「過謙了。太宰對天下官吏品行了然於胸，會推自然以太宰主持大局爲宜。

式耜已上了本，求皇上恩准太宰主持完會推後再致仕。」

王永光苦笑道：「伯略，你這是將我放在火上烤呀！」

「何出此言？」

「你想要列入會推的朝臣有多少，哪個不是朝思暮想的？可名額畢竟有限，我若主持此事，豈不是要得罪許多的人？伯略，你教我一個遠處江湖的老病之官今後何以自處？他們哪個動一根小手指，我都難以承受，惹得起嗎？」王永光不住搖頭嘆氣，看著那色如琥珀的黃酒冒著絲絲的熱氣，竟無意舉飲。

瞿式耜自顧將眼前的酒乾了，拿起錫壺斟滿，不緊不慢地道：「太宰是何等明白的人！今日如何一葉遮目不見泰山，看得短淺了？那些難以列入會推而記恨的人雖多，可是也敵不過那些列入會推的人，只要這些人感激太宰，記掛太宰，何愁那些宵小之輩與你爲難？閣臣的一句話不是管用得多嗎？不只是以一當十，而是以一當百呢！」

「道理如此，可是眾口鑠金，積毀銷骨，不可掉以輕心。」王永光端杯淺呷一口，摸著花白的鬍鬚沉默不語。

瞿式耜彎腰取出小紙角，展開揉平，遞與他道：「太宰看這幾個可是忘恩負義的人？」

王永光取在手裡，瞇起眼睛看看瞿式耜，才低頭細觀，良久才道：「這些人都是素有名望的，只是這畢自嚴、喬允升、張鳳翔三人剛剛升遷爲尙書，怕是資歷尙淺，難合公議。」

「只要少宗伯、錢牧齋列入了，其他數人但憑太宰裁定。」瞿式耜目光炯炯地望著他，「此事若成，太宰回長垣老家，想建的那片園子就不必費心了。我已請建園的名家計成繪了圖畫，取京城米氏三園之長，預備著在太宰的桑梓地建個像樣些的園子，日後太宰也好優遊林下。」說著從懷裡取出一個絹本的卷軸，慢慢展與王永光看。

王永光開懷笑道：「如此大禮我如何敢受？米氏漫園、湛園、勺園都是佳構，有一處足矣！爲國薦才，乃是我的本分，令師大名垂宇宙，享譽士林，捨了哪個也不敢捨了令師，不然皇上問及，如何言對？」

瞿式耜道：「太宰何等身分，豈可有寄居米氏籬下之嫌？此園若起，米氏三園盡皆失色。太宰若不以爲簡陋，先收了回去細加揣摩，不盡意處再命計成潤改。」

「也好。我還要趕到吏部衙門將各路會推的名單甄別汰選，密奏皇上，恕不奉陪了。」王永光將卷軸收入袖中，出門而去。

西單牌樓下的石虎胡同有一所四合院，中間一道月亮門前後隔開，西面兩楹小房取名好春軒，乃是燕見賓客的廳堂兼書房，庭院不是十分闊大，沒有太湖石、假山、池水，只有一株不大的棗樹，上下鐵色，在朔風中搖擺不止。此處本是舊居，周延儒赴京任禮部侍郎後，見其上朝方便，花錢買了後修葺一新。周延儒自從蒙單獨召對以後，時刻忘不了皇上臨別時的殷殷之意：「卿年少有爲，卓異朝臣，好生做事，不愁他日入閣拜相。」

存了此種念頭，處處仰體聖心，越發勤勉公事，得了吏部會推的消息，想著聖眷正隆，不禁躍躍欲試，轉念來京時日不多，吏部怕是無人舉薦，自是指望不得，不如另求他途，便想到了結識不久的鄭養性，暗忖索性往宮裡使勁，或許還要穩妥些。那鄭養性身爲戚畹，在錦衣衛任個右軍都督僉事的閒職，平日鬥雞走馬，極愛耍子，胸無點墨，卻又極愛附庸風雅，得知萬曆四十一年癸丑科狀元周延儒到了京師，傾慕他年少才高，幾次邀他過府，周延儒知他是鄭貴妃的侄子，也盡情結納，替他將院中各處匾額重新書寫，一齊換了。由此往來日密，會推在即，周延儒急急湊換八萬兩銀子的銀票，央托鄭養性到宮裡使錢，鄭養性遲疑著收了，一連幾天卻無消息。周延儒坐臥不安，在好春軒裡耐著性子悶悶地等，又過了兩日鄭養性來說，正好鄭貴妃欠安，請了皇后懿旨入宮探望，不料話才說了一半，不想皇上駕臨不便說起。周延儒見他銀票無處送出，心下早已涼了，怔怔地不知如何是好，急火攻心，竟不覺病了，高燒了兩日，身子才覺爽利，便到書房圍著炭爐一個人吃茶悶坐，心煩意亂地品不出個滋味，憑窗望著漸緊的朔風捲起幾片枯葉，大團的彤雲從天際湧來，天色漸漸陰沉了，心裡越發鬱悶難遣，憶起當年狀元及第，赴了鹿鳴宴，跨馬遊街何等風光，哪個不艷羨？隱隱有些懷才不遇起來，不禁搖頭吟唱起司馬遷的《悲士不遇賦》：「悲夫士生之不辰，愧顧影而獨存……雖有形而不彰，徒有能而不陳……」未及過半，卻聽屋外有人說道：「玉繩好雅興，品茶詠詩，灑脫得緊哪！不想尋個知音的人嗎？」

周延儒聽了一怔，似是自己的上司禮部尚書溫體仁的聲音，一邊暗自吃驚，一邊急忙迎了出來，一個鬚髮花白身形矮瘦的老者身著員外便裝迎面而來，拱一拱手道：「不速之客，實在唐突，玉繩勿怪。」

周延儒上前揖手道：「宗伯大人不嫌敝處簡陋，屈尊光降，卑職受寵若驚，快進來說話。這些奴才不知禮數，該早進來通稟，也好遠迎。」忙將溫體仁讓到廳裡，溫體仁笑道：

「不怪他們，是我硬要闖的。」說著四下看了又道：「玉繩，我還以爲你尙輾轉床榻，未離藥石，並未想你竟如此安逸，一人品茶獨得其神。」

「大人取笑了。卑職今日身子才覺爽利些，但心頭還是悶悶的，茶也吃不出什麼滋味，不過養神而已。」

「這也說不得什麼。你聖眷正隆，入閣拜相勢在必得，誰知會推卻爲那班宵小之人把持，令你壯志難酬。」溫體仁兩眼骨碌碌地轉動著，見周延儒面色更加灰白，詫異道：「怎麼，玉繩尙不知曉會推名單嗎？我還以爲你躲在家裡，以茶澆胸中的塊壘呢？」

周延儒聽了，知道自己沒有列入，霍地站起身，迅即又坐下，接連哆嗦了幾下，額頭冒出細密的冷汗，故作半信半疑問道：「會推有了消息？」

「你眞不知道？看起來這幾日你倒是好生地養病了，心無旁騖，處變不驚，這份本領當眞教人佩服得緊呀！」

周延儒聽他話中含有幾分譏諷，淒然笑道：「卑職哪裡有如此的胸懷，這幾日病得沉重，足難出戶，哪裡知道宸几秘聞。何人列入會推，確實不知。」

溫體仁嘆氣道：「我也是才得到吏部的諮文，心裡憤憤不平，不知你會以爲如何？」言下也有幾分沮喪。

「都是什麼人列入了會推？」周延儒穩了心神，仍掩不住心頭的焦急。

溫體仁道：「論英雄豈可無酒？當年曹孟德青梅煮酒論英雄千古佳話，我輩何妨效之！」

周延儒忙命家人整治了一桌酒席，二人對坐，聽著錫壺內已有響聲，漸漸溢出一股黃酒的醇香，溫體仁提鼻一吸道：「這怕是二十餘年的狀元紅，不飲此酒多年了。」

周延儒道：「大人所言對極！此酒乃是卑職狀元及第時剩下的幾罈，怕是已有三十餘年了。」言罷撫今憶昔，不勝悵然。

溫體仁道：「年少得志，獨占鰲頭，意氣風發，天下英雄誰敵手？眞羨慕煞人。」

周延儒揣摩他話中之意，似有什麼暗示，心裡一喜，嘴上卻道：「大人謬讚了。豈不聞小時了了，大未必佳。我朝開科取士以來，卑職之前，狀元有七十九位，人數不可謂不眾，但以卑職所知，後來入閣拜相的不過胡吉水、曹寧晉、申長洲三人，以此論之，狀元尚不如進士仕途通達，又有什麼可稱羨的？大人還是說說列入會推是些什麼樣的英雄？」

「放眼天下，玉繩以為何人有王佐之才？」溫體仁並不回答，深陷的兩眼直視著周延儒，越發顯得心機深沉。

周延儒搪塞道：「卑職歷練未深，見識短淺，哪裡能看得透徹。不如大人說出來再論。」

「好！」溫體仁從袖中取出一條紙片丟與他道：「這便是會推的名單，你自去看吧！」

周延儒忙抓在手中，仔細地看，見上面草草地寫著兩行小字：成基命、錢謙益、鄭以偉、李騰芳、孫愼行、何如寵、薛三省、盛以弘、羅喻義、王永光、曹于汴，十一個人的名字卻無自己在內，一時覺得手腳冰涼，抖個不住。

溫體仁冷哼道：「大出意料不是？」

「也在情理之中，都是資歷甚隆的老臣嘛！」周延儒將紙片放了，端杯吃一口酒，才覺鬢角早已滲出些汗來。

「玉繩竟沒有看出什麼？」溫體仁怒形於色，起身負手來回踱步。

周延儒小心問道：「可有什麼不妥？」

「嘿嘿，是有大不妥呢！」溫體仁忽地停住腳步，轉身看著紙片不住冷笑，「裡面大有文章。」

「大有文章？」周延儒一怔。

溫體仁心下暗暗瞧他不起，反問道：「你竟沒看出這是一篇妙文？雖未寫出，但背後卻藏著一個大大的黨字。」周延儒被他說得雲裡霧裡的越發糊塗，茫然地低頭看看紙片。

「一語中的，見識不凡，佩服佩服！」院中一個尖細的聲音傳來，二人吃了一驚，一齊向門口望去，家奴走進來道：「有位東廠的老爺來訪。」二人心下驚恐，忙起身迎出來，見一個中年的太監邁步上階，周延儒罵道：「該死的殺才！為何不早進來通報，也好迎接公公。」

那太監輕笑一聲道：「咱本來隨了家奴進來，在院中聽得溫大人妙語精義，忍不住喝采，驚擾二位了。」

二人對視一眼，心裡不禁凜凜生出一些寒意，屋內到院中不下十丈，此人竟能聞辨出屋裡的話音，想必身負絕技。周延儒不知他是何來意，忙堆著笑道：「哪裡的話？平日就是專程去請還怕請不到公公呢！快請進來吃杯酒驅驅寒氣。」便命下人撤換酒席，添箸加杯。

那太監也不客氣，大剌剌在桌邊坐了道：「那就叨擾了。」周延儒、溫體仁在旁邊小心陪了，連飲幾杯，那太監才道：「與兩位平日難得相見，你們識不得咱，咱卻識得你們，咱是司禮監秉筆太監唐之徵，在王永祚督爺手下當差。」

唐之徵的大名在京師的縉紳間沒有幾個不知道的，他是大太監王永祚的左右手，東廠有名的幾大檔頭，二人慌忙重新見了禮，唐之徵道：「不須客套。當年戚畹親鄭國泰對咱有知遇之恩，就送個消息，還個人情給他兒子。方才溫大人所言極是，會推的人員確實有黨，乃是東林黨一手策劃把持的，錢謙益、孫愼行、曹于汴本是東林名宿，自不待言。成基命與羅喻義同爲楊漣門生，鄭以偉、李騰芳與楊漣同鄉，何如寵與左光斗同鄉，平日極爲友善，薛三省也算是東林的周邊，這些人與東林黨常相往來，交情素深。只是爲掩飾天下人的耳目，才將會推無望的盛以弘、王永光列入，送個空口人情。三日前，錢謙益等人竟在大酒缸密謀，雖說不得其詳，但必與會推有關。」

周延儒恨聲道：「我與東林並無怨仇，他們竟這般徇私，還自命清流，眞是無恥之極！」

溫體仁咬牙道：「世上從來就沒有什麼君子小人，天下攘攘，都是名利之徒。」

周延儒點頭，端杯道：「唐公公，大恩不言謝，飲酒以爲敬。」

唐之徵乾了起身道：「那鄭養性找到了咱，看在他先人的情份上，難以辜負所託。兩位還請自重，成敗全看你們的造化與本事了。」

周延儒伸手從懷裡取出那張銀票道：「唐公公，些許散碎銀兩不成敬意，權當勞動之資，萬望笑納。」

唐之徵微微一瞥，見是八萬兩的銀票，不想他竟有此豪舉，推辭道：「如今批朱之權都在皇帝，司禮監已比不得往日，萬難相幫。」抬腳便走。

溫體仁死死拉了道：「公公，比起那十一人來，我們自信不差多少，只是被他們把持了，報國無門，但求出了胸中這口惡氣。公公是見識過許多事體的，就出頭主持個公道吧！」

唐之徵收住腳步道：「這咱倒更加不敢了，咱是萬歲爺身後的人，不宜出頭的，只可背地裡使些手段。」

周延儒道：「公公指點一二，我們也是受用不盡的。」忙請他回身又坐了，溫酒再飲。

唐之徵將銀票收了道：「你們既如此瞧得著咱，不妨指你們一條明路。咱說句忘恩的話，通內通璫通廠往宮裡使錢有取巧處，但不要拜錯了神，那鄭養性不過靠著神宗皇爺的一點兒恩德到宮裡走動，如今鄭貴妃早已沒什麼勢力了，自顧尚且不暇，哪裡還管得了這些閒事，求她何用？」他見二人聽得不住點頭，又道：「不用說鄭貴妃了，就是先皇后張娘娘也不好恃功多事的，有當朝的三位娘娘在，哪個敢妄恃聖恩胡亂賣什麼人情？我朝太祖高皇帝所立家法極嚴，萬歲爺又是幾代以來少見的明主，誰敢輕舉妄動？」

溫體仁道：「公公，聽說田娘娘最得聖契？」

唐之徵道：「咱提個醒兒，宮闈之事不可妄論，你們想必也是知道的。」

周延儒堆笑道：「皇上與娘娘本是一體，為人臣子的孝敬娘娘也是應該的。田娘娘曾鳳舞揚州，延儒忝為同鄉，只想備些精巧的蘇樣禮物，以解田娘娘思念桑梓之情。」

唐之徵起身道：「這樣也好，你們斟酌著辦吧！東廠事多，不便久留，你們今後有事也不要找咱，只將書信寫好放在書房顯眼的地方，自會有人送與咱的。」說著逕自出了客廳，也未見他如何奔走，轉眼間已穿出院門。二人相顧失色，暗自感嘆東廠好手如雲，這個平日不顯山水的老太監竟有如此的身法。

轉回屋內，周延儒道：「卑職仰慕錢牧齋的文才，尊他爲前輩鄉黨，又是同在大人手下做事，沒有半點得罪之處，不想他竟這般狠毒，鐵心將卑職摒棄在外也就罷了，怎麼也不將大人放在眼裡？」

溫體仁哼道：「錢牧齋少負文名，不甘於一味驅馳文場，只是當年的東林人才濟濟，他資歷尙淺沒有輪到。此人自視甚高，心胸狹窄，容不得人，我最看不得他自命風流浪子的模樣，平日裡唱和幾首詩詞就自以爲能治國齊家了，當眞可笑！」

「話雖是這樣說，他如蒙皇上欽點入閣，一旦大權在握，咱們怕是難以在朝廷立足了。十載寒窗八月科場，卑職好不易才得來的禮部侍郎，竟這般輕輕地丟手了嗎？天下又不是他錢家的。」周延儒眼裡含著怨恨，神情有幾分荒唐。

溫體仁見他氣惱已極，勸說道：「姓錢的並非沒有把柄可抓，他的醜事我心裡記著呢！不到最後關頭不見得就是他贏了。」

「什麼醜事？」

「玉繩，你不記得錢牧齋到浙江主持鄉試舞弊一事了？」

「此案不是早已了結了嗎？充軍的充軍，革去功名的革去功名，錢牧齋與本房試官鄭履祥罰俸三個月。」周延儒以爲有什麼大可利用的把柄，聽說不過是浙闈買賣考題一事，心下頗覺失望。

溫體仁似勸似嘲道：「玉繩，你也太過老實了，你忘了兵法上說無中生有、混水摸魚兩計？」

「這……豈不是有此下作了？哪裡是君子所當爲的！」

溫體仁冷笑道：「那他們把持會推就是君子所爲了？以毒攻毒，有什麼不可？你講良心，喜歡那以德報怨的虛名，正是成全了他人，他們得了便宜還會偷著笑呢！」周延儒面色一紅，低頭不語。

「大丈夫縱橫四海，能屈能伸，如龍能大能小，能升能隱；大則興雲吐霧，小則隱介藏形；升則飛騰於宇宙之間，隱則爲伏於波濤之內，貴在因機時變化，若拘泥一時一事，反會爲他人所乘。我如今舊話重提，就是要錢牧齋措手不及，那時再拈出一個黨字，劾他朋比爲奸，把持會推，看他如何解脫乾淨？」溫體仁目光灼灼，似是胸有成竹一般，「我一人檢舉，你自管不露聲色，等皇上問到的時候，你只要透出幾句口風，錢牧齋必定難吃得消了。哈哈哈……」

周延儒連連點頭，溫體仁告辭說：「這條計策如能成功，錢牧齋便墜入了萬劫不復的境地，憑你聖眷之隆，極可能蒙皇上欽點入閣，那時還請提攜一二，不要忘了今日之約才是。」周延儒隨在後面相送，當下正色說：「大人說的哪裡話？卑職怎麼會是食言之人。」溫體仁笑著出了客廳，便阻攔道：「京師耳目甚多，不必拘禮，留步吧！」周延儒原地揖手，目送他出門上轎而去。

會推大事，舉朝矚目，名單既經公布，一時之間，大小官員不但茶餘飯後紛紛議論，就是當值辦差也竊竊私語，揣測著十一人之中哪個入閣，入選的十一人也惴惴不安，忐忑地等著皇上點中。錢謙益自以為勝券在握，便想著下一步東林黨人勢力大盛，幹一番轟轟烈烈的事業，流芳百代。崇禎見了會推名單上沒有周延儒的名字，心裡隱隱有些不快，傳了王永光來問，王永光道：「他來京不過半載，資歷尚嫌淺薄，年紀又輕，不妨教他再歷練一番，再入閣不遲。再說朝臣既不薦他，皇上定要點中，他難免恃恩而驕，與閣臣難以相與，實在有違聖衷有累聖德。」

崇禎聽他說得有幾分道理，但心裡竟有些捨不得周延儒，便說：「使用人才當不拘一格，不必定要看什麼資歷宿望，不次超擢，必定會更加感恩出死力報效國家。朕取人以公，此次會推不能只充個樣子，必要選出幾個治世的能臣，以免那些言官又喋喋不休。」

王永光嘴裡唯唯諾諾，卻並不領會他話中的意思，崇禎又不好明白點破，擺手命他退了。王承恩捧進來一個黃龍袱包裹的小匣，崇禎取出密摺，從頭到尾看了，面色一下子沉鬱起來，重重地呼出一口氣道：「這樣舞弊徇私的人怎麼竟濫入會推？」將密摺細細又看了一遍，對著會推名單不住冷笑。

次日十一月初六，正是逢六的大朝，內閣、五府、六部、翰林院記注官、科道掌印官、錦衣衛堂上官一齊聚到文華殿，崇禎先將輔臣李標、錢龍錫、吏部尚書王永光召入暖閣，將一個疏本扔與王永光道：「這是溫體仁昨日密奏的疏本，錢謙益主持浙江秋闈一案不夠清白，此次怎麼卻名列會推第二？溫體仁現掌禮部，資望在錢謙益之上，怎麼也沒有列入其中？吏部是怎麼會推的，如實奏來。」

王永光雙手捧了，見上面寫著《直發蓋世神奸疏》的字樣，洋洋萬餘言，一目十行地看了，小心地回道：「溫體仁是萬曆二十六年的進士，六部之中僅晚臣六年，就是兩位閣老也是有所不及的，資歷確實極深的，但名望卻薄，因他乃是已故首輔沈肩吾的門生，早年追隨沈閣老一意曲媚逢迎，推波助瀾，朝臣多有怨恨，此次未入會推之列也在情理之中。」

崇禎道：「會推要看他治國輔君之才，黨同伐異各爲陣營最是要不得的，若依擁戴的多少而定，豈不是凡是都點頭調和的好好先生最宜入閣？但朕要的不是草包飯袋，朕做夢都想著有先朝張江陵那樣的濟世之才，通識時變，勇於任事，幫著朕起衰振頹，重現永樂爺那樣的太平盛世。」

錢龍錫道：「臣等得遇明君，忠心許國，但志大才疏，有負聖望，實在慚愧得無以自容。錢謙益文名早著，才學過人，入閣辦事朝臣也會心服的。」

崇禎冷笑道：「科考一案他能洗脫得乾淨嗎？」

李標道：「依臣之見，科場關節實與錢謙益無關，是有人設計陷害攀誣，據刑部招稿只是光棍設局騙錢，並沒有什麼內外勾結之事。」

「關節是眞，他身爲主考，怎麼與他無關？難道是光棍做主考嗎？光棍取中錢千秋的嗎？朕是冤枉了他？」崇禎拂袖出來升了御座，命溫體仁出班道：「你參劾錢謙益當年科考舞弊可是實情？」

「句句屬實，有案可查。」溫體仁小心察看崇禎的臉色，又瞥一眼旁邊驚愕萬分的錢謙益，肅聲說：「臣以爲浙江秋闈一案尚未了結，如今枚卜，錢謙益不該列名其間。」

天啓元年的浙闈風波過去多年，錢謙益早已拋在腦後，哪裡會想到有人舊話重提伺機報復，事出意外，竟一下子怔在當場，心裡又想起多年前那駭人的往事。唉！往事不堪回首，桂子飄香的杭州，如幻似夢的西湖……

天啓元年，錢謙益奉旨主持浙江秋闈，自萬曆三十八年中了進士授翰林院編修以來，難得出京遊歷，京城待得膩了，向皇帝陛辭後提早起程，一路乘舟毫不停歇地趕往杭州。杭州古稱錢塘，地處吳越，襟江帶湖，風物佳美，自古便是東南名郡。城西一片湖水煙波浩渺，許多的名勝古蹟尤如珍珠一般撒在四周。錢謙益到了碼頭也不知會巡撫衙門，便裝上岸，找了客棧安頓後，帶了隨從出錢塘門，過聖因寺，上了蘇堤，又看過岳王廟、靈隱寺、飛來峰，往柳蔭下雇了畫舫到湖上徜徉。錢謙益負手直立船頭，湖面遊船點點，遠處桑麻遍野，青山疊翠，撲面而來，山腳下一片片疏疏落落的竹籬茅舍，煙雨中那幾座寺、塔影影綽綽，依稀可辨，岸邊亭榭樓閣，黛瓦粉牆，映在如綢的碧水之中，搖曳多姿，船娘的歌聲不時飄來，吳儂軟語，極盡纏綿。一個多時辰，船到洪春橋，瀕臨湖岸有一處小小的院落，周遭滿是荷花，此時已近中秋，花瓣早謝，只留下田田的荷葉，將湖面遮得嚴嚴實實，水道漸漸狹窄。那船娘道：「老爺可小心了，此處已到曲院荷風，荷葉甚密，不易走船，不要光顧了看景，免得船搖晃起來落了水，不雅相的。」

錢謙益聽她語調輕柔，才回身細看，見船娘二十歲出頭的光景，身材豐腴卻掩不住幾分清麗，問道：「竟有人掉下去嗎？」

船娘道：「盛夏荷花正開，常有人看得癡了，忘了是在船上，邁步去採摘落到水裡，免不了滿身的污泥。」說罷掩口而笑，露出半截蓮藕般的胳膊。

錢謙益不以爲意，坐在船頭不住撥弄近船的荷葉，滿眼蒼翠，清香襲人，豪興大發，不禁呼道：「此情此景，豈可無酒？」

船娘道：「奴家的船從不沽酒，都是客人在岸上自行置辦。」錢謙益聽了不勝嘆惋，隨從怕他責罵，將臉閃到一旁不敢作聲，忽聽後面一聲吆喝：「閃開了！」船娘忙將畫舫往旁邊一靠，一艘小艇如飛地從後面直插上來，無奈水道本來狹窄，畫舫片刻間又難以躲讓得開，小艇上的舟子忙將手中的木槳一收，小艇去勢略緩，堪堪與畫舫並列而行。

那舟子見船娘生得頗有姿色，調笑道：「妹子手腳怎麼不爽利了，敢是昨夜累了嗎？」

船娘卻不著惱，笑吟吟地回道：「奴家的身小力單，哪裡比得上哥哥騾馬般地不知勞累。」

錢謙益聽她罵得婉轉，暗自喝采，看看小艇上竟還坐了三個戴巾持扇的文士，各穿寶藍、天青、鶩背色的夾紗直裰，圍坐在一處飲酒。穿寶藍直裰的中年文士轉頭一瞥，見錢謙益也是一身儒服，拱手道：「兄台，小弟三人只顧耍子了，多有唐突，有罪有罪！」

錢謙益莞爾笑道：「只見景色，目中無人，足見性情。」

那人大笑道：「好個目中無人，兄台妙語解頤，大快我心，何妨屈尊移駕，過船小坐。」

錢謙益婉言道：「蚱蜢小舟，不容旋踵，三位同乘尚可，愚弟如再過去湊個趣兒，怕是沒有屈子之冤也要投身湖底了。」

那人道：「兄台辭辯滔滔，實在教人佩服，只是不能當面對談請益，實在可惜。」

「多謝雅意，臨舟而談，也無不可，酒如有餘，還請賜上一杯。」

那人將一瓶酒拋過道：「我等粗放，持瓶而飲，兄台莫笑小弟貪瓶了。」

錢謙益接了道：「飲酒之道本來沒有什麼定式，夏商周三代用爵，其後金杯銀盞錫壺瓷碗瓦罐泥罈都做得器具，因人而宜，因時而宜，因地而宜，無可無不可。弟隨身攜有碧筒杯，最宜船上飲酒。」伸手將一個捲攏如盞的荷葉連荷梗一起採下，問船娘討了銀簪，捅破葉心使之與葉莖相通，倒酒荷中，莖管微提彎曲如象鼻，含在嘴裡輕吸淺飲，頃刻之間，半瓶米酒已盡，閉目吟道：

「採綠誰持作羽陽？使君亭上晚搏涼。
玉莖沁露心微苦，翠蓋擎雲手亦香。
飲水龜藏蓮葉小，吸川鯨恨藕絲長。
傾壺誤展淋郎袖，笑絕耶溪窈窕娘。」

眾人看得呆了，三個文士各自讚佩一番，穿鷺背色直裰的少年文士道：「乘興挈一壺，折荷以爲盞。先生眞是雅人，大有古風。」

穿天青直裰的青年文士嘴裡嘖嘖有聲：「酒味混雜了蓮葉的清香之氣，醴馥沉浸，香遠益清，解暑生涼，妙不可言。敢問先生名諱？」

錢謙益沉吟道：「君子之交首重其實，虛名倒是在其次的。」

中年文士見他不願相告，拱手道：「兄台口音雜有北語，想是遠道而來，小弟等恐失之交臂錯過了，因此冒昧請教。我三人本是來鄉試的，小弟凌濛初，這兩位兄弟是張岱、張溥，都是吳越的高才。」說著指指穿天青、鷺背色直裰的兩人，告辭說：「因有朋友在前面酒樓相候，急著趕去，兄台若方便時，可過來一敘。」錢謙益也拱一拱手，見三人下船遠去，看看天色已晚，付了船錢上岸漫遊。

此時，湖上夜宴才開，白日柳蔭下的畫舫彩燈搖曳，弦樂悠揚，一個個向湖心蕩去，將大半個湖面映得紅艷艷的，流金溢彩，煞是好看。錢謙益邊走邊看，不知不覺已到貢院旁邊的大街上，只見平地矗起一座高大的五彩牌坊，寫著浙江貢院四個金色大字，後面是一片青瓦屋舍，牌坊旁邊有一家高大的酒樓，上到二樓的雅座，點上東坡肉、宋嫂魚羹、西湖醋魚、龍井蝦仁、油燜春筍、西湖蒓菜湯幾樣杭州名菜，舉箸才吃幾口，便聽旁邊的屋裡叮叮噹噹連響幾下，夾雜著數人哈哈大笑之聲。錢謙益皺了眉頭，將筷子放了，隨從急喊店小二過來責問，那小二賠笑道：「兩位大爺想必是外鄉人，不知敝店的規矩，客人們喝光了酒，可將空壺擲在地上，小的們聽得聲響，自然過來添酒，不再煩勞客官出聲呼喚。」

「那錫壺豈不是每日都要重新換了？」錢謙益暗自吃驚，覺得實在有些匪夷所思。

小二嘻嘻一笑道：「哪裡要換！錫壺本就不易破爛，再說摔打得坑坑窪窪的，盛酒不是少了嗎？客官酒量也顯得宏大了許多。」哈著腰退了。

錢謙益看看桌上的錫壺，果然竟像製壺名手龔春刻意捏製的樹癭壺一般，疙疙瘩瘩，凹凸不平，嗟嘆酒樓主人生財有道，卻聽那屋裡有人大叫道：「千秋老弟，今年秋闈想必你會高中了，老弟才學極高，囊中又有的是銀子，愚兄卻是不濟了，十二歲入學，十八歲才補個廩膳生，科場蹉跎，年已不惑，至今還是個青巾，聽老弟方才所言，這科也是空想了。愚兄平日不事產業，家無餘財，寫的那些稗官野史話本小說賣得不少，但銀子卻大多教坊間的書商賺了，哪裡有錢買通關節？」

錢謙益聽得格外耳熟，猛然想起說話人正是方才湖上遇到的凌濛初，暗叫湊巧，又聽一個尖細的嗓音道：「玄房兄本是高才，用不著枉花這些銀子的。」聲音卻極是陌生，不知是什麼人，想是他所說趕著赴會的那個朋友，細細思忖二人的話語，隱隱覺出是在談論科考之事，就留了心，見屋舍的隔板是用竹子搭成，示意隨從將門關緊了，起身緊貼在竹板上，透過上面的縫隙偷偷瞧看，果見那三位文士都在屋內，一個略微矮胖的秀才陪在旁邊，臉色酡紅，兀自不住地勸酒布菜。凌濛初舉壺痛飲，將空壺往地上奮力一擲，乜斜著醉眼，神情極是不屑道：「高才？別說什麼高才了，有銀子烏鴉能成鳳凰，沒銀子高才也是庸才。你說宗子是不是高才？他的那篇《西湖七月半》是何等的妙文，天下少有，『西湖七月半，一無可看，只可看看七月半之人。看七月半之人，以五類看之』，豈是含蓄二字可說透的？『此時月如鏡新磨，山復整妝，湖復頮面，向之淺斟低唱者出，匿影樹下者亦出，吾輩往通聲氣，拉與同坐。韻友來，名妓至，杯箸安，竹肉發。月色蒼涼，東方將白，客方散去。吾輩縱舟，酣睡於十里荷花之中，香氣拍人，清夢甚愜』，曠達至極。卻兩次鄉試不中，徒喚奈何？」

張岱道：「玄房兄的《初刻拍案驚奇》、《二刻拍案驚奇》鴻篇巨製，自非大才不能如此，天下幾人可及？不必說了，若果真要用銀子才中，小弟倒沒了考的興致。」

「哥哥錯了，是沒了買的興致。」那名叫張溥的少年面色冷峻，嘿然道：「漫說小弟沒有那二千兩銀子，就是有也用它湖上泛舟買醉，卻不勝似送給那些貪官墨吏！按理中與不中應當靠各自胸中的才學肚中的文章，哪有使銀子買功名的道理？」

矮胖的文士面色紅紫，拂袖道：「再莫說了，小弟聽得已然無地自容。若不是家父病得沉重，盼望臨終前小弟中個舉人，光宗耀祖，重振家聲，我錢千秋就是考到頭白齒落，也要正大光明地搏取功名，絕不會甘心使錢，將終身託付孔方兄。你們道那二千兩銀子是容易來的嗎？」

「有什麼不能說的？」張溥年輕氣盛，一心要較個眞兒，凌濛初忙岔開話頭道：「世道如此，夫復何言？千秋也是一片孝心，情非得已。」丟個眼色給張岱、張溥，又問道：「老弟，二千兩銀子不是個小數目，可是向主考大人買的考題？」

「不是。」錢千秋搖頭。凌濛初驚道：「莫不是中了人家的道兒，將銀子輕拋了？」

「不會，小弟也是不見兔子不撒鷹的，豈會輕易被人騙了？」錢千秋聽聽四周，壓低聲音道：「是從朝廷買出的關節，斷不會錯的。只是小弟怕知道的人多了，容易發覺，恕不能奉告。」

凌濛初執意請求道：「究竟是什麼關節？若此事屬實，我三人拔腿便走，絕不在此白白花著盤纏，空耗光陰了。」

「不能說的。」錢千秋起身便走。

第十二回 發奸謀秀才鬧貢院 問舊案君王罷會推

劉一焜豈容他們再任意胡說，伸了三個指頭，喝一聲：「上夾棍！」這夾棍乃是五刑之祖，極是厲害，不論什麼樣的人物也難熬得過去。每當用刑之時，衙役們先看老爺的眼色行事，瞧老爺伸幾個指頭就是用幾分刑。衙役將夾棍一收，二人疼得大叫幾聲，頓時暈了過去。衙役取了一碗涼水，含在口中，衝著二人噗噗連噴幾下，二人慢慢轉過氣來，金保元吃罪不過，喊著招了。

張溥大急，高聲道：「花費些銀子倒沒有什麼，只是你與玄房兄訂交多年，若是知情不舉，有意欺瞞，豈不是教人齒冷心寒？」

凌濛初搖手阻止道：「天如，何必苦苦相逼，強人所難？爲人做事只求無愧於心就是了，不說也罷，各有各的路要走，我並不怪他。」眼裡竟噙了淚水。

錢千秋愕然收住腳步，垂頭咳聲說：「不是小弟不夠朋友，實在是此事關係重大，背後有極厲害的人物，不可走漏半點風聲，不然別說前功盡棄，性命怕是都難保全。」開門四下看了，折身回來悄聲道：「你們可知道今年鄉試的主考是誰？」

張溥以爲他故弄玄虛，冷言冷語道：「此事早已傳遍吳越，讀書人有幾個不知的？」

「正是他答應幫忙，我才敢將銀子出手。錢謙益是皇上欽命的主考官，中與不中還不是憑他一句話？你們說這二千兩銀子花得值也不值？」錢千秋將心中的秘密說出，心頭登時輕鬆了許多，悠然地搖著摺扇。

「怎麼竟會這樣？」凌濛初心下不覺駭然，脫口而出，張岱、張溥二人也臉色大變。

錢謙益身子一顫，周身竟泛起幾絲寒意，聳耳細聽，又聽錢千秋道：「千里做官只顧吃穿，有幾個老是想著忠君報國，心存民瘼的？如今吏治的腐敗誰看不出來，眾人皆醉而我獨醒不容易，人人都會用心防著你擠兌你，與其這樣還不如隨波逐流的好。大廈將傾，一根檁木哪裡支撐得住？」三人聽了各自默然，想要反駁卻又無言以對，過了好一會兒，張岱問道：「錢謙益遠在京師，千秋兄怎麼有如此的神通與他搭上了線？」

「這個容易，沒有什麼可怪的。錢謙益早在杭州安排了兩個眼線，一連多日到各大酒樓旅舍聯絡，看到那些來趕考的富家子弟便上前兜售，自稱送富貴。只要衣飾華麗，囊中多金，你便安穩地坐等，他們自然會過來找的。」

凌濛初心猶不甘，追問道：「要在考卷上做什麼樣的記號？」「兄長知道了也沒有用處，那兩人不光行動詭秘，打算得也極是精細，拿多少錢中多少名次，記號也不相同。」

「是什麼樣的記號？」

錢千秋一怔，隨即笑道：「小弟說了也無妨，只有七個字：一朝平步上青天，要將這七字分開放在約定的地方，這些恕小弟不能奉告了。」

三人再不懷疑，張溥大叫道：「那些不必細說，今科反正是無望了，不如到湖光山色中流連幾日，比貢院、朝廷豈不乾淨許多！仰天大笑出門去，我輩還是蓬蒿人。一輩子躬耕隴畝，老死鄉閭罷了。」起身又拱手道：「那就恭祝兄台高中了。」頭也不回地推門而去。

錢謙益暗忖：看來此事不是針對我一人，而是意在向東林黨發難，若處理不當，怕是要弄出震驚朝野的大案來，一旦廣爲株連，東林黨必定會全軍覆沒了，自己豈非成了千古罪人？想到此處，才覺冷汗早已濕透了衣襟，忙命隨從暗裡跟牢了錢千秋，看清他落腳的地方，稍後到櫃檯匆匆結了賬，轉身回旅店取了聖旨連夜趕往巡撫衙門。

浙江巡撫劉一焜與錢謙益本來相識，聽說他到了迎接出來，笑著拉了他的手，極是親熱地說：「哎呀！受之弟，早看了邸報上知道你主考浙江秋闈，進了八月便盼著你來，幾時到的？怎麼也不招呼一聲，老哥哥也好給你接風洗塵。」

錢謙益笑著施禮道：「哥哥乃是一方的封疆大吏，終日忙得團團轉，小弟不好再添亂了。」

「還是你體貼哥哥。」兩人並肩進了花廳，錢謙益落座道：「小弟前日就到了，先到西湖各處遊覽了一番，這些年難得有幾日的清閒，可是憋悶壞了。」

「不先來看哥哥，倒去遊覽什麼湖光山色，可是忘了哥哥？」

「怎麼敢！不過也幸虧去了回西湖，不然火燒了屋頂，還在夢中呢！」錢謙益現在說起猶覺有些心驚，將酒樓上聽到的事簡略說了，才道：「小弟此來一是拜望哥哥，二是求哥哥幫個忙。」

「要人還是要錢？」

「哥哥速派一些兵丁暗中查訪那兩個買賣關節的賊子，務必要捉了看押起來。」

「姓名相貌可知道？」

錢謙益搖頭道：「小弟也只是聽說，請哥哥多派些人手四處查訪。開科在即，小弟怕出什麼意外。」想到以往科場舞弊大案，他不禁深鎖了眉頭，心頭焦躁不安。

劉一焜見他著急，又是自己治轄的地方上出了這等大事，恐怕難脫干係，忙派了幾十個得力的兵丁裝扮成趕考的秀才、商人、腳夫、郎中等人，到各大酒樓旅舍打探。次日晌午時分，便抓了兩個人回來，劉一焜親自審問，錢謙益躲在屏風後面偷聽。那二人開始閉口不語，姓名也不說，劉一焜一拍大案，冷笑道：「你抬起你們的狗頭看看，這是什麼地方，王法無情，豈能容你在此蒙混？看來不打你們也不肯招認，拉下去，重打二十板！」

兩旁的衙役早將二人當堂按倒，褪去衣裳，重打了二十大板。劉一焜命人將他們揪起問道：「快將姓名鄉籍招上來！」二人依然低頭不語，劉一焜大怒，吩咐一聲：「不動大刑，你們想必不會招的，將夾棍送上來！本部院還沒見過不怕死的光棍，先夾你們個骨斷筋折，看怎麼花那些贓銀？」嚐啷一聲，一長兩短的三根無情木放在了堂口，便要往兩人腿上套。二人心下驚慌，那個年歲微長的嘴上兀自強硬道：「小人們的名號說與不說，並無什麼要緊處，我們本是受人脅迫，不得已而做此違法的事，背後那人可是朝廷的清貴，撫台大人可有膽量招惹他？」

劉一焜將眼睛一瞪，喝道：「科考是國家的掄才大典，關乎國家興盛和社稷安危。不論哪個買賣考題行走關節，本部院一定奏明皇上，絕不姑息。何人指使快些招來！」

那人道：「小人名徐時敏，他是金保元，都是本地人氏。金保元有房遠親在京師任職，介紹結識了翰林院編修主考這次秋闈的錢牧齋大人，可憐我們貧困無計，便指了小人們這條明路。」

劉一焜不動聲色：「你們可見過錢編修？」

「小的見過。小的們還與他約好事成之後四六分銀子呢！」金保元急忙回答。

「可還記得他的容貌？」

金保元渾身一顫，與徐時敏對視一眼，遲疑道：「當日天色已晚，看得不甚分明。」

「你不必描說，本部院的師爺正好曾在錢編修府上當過差，他可幫你分辨清楚。」

劉一焜回頭招呼錢謙益出來道：「師爺，你聽他說的可是錢編修嗎？」

錢謙益踱步出來，不動聲色地問道：「你們在何處見的錢編修？」

「京師的一家酒樓。」

「什麼字型大小？」

金保元惶恐道：「小人記不得了。」

錢謙益並不惱怒，依然和氣地問道：「那錢編修什麼模樣？可是像我的樣子？」

金保元一怔，隨即笑道：「師爺你不要賺小人的口供了，錢編修當日一身的官服，威嚴得很呢！不像師爺這般依附他人的樣子。」

錢謙益一笑道：「那錢編修什麼年紀？」

「花白的鬍鬚，德高望重的，想是不下五十幾歲了。」

錢謙益回頭向劉一焜笑笑，轉身回了後堂。劉一焜心裡一塊石頭落了地，連笑了幾聲，大喝道：「大膽刁民，你們受了什麼人的指使，竟敢誣陷朝廷命官？睜大你們的狗眼，剛才的那個師爺就是錢編修，你們還說認識？」

徐時敏、金保元才知道露了餡兒，金保元卻辯說：「小人本來說天色昏暗，看不眞切的。」

劉一焜豈容他們再任意胡說，伸了三個指頭，喝一聲：「上夾棍！」這夾棍乃是五刑之祖，極是厲害，不論什麼樣的人物也難熬得過去。每當用刑之時，衙役們先看老爺的眼色行事，瞧老爺伸幾個指頭就是用幾分刑。衙役將夾棍一收，二人疼得大叫幾聲，頓時暈了過去。衙役取了一碗涼水，含在口中，衝著二人噗噗連噴幾下，二人慢慢轉過氣來，金保元吃罪不過，喊著招了。原來是浙、齊、楚、宣、昆黨與東林黨結怨已久，萬曆三十九年東林黨把持京察，宣黨黨魁湯賓尹慘遭罷黜丟官回家，一直耿耿於懷，他的門生韓敬日夜想著替老師出口惡氣，見錢謙益主考浙江秋闈，賄賂了兩個分房的考官，約定在考卷上暗做記號，又聯絡了早年的同窗秀水人沈德符，物色收買當地的閒漢奔走遊說買賣關節，秋闈結束時伺機揭發，借此回擊東林黨。劉一焜聽了不覺駭然，暗道：「這條計策好毒！報了仇，又賺了銀子，說不定檢舉有功，還要升官呢！」吩咐鬆了刑，畫押後當堂釘肘，標了收監牌，收在監牢。

錢謙益知道了事情始末，也覺心慌，忙回去寫了密函差人火速送與首輔葉向高，想閣臣中還有劉一燝、韓爌，趙南星掌著吏部，鄒元標掌著都察院，東林勢力仍大，這邊兒人證已在，尚欠物證，便一心放在科考上，只想到時人證物證齊了，再行檢舉。轉眼到了八月初八，明日便是入闈的日子，錢謙益請劉一焜加派了人手，貢院內外戒備森嚴，持刀拿槍的兵丁仔細搜查，趕考的秀才們攜帶的竹籃、書箱、筆墨、硯臺、食糧、燒飯的鍋爐和油布以及衣服的邊角都細細搜捏了，搜出不少的夾帶、小抄兒，什麼寫滿蠅頭小楷的手絹、衣襟、坎肩兒、摺扇、饅頭裡的紙條兒，還有巾箱本的四書五經詳注、精選的八股時文等，各色各樣，無奇不有，收了滿滿幾大籮筐，抬出去當場焚毀。仔細核驗身分，又查出一些冒名頂替的槍手，與那些夾帶的考生一起用木枷夾了示眾。錢謙益這才與各分房的考官一齊來到公堂，帶著秀才們在大成至聖先師孔子的牌位前，恭恭敬敬地叩拜行禮。錢謙益上了香高聲盟誓道：「爲國家社稷秉公取士，不循私情，不受請託，不納賄賂——有負此心，神明共殛！」

然後退身喊道：「開龍門！」等候已久的秀才們按著唱名順序，提著書箱考籃魚貫而入，進到那一排排鳥籠般的號舍裡，各自七手八腳地忙著把油布掛起來遮擋秋天尚毒的日頭。號舍本來三面都是裡外石灰泥過的磚牆，只有朝南的一面留有六尺高的小門以供出入，小門緊對著前排的高牆，中間是能容一人來往的長巷，上面露著一線天，號內有一塊能掀起的木案和一隻坐凳，低矮擁擠，剛好容下一人，掛上油布之後，倒是少了日曬，卻悶得透不過氣來。考生們剛坐到在號舍裡便通身大汗，一邊打扇，一邊不住向外張望，焦急地等著各分房的考官過來發放考題，四下一片沉寂。

錢謙益等院門落鎖，考題發完，又反覆叮囑錢千秋一房的考官鄭履祥盯得仔細些，這才稍稍放下心來，穿過龍門，登上明遠樓察看。明遠樓位處貢院中央，上下三層，四面皆窗，飛簷翹角，居高臨下，東西兩面的號舍甚至整個貢院一覽無遺。第一天過後，鄭履祥報說錢千秋每日答寫考題做飯吃喝，並沒有什麼異常的舉動。錢謙益放心不下，知道晌午時分考官們極容易懈怠，便悄悄出來巡視，到了錢千秋號舍的一側，本要偷偷看他做什麼，無奈那八尺上下高的外牆擋得嚴嚴實實，轉身欲走，卻見錢千秋從裡面出來，頭髮胡亂地盤紮在頭頂上，竟有一半披散下來，遮著半個臉，上身一絲不掛，赤裸著身子，腳上趿著一雙新鞋，手捧考卷沿著長巷走來走去，一顆碩大的腦袋左右搖晃，拖長了聲調念著寫成的文章，目不斜視，旁若無人，念到得意之處，用力把大腿一拍，竟自豎起大拇指大叫道：「好！今科必中也！」連叫幾聲便又接著念，一會兒，又拍手笑道：「今日必無晉矣！」錢謙益看他神情如此專注，渾然不像是作弊的人，疑惑地回到樓上。

十天的科考平安過了，各考房用朱筆將卷子謄錄好了，原卷密封起來，判了等次，錢謙益取過卷子看，見一份考卷文章寫得極好，一些詞句似是曾經聽過，猛地想起那日錢千秋所念的文章，細細審查，起轉承合之處赫然依次散列著「一朝平步上青天」七個字，分外刺眼，只是這七字與文章渾然天成，若是不知其中關節斷難發覺。錢謙益看得心驚，見上面的批語知道是鄭履祥取的，並沒有什麼破綻，將原卷取來核對，果然是錢千秋所寫，若是貿然拿下怕不但鄭履祥不服，傳揚出去恰恰是此地無銀三百兩，反而似是有了什麼關節，授人以柄了。他不動聲色依舊高取在第四，又將取中的考卷翻檢一遍，再沒有這七字出現，定了心神，召集各房考官重新審核一遍，隨即發榜。

浙江巡撫劉一焜見鄉試已畢，並沒有出什麼亂子，懸著的一顆心也放下了，當晚在西湖的湖心島上爲錢謙益及眾考官們慶賀道乏，一直宴飲到子夜時分方才散了。錢謙益喝得半醺，睡得極沉，猛然覺得有人在耳邊叫喊，一下子驚醒過來，睁眼一看，已是曙色臨窗，那隨從喊得已是變了聲調，臉上竟是又急又驚，忙問道：「什麼事？」

「老爺，大事不好了。秀才們正在貢院門外吵鬧呢！」

錢謙益大驚失色，一骨碌爬起身，一邊忙著穿衣蹬鞋，一邊說：「撫台大人可知道？」

「已派兵圍了貢院。劉大人急得團團轉，傳話過來，請老爺過府商議呢！」

錢謙益道：「快、快先隨我去貢院！」

隨從阻攔道：「老爺，這都什麼時候了，你還敢過去？那些秀才們氣勢磅礴，如同錢塘大潮，老爺就不怕被他們吃了？」

錢謙益不以爲然道：「秀才造反多是因爲科考取士不公，我此次主考浙江秋闈，自信立心爲公，並沒有半點的偏私，想必是有人受了蠱惑，無心爲亂，這些秀才都是讀書知禮的人，解說明白就是了，怕什麼，他們又不是青面獠牙的妖怪！」急急地出了門。

不到貢院，錢謙益便瞧見牌坊下大門外站滿了持槍拿刀的兵丁，將貢院圍得水洩不通，成群扎堆的百姓遠遠地散在四周觀看，不敢靠近，許多士子擠在門前破口大罵。那些花了錢的恨道：「這來打秋風的狗官，不知收了多少銀子，卻不辦事！」貧寒的秀才也說：「本想錢謙益這般大的文名，定會取些有才學的，不料也是貪贓舞弊，如今哪裡找得到什麼好官！」

錢謙益硬著頭皮過去，見門額上的浙江貢院四個大字早已變了模樣，「貢」字中間加了一個「四」字，改成了「賣」字，「院」字則用半張草紙貼去耳字偏旁，變成了「完」字，浙江貢院竟成了「浙江賣完」。錢謙益正覺無從辯駁，又見一群士子圍在門旁看，唧唧喳喳，有笑的有罵的，亂哄哄地鬧作一團，蹩身過去，牆上貼著一張白紙，寫了一首《黃鶯兒》詞：「名次早排定，黜貧士，取富翁，詩云子曰全無用。文章欠工，銀錢買通，家裡多金方能中。告諸公，方人子貢，原是貨殖家風。」取法宋人黃山谷的筆意，長槍大戟，墨色淋漓，可以想見字裡行間的鬱悶悲憤之情。錢謙益轉身要進院內，去看二道門前的盤龍大照壁背面張貼著的金榜，忽聽有人喊道：「這不是主考大人嗎？那日西湖之上，恕學生眼拙，沒能認出你這當今的大名士。當時你也是一副正人君子的模樣，誰知竟有這等黑爛的心腸，開科那日還有什麼臉面領我們拜至聖先師？他老人家若在世上，還不知已氣死了多少回呢！」

錢謙益回頭一看，見是西湖邂逅的淩濛初，分辯說：「這都是奸人設下的毒計，與我本不相干。」

淩濛初冷笑道：「還說什麼不相干？你沒收錢千秋的銀子嗎？他怎麼高中了？」

「他的文章極好。」

「那我的文章呢！我沒有銀子給你，就不好了？」淩濛初目光凌厲地直視著他。

旁邊有人罵道：「打這狗官！打這狗官！吳越的斯文都被他辱沒盡了！」眾人一擁而上，拳打腳踢，撕扯衣服，隨從拼命用身體擋了，護著他擠出來慌忙退走，可是四處都是士子，處處喊打。錢謙益心驚膽戰，正不知往哪裡躲藏，一隊兵丁上來將他圍在中間退到巡撫衙門。錢謙益帽歪衣爛，十分狼狽，見了劉一焜兀自驚魂未定，坐下喘息不久，有飛跑進來稟報說淩濛初、張溥等人率領一些士子到文廟哭奠，嚷著要燒毀聖人塑像，劉一焜、錢謙益大驚，又派人去驅趕。整整鬧了兩天，士子們才漸漸散了……

崇禎見錢謙益懵然無語，以為他心懷愧疚，慍聲道：「錢謙益，溫體仁說你主持科考不公，不該濫入會推，你可聽到？」

事起倉猝，錢謙益穩住心神，急思對策，電光火石之間，將那些前塵往事閃現一遍。秀才們大鬧貢院後，沒等劉一焜寫摺子呈報，韓敬早已在京師大肆散布流言，禮科給事中顧其中上疏揭發，熹宗皇帝震怒，命刑部審訊議罪，好在葉向高早將錢謙益送來的書信上奏，主動檢舉浙江科考舞弊的緣由始末，錢謙益又親自押解徐時敏、金保元回京面奏，經刑部審訊，錢謙益、鄭履祥罪在失察，但確實不知內情，罰俸三個月，錢千秋褫去功名，發往東勝右衛軍前充任苦役，徐時敏、金保元二人定了監斬候。前前後後並沒有什麼漏洞，出班叩頭道：「臣才品卑下，學問荒疏，本來沒有多少資格參與會推。但錢千秋一案關係臣的名節，不可不辯白清楚。天啓元年，臣主典浙江秋闈，忠心秉公，爲國家網羅英才，一時朝野多以爲得人，並沒有什麼收取賄賂之事，外面的一些風傳都是韓敬勾結奸人惡意構陷，此案當時便已審問明白，定讞了結，卷案都收在刑部。」不急不躁，顯出氣定神閒的氣度。

溫體仁抬頭道：「所謂結案其實十分草率，徐時敏、金保元提到刑部時已有口供，憑此口供，並未詳查。要口供還不容易，五木之下，重刑推問，何求不得？那些口供顯然是屈打成招的，怎能算得數？何況他二人到監牢不久便都死了，說是害了什麼重病，死的可眞是時候，想必是有人殺了滅口，教他倆再難翻供，實在大可懷疑。」

錢謙益見皇上面色沉鬱下來，心裡一緊，答道：「問案用刑也是爲震懾奸邪之徒，若一心慈悲，就是呑舟大魚怕也漏網了。溫大人並未參與此案，只憑揣測之辭未免偏頗了。此案卷宗現存刑部，是否屬實，查閱可知。溫大人既然疑心有假，大司寇在此，可當場問個明白。」

刑部尚書喬允升見火燒到自身，無可迴避，卻又不願捲入糾紛，淡淡地說道：「錢千秋一案天啓三年才到刑部，卷案現在存檔部衙。錢謙益、鄭履祥是否內外勾結，合謀索賄，查無實據，而說韓敬等人設計誣陷，只有徐時敏、金保元二犯的口供，也是查無實據。當時部議錢謙益以失察罪名罰俸三月，呈與先帝御覽欽定，結案卻也不能說是草率。」據實而論，不偏不倚。

溫體仁搖頭道：「錢千秋雖說褫去功名，發往東勝右衛，但他事先得了消息，畏罪潛逃，結案後才緝拿到京師，略加推問，就在徐、金二犯的口供上畫了押，此案怎麼算是了結篤實？」

「錢千秋供出徐、金二犯詐騙錢財，口供契合無隙，多少人親眼見了審問，溫大人沒有參與其間，怎麼竟一口咬定他口供不可憑信？」喬允升聽他言語妄誕，不禁有些氣惱。

錢謙益也說：「錢千秋確實招了，怎敢欺瞞皇上。科考、審案關涉多人，若依溫大人所言，是這些人個個都弄虛作假，只你一人忠貞不二了。溫大人此言此行未免強詞奪理欺人太甚了吧！」王永光、章允儒也出來作證，都說案子已經結了。

溫體仁聽錢謙益言辭犀利，正想如何駁辯，見他們都附和著錢謙益說話，頓覺孤立無援，情知方才話說得過了，樹敵太多，害怕再爭辯下去反而不利，忙轉了話題道：「此案無論了結與否，關節總是有的，只是當時東林黨權傾朝野，無法深究。今日看來難免有許多糊塗不清的地方，眞相到底怎樣怕是無法查驗了，但當時徐、金二犯親口供出錢謙益背後主使，刑部卻不以爲據，可見審案中都有關節。」

錢謙益隱隱生出一股怒氣，急辯道：「判案當看言辭的虛實對錯，豈可什麼話都要聽信？徐、金二犯明明招了是韓敬等人設計陷害，以此結案怎麼就是有了關節？」

溫體仁反唇相譏道：「世間哪有這等的道理？關係錢謙益的話是假的，關係別人的話便是眞的。哈哈，如此取捨犯人口供，罪名開脫起來自然容易得多了。若不是結黨把持問案，怎能如此地只偏信一方？」

喬允升嘿然道：「按你話裡的意思，別人都是結黨，就你一人執中守貞？這樣說來，歷朝歷代的那些獨夫民賊豈不都成了大大的忠臣？當眞荒謬絕倫！」

溫體仁登時語塞，卻不直言反駁，叩頭垂淚說：「皇上，此次會推臣不在其中，本應避嫌引退，不該多事，但臣秉性孤直，不忍心見皇上受人蒙蔽，顧不得開罪什麼權貴，冒死直言，不想竟、竟橫遭這等責難。」

崇禎疑心大起，說道：「理越辯越明，既有禮部的卷子和刑部的招稿在，此事終會查驗明白。溫體仁，你疏奏巨奸結黨，說有人蒙蔽朕的視聽，你所指的奸黨都是些什麼人？」

溫體仁正在思謀退路，見皇上動問，昂頭朗聲道：「臣所說的神奸巨惡便是錢謙益。他黨羽甚多，遍布朝野，臣難以盡言。此次枚卜，皇上務求眞才，其實會推已被錢謙益一黨把持。」溫體仁偷眼見錢謙益面色有些灰白，更覺說中要害，接著說道：「會推前幾日，他與幾個死黨在一處小酒店中密謀多時。錢謙益，你道是也不是？」錢謙益心下大駭，那日他行事極爲小心，不想還是被人發覺，一時張口結舌，不知如何辯解。

章允儒忙說：「枚卜大典，權柄不在一人，是經朝臣一起會推的，哪個膽敢暗地妄逞私意？所謂錢謙益把持會推，不過是溫體仁沒能列名其中，心懷怨恨，才說什麼會推不公，其實溫體仁自視過高，以爲懷才不遇，大夥兒可是那麼好騙的？朝臣沒有幾個推舉你的，難道滿朝文武都在錢謙益一黨嗎？」

溫體仁道：「章允儒都是妄加推斷之言，正可看出他與錢謙益同黨，臣與錢謙益本無絲毫隙怨，上本參他也是出於忠心。閣臣權重位高，乃是皇上的肱股，不可不愼重其事，臣願皇上能得皋陶、伊尹般的賢相，共開我大明中興盛世。」說到最後一句竟是一臉的正氣。

章允儒見他假模假式，十分張狂，嘲諷道：「自神宗朝以來，小人陷害君子都是持結黨之說。當年閹黨想排斥東林，魏忠賢便是將那些不依附自己的朝臣隨意加上一個黨字，盡行罷黜。如今溫體仁品行卑污，爲公論所不容，便效法魏忠賢將持公論者都指爲黨，魏賊已除，不料卻有亦步亦趨者，使得遺臭至今。」

誰知溫體仁機辯異常，冷笑一聲，挑激說：「皇上與魏賊勢不兩立，登極未久便乾綱重振，設計將他除去，大快人心。你將我比作小人比作魏忠賢倒罷了，只是如此比附，將皇上置於何地？皇上是昏聵之主嗎？」

章允儒沒有想到這一節，頓覺言語欠周，霎時面無人色，期期艾艾道：「這個……臣不是這個意思……臣只說溫體仁奸佞，哪裡有片語論及皇上？」

崇禎大怒道：「胡說！御前奏事，怎能這樣胡亂牽扯？拿下！」眾人大驚，眼看著錦衣衛上來將章允儒押了出去，誰也不敢上前勸諫。

溫體仁見崇禎怒形於色，心裡暗自欣悅，趁機又說：「枚卜之前，冢臣王永光接連上了幾個乞休的摺子，皇上再三溫旨慰留，錢謙益先命門生瞿式耜上疏請他主持完會推後再去，又擔心皇上不准，授意梁子璠上疏舉薦吏部侍郎張鳳翔代行會推，想左右逢源，用心可謂良苦。」

崇禎閉目嘆息道：「朕傳旨再行枚卜大典，再三申飭會推要公，怎麼卻如此結黨欺君？」

王永光聽溫體仁提及瞿式耜的名字，早已惶恐起來，洗脫道：「皇上，臣牢記聖訓，這些列名的朝臣都是從公會推的。若說結黨，臣則一點兒也不知情。」

「世間怕是還沒有傻得自行承認作惡的人呢！」王永光聽這話說得極是刺耳，氣惱地橫了那人一眼，不料他卻不理會，繼續說道：「這次會推皇上下了明旨，早已曉諭九卿科道，以爲必然極爲公正，是皇上將大夥兒都看作了忠臣，誰知一些朝臣積習難改，以個人之是非爲薦舉的標準，黨同伐異，本是許多人的公議反被一兩個人把持，其他人再難開口，就是說了話也作不得什麼數，往往出口召禍，會推怎麼能公正呢？」

崇禎睜了眼睛，點頭道：「周延儒，今日看來你說的多屬實情。會推若是不公，還不如不會推。一些臣子心裡想的極是齷齪，滿腦袋的都是升官發財，哪裡會想著爲國出力？」

溫體仁面容悲戚，眼裡含著淚道：「延儒所言，臣心有戚戚焉。錢謙益把持此次會推，可知滿朝都是他的黨羽，臣本來孤立無援，只是見皇上焦勞憂慮，一些朝臣不以國事爲重，不計個人利害上疏彈劾。但依情勢推想，錢謙益必定怨恨臣，他的黨羽也會唯恐不能置臣於死地，臣孑身一人斷難當得起眾怒，請皇上准臣回籍遠離他們，以避凶鋒。」

崇禎看看伏地難起的溫體仁，撫慰道：「朕心裡自有是非主張，怎容得忠奸共居朝堂？你爲國劾奸，不必求去，安心做事，朕不會虧了你。」隨即看一眼跪倒在地的錢謙益，冷笑一聲，「錢謙益，溫體仁劾你在酒店密謀一事，可是屬實？」

「這……」

「你欺朕出不得宮門，不知你的行爲嗎？這是東廠王永祚給朕的密奏，你自去看來！」崇禎將一張紙片擲下，轉身離了御座回暖閣歇息。錢謙益看著紙片飄飄搖搖地落下來，匍匐上前，取在手中，上面蠅頭小楷赫然寫著五個人的名字。他只看到錢謙益、瞿式耜幾個字，身子歪倒昏了過去。

一盞茶多的工夫，崇禎重新升了御座，命閣臣會同文武朝臣廷議如何處置錢謙益一案。李標奏說將錢謙益冠帶閒住，回籍聽勘，錢千秋下法司再問。崇禎看著奏議，沉吟良久，提筆改作了革職回籍，掃視了群臣一眼，厲聲道：「朕用人並非不憐才，錢謙益文名早著，朕雖在禁中大內，也略有知曉。但用人之道首重其忠，唯其忠貞，有爲國爲民爲君的心腸，學識才智才會往正處使用，日久也不會懈怠，必能成就一番事業。若是品德卑污，學識再高，所用非途，只會擅權亂政，爲禍社稷生民。今日朕不惜捨棄一個錢謙益，是要以他警戒百官，不可結黨營私，妄立門戶。」他略頓一下，語調轉低，變得有些溫和，神情竟似有些無奈地說：「會推本是好事，應當寧缺毋濫，不可隨意用什麼人來充數。眼下閣臣雖只有兩人，但韓爌不日就要到京，三位閣臣也夠辦事了，會推暫且停下。」

李標道：「錢謙益已經處罰，其他列名的十個人不當受其牽連。若停了會推，不免有些因噎廢食，畢竟這些朝臣都是頗有宿望的，捨了他們，皇上要選什麼人呢？」

第十二回

隱亂情巡撫施棍棒
查真相欽差闖筵席

守在門邊的家奴見吳甡欲進不進的模樣，正要盤問，見撫台允了，不敢阻攔，吳甡大步進來，逕到首席找了空位坐下，旁邊一個身穿四品雲雁補服的知府正端杯祝壽，回頭瞥他一眼，神情極是不屑，依然媚笑道：「三秦遭災，出了幾個亂民，幸有撫台大人居中調度，運籌帷幄，不然卑職怕是不敢這麼安心地吃喝了。就是胡亂吃喝一些，也是食不甘味的。」

崇禎道：「朕並非因此事而隨意棄取人才，只是會推既然出了這等紕漏，不可再進行下去，這些列名的人員也不好再取。朕已決意廢除會推，今後用什麼人什麼時候用，由朕特簡獨斷，恩威當自上出嘛！以免朋黨蜂起，流言不息。」說到後面兩句語氣已是極爲嚴厲，臉上不見一絲笑容。李標忙收聲退下，眾人面面相覷，誰也不敢再開口進言。

散朝時已近二更，崇禎退到暖閣裡，並沒有多少倦意，只是覺得饑餓難耐。御膳坊送上夜宵，崇禎將閣臣李標、錢龍錫留下一塊兒進膳。皇上賜食已是莫大的恩寵，何況與皇上一起用膳？李標、錢龍錫二人頭一回有這樣的恩寵，相互對視了一眼，心裡極是感激，忙謝恩在一側欠著身子淺淺地坐下，神色極是恭謹，舉止更是中規中矩，一邊小心翼翼地動著筷子，一邊各自揣摩著皇上的用意，老怕只顧了貪吃，回不好皇上的問話，有了這般的心事，雖說是山珍海味玉液瓊漿也嘗不出個滋味兒。兩人年事都已高了，本來沒有多少飯量，但見皇上不住地吃，也不敢放下筷子，只好小口小口地苦撐著慢吃。崇禎正是吃飯的好年齡，一整天的召對下來渾身累得已有些酸疼，耗費了許多的體力，胃口大開，吃得極是暢快，臉頭冒出了絲絲的熱氣，見他們吃得拘謹，指著一個大大碗公勸道：「這是山東膠州灣的名菜燴海鮮，神宗爺當年最喜歡吃，裡面有海參、鮑魚、鯊魚筋、肥雞、豬蹄筋，味道極鮮美的。」又指著一隻整鵝說：「這菜有個古怪的名字，叫什麼渾羊歿忽，說是唐代宮廷御膳，是御膳坊依了古方子做的。」

二人聽得心下暗覺稀罕，伸筷子吃了，果然味道截然不同。王承恩見皇上吃完了，兩位閣老也放了筷子，忙遞上手巾道：「兩位閣老，這品渾羊歿忽是將鵝去了毛與內臟，放入上好的精肉和糯米飯，用五味調和好了，密封放入去了毛與腸胃的小肥羊腹中，將口縫好，炭火仔細燒烤，等羊肉熟了，羊腹中的鵝便也熟了。」說著使眼色命人將飯食撤下。

崇禎將手巾一丟，漱了口道：「兩位先生，陝西旱災極重，自四月到七月一直無雨，八月卻又陰雨連綿，旱災所剩下的那些莊稼眼睜睜地全都爛在地裡收不上來，朕怕再有澄城王二那樣的刁民乘機起事爲亂，曉諭陝西巡撫胡廷宴全力賑災，不許滅口。胡廷宴上摺子說全省大小官員合力賑災，安撫百姓，可保無憂。朕卻放不下心，覺得似非這般容易。」

「皇上密旨山東道御史吳甡巡按陝西，查看賑災的情形，他沒摺子回奏嗎？」李標心下頗覺懷疑。

崇禎鼻子一哼道：「他去了一月有餘，沒一點兒消息。胡廷宴卻有摺子參他干預地方政務，大肆搜刮索賄，獅子大開口地要二萬兩銀子。莫非他做京官窮得瘋了，竟敢如此負恩妄爲？」

錢龍錫沉思道：「不近情理呀！這麼大的數目他怎會知道胡廷宴能給？要是眞肯給的話，那會有多大的事體要他幫著遮掩？」

崇禎道：「轉眼就要到年關，此事不可小視，要及早查辦，以免耽擱賑災。」

「是否再派人入秦核查？」李標小心地問。

「你們斟酌，不必事事請旨。若只是核查，往返少說也要個把月，會有多少人飽受凍餓之苦！不如專職專任，總督賑災的好。」崇禎輕嘆一聲，兩位閣臣心頭暗顫，對視一眼，深爲皇上悲天憫人的胸懷所動，竟覺鼻子酸酸的。崇禎看著兩位形容消瘦的老臣，怕話說得過重，緩了緩又道：「韓蒲州已到了宛平驛，派人上了謝恩摺子，朕已命他明日早朝後覲見。今夜他必睡不著，驛館孤寂，你們可去看看他，商議商議。」李標暗道：「韓相老成持重，有他主持大局，我總算能喘口氣歇歇了。」心頭一陣輕鬆，與錢龍錫告退出來。

韓爌在接到聖旨後便動身了，但他並沒有遵旨乘用驛站的馬匹車輛入京，只帶了一個家人韓祿，主僕二人扮作遊方郎中，一路查看民情，想著見了皇上也好奏對。這日下起了細雨，道路泥濘，極是難走。天色漸黑，到了娘子關前。娘子關在河北、山西兩省交界處，是出晉入冀的咽喉要地。爲防止陝、晉的饑民流入京畿，直隸巡撫衙門下令嚴加把守，關門每日晚開早閉，眼見是不能入關了。韓爌佇立雨中，遙望關門，高大巍峨的城樓籠罩在連綿的秋雨中，竟覺憑添幾分淒涼，吩咐韓祿去找家客棧。哪知關前一片冷清，散落著的幾家客棧早已人去屋空，像遭人洗劫一般。韓爌搖頭苦笑，遠遠見山坡上有座廟宇，或許可以借宿一夜。到了廟前，才看出原是沒有僧人居住的一座山神廟，四處破敗不堪，大殿的樑柱和迴廊上的木欄杆看不出多少紅漆的顏色。韓祿見大殿裡一片狼藉，污穢不堪，獨自進去收拾一番，想要生火，哪裡找得到乾柴？嘴裡罵著，劈劈啪啪地將廊沿下的欄杆拆下幾段，韓爌知道情非得己，心裡暗稱罪過，便要邁步跟進去，卻聽韓祿大叫一聲：「哎呀！有鬼！」跌跌撞撞跑了出來，幾乎與他撞個滿懷。韓爌怒喝道：「青天白日的，有什麼鬼怪？」

「老爺，方才小的生不起火，想把供桌上的那塊破布做火引，一摸之下，竟有一團綿軟的東西，在那、那供桌下面，嚇死小人了。老爺不信，親去看來。」韓祿嚇得變聲變調，渾身哆嗦起來。

「混賬東西！天已黑了，教我怎麼看？」

韓祿慌忙摸出火摺子，連劃幾下才劃著，驚恐地看了韓爌一眼，抖抖地邁進殿門。火光閃動，將供桌上下映亮，供桌下赫然側身蜷卷著一個男子，一動不動，哪裡是什麼鬼怪。他臉上滿是灰塵，看不清相貌，看樣子大約有三十四五歲的年紀，身上的青衣小帽像是掛扯的，破破爛爛，裂開了許多口子，滿腳的泥污，鞋襪早已分辨不出顏色，懷裡緊緊抱著一個包袱。韓祿大著膽子喝問道：「你、你是人是鬼？」連問數聲都不回答。

韓爌道：「想必是死了，將他拖出去埋了，也算是積些陰德。」說著接過韓祿手中的火摺，為他照亮。

韓祿心裡一百個不情願，嘟囔著去扯那人懷裡的包袱，不想那人抱得死緊，扯了幾下才扯下來，他氣咻咻地罵道：「這個捨命不捨財的窮鬼！這般緊抱著包袱做什麼？難道裡面全是大錠的銀子不成？」將包袱扔到地上，抓起那人的胳膊往外拖拉，口中仍止不住斥罵：「不長眼的死鬼！要托生也不找個好地方，偏要死到這裡來，害得大爺枉費這麼多氣力！」

韓爌阻攔道：「且慢！看看他包袱裡有什麼東西，說不得會知道此人的姓名籍貫，也好教他親人收殮。」彎腰解開包袱，不禁悚然一驚，裡面是一套冠服，一頂烏紗帽、獬豸補服、一雙朝靴，拿起冠服仔細辨認，從中滾落出一顆方形直鈕銅印，繫著朱紅的穗子，在火光下熠熠生輝。韓爌抓起一看，上面用八疊篆文寫著「欽差巡按陝西監察御史」，伸手將那人的腳脖拉住。

韓祿以為他要搜檢死人的身子，提醒道：「老爺，我們可是還要急著進京呢！」不耐煩地將那人向下一摜，咕咚一聲，摔在地上。韓爌正要喝罵，卻見那人悠悠呼出一口氣來，韓祿嚇得喊道：「老爺，這人沒死，他、他又醒了！」果然那人睜開眼睛，直直地看著他倆。

韓爌把住那人的脈搏仔細診視了一會，點頭道：「嗯，是還活著，脈象不亂，只是有些微弱。」又摸摸他的心口窩兀自熱乎，吩咐一聲：「快，快些生火！拿出乾糧給他吃，興許沒有什麼大礙。」

韓祿不敢再爭辯，把他搭到供桌旁邊，生起火來。不多時，燒了一壺開水，韓爌將那人的包袱依舊包好，又打開隨身的包袱，取出一個碩大的柿餅，上面掛著一層厚厚霜雪，略略掰作幾塊，那柿餅竟拉出一尺多長的油絲，放在碗裡用熱水一沖，轉眼之間，竟溶化成紅艷艷的蜜汁，香甜撲鼻。韓祿撬開那人咬緊的牙關灌了下去，眼見那人眼中有了生氣，臉上也泛起一絲紅暈，沒好氣地說：「你這鬼門關上的人倒有口福，我家老爺千里迢迢地帶了些許青柿餅，平日都捨不得吃一些，不想今日卻用在了你的身上。這可是貢品呢！皇上吃的東西你竟也嘗了！」

那人掙扎著想要拜謝，猛然知覺懷裡空空如也，大急道：「包袱！我的包袱在哪？」

韓爌一指道：「不要急，包袱不是好好地在那裡放著嗎？」

那人這才放下心來，掙扎著爬起身來給韓爌磕頭，韓爌忙一把扯住道：「我們山野村夫怎敢受欽差大人的禮？快起來！」

韓祿吃了一驚，狐疑地望著那人，見他那副落魄的模樣，不敢相信他是位官老爺。

那人見露了底，並不驚慌，問道：「可是胡廷宴要你們追趕我的嗎？」

韓爌一怔：「胡廷宴？可是陝西巡撫？」

「不錯，正是那個老賊！」那人滿臉怒氣，脖子上迸起條條青筋。他虛弱已極，動起怒來，急火攻心，忍不住大口喘息。

韓爌搖搖頭，在火堆邊坐下，鎖著眉頭問：「你去過陝西？卻怎麼又到了此處，倒臥在這個山神廟裡？」

那人調息片刻，重重地嘆了口氣道：「唉！你們兩人樂善好施，是我的救命恩人，想必是善良之輩。我也沒什麼好隱瞞，就將我的冤屈說出來，漫漫長夜也好捱了。」他說著又倒了一碗熱水，在火上取了一個烤得半冷半熱的乾麵饃咬上一口，和水吞下，頃刻之間，大半個乾饃一碗熱水下肚。那人擦擦嘴巴，說道：「我是躲避胡廷宴的追殺，才逃到了山西，準備進京。不料到了娘子關，這裡屢遭流民洗劫，早已沒了人煙，找不到一家客棧，又冷又餓，就昏倒在這山神廟裡了。若不是二位搭救，我怕是要、要……」說到此處，那人竟潸然淚下，又要叩頭拜謝，韓爌忙攔了，示意他接著說。

那人道：「方才老丈說的不錯。我名喚吳甡，在朝任山東道御史。今年陝西、山西兩地大旱，我奉旨到陝西巡查災情。陝西大旱至今連續八年，眞個是赤地千里，餓殍盈野，陝西藩庫本已多年虧空，可巡撫胡廷宴卻瞞報災情，不顧皇上明旨蠲免了賦稅，按往常的年景嚴加催科，照徵不誤。陝西的老百姓可眞慘呀！賣妻鬻子，十室九空，活下來的害怕苛稅四處奔逃，流民遍境，盜賊蜂起，總秦地而言，慶陽、延安以北，饑荒至十分之極，而盜則稍次之；西安、漢中以下，盜賊至十分之極，而饑荒則稍次之。」他邊說邊恨得拍地大叫。

秋收剛過，吳甡便到了陝西境內。奉旨巡按災情，他心知這是個找人晦氣給人拆臺的差使，往往受累不討好。若是你好我好一團和氣，卻又頂著欺君的大罪。吳甡左右爲難地帶個隨從離了京師，扮作開館塾師的模樣，一襲半舊的青衿，一頂半舊的四方平定巾，一頭瘦驢上拴個破爛的書篋，邊走邊看，苦思對策，穿州過縣，逕向西安迤邐而行。

他自幼生長在物阜民豐的煙雨江南，一直在邵武、晉江等地做父母官，從沒有見過如此乾涸貧瘠的地方，沒有看到過如此破敗不堪的景象，沿路到處都是成群結隊的饑民，一些大的村鎮、交通要道開設了粥棚，亂哄哄地圍滿了人，一見熱粥煮好不顧皮鞭抽打，紛紛叫喊著湧上去哄搶。不一會兒，有人歡天喜地地捧一碗粥擠出來，吳甡見那粥稀得如米湯一般，還散發著一股黴味兒，掩鼻子躲了，問旁邊等著施粥的老頭兒問道：「老丈，怎麼來討粥的人這樣多？」

那老頭翻一下眼皮，沒好氣地回道：「哼！不來搶粥吃什麼？終不成躺在家裡等死吧！這大冷的天兒，家裡要是有柴米哪個還會巴巴地跑出來遭這份兒罪！」

吳甡並不著惱，又作揖道：「老丈，這粥棚是官府開的嗎？朝廷撥下了賑災的錢糧，官府怎麼卻施這樣的稀粥？朝廷明令施粥要插得住筷子，怎麼變成了湯湯水水？」

那老頭兒嘆口氣道：「先生眞是個死讀書的。朝廷那些法令下邊就都能照著辦嗎？天高皇帝遠的，大小的官員哪個會眞聽？他們不聽，老百姓有什麼法子？朝廷法令能當飯吃嗎？小老兒活了六十幾歲，官府施粥向來這樣稀的。那些官府裡的人，不是傻子呆子，看著白花花的銀子、大米能不動心？過過手，剝層皮呀！有稀粥喝就不錯了，好歹能塡塡肚子喘口活氣兒，就這樣的稀粥還不知道施到幾時呢！」老頭兒不住搖頭，又看一眼吳甡問道：「先生可是想到本地開館授徒的？」見吳甡點頭，便有些嘲笑道：「先生也不看看什麼年成，幾家有銀子供孩子讀書？還是早些往回走吧！以免白白折了盤纏。」

吳甡笑笑沒有言語，拱手作別，心裡不住地往下沉，過過手，剝層皮？難道有人膽敢克扣、冒領？這可是欺君枉上丟官掉腦袋的事兒。他不由動了心思，到了長安也不去巡撫衙門，先在衙門旁邊找家不起眼兒的小店住下，暗中查看。一連幾日，只見衣飾鮮亮的大小官員出入巡撫衙門，極爲熱鬧，看不出什麼風色動靜。吳甡心裡發急，躊躇難爲，沿途所見不過是一兩個州府，陝西一省有八府二十一州九十五縣，災情到底如何？可是各地都有克扣、冒領？這都不能風聞而奏，沒有把柄沒有證據，自各兒一個從七品御史，怎麼扳得過正二品的封疆大吏？終不能滿省地到處跑個遍吧！那不是要到猴年馬月了，皇上等得及嗎？可是查又從哪裡入手呢？胡廷宴在官場廝混了多年，既敢欺瞞皇上，豈是容易擺布的？再說各省的官吏哪個願意出事兒遭連累，還不鐵了心地聯手遮掩？查不出實情，無法向皇上交旨；查出實情，胡廷宴必不會放過自己，背後下絆兒捅刀子，自各兒孤身犯險，無異羊入狼窩，能不能回京覆命怕都難說。一招不愼，不是丟官就是喪命，這一輩子也就栽了。吳甡越想越覺膽寒，懋在旅店裡，吃喝不下，坐臥不寧，想得腦袋生疼，也沒有絲毫頭緒，一時急火攻心，竟發起燒來，渾身滾燙，隨從忙央求店主人請個名醫爲他把脈。店主人出去不久，氣咻咻地回來，將銀子一丟道：「該死的老殺才！依仗著有些名氣，竟將人看不在眼裡了，我賠著笑臉才說一句話，他便一口回絕了，待要再請時，他竟不理不睬起來，你說可氣不？眞是狗眼看人低！」

吳甡掙扎著問道：「請的是哪一個？」

「就是那有些名氣的鄭保御，聽說這裡遭了災，便從江南趕過來掙銀子。」

「此人我也曾聽說過，也是一代國手，只是生性風流，掙了銀子，便往花街柳巷打水漂兒似地一丟，千金買笑，脾氣自然不會小了。」

「哼！平日裡也還客氣，這幾日接了幾個有錢有勢的大財東，便不屑掙小錢兒了。」店主人依然憤憤不平。

「什麼大財東，有錢人生病也像赴約趕趟兒似的嗎？」

店主人聽了笑道：「生病哪裡有這麼巧的，呼朋引伴趕廟會般地湊熱鬧？」他四下看看，壓低聲音道：「是幾個府台、知縣因上報災情民變挨了撫台老爺的板子，聽說屁股都打爛了，一時騎不得馬乘不得轎的，只好在這長安城裡調養些日子，終不能趴在板兒上抬回去吧！那不是太不成樣子了？」說到最後，止不住又笑起來，晃晃腦袋道：「好大一筆買賣，也難怪那個鄭老頭會推辭呢！」

吳甡本來就是心病，聽得災情民變幾個字，登時出了遍體透汗，身子爽快許多，竟一下子坐起來道：「他們在什麼地方？」

店主人以為他要找去理論，嚇得急忙阻攔道：「我的爺！你這病可是急不得惱不得的，只管安心將養，我再找個別的大夫來看，不信死了他張屠戶，咱就不吃連毛豬了。」

吳甡道：「我不是去找他吵鬧，求醫問藥也是一個願打一個願挨的事兒，怎麼能責怪人家？我與這位鄭保御本是同鄉，曾有數面之緣，也算他鄉遇故知了，他不會不給些薄面的。」

「噢！原來如此，那我便放心了。他們就在不遠的天元奎客棧，向西右拐便是了，好大的門面，整座客棧都被包下了。」店主人說起來言辭之中不勝艷羨。

吳甡起來淨了手臉，吃了一碗臊子面，閉眼睛養了養神，仰臉看看日頭約摸已到未時左右，吩咐隨從照看行李，獨自出門往天元奎客棧。天元奎在一個寬敞的淺胡同內，避開了市井的喧囂煩雜，出入倒也方便，迎面三楹的青磚門面，高掛著一盞盞大紅的燈籠，極是氣派喜慶。吳甡走上幾級石階，進門一看，寬大的廳堂擺放著幾張烏木八仙桌，後面整排的櫃檯上擺著幾個大酒罈，貼著的大紅紙籤上寫著幾個茶盞大小的黑字：鳳翔精釀西鳳燒酒、長安黃桂稠酒，幾個客人圍著杯盤狼藉的桌子猜拳飲酒。吳甡邁步穿堂而過，後門閃出兩個穿青衣的衙役阻攔道：「吃飯在前面，住店到別家去，後面的客房都包下了。」

吳甡取了幾錢銀子遞上道：「小民不住店，是來訪友的。」那兩個衙役見了銀子眉開眼笑，又聽說他來訪友，還不知是哪家大人的故交，登時換了笑臉道：「蒲城、澄城、白水、淳化、宜君、安塞、宜川、兩當、略陽、府谷十個縣城的老爺都住這裡，先生要找哪一位？」

「小民哪裡高攀得起？要找的是一個遊方郎中。」

「你是找鄭保御吧？他到西安府衙診治去了，剛剛出門，想必過一會兒還要回來的，有兩位老爺的棍傷已化了膿。」

「那小民在裡面等片刻可好？」

「這……可不要到處胡亂走動，以免老爺們追問下來，我們哥倆兒吃罪不起。」衙役略一遲疑，吳甡忙又掏出幾錢銀子送上，方才肯了。後面是兩進的院子，兩排整齊的瓦房，窗下種著的花花草草多已枯敗，通往後院的月亮門外有一棵高大柿子樹，還掛著幾個紅澄澄的柿子。

吳甡進來便覺到一股濃烈的草藥味兒直嗆鼻子，一溜兒向陽的客房內傳出哎喲哎喲的呼痛聲，夾雜著幾聲喝罵，「你奶奶的，輕一點兒不行嗎？搽藥又不是搓背，那麼大的勁兒，可是要拿老爺的身子練拳腳嗎？」

「快去請大夫來！我的屁股上麻酥酥的，直癢到心裡去了，竟比死了還難受十分，先給我抓撓幾下。」

「老爺的屁股化了膿，大夫出去配藥了，少時便回來，老爺且忍耐忍耐，小的實在不敢胡亂抓撓，免得留了疤不好看的，夫人若怪罪下來，小的……」只聽啪的一聲，後面的話語生生嚥了回去。

吳甡不住地暗笑，情知是知縣們臥床養傷，不敢驚擾，轉身走向背陰的客房，靠著月亮門的那間屋子隱隱傳出說話聲，悄悄到窗邊一聽，裡面有人笑道：「你們聽聽上房的老爺們叫得多響，那天在巡撫衙門可敢喊一聲疼了？」

「那是什麼場所，老爺們自然不敢了。乖乖心肝肉兒的，每人四十大棍，那屁股不爛才怪呢！老爺們往常都看慣了別人挨板子，何曾挨過這般的打，當時咬牙忍了便不容易。」

「撫台大人倒也怪得出奇，明明是賊寇搶掠，卻硬說成什麼百姓饑餓索食，等明春農事忙了自然安定，不信眞會這般容易料理。幾位哥哥說說，巡撫衙門捨不得銀子賑災，百姓們將明年的種糧都塡了肚子，顧命都難，還有心思耕地種田嗎？」

「可不是嗎！眼下還是一些蟊賊小盜，容易剿滅，若是不好生放糧賑災，饑民越聚越多，必成星火燎原之勢，那時怕是要大費周章了。一味地瞞總不是個辦法，朝廷是好糊弄的嗎？看他能瞞幾時？」

「賑災？藩庫只剩下庫底子了，拿什麼賑災？若再賑災，那些虧空豈非要猴年馬月也難塡補？聽說撫台大人是想趁著皇上蠲免了賦稅，塡些虧空呢！要不會那麼急，這等冷心腸地打扳子？」

吳甡聽得心驚，斜側著身子往屋裡偷瞧，裡面一屋子的師爺，有七八位之多，在土炕上圍著桌子團團坐著，幾樣小菜，一壺燒酒，細品慢飲，發著牢騷，「老兄，比起你們澄城縣來，我們老爺的四十棍可是冤枉多了。」

「怎的冤枉了，一樣的品級一樣的罪名，自然該受一樣的責罰。」澄城縣的師爺心下頗覺不解。

「你們澄城縣是開風氣之先的，怎麼能說一樣呢！早在天啓七年，你們那兒就出了個造反的王二，殺了知縣張斗耀，快兩年了還沒剿滅，反而殃及我們白水縣。我家老爺的罪名比起你家老爺來，豈不是一個牽驢的一個拔橛的，怎麼也該有個主次之分嘛！哪能一律四十大棍呢！」白水縣的師爺摸著幾綹稀疏的鬍鬚侃侃而辯。

「是呀！若不是你們澄城縣王二領頭鬧事，也不會有定邊營的逃卒王嘉胤大鬧我們府谷縣城，還有安塞馬賊高迎祥、清澗王左掛、漢南王大梁怕都是流風所及，受了王二的蠱惑，一心要學他的樣子。」其他幾個師爺想到跟著老爺受罪吃苦，也是一肚子的怨氣。

澄城縣的師爺怕引起眾怒，一張嘴也辯駁不過眾人，急得連連擺手說：「這麼也怪不得我家老爺，要怪就怪老天爺，怪這壞年成，若是五穀豐登的，怎麼會有這麼多的流民，他們又何苦撇妻捨子地出來作亂呢！」

他本想引著大夥兒往別處找緣由，不料話音剛落，大夥兒竟紛紛駁他說：「怪老天有什麼用？怎麼個怪法兒？還眞像那些草民唱的：『老天爺，你年紀大，耳又聾來眼又花。爲非作歹的享盡榮華，持齋行善的活活餓煞。老天爺，你年紀大。你不會作天，你塌了罷！』你能教天塌了換個新的嗎？這災荒又不是今年才有的，往年遭災少嗎，也沒有幾個造反的，如今怎麼卻一下子多了呢？」

「那王二流竄到宜君縣城，砸監劫獄，也要怪老天爺？這些流民若是只搶些糧食，吃幾個大戶，倒沒什麼打緊的，爲了活命嘛！可如今他們劫掠造反，公然與朝廷作對，只怪老天成嗎？起初那王二不過幾百個饑民，不成什麼氣候，若是撫台大人調兵進剿，恩威並施，大軍不到這些小蟊賊早就潰散了，何至這般難以收拾？撫台大人有這心思嗎？佔著茅坑不拉屎！」

「撫台大人忙呀！忙著過壽，忙著斂銀子，哪將此事放在心上。」

「你家老爺送了多少？」

「多不了，我們那個貓狗不拉屎的窮地方，哪裡有什麼油水可榨？眞要送得多，也不會挨棍子了。要說轄內不安，蒲城、韓城兩縣，鄜州、延安府比哪裡不亂？那裡的老爺們怎麼不挨打，還不是捨得花銀子。撫台大人的三節兩壽人家送什麼禮，都能上席吃酒，會少得了？

你家老爺有過這份榮耀嗎？哈哈，有杯清茶吃就不錯了。別只顧著吃酒了，回去看看你家老爺吧，說不定還在為赴巡撫大人今夜的壽宴著急呢！」

「老爺們被打得血肉淋漓的，怎麼去得？」

「真是呆子！只要少不了賀儀，誰還管你到不到？不去還給撫台大人省了茶水呢！」

「我說一大早我家老爺便瞪著眼睛看那請柬，捂著屁股不住地喊疼，想是心比肉還疼呢！唉！秋糧顆粒無收，若不從朝廷的賑災糧款上做文章，哪裡有銀子送？我家老爺來西安帶的幾百兩銀子就是從老百姓嘴裡硬摳出來的，全送了還是落了頓棍子。壽宴的禮金看來又得找省城做買賣的鄉黨籌措了。」說著那人道一聲失陪，下炕出門。

吳甡急忙退身出了客棧，遠遠地在胡同外盯著，不到一盞熱茶的工夫，見那師爺低頭嘆氣地走來，迎上前躬身一禮道：「這不是李師爺嗎？一向久違了，何時到的省城？」

那師爺一怔，見他一身塾師的打扮，細細看了面目又認不出，淡聲道：「你怎麼識得咱？恕眼拙了。」

「尊兄不是白水縣衙的李師爺？小弟曾在白水首富王員外家開過半年的館，如今隨他來了省城。」

「可是在西安經營生藥鋪的王員外？」李師爺眼睛一亮。

「正是。」

「我正有事求他呢！」李師爺將借錢的事說了，吳甡笑道：「要用多少？」

李師爺賠笑道：「二百兩可借得？前些日子剛送了三百兩，為賊寇作亂打點，還不爽利呢！」

「可真巧了。王員外一直想走撫台大人的門路，只是初到省城，一時也沒個計較。借銀子不難，小弟便可做主，但要向尊兄討一樣東西，尊兄若給，銀子也不須還了。」

「只要有了銀子，其他都好商量。」

「小弟要借撫台大人的請柬一用。」

「這好辦，本來我家老爺只送區區幾百兩銀子，也沒臉面赴宴的，省得看人家大吃大喝的窩心！這哪裡是什麼請帖，分明是催債的契約文書。」李師爺從袖中取出個大紅的帖子遞過來，將那張二百兩的銀票一把抓了，拱手而去。

巡撫衙門，張燈結彩，裡裡外外，一片通明。花廳裡齊齊整整擺開的十幾張八仙桌上滿是各色的菜肴，一罈罈開了泥封的西鳳酒、黃桂稠酒香氣撲鼻。天剛擦黑，便有客人絡繹不絕地來拜訪，掌燈時分已有了上百名客人，布政使、按察使、都指揮使、在省的知府知州知縣各帶胥吏冠冕堂皇而來，城裡的縉紳耆宿名流高士也陸續到了。廳外搭起了兩個低矮的木臺子，各有戲班在開鑼唱戲，咿咿呀呀都是秦腔，分不清演的什麼戲目，兩邊都卯足了勁兒地要討好請賞，鑼鼓鏘鏘，敲得震天價響，彩裝的戲子也不惜嗓子地唱。吳甡下了轎子，長隨遞上請帖進來，見了這般聲勢盛大的場面，心裡不住讚嘆，見花廳裡坐滿了人，院裡也沒個落腳處，更沒人上前招呼，四下逡巡，瞥見旁邊的耳房裡幾個師爺正忙著登記賀儀，各色禮品堆了大半個屋子，湊過去問道：「可登記完了？」

師爺們頭都不抬地回道：「還有幾處正在查對。」吳甡站在一旁，看他們清點核對，暗暗將一些數目默記了，轉到花廳，在門外左右顧盼一番，那花廳裡面果然熱鬧，紅燭高燒，觥籌交錯，笑語喧嘩。陝西巡撫胡廷宴光著頭一身便服在首席居中坐了，笑著勸說大夥兒喝酒吃菜，有幾人已吃得臉色殷紅，兀自舉杯豪飲不止。一個知縣端杯走到首席諂笑道：「撫台大人，卑職蒲城縣賀大人壽比南山。」說罷仰脖將酒喝下，胡廷宴含笑舉舉杯子，沾唇即放了，一眼瞥見立在門口的吳甡，笑道：「你是哪裡來的，怎麼還不入席？」

守在門邊的家奴見吳甡欲進不進的模樣，正要盤問，見撫台允了，不敢阻攔，吳甡大步進來，逕到首席找了空位坐下，旁邊一個身穿四品雲雁補服的知府正端杯祝壽，回頭瞥他一眼，神情極是不屑，依然媚笑道：「三秦遭災，出了幾個亂民，幸有撫台大人居中調度，運籌帷幄，不然卑職怕是不敢這麼安心地吃喝了。就是胡亂吃喝一些，也是食不甘味的。」

另一個知府放下筷子道：「哪裡有什麼亂民？還不是延綏的一些邊兵因軍餉不足，四出搶掠？延綏撫台岳和聲那狗娘養的，縱容不問，對外只稱是饑民作亂，這不是以鄰爲壑嗎？不是撫台大人涵養深厚，豈會容他？」

胡廷宴道：「岳撫台與本撫院倒也沒甚恩怨，想他是爲了開脫乾淨，一時情急，才出此下策。本撫院原想一笑置之，只要俯仰不愧天地，任由那些宵小之輩說去。可是三秦不光我胡某一個吃皇糧拿俸祿，大大小小的官吏哪個願意因此而耽誤了前程，哪個願意平白無故地受這份兒窩囊氣？我胡某一人受屈也倒罷了，可我不能對不住這麼大夥兒，不得才寫了摺子申辯。」

「撫台大人爲三秦請命，我等不勝感激。」

「撫台大人這等胸襟當眞罕見。」

花廳上下一片阿諛之聲，吳甡聽來極是刺耳。胡廷宴將杯子在桌上一頓，起身道：「他岳和聲想往我身上潑髒水，豈是那麼容易的？幾處的亂民並不足慮，各府州縣只要按時施粥，熬到明年開春，百姓思耕，民變自然就沒了。那時他岳和聲的誣奏便不攻自破了，我再上本參他，看他如何自辯？」說罷哈哈大笑，眾人又是一陣讚美之聲。

「好生無趣！」門外一聲怒喝，一個大漢不顧家奴的阻攔，奮力搶進來，嘴裡罵道：「赤旱千里，餓殍盈野，黎民百姓盼著官府救荒賑饑如大旱之望雲霓，撫台大人卻在這裡只顧笙歌絲竹大擺戲筵飲酒祝壽，豈有一點兒忠君爲民的心腸？」

眾人爲他的氣勢所震懾，一齊盯著那大漢，心下驚道：此人什麼來歷，如此大膽狂妄，竟敢當面呵斥撫台？胡廷宴面色一沉，自恃身分，隱而未發，摸著花白的鬍子問道：「你是什麼人，怎麼敢到這裡撒野？」

那大漢冷冷說道：「在下前戶科給事中馬懋才，奉旨丁憂已畢，不日赴京候補。」

胡廷宴聽說他是言官，心裡又怕又恨，臉上擠出一絲笑意，緩聲道：「既來便是客，有話等散席後坐下細說，不要攪了大夥的雅興！」

馬懋才跨步走到吳甡身邊坐了，旁若無人一般地取箸端杯，只吃喝幾口，便跳起身來道：「我如何也吃這爛心爛肺的酒肴，分明是百姓的膏血呀！」伸手入喉，俯身大吐，衣袖、前襟滿是污穢，眾人看得反胃，紛紛放了筷子。

胡廷宴面色鐵青，喝道：「馬懋才，本撫院敬你份屬同僚，給你臉面，不想你竟如此放肆，沒由來地攪我壽宴！」

「撫台大人，可是我的吃相不雅嗎？嘿嘿，你可知道，卻比人吃人的慘狀風雅得多了。安塞一年無雨，八九月間，秋糧本當大熟，田地卻一片焦枯，老百姓爲了活命，只得到山間爭採蓬草而食。如今蓬草採盡，只好剝樹皮了。家裡有孩子的都不敢放他出去玩耍，常常是出了門便找不回來，都教人捉去吃了。皇上明旨蠲免全省糧稅，賑災安民，倘若有人去放糧施粥，何致於此？」馬懋才說到傷心處，竟放聲大哭起來，好端端一個壽宴轉眼間竟似成了喪席。

胡廷宴拱手道：「皇上身居九重，多少軍國大事？陝西這點兒災荒還掛念在心，專旨過問，免稅賑荒，大小官吏無不感奮，唯思戮力同心，共渡難關，以報浩蕩天恩。你卻在這裡危言聳聽，到底是何居心？」

馬懋才嘲諷道：「撫台大人有這份兒忠君愛民的心就好，仰體聖恩，必能推及百姓。聖上宵旰憂勤，焦思求治，想望太平，如今三秦盜賊橫起，饑民流離，大人卻在這裡歌舞升平，這就是替君分憂的樣子嗎？當眞教人心冷！」

「一派胡言！本撫院過個壽誕就是不忠君愛民了？你敢情入了那馬賊高迎祥的夥兒吧？難怪這般妖言惑眾。來人，給我拿下！」呼啦湧入十幾個如狼似虎的府兵，擋在門口。

馬懋才大聲爭辯道：「撫台大人不必血口噴人，我忝在儒林，豈會甘心與那些亂民流寇爲伍？你抓就是了，不必強辭壓人！」

胡廷宴獰笑道：「哼！這是巡撫衙門，不是你任意出入的地方。本撫院豈容你在此撒潑耍賴，動搖人心？給我綁了，打入大牢。」府兵們聞命便要上前捆綁，馬懋才大喝一聲：「不必你們動手！」一把將席上的酒壺抄起狠狠一摔，不顧酒漿溢了滿地，負手挺胸，昂頭傲然向外便走。

吳甡伸手一攔，笑道：「兄台慢走，用罷酒飯也不算遲。」

胡廷宴一怔，慍聲道：「也不稱稱斤兩，巡撫衙門可是你胡亂言語的地方？」

吳甡輕笑兩聲，起身斂容，探手入懷，將黃龍裹袱一晃道：「胡撫台，我手裡拿的你總該認識吧！還不跪下？」胡廷宴看見明黃緞子上那條飛舞的雲龍，雙腿一軟，惶恐道：「不知欽差駕到，未曾迎候，望乞恕罪。請大人稍候片刻，待我換了冠服。來人，擺香案！」

花廳裡的人一時呆了，不知何時冒出一個欽差來，都起身跌跌撞撞地往外邊退避，花廳裡只剩下吳甡、胡廷宴、馬懋才三人。家奴跑進跑出地伺候著接了旨，胡廷宴賠著笑將吳甡往首席上讓道：「欽差大人什麼時候到的，我實在一點兒也不知情，大人一路鞍馬勞頓，該早知會一聲，不然若是被那些多事的人知曉了，參一本藐視聖躬，罪過豈不是大了？」

吳甡也不謙讓，拉馬懋才坐下道：「我在京城待得膩煩了，此次奉旨出京眞似囚鳥出籠一般，好不自在，便裝上路，哪裡也沒有驚動，暗訪勝於明查嘛！哎，別教我一來宣旨就攪了你們的局，胡大人，招呼客人們回來吧，總不能上了賀禮卻餓著肚子回去呀！」

眾人兀自驚愕，在廳外不住地議論，聽得一聲招呼才回廳拜見欽差重新落座，見欽差不動筷子，也不敢伸手夾菜，一齊觀望。吳甡環視大夥兒一眼，問道：「延安、漢中兩府的知府，華州、同州、邠州、耀州、鄜州、徽州、葭州、寧羌州的幾位知州可到了？」酒席上站起了數人紛紛應答。

吳甡走到他們身邊道：「這頓酒席吃得辛苦，你們可是甘心的？」眾人低頭不語，暗自揣摩他話中的意思。吳甡一笑：「屁股打得生瘡，還要坐這樣的硬板凳，狠心忍了，可是心裡的怨氣要忍到幾時？打落牙齒吞下肚，竟要學市井的光棍嗎？」

胡廷宴不悅道：「盜匪橫行，民變蜂起，本撫院並非隱而不報，實在是不想給皇上添憂。府縣官員辦事不力，本撫院職責所在，自然要依律責罰，以儆效尤。你本是查訪災情的專差，手伸得太長了吧！」

「司職風紀，糾劾百官，辯明冤枉，乃是本欽差份內之責，依例許風聞奏事。此次奉旨巡按陝西，沿途采風，觀察災情，掩天子耳目，特許大事奏裁，小事立斷，災情與民變關係密切，本欽差過問也不為無事生非干預地方政務。你身為撫台，總攬全省軍政，遭災你不賑濟，民變你隱而不報，視人命如草芥，致使民變蜂起，賊寇漸成燎原之勢，你心裡有聖上嗎，眼裡有大明律法嗎？」吳甡越說越氣，聲調不由高了起來，「如今陝西情勢何等危急，你倒還有心思大辦壽宴，光是銀子就收了上萬兩，這是多少饑民的口糧？剝我身上帛，奪我口中粟。虐人害物即豺狼，何必鉤爪鋸牙食人肉？這些黎民赤子的膏血，你竟狠得了心下得了手嗎？聖聰高遠卻明察秋毫，看你如何逃脫得過？」

胡廷宴起身徐徐踱步，嘿然道：「陝西一省大大小小的官吏不下千人，自萬歷朝就留了這個規矩，不是本撫院一人可輕改的。」他用手連連指點道：「今晚來的這些人官職有大小，品級有高低，但哪個不養父母妻子，哪個離得開錢？你說的那些大道理我懂我明白，普天下哪個敢說渾身乾淨不收贓銀的？本撫院敢說沒有一個！千里做官，只顧吃穿，你查訪你的災情，我當我的巡撫，井水不犯河水，給大夥兒一條生路，你不尋我的晦氣，我自然感激，若是定要與我三秦的官紳爲難，就不怕回京路上碰到攔路的馬賊，沒銀子買命嗎?!」說罷兩眼翻白睥睨，不住冷笑。

吳甡道：「你也不必發狠嘴硬，民變隱瞞不報，貪冒賑災錢糧，藩庫虧空無數，哪一條不是死罪？更不用說你借壽索賄仗勢欺人了。我奉皇上密詔入秦，一路查訪，已用六百里急報上奏朝廷。來巡撫衙門以前，又將全省的戶冊封存，運回京城請戶部專員核查，人贓俱在，你等著聽參吧！」說完拉著馬懋才拂袖離開巡撫衙門。

第十三回

議賑災節流裁驛站　償債銀逼門難豪傑

崇禎生性好潔，見他一身襤褸，面目黝黑，鬚髮蓬亂，顯然已是多日沒有梳洗了，心裡暗自不悅，冷笑著將案上的疏本扔到他腳邊道：「吳甡，你還敢回來見朕？胡廷宴已有摺子參你索賄白銀二萬兩，這是怎麼說？」

二人回到旅舍，推心深談。吳甡親手沏上自帶的茶葉，向馬懋才請教陝西賑災之策。

馬懋才道：「看大人方才怒斥胡撫台，當是立身清正忠君報國的好官兒，想必不想聽什麼阿諛之辭？」

「當然願聽眞話。」吳甡見他言語直切，回想他勇闖巡撫衙門，大覺痛快。

「那好，我便直抒胸臆，不講半點兒虛言了。」馬懋才慨然道：「陝西多年大旱，朝廷減免錢糧，開倉賑濟，三秦百姓無不感念皇上聖德。本來以全國的物力賑濟區區八百里的秦川，雖不敢說人定勝天，但挹彼注此，損有餘以補不足，盡可以用人力來和天災抗衡。壞就壞在那班貪官酷吏的身上，奉了旨，不過行下文書，來個空頭的賑濟，那些錢糧哪裡足數？到了地方，常言說過手三分肥，往往層層克扣貪墨，那些州縣官正愁錢糧虧空了沒處報銷，見了戶部諮文好生歡喜，也就假造賑濟名冊，空回上一角文書，說是已經賑濟過了，哪裡查得清？這叫做虛應故事，百姓耽了虛名，州縣得了實利。餓得七死八活的窮民，何嘗沾了一升半合的恩惠？大小官員大家鬼混而已，誰人肯盡心盡力，爲國爲民？你說這災怎麼個賑法？還不夠官員們貪墨自肥的呢！」

「朝廷歷年都派巡按御史，怎麼沒人參劾？」吳甡極是不解。

「參劾？」馬懋才淒然一笑，神情極是無奈，「天下有幾個像大人這般癡的人！巡按御史還未到地方，撫台早已得了消息，高接遠迎到館驛，送上花紅水錶，就是那些跟班的也有銀子孝敬，誰會跟銀子過不去，入鄉隨俗嘛！參劾他人豈不是斷了自己的財路？何苦自找不痛快！再說一個人單槍匹馬的，與三秦大小的官吏爲難，弄不好坐著轎子去一口棺材抬回來，撇下妻兒老小苦活苦熬。唉！做官不知權衡，不懂得思前想後，只憑一股銳氣怎麼行呀！」

吳甡聽得默然，良久才道：「吏治之壞由來已久，非一時可以清肅，究其原委，還是大夥兒破不得情面，都願做好好先生，口口聲聲地喊著忠君爲國，肚子裡異卻是另一番腸肺，變著法子地撈錢，一門心思想著騙皇上糊弄百姓。平日不出什麼事情，平平安安的，也就蒙混過去了。可是陝西災情如此重大，老百姓水深火熱，若聽之任之，其他州府群起效尤，日子一久，我大明怕是要江河日下了。」

二人各自唏噓，一起憂國憂民，大覺相見恨晚。馬懋才問：「大人準備怎麼辦？」

「必要上達天聽……」吳甡聽到屋門輕輕扣響，有人問道：「吳大人，安歇了嗎？」似是胡廷宴的聲音，忙收住話頭，示意馬懋才到裡屋躲避。

來人果然是胡廷宴。吳甡走後，他便沒了吃酒祝壽的心思，草草散了宴席，揣上二萬兩銀票來到旅舍，進屋見只有吳甡一人，將銀票塞與他，哀求道：「欽差大人說我貪，我認了。可是赴京陛辭，光是應酬分肥的銀子就花了兩萬多兩，我到陝西才一年多，送禮落下這些虧空不貪怎麼還？天下貪的不只我一人，大人何必較眞兒呢！」

吳甡看著銀票，聽他不住地說著軟話兒，也怕再駁面子將他逼上絕路，免不了魚死網破，自各搭上性命，便打著官腔收了，又將奏摺的草稿給他看過幾把扯了，笑道：「我不過嚇嚇撫台，也好回去過個肥年。像咱這等沒油水的窮京官兒，也難有個掙銀子的機會，這次教撫台破費了。」胡廷宴心裡忍不住發狠暗罵，堆著笑臉告退走了。

馬懋才從裡屋出來，吳甡將那銀票遞與他道：「這些銀子老兒帶去，設些粥棚，也能救不少生靈。」

馬懋才道：「大人此時還想著賑濟災民，你摸摸腦袋還在嗎？」

吳甡茫然道：「此話從何說起？」

「大人久居京城，哪裡理會得地方上的凶險？我勸大人還是及早離開陝西的好，性命要緊，先別想什麼賑災了。」

「胡廷宴膽子再大，還敢造反殺欽差嗎？」吳甡心下深不以爲然。

「他是什麼樣的人，大人想必還知之不深。你我大鬧壽宴，他豈會輕易嚥下這口惡氣？不錯，他是送來了銀子，但卻不是認罪服軟。此人凶惡殘暴是出了名的，他不敢造反殺欽差，其實也不用他殺，自會有貪錢亡命的替他動手，那時他再將凶犯捉了滅口，往朝廷報個賊寇打劫，皇上怕還要獎賞呢！大人卻是白白做了冤死的鬼。防人之心不可無啊！」

吳甡猛然想起胡廷宴說的回京路上碰到馬賊攔路沒銀子買命的話來，心頭登時泛起陣陣寒意，慌忙問道：「那該怎麼辦才好？」

「走爲上策。」馬懋才到門邊側耳聽了聽，回身低聲道：「大人收了他的銀子，想必胡廷宴以爲堵住了你的嘴，未必連夜派人監視。大人最好今夜換個旅舍，明日偷偷進京。」

「嗯！你與我一起走，也好做個人證。」

次日清早，三人便服出城回京。將到東門，遠遠望見城門下多了把守的兵丁，馬懋才一拉吳甡，轉入路邊的茶棚，買下一個饑民身上的衣裳，七手八腳替吳甡換了，那隨從不知何意，看著吳甡一身破爛的短衣衫，頭上的破氈帽低低地壓過眉毛，眨眼間變成了一個流民的破落模樣，忍俊不禁。馬懋才卻將吳甡脫下的衣裳穿了，才低聲說：「前面多了把守的兵丁，怕是有什麼變故，不可不提防。大人自各兒混出城去，走小路進京。我扮作你的模樣，與伴當在城裡招搖，若是平安無事，我倆再出城走官道追趕大人。」

吳甡不忍道：「何必犯險？不如我們一起出城。」

「大人平安抵京，便是我三秦四百多萬生靈的福分。若不能將陝西災荒及賑濟之情上達天聽，秦地還不知有多少百姓饑餓而死，還不知有多少流民要揭竿造反？我束髮受教讀孔孟之書，捨生取義不是紅嘴白牙空講的，大人快走，切莫遲延！」馬懋才發起急來，動手推著吳甡上路。

吳甡含淚道：「小仁乃是大德之賊，我不相強了。馬兄多保重，我替三秦百姓磕頭了！」說著倒身便拜。

馬懋才慌忙往旁邊躲閃，豪邁道：「只要能救三秦百姓，我雖死無憾！」

吳甡講到此處，流淚道：「一路上，我心驚膽戰，只揀偏僻的小路走，風餐露宿，吃冷乾糧喝冷水，到娘子關下等他們時，已是支持不住了，乾糧早已吃完，又找不到客棧，若不是二位恩人……唉！」

「那二人如何了？」

「我們約好在娘子關下會合，可我到了這裡卻沒見到他們，不知他們是生還是死。想是胡廷宴怕我暗地回了京城，皇上知道他的種種罪行，保不住烏紗錦袍，就下了毒手。哎呀！說了這麼多，還不知老丈的尊姓高名。」

「這是要往哪裡？」

韓爌一笑：「你我萍水相逢，但今後見面的日子還多，到時你自會知道。」

吳甡以為他推脫，又請道：「老丈是我的救命恩公，我感激不盡，只想請您老留個姓名，等我回到京城再設法報答一二。」

「不必急於一時，你我路上還要相處。」

「老丈也要進京？」

韓祿撇嘴道：「我家老爺奉旨拜相，當然要進京了。」這下輪到吳甡吃驚了，他重新打量一下韓爌，見他六十歲上下，面目慈祥，氣度沉穩，詢問之下，才知是先朝名相，心下不由肅然起敬，重新見了禮。

次日黎明時分，三人早早起身，出娘子關，走不到一天，來到河北井陘驛站。韓爌不敢再耽擱，憑兵部符牌調用驛站的車馬，向京城急趕。又走了十幾日，這日天色將晚，到了京城南面的宛平驛。韓爌畢竟上了歲數，一路甚覺勞乏，淨了手腳躺下歇息，掌燈時分，才起來草草用了晚飯，獨自枯坐，想著明日見了皇上如何奏對，如何仰體聖意？他畢竟歸鄉已近四年，朝廷的許多事體多不知曉，繼位的新皇帝還沒見過面，饒是久歷宦海，一時也理不清頭緒。吳甡見他埋頭沉思，躲在另一間屋子裡，也不敢過來打攪。

定了更，韓爌還沒有絲毫的睡意，聽著窗外漸漸颳起了北風，身上覺得冷了，上炕擁被而坐，門外卻響起一陣急急的腳步聲，驛丞在門外喘息著稟道：「老相爺，李相爺錢相爺來看望您老人家。」

韓爌與他二人早在萬歷朝時就已相識，忙下炕披大氅迎出廳堂，見李標、錢龍錫二人已在裡面坐等。李標起身揖手笑道：「剛從宮裡出來，知道老相爺到了，特來拜見。老相爺風采依然，與四年前並沒多少異處。」

韓爌也拱了拱手，哈哈一笑道：「汝立，你別抬舉我了，被外人聽見，該說你是拐彎兒罵人。四年不變，我豈不成老妖怪了？」三人一齊大笑起來。

錢龍錫與李標是同年的進士，平日走動又多，私下裡本不講究在閣中的先後，也調笑他道：「老相爺說的是，汝立你自各兒上下看看，才五十出頭的年紀，鬚髮也是白多黑少了，韓相能不見老？以此而論，你是睜著眼睛說瞎話，若是在朝堂上，必有言官劾你是諂辭媚上的佞臣了。」三人大笑。

韓爌道：「夜深風緊，你們怎麼巴巴地趕來了，如何生受得了？」忙呼驛丞看茶。李標道：「若不是皇上給我們透了口風兒，想早一夜見到老相爺還不能呢！日子過得也快，都三年多不見了。」

「我這把老骨頭竟還教皇上惦記著……唉……若不是連日陰雨，還能再快幾日。」韓爌暗覺眼圈兒發紅，喉頭不禁有些哽咽，隨即又笑道：「無情歲月催人老，羞見衰顏暗自憐！我已懶散慣了，一時間還怕吃不消呢！閣臣不好當呀！」

錢龍錫點頭道：「可不是嗎！老相爺此話眞是體會出了個中三昧。閣臣都看著眼熱，恨不能削尖了腦袋鑽擠進來，說句負皇恩的話，其實有什麼好的，不就是多看摺子多票擬，每日裡累得腰酸腿疼的，瘦成一身骨頭嗎？我還眞想回家享享田園之樂，吃茶飲酒吟詩作畫，每日飽睡，納幾年清福。」

李標心裡輕喟一聲，本想附和幾句，發些牢騷，終於忍住，想著他方才的調笑，岔開話題回敬道：「稚文，你這些話未免矯情了。眞要你致仕回籍，必定又心在魏闕，大覺懷才不遇了。端居恥聖明嗎，皇上正圖振作，你卻說出這樣的話來，若是在朝堂上，言官們必定劾你忘恩了。」

「稚文所說歸田園居不過是幌子，心裡想的卻是做山中宰相呢！」韓爌與李標相視而笑。

錢龍錫自覺失言，神情訕訕地大覺尷尬，解嘲道：「還想什麼宰相？那時我可是無官一身輕了，翩然一隻雲中鶴，飛來飛去宰相衙，還不知兩位肯不肯賞口飯吃呢！」

三人說笑寒暄一陣，韓爌改容躬身道：「皇上幼年在勖勤宮時，我見過幾面，如今皇上的模樣想必變了不少。」

李標道：「皇上英明睿智，勤於國事，每日批奏不輟，可苦了我們二人，志大才疏，勉力支持，眞有點打熬不住，今日召對將近二更，你說我二人能不瘦嗎？」

「什麼事情如此緊急？」

李標皺眉說道：「皇上罷了會推，處置了錢謙益，心裡正著惱呢！又接到胡廷宴彈劾賑災欽差吳甡貪婪索賄，可吳甡這一去已經幾十天了，沒有一點兒音訊。事情成了堆，皇上能不急嗎？」

韓爌想著錢謙益文名早著，倒是個難得的人才，不僅爲他可惜，但聽說他行事不夠光明磊落，與那些東林先輩大相逕庭，心下也有些瞧他不起，心術如此，入閣拜相也難教人心服。想到此處，嘆了口氣，向吳甡的屋子喊道：「吳甡，不必躲著了，出來見見兩位閣老吧！」話音剛落，吳甡衣衫襤褸鬚髮蓬亂地搖晃著出來，搶到兩人身前，跪地大哭：「卑職差點兒見不到兩位閣老了。」

「吳甡，你幾時回來的，到底出了什麼事？怎麼不進京覆旨，卻與韓相爺到了一處？」二人見他如此失態，大驚之下，連聲發問。

吳甡唏噓道：「卑職到陝西查訪，險些遭了胡廷宴的毒手。若不是巧遇到老相爺，怕早已凍餓而死了。」嗚咽著講起巡查陝西始末。他說得極有條理，描摹畢肖，或疾或徐，吞吐抑揚，講到激憤之處，聲調陡然一高，李標、錢龍錫聳然動容，沏好的茶竟忘了喝，韓爌再次聽來仍止不住氣得來回走動。三人都鐵青著臉仔細地聽完，連夜商量處治的辦法，一直商量快到四更，李標、錢龍錫便急急地趕著上朝。

將近辰時，韓爌才帶了吳甡入宮。崇禎一聽說韓爌到了，極為欣喜，立刻吩咐請他到東暖閣來見。不多時，崇禎見一個鬚髮皆白的老者不慌不忙地進來，看到崇禎，緊走幾步，撩起灰布棉袍跪下道：「臣韓爌叩請皇上聖安！」

崇禎早已離開座位，滿面笑容地站著受了禮，伸手將韓爌攙起來說：「象雲先生，你終於來了，朕盼得好苦呀！看你身子還健旺，來來來，快坐下說話。」命韓爌近身坐了。

韓爌謝恩道：「皇上乾綱獨斷，鏟除逆閹，大快人心，臣以衰朽之年，得遇明主聖君，不敢稍惜駑智。」

崇禎苦笑道：「朕沒有別的辦法，只能以此而求振作。朕手裡是個爛攤子，文恬武嬉，黨爭熾烈，大小臣工不以品性論高下，不以政績定優劣，取人升遷只憑一個黨字，同黨者相互包庇，狼狽爲奸，不然非我族類，其心必異，動輒攻訐，哪個想著爲國家出力爲朕分憂？不過是想著俸祿想著銀子。」

韓爌道：「結黨之習，由來已久，非一朝一日可以掃除。若急於求治，恐欲速而不達。當從長計議，慢慢破其羽翼，培養元氣，激濁揚清，考核秉公，朋黨無利可圖，自然難存了。」略停一下，又道：「皇上有旨命臣早朝後再來，但臣聽說皇上心繫三秦，不忍皇上獨自焦慮。」

「你可是路上聽說了什麼？」

韓爌點頭道：「臣給皇上帶來了一個人，陝西的情形問他可知。」

「傳他進來。」倏然之間，崇禎心裡湧上一種不祥的念頭。

吳甡依然逃亡的模樣，由王承恩領了進來，踉蹌著倒地跪了，叩頭道：「臣吳甡有辱聖命，本想在野外尋個僻靜的地方了斷了，可想著皇上還不知內情，臣不敢就這麼死了，才苟延殘喘地回來交旨。」

崇禎生性好潔，見他一身襤褸，面目黝黑，鬚髮蓬亂，顯然已是多日沒有梳洗了，心裡暗自不悅，冷笑著將案上的疏本扔到他腳邊道：「吳甡，你還敢回來見朕？胡廷宴已有摺子參你索賄白銀二萬兩，這是怎麼說？」

吳甡從胸口貼肉的地方摸出銀票，雙手呈上道：「皇上，臣若不收他的銀票，怕是已成孤魂野鬼，再也見不到皇上了。」話到此處，忍不住哭泣起來，「臣一路好苦呀！要躲著胡廷宴的追殺，要找吃的找喝的活命，山洞、溝沿兒的風刀子似的刺人肌骨，臣咬著牙，怕一鬆勁兒就倒下了回不來，沒有人替皇上送信兒，皇上被那些奸佞小人欺瞞了。陝西的百姓苦呀——」他嗚咽著斷斷續續將陝西的遭遇又講了一遍。

崇禎目光凌厲地看著他用污穢的衣袖擦淚，厲聲道：「朕不信，胡廷宴竟敢殺人滅口？欺君枉上，不怕誅滅九族？」

吳甡連連叩頭道：「他不敢教皇上知道實情。」

「陝西究竟怎樣？」

「如今秦地不止餓殍遍野，更有無數的反賊作亂，蒲城、白水、涇州、耀州、富平、淳化、三原、漢中、興化等縣已無寧日，賊寇劫了宜君縣的監獄，聚集到延慶的黃龍山上，人數不下五、六千，胡廷宴嚴令不得洩露，都壓下了，那些上報民變的各州縣官吏都惹惱了他，一頓好打。這些都是臣親眼所見，斷不會有半點兒虛假的。」

崇禎暴怒，起身大罵道：「這個混賬東西，陛辭時朕反覆叮囑他，陝西西臨北邊，西南連接甘、川，夷漢雜處，又有賊寇王二造反爲亂，安民剿賊最爲首務。如今可好，剿匪無方，反賊越來越多，卻挖空心思報平安說好話。即刻遣緹騎出京鎖拿胡廷宴，朕要親自審問！不——還是將這個混賬王八就地賜死，省得朕看了生氣。」

吳甡慌得膝行兩步，擺手阻攔道：「皇上息怒，臣所奏雖屬親歷，但終是一面之辭，如聽臣一言而殺封疆大吏，不用說胡廷宴，百官怕是也未必心服……臣不願皇上一時激憤而有傷聖明。」

韓爌點頭道：「秦地自古民風彪悍，是個靠天吃飯的地方，地瘠民貧，又值天災，胡廷宴不知推皇上恩德，賑濟無方，是驅民爲盜，百姓衣食無著，不反才怪呢！如今群寇蜂起，他又隱瞞匪情，欺君枉上，其罪當誅。不如發王命旗牌，將他鎖拿來京交付有司審問。」

崇禎向椅上頹然坐下，命吳甡退了，撫著額頭道：「看來你是做不得太平宰相的，陝西賑災銀子還沒有著落，袁崇煥又上摺子要封海，朕是難得清清心。」

「爲什麼封海？」韓爌心下吃驚，袁崇煥是自己的門生，皇上不避諱而談，使他越發坐不住了。

「他要過往的商船不可直航皮島，必須繞行寧遠，以便收取稅金補給軍餉。」

「這倒是兩便的好事。」

「好事？」崇禎含笑反問道：「他不是又給朕出難題吧！當年平臺召對，朕可是爲他將吏部、戶部、工部都得罪了。」

「……？」韓爌揣摩不出，默然無語。

「朕怕他封海收稅是假，卻是意在制服毛文龍。」

「毛文龍？」韓爌心裡暗呼一聲，依稀記起那個魁梧大漢來，略有些遲疑道：「臣聽說毛文龍驕橫異常，多行不法之事，袁崇煥既然奉旨督師薊、遼，兼理登萊天津軍務，倒也有權節制他。若能使他有所收斂，克己盡忠，未嘗不是件好事。」

崇禎點頭道：「嗯！朕就再准他這一回。」

「皇上可是還對遼東放心不下？」

崇禎輕輕吁出一口長氣，道：「朕不是不放心，那裡有袁崇煥穩固布防，徐圖恢復，朕睡覺也安穩了，可是陝西、山西……哎！實在教朕心焦呀！不是怕災重，是怕出人禍怕不知下情，事情臨頭了朕還蒙在鼓裡。」

「皇上此話可謂中的之言。當年閣臣李茶陵曾備言旱情之慘酷，裡面的幾句話，多少年了臣一直牢記不敢有忘。」

「哪幾句話？」

韓爌緩聲吟誦道：「夫閭閻之情，郡縣不得而知也；郡縣之情，廟堂不得而知也；廟堂之情，九重亦不得而知也；始於容隱，成於蒙蔽。容隱之端甚小，蒙蔽之禍甚深。」他眼裡竟閃著一絲淚光，神情顯出幾分悲憤，「胡廷宴身爲朝廷二品大員，若是平日留心救荒安民，何至束手無策，謊報欺君！」

君臣二人心頭各覺沉重，默然相對許久。韓爌見李標、錢龍錫進來，話鋒一轉道：「賑災之難不在年前，而在開春以後。臣擔憂那時若賑濟不力，民饑而從賊，流寇日眾，又誤了耕種夏糧，局面大壞，無法收拾。若年前能發放些錢糧，必能遏制流寇蔓延之勢，那些迫於生計的百姓也會失了從賊之心，流寇不剿自滅。」

李標道：「韓閣老所言甚是。但國庫空虛，一時難以籌措如此多的錢糧，臣空懷爲皇上分憂之志，也無可奈何。臣代理首輔之職已三月有餘，門戶之隙，臣不能消；兵食之計，臣不能籌；民生之窮，臣不能救；實在有傷皇上知人之明。臣願將今年的俸祿捐出，賑救陝西災民。」

崇禎搖頭道：「先生們身爲閣臣，平日裡爲國憂勞，替朕興利除害，朝廷受益實多，俸祿是你們該拿的，朕怎麼好再逼討回來，朝廷還沒有窮到如此地步。再說你們這樣做，也是教天下大小臣工爲難，捐俸心疼得要罵，不捐又怕誤了前程。他們會罵先生們一意凌下媚上，不管他人苦樂，罵你們也就是罵朕昏庸，不能愛恤百官，朕不能夠自各兒招罵名呀！」

「臣一時心急，出此下策，若不是聖慮深遠，臣觸犯群僚倒不打緊，只是陷皇上於不明之地，深感惶恐。」李標暗悔出言孟浪，見皇上如此體恤，心下禁不住地感激。

崇禎笑道：「先生位居揆閣，今後要爲朕做的事還多，若是得罪了群僚，如何自處？唾沫星子也能淹死人的。朕不同，本來就是孤家寡人嘛！」三人聽得幾乎要笑出聲來，錢龍錫道：「皇上洞徹人情，聖睿直追太祖、成祖，無怪臣工們都以爲皇上不可及處甚多。」

「臣工懾於皇帝之威，言辭阿諛也是人之常情，哪裡能當得眞？」崇禎神色淡然，似是有些不以爲意。

錢龍錫微紅了臉道：「臣愚鈍，可一部十七史也記得不少。皇上經筵日講不間斷不懈怠曠古罕聞。皇上春秋正盛卻不惑於聲色，宮禁肅清，深合齊家治國平天下之旨，也可說超邁前賢。皇上恭勤節儉，勵精圖治，將每日置辦御膳所費數百兩銀子減降爲三十兩，將冠袍靴履每日一換改爲每月一換，玉熙宮的伶人也多有黜裁。皇上富有四海，所食的拈轉兒、包兒飯、長命菜、銀苗菜，比之市井商賈那些富貴人家竟還有所不如。這是前代的帝王可比的嗎？臣等親眼所見，皇上竟不認賬了！」

崇禎見他說得切直，不禁笑起來，打趣道：「朕認賬，說朕的好話再不認賬，豈不是不識抬舉了?」韓爌、李標也都笑了起來，崇禎接著道：「外廷說的不全是好話吧?有壞話也說來聽聽。」

錢龍錫沉吟說：「有壞話那些外頭的朝臣也不會說與老臣的。」

崇禎笑容一斂，嘆道：「偏聽則暗，朕知道這個理!外廷的傳言，朕也聽到一二，你只講了『三不可及』，還有『五不自知』未說，朕明白你是在爲朕留體面。那『五不自知』說得也有幾分道理，算給朕提了醒兒，但朕不能容他。一是有話不直言，卻在背後妄議，誹謗朝政，眼裡沒有朕，其心不可測；二是一隅之見，未免言過其實，朕不全贊同。朕將這些話寫下來放在枕邊，睡前反覆地看幾遍，上面的話大多默識於胸，說朕不該將大小臣工當作蠢才，不該猜忌多疑，不該妄自尊大，不該事必躬親……一大堆的不是。」他吃了一口茶，起身慢踱著步子，思索道：「還有人說朕苛於求治，自用之心太重，朕記得有這麼幾句：『夫天下可以一人理乎?恃一人之聰明，而使臣下不得盡其忠，則陛下之耳目有時而壅塞矣!憑一己之英斷，而使諸大夫國人不得衷其是，則陛下之意見有時而移矣!……求治之心操之過急，不免釀爲功利，功利之不已轉爲刑名，刑名之不已流爲猜忌，猜忌之不已積爲壅蔽。』」

崇禎停下來，目光炯炯地看著三位老臣，吁出一口長氣道：「話說得重了些，朕聽來頗覺刺耳，但這些人尚不失忠愛之心，只是言多迂腐，全不曉國勢人情。近幾年來，逆閹魏忠賢盜竊國柄，百事廢弛，朕事多躬親，改票折中商榷，必加綜核，務求至當，是不肯單憑意氣決斷。大病當下猛藥，亂世宜用重典，朕若不急於事功，文恬武嬉已久，國家積弊特甚，遇到功名利祿，都想列名濫入；有個差池閃失，卻又相互推諉。此時再不矯枉振頹，痛加砭斥，整飭綱紀，太平何日可望？」

李標試探道：「臣回去將這些誹謗朝政的人依律治罪？」

崇禎搖手道：「不必追究了，言路閉塞，終非太平盛世之象，但要曉諭朝臣，今後有什麼話，一律直言進諫，朕不是吃人的老虎，朕分得出善惡是非，也有容人的雅量，刀劍是堵不住嘴的。」他見三位閣臣直身靜聽，面色肅然，都是不住點頭，笑道：「象雲先生已歷三朝，當今國事紛紜，朕此次徵召先生入閣，便遇上陝西賑災平亂，爲難先生了。這裡有刑科右給事中劉懋所上奏請裁決驛站的摺子，稱每年可省幾十萬兩銀子，以這些銀子賑濟三秦如何？召劉懋進來一起議議。」

韓爌道：「驛站騷擾累民一事，皇上曾嚴飭兵部從嚴管理勘合馬牌，以清弊源。只是多年舊例如此，急促之間恐難有速效。臣等以爲皇上憂心操勞，減降膳食，天下萬民都應替皇上分擔些，江南豪富甚多，不如命他們捐銀賑災，以解燃眉之急。」

崇禎蹙眉沉思有頃，才說：「那些豪富的銀子也不是好用的，他們豈願白白地拿出來？當年太祖高皇帝時就有個江南首富沈萬三，曾捐助修建南京城三座城門，高皇帝封他兩個兒子做官，他竟想替高皇帝犒賞三軍，何等狂悖！眼下與國祚初建之時不同，朕擔心此例再開，賣官鬻爵便成風氣，那些暴富的賤民生性頑劣，本不知書，卻濫入士林廟堂之列，況且各地的富家也是貧民衣食之源，朝廷若取有餘而予不足，那些亡命無賴之徒，必然會起來與富家爲難，局面勢必更加不好收拾。朕也容不得沈萬三一流的人物恃財傲視王侯，看輕朝廷。賑災本是國事，若裁決驛站可省幾十萬兩銀子，賑濟災民已綽綽有餘，豈非一舉兩得？」

韓爌道：「驛遞傳乘其便利之處，毋庸贅言。洪武二十六年高皇帝創下祖制，檢點人夫，設置馬騾、船車、什物等項都有定例，但日久生弊，驛遞愈用愈濫，援遼援黔，徵兵徵餉，起廢賜環，武弁內官，無一不用，這些弊端都是監管不嚴所致，如今聖諭切責嚴厲，諸臣豈敢忽玩？皇上再責成有司從嚴整治，定時差人點查巡視，此弊自然清楚了。」

崇禎忍住心中的不快，反問道：「不敢忽玩？朕知道只有良鄉、涿州兩處多有革除，其他各地仍然照舊，朕屢旨嚴禁，全不遵行。設立驛遞本爲緊急文書飛報軍情及各處差遣命官之用，可是近來官吏徇私，濫用符驗、勘合，就是專爲傳遞軍情的火牌竟也膽敢冒領！驛遞乃是國之血脈，朕思此事非用猛藥不可……」他見一個身穿寬大的獬豸補子服的矮胖子進來，還沒看出那胖子兩腿如何行走，已球一般地滾到案几前，跪倒叩頭，抬手命那胖子平身道：「劉懋，你將摺子念與閣臣們聽。」

劉懋從王承恩手裡接過疏本，略清一下嗓子，尖聲念道：「今天下州縣困於驛站者十七八矣……以臣縣言之，初馬只三十匹，每匹工食五十兩，漸增而馬五十匹，工食增而八十兩，再增而一百二十兩，又增而一百六十兩，而驛益困，其故何也……臣以調停不能，禁革不止，直捷一法曰裁之而已……」疏本洋洋近千字，大意講了驛遞濫用的各種陋規和整頓之策。崇禎起身傾聽，聽到痛切之處，忍不住暗自咬牙，劉懋剛剛念完，便問道：「一匹馬如何能用工食一百六十兩？」

劉懋將奏摺換與王承恩道：「嘉靖三十三年，將勘合增爲溫、良、恭、儉、讓五字。溫字五條，供聖人後裔、龍虎山張眞人並差遣孝陵往來所用；良字二十九條，供文武各官公差往來；恭字九條，供文武各官公差之外所需；儉字二條，供優恤；讓字六條，供柔遠。萬曆三年更分爲大小勘合，大勘合例用馬二匹、夫十名，船二隻，但往來官紳都是頭面人物，性喜鋪排，擅自增用馬、夫、舟船，最多竟到十倍於舊例，工食自然增多。尤其不堪其苦的是竟形成了多年以來的折乾陋規……」

「何謂折乾？」崇禎越聽越覺心驚，打斷他的話問道。

「折乾即是折現，過往官紳依仗權勢，爲令驛站多供物品，超出所需部分並不退還，卻折成現銀中飽私囊。臣家鄉臨潼縣匹馬工食爲一百六十兩，尚不算多的，有的縣增至三百兩猶稱苦累，可知驛遞之害比臣所言還要嚴重。」

崇禎轉問閣臣道：「如何三百兩猶稱苦累？」

李標道：「想是差役過多，銀耗自然重了。」

韓爌接言道：「自太祖創制驛遞以來，於今已有二百五十餘年，時世變遷，多有不同，因此嘉靖、萬曆兩朝損益祖制，以合當時所需。兩朝驛遞定額多有增加，意在昭示皇恩，區別貴賤，官紳因循，已成慣例，若倉促變動，臣恐一些狡黠之徒雖懾於王法森嚴，不敢明言不遵，卻不能仰體皇上節流愛民之仁，暗中掣肘，巧爲對策，舊弊未除而新弊更生，醫得眼前瘡，剜卻心頭肉，反而違了皇上節用寬民的本意。」

「但凡做事興一利必有一弊，二弊相較取其輕，權衡清楚，自可放膽去做，怎可首鼠兩端，一味逡巡？裁決驛站遞既舒解民困，又節省錢糧，何樂不爲？」崇禎大不以爲然，冷笑道：「歷朝祖制各有等差本屬天恩，但一些官紳猶貪心不足，取用不以所需，其意全在搜刮

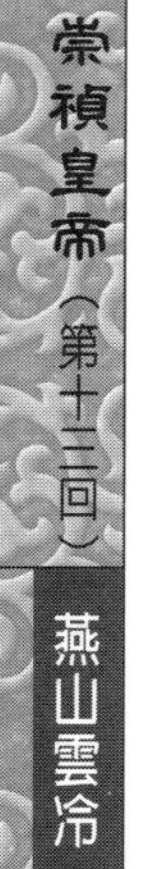

自肥，人心不足，欲壑難填，就是八百兩也會不夠的。」

錢龍錫見皇上並未首肯，情知說解不夠透徹，又怕皇上猜忌閣臣從中阻撓，忙道：「裁決驛遞當先查清實用額度，然後依照額度裁決工食。若不分青紅地將工食一概裁決了，驛遞往來靠什麼來應付？馬料錢、人夫錢、舟車錢如何支給？那時不但官紳有怨言，且會敲剝無辜小民，百姓越發苦了。」

劉懋道：「皇上英明，洞徹世事，情知一味因循，勢必更加積重難返。驛遞所以疲累至極，小民敲骨吸髓，其實只爲情面難以破除，過往官紳任意勒索，州縣不敢不供奉，也甘心情願地破費。臣說句過激的話，如今的驛遞成了許多官吏分肥之所，藉口供奉往來官紳，冒領貪墨，里甲盤剝餵養驛馬驛騾的小民，驛丞趁機索拿常例，官紳勒索折乾現銀，都是侵呑朝廷錢糧。這些陋規多少年來，沒人過問沒人監管，大夥兒都習以爲常。人情本願享樂放縱，現成的好處哪個不願意得，哪個願意找不自在呢！只是苦了百姓。皇上既銳意革新，當求標本兼治之策，使過客無處勒索，有司不敢額外籌措奉承，裁決工食銀以寬民力，或解發以抵薪餉，於朝廷則可節財，於小民則爲德政，正可兩受其利。」

崇禎點頭道：「一個裁字深蘊寬政治國大道，寬一分在民生，則富一分在邦國，還是蠲免在民間的好。」

韓爌道：「皇上勵精圖治，心懷天下小民，聖德昭如日月。蠲免在民間，只此一句話足以感動天心，蒼生兆民幸甚！」

崇禎不覺大爲受用，朗聲命道：「今後官員致仕回鄉、飛報軍情及奉旨的欽差准用驛遞，其餘一概禁絕，不許擅用。著劉懋升爲兵科給事中，專督裁決驛遞之事。裁決既難以急切見功，就先發內帑十萬兩賑濟秦地災民。下去擬旨吧！」

韓爌三人出了暖閣，已近午時，天空四周低垂著一層灰黑的雲幕，稀稀落落下起了小雪粒，三人一起進了首輔的值房，雪粒便飄成了雪花。此處韓爌極爲稔熟，如今故地重遊，心頭湧起許多感慨，看著窗外道：「天氣陡寒，三秦災民正不知如何煎熬，萬幸皇上開恩發內帑賑濟，不然我這個糟老頭子怕是會被人當作白拿俸祿的行屍走肉了。」

錢龍錫見李標忙著收拾案几上留下的一些機密文書，不及搭言，沉思說：「三秦賑災已有頭緒，該罰的罰了，銀子也有了，略加督責而已，吳甡足可勝任。但裁決驛遞之事牽扯極廣，甚爲棘手，劉懋不知深淺，等知道艱難回頭便遲了。其實聖命再嚴，以他區區一個從七品的給事中，也萬難大破情面。我擔心他急於見功，便從裁決數十萬驛卒入手，這些人多是遊手好閒不安分的人，平日吃喝耍子慣了不事產業，如何還幹得了種田耕地那些粗重的活計？自古由儉入奢易由奢入儉難，他們若是生計沒了著落，難保不做些犯法的勾當，攔路截逕，打家劫舍，一旦生出什麼變亂，看他怎麼向皇上交差？」

「此事不可不防。」韓爌省悟道：「劉懋擬將驛遞五字五十一條裁決爲十二條，動作過大，確實心狠了些，但已經皇上恩准，不好再改，可叮囑劉懋不可妄用霹靂手段，裁決驛卒不能過急過多，必要一步一步地來，循序漸進，穩妥行事。」

李標將一摞公文抱在懷裡，搖頭道：「劉懋新寵，正是眼高於頂心高氣傲的時候，這些金玉良言怕是入不得耳，枉費了首揆的一番苦心。本來裁決驛遞一事，御史顧其國此前也曾奏過，皇上已有旨意給兵部，照舊例從嚴督控，不可濫發白牌，各地已有所收斂。不知劉懋為什麼又舊事重提，還將裁決驛遞與陝西賑災牽扯到一起，若是等他裁決了銀子再賑濟災民，陝西怕是剩不下幾個帶氣的活物了。好在皇上聖明，發了十萬兩內帑。」

「劉懋上這個條陳也是有私心的。」錢龍錫臉上露出一絲詭笑，「兩位怕是不知道其中的緣由吧！」

「什麼緣由？」李標見他笑得奇怪，將公文放了，拉把椅子也坐了細聽。錢龍錫道：「劉懋與雲南道御史毛羽健交情極厚，他奏請裁決驛遞也是替毛羽健出氣。」他取茶吃了幾口，接道：「毛羽健極是懼內，他媳婦是個出了名的悍婦，遠近聞名。今年毛羽健由知縣征授雲南道御史，有意趁機躲她，便獨自一人到京赴任，卻又不耐床衾冰冷，討了一房小妾，那女子出身青樓，感念為她贖身脫籍，一意逢迎，使出無數的風流手段，毛羽健好不快活。不料，他數月遠離，媳婦又是青春年少的，難免思念，也不發封書信，竟自帶了丫鬟從湖北公安一路乘驛遞進京來尋，進門見那小妾十分妖冶，大罵她狐媚惑夫，當下不由分說，上前便抓花了臉。那小妾忍耐到毛羽健下朝回來，本待教他做主出氣，哪知他嚇得不敢進門，一時想不開，竟投井死了。他聽說出了人命，急忙回來，哪知媳婦仍放他不過，罰跪了一夜。毛羽健敢怒不敢言，便遷怒驛遞，上摺子力陳驛遞之害。皇上因已有旨了，並未理會，劉懋有心為他助拳，乘機奏請，不想趕上陝西賑災，合了皇上的心意。」他娓娓道來，有如市井瓦肆說書的藝人，韓爌、李標聽得入神，不想驛遞的裁決竟會緣自兩個爭風吃醋的婦人，各自暗覺好笑，搖頭嘆息良久。

劉懋既得了欽命，便大刀闊斧地裁決起來，人夫、馬匹都依十裁六的通例，大江南北一概遵行。哪裡想到卻苦了那些驛卒，平日裡銀子撥得寬裕，驛卒用得多，往來差使也多，本來衣食無憂，再伺候好了差事，老爺們歡喜時賞些吃酒耍子的散碎銀子，日子十分安逸。如今人手不需那麼多了，差使也少了，裁決回家的愁著吃食，留下當差的也斷了財路，手頭再難活泛，也是叫苦連天。那些養馬的農戶更是淒慘，本來替驛站養馬能落些草料和糞肥，驛站裁決了銀兩，便拖欠著餵養的草料錢，那些農戶簽了契約，不能將牲口退回去，又怕餓死了吃上官司賠不起銀子，只得四處哀告著借貸了餵養，眼見著馬騾瘦了，每日不住地唉聲嘆氣，心焦得不知道要苦捱到幾時。

陝西延安府米脂縣有個銀川驛，處在城南門大街館驛巷內，距城門不過數箭之遙，並不大的一個所在，坐北朝南的兩進院子，驛丞署、驛倉、把總署、公館院、馬號、驛具房等一應俱全。正值隆冬季節，升高的日頭吐著淡淡的白光，往日馬鈴聲聲飛塵滾滾的驛站變得異常寂靜，朔風吹得懸掛在廳前的那對「驛」字的白色燈籠左右上下搖擺飛舞。將近晌午時分，驛站的黑漆大門吱呀一聲開了，二十多個背著行李的青衣漢子低頭嘆氣地從裡面出來，戀戀不捨地一齊出了南城門，互相叉手抱拳拜別，三三兩兩地散開走了。

一個身材粗壯高鼻深目的大漢回首望望高大的城門樓，獨自向西下了官道，北折而走。沒走幾步，便聽後面有人喊道：「李大哥，你將差事讓與了我，要往哪裡投奔？」

大漢回頭看看背後跑得氣喘吁吁的少年，苦笑道：「有甚投奔處，還不是回家營生？」

「你、你還回李繼遷寨？」

大漢點點頭，眼裡竟是無限的淒楚，口中喃喃道：「唉！當年身穿郵服，腰掛火印木牌，騎著健馬，往來傳遞，大口喝酒，大塊吃肉，何等痛快！便想老死在此了，哪裡想得到竟這般快地裁決回家了。好在我還有個家，三間東倒西歪的房子也強似你這沒爹娘的娃子。」

「大哥回家有嫂子照管，小弟卻影單身孤，留下也沒多少樂趣。」少年登時大覺傷神。

大漢搖頭道：「照管什麼？她一個婦道人家，帶著幾歲的女娃子，哪裡顧得過我來？還是咱們一起逍遙快活！」

「哥哥還有哥嫂至親，一大家子人好不熱鬧。」少年滿臉羡慕之色。

「早已分家各自過活，哥嫂一年也不走動幾回的。」

「李大哥，昨夜小弟聽人商量說要投奔那些造反的綠林好漢，卻不知哪個最好，爭執不休，拿不定主意。大哥，你說投奔哪個好呢？」

大漢道：「只要能有口飯吃活得了命，王子順、王嘉胤、高迎祥、王左掛、不沾泥、王大梁，還不一個樣？」他說著神色不禁黯然，仰天嘆道：「八歲時父親送我到私塾讀書，想要混個出身，光宗耀祖。先生給我改名自成，表字鴻基，期望我自立自強，成就一番事業，可讀了八年的書，還不是落得連個人生計都難？我堂堂一個男子漢，本該縱橫四海，掙些功名富貴，榮耀鄉里，如今我兩手空空的，有什麼臉面回去？你且好生當差，攢些銀子娶個婆娘，也好有個知冷知熱的。將近年關了，別忘了到父母墳上燒些紙錢磕幾個頭，免得他們在陰曹無人祭奠飽受冷落。」

幾句話將那少年說得淚水涔涔的，忍不住嗚咽起來，少頃才擦一把淚道：「李大哥，小弟便在驛站等你，到時沒了活路，要投奔哪個咱們一齊去，跟著你也好有個照應，免得被人家欺負。」

李自成摸那少年的頭道：「好！你且回去，到時我自會喊你同去的。」二人拜別分手。

日頭偏西，李自成到了家，媳婦高氏一身青布衫藍布裙，抱了四歲的女兒欣喜地迎出來，便要整治飯食，自成看看被煙熏得烏黑的牆壁，攔道：「不必忙了，昨夜的散夥兒酒吃得多了，還不甚饑餓。我多日沒有回來，這冷鍋冷灶的，你們娘倆想是受了不少苦楚。」

高氏垂淚道：「天生的苦命，吃些苦也不覺得。你怎的回來了，可是有差使順路？嚇！什麼散夥酒？」

「驛站用不了那麼多人手，奉皇命裁了大半。驛丞老爺本想留我，我可憐高傑自幼沒了爹娘，一個人難以過活，便將差事讓與他了。」自成輕輕嘆口氣，見高氏默然無語，心知她有些不悅，尷尬地坐著隨便閒話幾句，便起身說：「多時沒回來了，趁著天色尚明，拜見哥嫂。」說著逕自將女兒抱了出來，又省悟沒有什麼見面的禮物，只好在街上轉了一遭，天快黑時才折身回來。進了家門，聽到斷斷續續的哭聲，疾步跨到屋內，見高氏披散著髮笄，曲腿歪倒在炕上嚶嚶地哭，忙將女兒放了，急切問道：「你怎的了，如何這等模樣？」

高氏忍聲道：「艾老爺聽說你回來了，派人上門催著討要欠債，我跪下央求了半天，只是不允，說年前再不還清，便要送官。」

第十四回

定逆案無情除閹黨
登小島大意遇險情

在暖閣外鵠立的王承恩答應著小跑著出去，不多時，懷抱著一個鼓鼓囊囊的黃龍包袱進來，在炕上放了說：「奴婢先取了這些個，怕萬歲爺心急。還有許多命人在揀著呢！」

李自成聽了，如同當頭澆下一盆冷水，怔怔地說：「這些年來，我只顧圖一時的快意，吃喝玩樂，耍弄棍棒，沒攢下幾兩銀子，原想差事長遠，不用什麼上愁著急的，誰想倉促間失了差事，哪裡會有許多的銀子還他？」

高氏一把將他扯了，哭道：「這可怎麼好呢？」

李自成輕輕掙脫了她的手，沉吟道：「急也沒什麼用！他是討銀子的，終不會要我的命吧？待我去艾府求問一聲，再作道理。」

高氏攔阻不住，追身出來道：「你要好生與艾老爺說話，萬不可爭強鬥狠。咱理短，又人單勢孤的，鬥不過人家。」「我理會的，自有分寸。」李自成大步出門去了。高氏放心不下，抱了孩子眼巴巴地等著，心裡像揣了野兔一般，突突地跳個不住，不時到大門口張望。將要定更了，孩子早已睡了，才見丈夫踽踽而回，見他臉色看不出是喜是怒，正要開口，李自成道：「你不必擔憂，沒什麼禍事。我到了艾府，艾老爺見我還不上銀子，打算教我替他放三年的羊來抵債，你去他府上漿洗縫補衣裳，全是些粗賤的活計。雖說咱吃些虧，可想想也沒別的法子，我便應下了。」

「謝天謝地！只要平平安安地就好，什麼吃不吃虧的。」高氏合掌祈禱，又嘆口氣道：「我一個婦道人家，縫補漿洗的活計正是本分，可憐你一個八尺高的漢子，竟要替他人放羊，眞難爲你了。」說著又落下淚來。李自成一拍大腿道：「一文錢難倒英雄漢，誰教咱沒銀子了？忍得一時苦，方爲人上人，能屈能伸大丈夫，吃些苦頭沒什麼的，總比挨餓受刑要好。當年我在私塾讀書時，先生講解《孟子》，那話說得可眞好，如今記起，竟像是在說我了。」

「什麼話？」

「天欲降大任於斯人也，必先苦其心志，勞其筋骨，餓其肌膚，空乏其身，行拂亂其所爲，所以動心忍性，增益其所不能……」李自成站起身來，學著私塾先生的模樣，背負雙手，在屋子中來回踱著步子，搖頭吟誦，見高氏一臉茫然懵懂的樣子，撲哧一笑道：「書上說的意思是要不怕吃苦，好生守著老婆孩子過日子，你再爲我生個白胖的兒子來。」

高氏登時緋紅了，啐道：「好好地說著話兒，怎的這般不正經了？」

「又怎的不正經了？明日便要去放羊了，難得今夜空閒呢！」李自成捱身過來，高氏嚶嚀一聲，回頭看看旁邊沉沉睡著的孩子，一口吹熄了燈……

崇禎二年到了，想著元年平冤獄、選閣臣、籌邊餉、賑災民……事事排得滿滿的，終日勞累不堪，好在百廢漸興都有了振作的氣象，崇禎並不覺得勞苦，心裡反有了極大的滿足，在皇極殿接受群臣元旦朝賀時，心理隱隱泛起中興聖主的喜悅。回到後宮，與周皇后祭了祖宗眾神。周皇后腰身粗笨，腹部隆起，禮服又重，行了幾下禮，便已覺得氣喘，坤寧宮掌事吳婉容忙上前扶了，替她去了鳳冠禮服，坐下歇息。崇禎看她神情懶懶的，似是不勝其苦，歉然道：「難爲你了，這粗笨的身子還要苦撐著。」

周皇后氣息仍有些短促道：「元旦大禮，已成多年的定例，臣妾豈敢馬虎？那會教祖宗罵作不敬的。」

「都怪朕！你已有孕九個月了，原是不必這般拘泥的，若一旦有什麼差池，朕也對不起祖宗，祖宗也會怪朕刻板不近人情了。」崇禎一笑，又問道：「宣太醫把脈了嗎？」

「把了。太醫院院使吳翼儒隔三差五地來，絲毫不敢大意，說是奉了皇上的口諭。他竟是個細心的人，望、聞、問、切差不多成了日課，這大半年下來，臣妾都教他折騰怕了。」

「你倒是誇他還是貶他，不是朕多事討人嫌了吧？朕明個兒就不教他再來聒噪了，教你清靜清靜可好？」崇禎忍不住撲哧一聲笑了。

周皇后也笑了，說道：「臣妾知道這是皇上的恩情，哪裡會怪！只是身子重人也懶了，總也提不起多少精神，老是喜歡清靜，聽不得吵鬧。吳翼儒每次診了，總說脈象宜男，不知是真是假，該不是討臣妾的一時歡心吧？」

「他不敢，這話他也向朕聽過了。秋後算賬年終稽考，這點兒道理他會不懂？再說他的醫術也是極高明的，脈象還分不清嗎？」

「也是呢！當初臣妾還怕身瘦不孕，延誤了皇家子嗣。」

「你選入朱陽館時，皇嫂也擔心呢！劉太妃卻以為你年齡尚幼，日後身子自會慢慢豐腴，可見多經歷才會更知人。哈哈……」他仰頭連笑幾聲，心情頗佳，在暖閣裡不住地來回走動，沒有覺察到周皇后臉上閃過些許不悅，微微蹙了幾下眉頭。「這可是大明開國以來正宮生皇長子有數的幾次，自正德朝以後一百多年還不曾有過，實屬佳兆！朕到時要大赦天下，與萬民同歡。」

「皇上還要賜個名字。」周皇后扎手扎腳地要離座跪求，崇禎忙擺手攔道：「名字嘛，朕早想好了，按五行之數，該依火德。朕此時不好說出來，等皇兒生下即刻賜名。你也恁心急了嘛！還這般勞動身子，彎腰跪地的，若引動了胎氣可不是玩兒的，你懷的不是凡夫俗子，是天下臣民將來的共主，可要萬分地小心才是。」轉頭變臉向吳婉容道：「你們這些奴婢在皇后的身邊，要多長個眼色，該勸的要勸，該攔的要攔。雖說不能惹娘娘生氣，但萬事也不可都由著她，娘娘是明事理的，不會記恨你們責罰你們，母子平安，朕有重賞。若是不好生當差，有絲毫的差池，哼！不用朕說，你們也自會知道結果的。」語調冰冷嚴厲，不見剛才的一絲柔情。吳婉容等人嚇得跪了一片，身子顫抖著說不出話來。

周皇后道：「皇上不用繞彎子說話來聽，臣妾知道小心千萬，皇上才會放心一二，不敢再胡亂造次。皇上饒了她們吧！」

崇禎微點一下頭，見吳婉容等人戰戰兢兢地起來，揮手命她們退了，與皇后並肩坐了，伸手展臂堪堪將她的腰肢合摟了，小聲道：「教朕也抱抱皇兒。」

周皇后吃了一驚，扭捏道：「皇上抱不動，身子可沉呢！」

「朕就不信，朕雙臂百十斤的氣力還是有的，還抱不起一個孩童嘛？」崇禎嘻嘻一笑，將手伸到她棉袍裡面，輕輕拍道：「皇兒，你說是也不是？」九月的胎兒早已成人形，與嬰孩感應一般無二，那胎兒經他一撫一拍，竟自然回應連動幾下，崇禎大喜道：「你看，他也點頭呢！」

周皇后心理暗笑，嘴上不依道：「皇兒是搖頭呢，他說皇上抱不起的。」「你怎知道他不是點頭？你又不是他！」

周皇后見他發急，笑道：「臣妾的肚子裡可是懷的大明萬里河山，百十斤的氣力怎能動得了他？」

崇禎聽了大笑道：「那自然不是勞力者能抱起的，需勞心者才行。」伸手到皇后的裡衣去摸，周皇后遲疑著向外張望一眼，見王承恩在花窗外躲躲閃閃地來回走動，忙打脫了他的手道：「小恩子等你呢！」

崇禎笑罵道：「這瞎眼的奴才！專揀這時候來，眞是大煞風景！」朝外喝問道：「又是什麼事？」

「韓閣老一干人已來了，正在乾清宮東暖閣等皇上。」

「火還沒有上房，急什麼？這事兒拖了一年多了，不在這一時。不許進來，且在門外跪下候著！」

「遵旨——」王承恩好生地跪在門邊兒，將摺子頂在頭上。

「既然有事，皇上還是去吧！這事兒也不急於一時的。」周皇后含笑用手指指肚子，「還有些日子可聽呢！」

崇禎起身道：「還不是閹黨逆案之事！雖說事不急，但朝野延頸觀望，實在也不能再拖了。朕在天啓七年十二月就曾下旨儘早定下來，黃立極、來宗道幾個閣臣一再藉口拖延，朕明白他們也是閹黨，自各兒不乾淨，怕觸犯了眾怒，惹得一身臊。年前將韓爌召還起用，想他會盡心替朕辦好這件事，哪想他年紀大了膽子卻小了，只拿了個五十幾個人的單子來交差，朕是好欺的嗎？嚴旨命他們再廣爲檢舉，務必不使一人漏網。」

周皇后見他面色有些陰沉，勸慰道：「皇上，閹黨當時權勢熏天，做官的想不與他們往來都難，就是那袁崇煥不都在遼東請建生祠嗎？不這樣，怕也不會有寧遠、寧錦大捷了。臣妾以爲此事寬總比嚴要好，以免株連得太多，朝臣們本來就盤根錯節，同年、同鄉、同窗、姻親……撕扯不清的，若是將此事嚴追不放抓死了，怕是朝廷爲之一空，皇上沒多少可用之臣了。」

崇禎點頭，呼出一口氣說：「朕也知道這個理兒，但恐失之於濫，逃脫幾個罪人倒沒什麼打緊的，怕的是日後人人都心存僥倖，不肯爲國家盡忠出力，此風若成，一味因循，矯枉便難了。惡必究，善必揚，其意不在於殺幾個罪犯小人，獎掖幾個忠臣孝子，而是要培養正氣，開一代世風。」他拍著額頭又說：「朕初次下旨定逆案，不！到焚毀《三朝要典》之時，你尚未有孕，可如今將要臨盆了，朕就要有後了，可逆案卻遲遲沒定下來，難道選幾個人名竟比生孩子還難？」

周皇后點頭道：「也該難的。臣妾生產是肚子裡有貨，不像他們定逆案那樣，還須四處搜羅，左右權衡，想得腦袋都要裂了。」

崇禎聽得一怔，隨即用手指點著她笑個不住，親取了貂皮斗篷道：「朕要召閣臣們議議，案子定不下來，落在你後面心有不甘。」

「快午時了，臣妾已命翊坤宮備下餃子，想必就要送來了。再說大過年的，閣臣們剛剛朝拜了回府團圓。」

「今個兒是元旦嗎？朕倒忘。」崇禎笑了，「朕聽說袁妃宮裡有個姓劉的宮女擅做扁食，皇城裡找不出第二份兒來，等朕召見閣臣時，命人送些到乾清宮去，賞賜給閣臣們嘗嘗，教他們知道皇后也有一片愛大臣的心腸。」

天色晴了，北風卻依然颳著，露天地裡有日頭照著也是乾冷乾冷的，地上的落雪尚未有絲毫的融化，宮道打掃得極是潔淨，兩旁的樹下整齊地堆著一個個雪堆兒，宮眷們尚沉浸在過年的快樂中，沒有幾個人出來。乾清宮東暖閣裡卻溫暖如春，崇禎進來，見韓爌、李標、錢龍錫、王永光、喬允升、曹于汴都到了，招呼他們一起在火炕上團團圍著坐下，看著他們謝了皇上皇后的恩典，將餘下的餃子吃得精光，說道：「燈節剛過，將你們召到宮裡，朕真有些不近人情，可也沒法子，這事早晚也繞不過去，朕與你們都脫不了，如今勞苦點兒，日後也好安生。」略頓一下，指著李標道：「朕聽說你的府門上貼了一副春聯頗有趣味兒，說來大夥兒聽聽。」

「臣寫的春聯不過是襲用前人詞意，上聯是春滿九州大慶欣逢改元歲，下聯是歌吹一曲普天齊奏樂太平，卻沒有什麼新奇之處。」

「兩個聯語沒有什麼新奇，可是橫批卻耐人尋味，又是一年，其中艱辛甘苦，如飲泉水冷暖自知，不是局外人能領會出的。只是不免嗟嘆有餘而豪氣不足，竟有些頹唐了。汝立，朕沒冤枉你吧！人貴勤勉，持之以恆，聖人不是說發憤忘食，樂以忘憂，不知老之將至，你們都是幾朝的老臣了，那些新進的少年俊彥個個心雄萬夫，什麼都不在眼裡，其實比不得你們權衡的工夫老到，薑還是老的辣嘛！朕卻不知你們有白駒過隙之嘆，自各兒氣餒了，人老先從心上老呀！」崇禎見他們一副懍然受教的樣子，笑道：「朕的話重了些，可沒有責怪的意思，只是覺得如今乃是我大明開國以來未有的變局，吏治民生夷情邊備事事堪憂，朕思賢若渴，急於振作，只要實心任事的，不吝封賜。朕是想時勢造英雄，多些可用之才呀！」

韓爌道：「皇上勵精圖治，思有所為，大小臣工莫不感奮。圖治之要首在端正士氣，士氣端正，吏治自然清明；吏治清明，民生自然無憂，邊備自然堅固，夷狄自然歸化。只是眼下陽氣初回，仍須慢慢培養，心急不得……」

「是再等不得！」崇禎打斷他的話道：「比如逆案已一年有餘了，拖到今日有什麼益處？朕三番五次地嚴旨切責，你們置若罔聞。當年閹黨幾乎遍布朝野，你們豈會不知？黃立極、張瑞圖、來宗道幾人拖著不辦，也倒罷了，朕知道他們脫不了干係，怕引火燒身。你們幾個與閹黨水火不同，卻也畏首畏尾，到底怕什麼？」說著從袖中取出摺子啪地往炕上一丟道：「你們幾個是朕反覆遴選的，論理都屬東林一脈，吃過閹黨的苦頭，朕想你們雖不至於公報私仇，但總會趁此時機洩洩私憤，怎想你們竟隨便拿個名單來搪塞，究竟是何用意？想明哲保身抹稀泥嗎？」

韓爌忙回道：「臣的意思是不宜株連，當年太祖神武，洞徹胡惟庸案奸弊，大快人心，然仍嫌牽扯過眾，以致人人自危，傷了朝廷的元氣。依情勢而言，上至袞袞朝臣下至平頭百姓，莫不以攀附魏忠賢為榮，追腥逐臭，蟻附蠅聚，絕難不與閹黨有所瓜葛。若不察情由，一苛意清算，臣擔心朝廷為之一空，無可用之才，誤了皇上中興大業。臣等開列人名不多，一則為朝廷惜用人才，二則昭示皇上好生之德，給附逆者一個洗心革面的機會。」

崇禎聽了，臉色緩和道：「你們也算費了心思，不大肆網羅也好，但不可漏了吞舟之魚，且執法要平，才不會授人以柄。你們卻為何只開列外廷而沒有內臣？如何服人？」

「這……」韓爌暗覺臉上發熱，口中囁嚅難言，支吾道：「宮禁森嚴，臣等實在難知其事。」

「眞不知情？怕是不敢得罪人吧！」崇禎見他曲意遮掩，心下更覺不以爲然，冷笑一聲。

「要說果然一點兒不知，也非實情；若說知道一二，不過風聞並無證據，做不得實。若是沒頭沒腦地端出來，恐當不得究詰推問，臣等不敢妄列。」韓爌抖著花白的鬍子，小心地回答，臉上微微浸出細密的汗珠兒。

「要證據嗎？那好辦！王承恩——」崇禎朝門外喊道：「去皇史宬將那些紅本都揀了來。」在暖閣外鵠立的王承恩答應著小跑著出去，不多時，懷抱著一個鼓鼓囊囊的黃龍包袱進來，在炕上放了說：「奴婢先取了這些個，怕萬歲爺心急。還有許多命人在揀著呢！」

崇禎點頭道：「也不必全拿來，要教他們明白這些就好了。」伸手將包袱打開，嘩啦一聲，那些紅本散落了大半炕，「這都是證據，你們一一登記開列，哪個會出言反詰，心有不甘？」

六位大臣各取紅本在手翻看，見上面多是替魏忠賢歌功頌德的諛辭，有請封爵的，有請建生祠的，有奏說軍功的，有請蔭子弟的……韓爌與李標、錢龍錫對視一眼道：「皇上，既有了這些結黨的實跡，臣等自當依律增補，只是臣等平日職掌票擬，三尺法非所長，再說考察官吏本屬吏部所司，可先交吏部核選然後再議。」

王永光見崇禎轉臉過來，忙辯解道：「吏部只是熟悉考核功過之法，不出升黜二途，若論量刑定罪還是交付刑部爲妥。」

崇禎微微瞇起眼睛，掃視著大臣們道：「朕知道吏部的評語是算不得數的，既要定罪，便要教他們無話可說。此次召喬允升、曹于汴來，便是要刑部和都察院一起汰選。除惡務盡，雖說不必苛求嚴察，但不可有什麼大的遺漏。」他撿起炕上的摺子，用手指連彈幾下道：「摺子上列了顧秉謙、魏廣微、馮銓、黃立極幾人，同爲閣臣，如何竟沒有張瑞圖、來宗道？」

「他二人並無顯惡……」李標垂頭躲開崇禎那凌厲的目光，低聲說道。崇禎不待他說完，便道：「朕曾密旨將東岳廟會審情形寫成節略，如今五虎反詰的供狀俱在，張瑞圖以書法名世，並取媚魏忠賢，不知寫禿了多少支湖筆，用了多少方徽墨！來宗道爲崔呈秀之母寫的祭文，竟稱什麼在天之靈，如此可惡，還說沒事實嗎？」

喬允升道：「那就依律定個附逆之罪？」

「嗯！」崇禎點點頭又道：「賈繼春如何不加懲處？」

錢龍錫道：「當年他奏請善待李選侍，總算還有做臣子的一片忠心。」

「哼！那時他趁皇兄初登大寶，不過意在邀功，哪裡有什麼忠心？後來恐魏忠賢怪罪，忙著改口，這樣反覆無常首鼠兩端的眞小人，如何要替他洗脫乾淨？」崇禎鐵青了臉，聲調一揚，言辭更加嚴厲刻薄，大臣們不敢再分辯，個個俯首聽命，暖閣裡一時靜得怕人。

崇禎下了炕，慢慢舒展幾下身子，緩聲道：「判定逆案，首正逆奸，脅從可稍稍放寬些，據律推情，只要有心改過，不是不可網開一面。但用心要公，定罪要準，懲惡揚善本是千古稱頌的德政，不可胡亂行事，冷了天下人的心腸。你們下去將遺漏補上，朕再看看。」

沒有等到逆案定下來，皇后便生下了一團粉嫩的孩兒，多少年來沒有過嫡長子了，崇禎暗覺是中興之兆，即刻賜名慈烺，大赦天下，合宮上下也都歡天喜地。又過了幾天，陝西傳來捷報，二月間陝西兵備劉應選率兵突入漢中，與川兵聯合攻擊亂賊，斬殺五百餘人，大獲全勝。崇禎越發欣喜，三月十九日便下旨公布了逆案。

轉眼已是五月，冰雪消融，江海解凍，春事已深，遼東漸漸過桃紅柳綠的時節。

夜已深了，袁崇煥卻沒有絲毫的睡意，披衣起來，推開窗戶，見東山上空那輪金黃的圓月已略有些殘了，心頭忽然想起鄉試那年月圓天心，獨自一人臨窗對月，浮想聯翩，瑞興遄飛，口中吟出那首《秋闈賞月》：

「戰罷文場筍陣收，客徒不覺是中秋。
月明銀漢三千里，歌醉金秋十二樓。
竹葉喜添豪士志，桂花香插少年頭。
嫦娥必定知人意，不鑰蟾宮任我遊。」

「好個不鑰蟾宮任我遊！這等豪邁的胸襟猶勝李謫仙幾分。」一個高瘦的身影從旁邊的耳房出來，「戎馬倥傯，督師尚有這份雅興，就是三國的周郎怕也不遑多讓。」

「可惜少了羽扇綸巾，不然豈非活脫的一個周公瑾嗎！」那人身後跟出一個更削瘦人來。

袁崇煥笑道：「可綱、本直，你們兩人也沒歇著？」

「末將正與本直閒話，聽見督師屋裡有吟詩的聲音，本直按耐不住，硬拉我來來湊趣。」滿身甲冑的何可綱高聲回著話，與一身儒服的程本直走進屋來。

袁崇煥招呼他們坐了道：「這首《秋闈賞月》是我當年從貢院回到客店連夜寫下的，當時以爲科場得意，詩興難遏，等到放榜果然高中了。」他在何可綱身上掃了一眼，問道：「都睡下了，你也不卸下甲冑晾晾，是想養虱子嘍！」

程本直順手在他項上一抓道：「鎧甲生蟣虱，捫虱夜話倒是風雅得緊呢！督師可見過這等肥飽的虱子嗎？」他嘻笑著將手掌向燭前一伸，掌心一隻大而肥的虱子吃得滿腹隱隱顯出暗紅艷色，笨拙地蠕蠕而動。

袁崇煥用手捏起，兩個指甲一擠，啪的一聲，竟濺成一小片血跡，「好個肥虱！」

何可綱阻攔已是不及，口中嘆息道：「可惜了，可惜了！」

「有什麼可惜的？你發誓一日不收復遼東，睡覺不脫甲冑，督師的五年復遼大計未過一年，尚有四年的日期，想這麼多個日夜要生出多少隻虱子來，殺一個有什麼可惜的？」程本直心下暗覺好笑。

何可綱道：「這隻虱子有緣生在我身上，又恰巧有緣見了督師一面，你道普天下的虱子何止億兆，這隻虱子卻有此奇遇，這般輕易殺了它，豈不可惜！」幾句話說得袁崇煥、程本直相視大笑。

袁崇煥親手泡了功夫茶，取盞啜飲，吱吱有聲，見何可綱只吃幾杯，額頭鬢角早已滲出汗來，笑著命他將腰間的絲縧解了透風，問道：「明日巡視邊海檢閱東江，可準備妥當？」

何可綱忙將手中的牛眼杯放下道：「船已備好，督師在廣東帶來的三千水軍也整裝待命。」

「我思來想去，不必帶那麼多人，兩千人足矣。」

「毛文龍平素驕橫難馴，一旦他翻臉……」

袁崇煥哈哈一笑，不待何可綱說完，搖頭道：「自三月我奏請海禁，皮島所需糧餉不再由朝廷從山東登州直接解發，朝鮮向朝廷所進貢品也不經皮島海運天津衛入京，一律改由山海關運到寧遠近海的覺華島再行解發，往來商船與此同例，這無異卡住了毛文龍的脖子。東江糧餉已不如先前充足，毛文龍派人索取，我即刻撥發十船，並派本直去了一趟皮島，手下疑心他冒領糧餉，多有怨言，東江已盡在掌握，毛文龍不敢妄動。」

程本直起身肅聲道：「自古君子不臨險地，督師受皇上重託，主持遼東恢復大計，何必以萬金之軀赴虎狼之穴？毛文龍凶悍異常，難保不多帶人馬，那時敵我懸殊，救援不及，豈不有損督師虎威？督師一旦不測，遼東百萬生靈塗炭之禍可以想見。」

袁崇煥見他說得沉痛，莞爾笑道：「他若多帶人馬，必會自恃人多，疏於防備，更有可乘之機，我當先發制人，豈會容他動手！」他端起杯子一飲而盡，又道：「你們可還記得關雲長單刀赴會？他獨駕小舟，只用親隨十餘人，只一句看魯肅如何近我？何等英雄，何等豪邁！當年東吳兵馬當不下十萬，他尚敢如此，如今對付區區一個毛文龍，卻要巨舟數艘，與古人相比，大覺汗顏。」

「小說家言做不得實，不足憑信。督師切不可意氣用事，遼東事大，東江事小，還請督師三思。」程本直執拗地勸阻。

袁崇煥斂容正色道：「我並非專逞一時之氣，也理會得你們用心良苦。本直所說東江事小，其實也不盡然。遼東局面守爲正著，戰爲奇著，但恢復之計，只憑守城絕難實現。我打算擴建水師，一旦偵知皇太極來犯，令水師出海北上，直搗盛京，便成南北夾擊之勢，一舉蕩平遼東。」

何可綱、程本直二人聽了，目光一熾，神情極是嚮往。何可綱一拍大腿，喝道：「那時便可痛飲一醉了！」

「豈只一醉，就是醉個十次八次的，也是值得的。偏你這般小氣，只醉一次，想是捨不得多沽些酒來吃。」何可綱一怔，隨即呵呵大笑。袁崇煥見程本直說笑竟拿捏得一臉正經，也禁不住笑出聲來。

此時，茶味已淡，袁崇煥起身換了新茶，斟與二人喝，何可綱連連擺手說：「可不敢再用了，肚子早已咕咕地叫了，這茶好生奇怪，竟有如此大的力道！末將要告個退，塡塡肚子了。」

袁崇煥道：「你只管去，不必在此硬撐著打熬了。」說著淋壺溫杯，看著紫砂壺彷彿升騰起一股白煙，茶葉的香氣漸漸瀰漫開來。他深深吸納一口，閉目微仰在椅子上，片刻才說道：「建水師說來容易，可是辦起來卻難。我想不出什麼更好的法子。」

「江南子弟多習水性，招募起來當不會太難。」

「本直，招募容易，餉銀難籌。如今遼東餉銀已達四百八十萬兩，再要向朝廷請餉，怕是已不可行。不說賑災、修河也要用銀子，單說九邊拖欠有多少？若不是遼東戰事吃緊，餉銀怕也不會解發得如此爽利。如何建水師，只有想法子自籌餉銀，這就不能再容毛文龍自行其是了。」

程本直話一出口，已覺唐突，臉色一紅，忙遮掩道：「許多年來，毛文龍徵收往來商船的稅錢，加上買賣人參、貂皮等貨物，皮島的銀子怕已堆得如山了，正可用作軍餉，只是毛文龍坐擁貔貅，化外稱雄，自在慣了，定不會甘心俯首聽命。」

袁崇煥面色一沉，森然道：「那就由不得他了！」

「督師可是要殺他？」

「還是那句話，可用則用，不可用則殺！」袁崇煥伸掌劈下，聲勢極是駭人。

「該不該先上個摺子給皇上，以免朝廷……」

「事關機密，不可洩露。我有尚方寶劍在，不須再請。」

程本直還有再說，門外一陣急急的腳步聲傳來，「督師還沒睡嗎？」

袁崇煥抬頭道：「是允仁呀！巡營辛苦，快坐下吃一杯。」

程本直欠身寒暄道：「謝參將好有口福，今個兒可是督師親泡的功夫茶。」

謝尚政施禮坐了，一手按劍柄，一手取杯品啜。袁崇煥自幼與他一起習武讀書，極佩服他處危不亂的特性，見他神情自若便知道有緊事而來，卻不催問，見他吃完一杯，親自持壺給他續上。謝尚政端起杯子在嘴邊一嗅，輕輕放下道：「東江來人了。」

「哦？」

「可帶他來見？」

「不必了，命他呈上書信，下去用飯。」

「卑職猜想督師不會見他。」謝尙政笑著從懷裡取出一封書信遞過來，袁崇煥拆看了，起身背負兩手不住地走動。程本直不知信裡說了些什麼，只將一雙眼睛緊緊地盯著，良久見他微蹙眉頭，默然無語，焦急起來，用手偷偷拉一下謝尙政的袍角，不料謝尙政並不理會，自顧吃茶，便忍不住問道：「督師，可是出了什麼事？」

「並沒有什麼大事，毛文龍要改在寧遠相會。」

程本直大喜道：「如此最好，督師的安危可以無憂了。」

謝尙政看他手舞足蹈的樣子，淡然道：「你歡喜得早了。」

「早什麼？到了寧遠他豈敢造次？」

「他不會來的。」袁崇煥朝謝尙政點頭微笑，將手中的書信抖得嘩嘩直響，「他是在試探我。」

「試探？」

「不錯。他想試探我的膽量，推測我的意圖。他已來寧遠見我，當時定下島山之約，他斷無再來寧遠相會之理，言稱要改換地點不過托詞而已，我若答應他，是不敢赴約島山，有膽怯之嫌且無誠實之心，他必然有所疑慮。」他與謝尙政對視一眼，命道：「傳令來人，命他即刻回去覆命，島山之約不變。」

「那、那不是自投羅網？」程本直驚得聲音有些變調，結結巴巴地急道。

「不入虎穴，焉得虎子？」謝尙政伸手在他肩上一拍，起身告辭。

袁崇煥看著他的背影自語道：「知我者，允仁也！畢竟是一塊兒長大的，瞞不了他。」

轉頭又對程本直道：「犯險而行，必有奇效。你也該讀讀兵書，不能老是埋怨秀才遇到兵有理說不清，其實秀才有秀才的理，當兵的也有當兵的理嘛！你從軍久了，自然就會省得。」

程本直撓頭道：「督師，古人說：兵者，詭道也。想來領會起來本是極難的。那毛文龍曾來寧遠參拜，爲何當時不趁機擒殺，還要這般大費周章？」

「在寧遠殺他容易，可安撫東江將士難；到皮島殺他難，可安撫東江將士容易。毛文龍不過是一個鹵莽的匹夫，本看不在我眼裡，我所看重的還是數萬東江將士。我是擔心在此殺了毛文龍，東江將士不知內情，激爲兵變而成殘局，難以收拾。今後再難借重他們攻禦後金。」想起五年復遼大計，袁崇煥心頭便覺沉重起來，像是壓了一塊巨石。次日，辰時不到，袁崇煥一身簇新的二品錦雞冠帶來到岸邊，龍武右營都司金鼎卿早已從三千水軍裡挑選了兩千名武藝精熟的兵卒，分乘三十八隻戰船，居中一座十幾丈長的虎頭朱紅樓船，桅杆高聳，龍旗飄揚，中央建起兩丈多高的大纛旗，赤金流蘇，明黃鑲邊，月白底色，上面大書「欽命兵部尚書兼右副都御史督師薊遼兼督登萊天津軍務袁」一行斗大的黃字，旁邊用烏絲繡出一隻張牙舞爪的猛虎，迎風飄舞，獵獵有聲，或舒或卷，那隻猛虎似是在半空的雲端翻騰跳躍，端的是威猛無比！旗下設了帥座帥案，船頭兩邊赫然安放著紅衣大炮和佛郎機炮。袁崇煥率副將汪翥、參將謝尚政、都司韓潤昌、推官林翔鳳、書記程本直等人依次登上大船，威風凜凜地居中坐了，韓潤昌雙手捧著尚方寶劍侍立一旁，其餘眾人各在周圍簇擁。袁崇煥朝著岸上的何可綱等人點一點頭，傳令拔錨起航。

此時，東北風已起，各船扯起篷帆，劈波斬浪，向東南駛去。舵工水手輪班歇息，晝夜船行不止，次日近午時分，已過了桃花島、覺華島，駛入深海，眼前碧波澄浪，一望無際，湧起千條白練，浪花如雨，飛珠濺玉，濕頰沾衣，有幾點濺到于承珠面上，冷沁沁的令人精神一爽，成群的海鷗和一些不知名的水鳥上下飛翔，捕魚嬉戲，遠處依稀可見點點的海島小山，極目而望，海天連接處煙霧迷茫。袁崇煥豪興大發，手捋三支細鬚，不覺朗聲吟道：「大江東去，浪淘盡，千古風流人物……亂石穿空，驚濤拍岸，捲起千堆雪。江山如畫，一時多少豪傑！」半晌感慨道：「大好河山，難怪後金的那些賊子垂涎已久，不知這外患一起，要有多少生靈慘遭塗炭？」吩咐筆墨伺候，程本直從筒瓦形的硯盒裡小心地捧出一方筒瓦形硯臺，鋪紙磨墨，袁崇煥濡筆在手，俯身沉臂運腕，轉瞬之間已寫滿了一紙，卻是當年寧錦大捷後遭閹黨彈劾離別遼東時的舊作——《邊中送別》。這首詩慷慨激昂，沉鬱頓挫，程本直早已熟記在心，輕聲低誦：

「五載離家別路悠，送君寒侵寶刀頭。
欲知肺腑同生死，何用安危任去留。
策杖只因圖雪恥，橫戈原不爲封侯。
故園親侶如相問，愧我邊塵尚未收。」

點頭道：「督師的這首詩固然極好，可是時過境遷，尾聯怕是須改一改了。此去雙島收復毛文龍，便可建起水師大營，那時水陸並進，邊塵已收，督師又有何可愧的？」隨即轉頭對謝尚政笑道：「允仁兄，小弟此言可對嗎？」

謝尚政畢竟是一介武夫，平日多學兵道詭詐之術，理會不出詩文的妙處，含笑道：「本直，你是慣弄文墨的行家，不比我等這些行伍的粗漢子，你便替我等改了看看。」韓潤昌、林翔鳳也是袁崇煥的鄉黨，一齊附和。

「好！」程本直朝袁崇煥雙手一揖道：「獻醜了。學生看尾聯也不必大動，只改得幾字便可：故園親侶再相問，喜我邊塵今已收。如何？」

袁崇煥搖頭道：「本直，你這般改動未免誇大了，也有失實之嫌，還是改『已』字爲『將』字的好。話不可說得過滿，我在平臺召對後，御史許譽卿幾次提醒，確是金石良言。此去雙島吉凶難定，不可掉以輕心。」說罷，重又謄錄一遍，將筆一投，起身走到船頭，憑舷而望，四面水色蒼茫，空闊無際，浪花如雨，飛珠濺玉，點點滴滴，濕頰沾衣，微涼的海風迎面吹來，令人精神爲之一爽。他遠眺多時，嘆道：「如此壯景，正可對海暢飲，快拿酒來！」眾人齊聲叫好。

不多時，軍卒搬個栗色的粗瓷酒罈上來，袁崇煥接過拍開泥封，登時溢出一股濃濃的甜香，他將眾人面前的大碗一一斟滿了，韓潤昌尚未端起，只提鼻子一吸，甘甜醇厚之氣直達五內，與林翔鳳對視一眼，欣喜道：「督師何時備下這般醇厚的沉缸酒？想不到在這大海上能有如此的口福！」

「去年從東莞奉旨來遼東，與陳策等十九人送別，便帶了幾罈龍岩的沉缸酒，聊慰故園之思。」袁崇煥仰頭吃了半碗，見眾人都沒喝，問道：「怎麼還要等菜嗎？」

謝尚政道：「沉缸酒卑職已是多年沒喝到了，平日裡做夢也想的，只是這小小一罈解不得渴，只怕是勾起了饞蟲還未過癮，不如一路聞下去的好。」

程本直拊掌道：「可不是嗎！別說你們這些赳赳武夫，就是學生這般文弱的一碗也是不足的。唉！酒少人多，總不能學古人的樣子，將這一罈美酒盡情傾倒海中再喝吧！要是有這樣一罈的燒刀子還差不多。」

袁崇煥笑道：「年前祖大壽送來一些燒酒，我怕海風尙涼，便帶了一罈來，正可教你們盡興。」

「可是錦州城的孫記燒酒？」林翔鳳急聲問道。

「不錯。」

「錦州孫記燒酒，本是無上珍品，人間佳醪，在海上喝它，更見豪情。」謝尙政舉碗乾了，碗底的幾滴酒漿竟艷紅如血，暗忖道：這酒怕是已陳了上百年，方才的琥珀色原是紅得轉暗了。眾人正自吵嚷著要喝孫記燒酒，隱隱聽到一陣叮叮咚咚的聲響，不知從哪裡而來，林翔鳳叫道：「敢是碰到了海底礁石？」

「海闊水深，哪裡來的礁石？」副將汪翥並不相信，起身察看。前邊一船轉頭疾駛過來，都司金鼎卿站在船頭，朝著虎頭船大聲喊道：「袁……袁督師……大……大事不好，海底有水鬼，前面的小船已被鑿得漏了。」眾人大吃一驚，紛紛出艙。

袁崇煥問道：「你可知是什麼人所爲？」

金鼎卿道：「卑職也猜不出來。剛……剛才前後都看了，卻不見有別的船來……想必是泅水過來的。」

袁崇煥接過韓潤昌遞上的千里鏡，四下望去，見有一些點點的帆影在遠處遊弋，細數之下，竟有十幾艘之多，看不清船頭掛的是什麼旗號，喝道：「快帶幾艘船向前，看看遠處的小船上都是些什麼人？」金鼎卿連聲答應，調轉船頭，向遠處直撲過去。

虎頭船上不待袁崇煥號令，謝尚政等人早各拿撓鈎、長槍向船舷下面胡亂戳攪，林翔鳳提起百十斤重的大鐵錨，撲通一聲丟到水裡，雙手挽住鐵錨上的纜繩，沿著船舷向後疾走。那大鐵錨在他手中渾若無物，攪得海水嘩嘩作響，將到船尾就覺鐵錨撞到什麼東西上，急忙提起，見海面湧起一團殷紅的血色，鐵錨上赫然釣上一個人來，彎彎的鐵牙恰好刺穿了那人的腦袋，想必是在水底躲閃不及，一聲也沒喊出來。林翔鳳將那人提到船上一摔道：「可惜沒留下活口！」

謝尚政一見，便令人下水擒拿，袁崇煥阻攔道：「不必下去冒險，只命軍卒用撓鈎、長槍不住地攪動，使他們不敢靠近即可，小心他們登船傷人。」舉起千里鏡又望，見遠處早沒了船的影子，等了片刻，金鼎卿轉回來氣咻咻地說道：「不等卑職靠近，那些賊人便已張帆而逃，全力追趕，又被他們一陣亂箭射了回來。」

「可看清了他們的旗號？」

金鼎卿一拳擊在船舷上，罵道：「奶奶的，那些賊人狡詐得緊，船上的人儘是漁民打扮，看不出丁點兒的蛛絲馬跡。白白被他們鑿壞了三艘船，卻無處出此惡氣！」

「小心行船，提防賊人設伏。」袁崇煥命他依然在前頭照應，向林翔鳳喊道：「將水鬼提到船頭來。」只見那人的腦袋早已血肉模糊，屍身一經搬動，又流出些許腦漿和鮮血，身上的水靠卻沒一點兒破損，手中兀自緊抓著一把短柄鐵斧和尖利的鐵鑿。袁崇煥命解開水靠，見他已然凍得渾身青紫，水靠並身上也沒有什麼標記，低身取了短斧和鐵鑿，看那鐵鑿上隱約有一個豆粒大小的字跡，想是鍛造時工匠留下的記號，不動聲色地收了，命人將死屍丟入大海，返身回艙接著飲酒。吃不多時，外面的軍卒喊道：「不好了，那些賊船又轉來了！」

「來得好！」袁崇煥挺身而起，大步出艙才到船頭，便見那來船上火光連閃幾下，隨即漫起幾團煙霧，砰砰砰地似是有炮聲傳來，忙用千里鏡看望，謝尚政等都已聞聲出來，叫道：「這些賊子好大的狗膽！竟敢捋虎鬚了。」

袁崇煥將千里鏡遞與他道：「允仁，說也作怪，你瞧瞧船上竟掛著我大明的龍旗？」謝尚政端詳一會兒，疑心道：「只怕有詐。難道後金知道督師要往雙島，派人在此截殺？」

「不會，他們沒有這麼快的消息，水上往來又非其所長，並不是他們。方才的水鬼也不像滿人。」

又聽砰砰砰三聲炮響，謝尚政驚詫道：「咦，怎的不見炮彈落海濺起水柱？似是禮炮一般，這可奇了！」

「什麼人知道消息而來？」袁崇煥不住暗自思忖。此時來船漸近，已看清船上旗旗的顏色，「一、三、七……二十……」謝尚政不斷報著數目，大小船隻竟有四十八艘。

袁崇煥道：「喊話！只許一艘小艇過來，問明白了再說。」虎頭大船上幾十個軍卒一齊吶喊，一會兒果見來船上放下一隻小艇，又下來七八個人，慢慢划槳而來。謝尚政指揮軍卒各持鳥銃、弓箭對準了小艇。那小艇到了虎頭船前，上面一個校尉模樣的人恭身起來，高聲道：「登州海防左營游擊尹繼阿特來迎接袁督師，前面便是雙島，請督師上島歇息。」

「尹繼阿？」袁崇煥心念閃動，問道：「他是怎麼知道本部院要來的？」

那校尉道：「幾天前毛大帥便派人傳令說督師要來，命好生迎接。尹游擊在此等了兩日，受了些風寒，已回島將養，留下我等迎候督師。」

謝尚政俯耳低聲道：「剛有了水鬼，他們便來了。此事極為蹊蹺，不可輕允了他，免得中了圈套，他們若是在島上設伏，我們措手不及……」

「他們若有異志，一旦將我們誑上了島，他們搶了我們的戰船，那時插翅也難飛了。困也把我們困死了。」程本直恐袁崇煥答應下來，不待謝尚政說完，也俯身過來勸阻。

袁崇煥微笑道：「是敵是友，一時難明，切不可疑神疑鬼的，被人小視了，失了朝廷的體面。潤昌、翔鳳跟隨在我左右，只帶五十名軍卒上島，其餘人等岸邊停泊，不准下船。」

那校尉見袁崇煥答應上島，忙棄了小艇登上大船，在頭前慢行引路，又命人先去島上報信。遠遠望去，島嶼約摸方圓幾百丈左右，四面水波浩渺，島中央偏北有一座矮山，自山腳到半山腰，面南背北密密麻麻地建起兵營，沙灘上早有一群人列隊迎候，船近岸邊，下錨停泊，登時鼓樂之聲大作。虎頭大船上放下搭板，一個盔甲鮮明的將軍堆笑迎上船來，「卑職登州海防左營游擊尹繼阿叩見督師。」又與其他人各自見了禮，袁崇煥問道：「尹游擊辛苦！你是如何知道本部院要經過此地？」

「這……」尹繼阿躊躇道：「前日接到毛帥的傳書，說督師要往島山，吩咐卑職好生款待，請督師隨卑職下船。」

「不忙，不忙！雙島地處遠海，本部院從未來過，今日看了水師船隻，頗為擔憂，島上軍餉解發遲緩，戰船火器配備不足，如何禦敵？汪副將，將這船上的佛郎機大炮演示來看。」

汪副將指揮軍卒將船頭略略一調，佛郎機大炮炮口指向海面，船上軍卒不住吶喊，「咚咚咚……」連放數炮，遠的落到五、六里以外，近的也有三、四里遠，都炸起兩三丈高的沖天水柱。饒是遠處炸響，聲音傳來猶覺耳鼓轟鳴，令人心神俱顫，沙灘上的人群早扔了鑼鼓，雙手掩住耳朵，尹游擊驚得目瞪口呆，面色灰白，兩腿忍不住連連抖動。

袁崇煥大笑道：「戰船上裝有此大炮，不光可以海戰，登島掠地，只放幾炮，便可令守敵失魂喪膽，何須動刀動槍地攻殺？」

「那個自然、自然。」尹游擊擦擦額頭的冷汗，心中暗道：他媽的，早聽說袁蠻子古怪，沒由來地打什麼炮？是要給咱些顏色看嗎？這幾炮若是對準了島上的兵營，那一千弟兄早炸成了灰，骨頭也揀不得幾根了。

袁崇煥下船登島，到兵營草草用了飯，登上山頂，用千里鏡四下察看，見山雖不高，卻有數股泉水長流不息，山腰處樹木豐茂，綠意盎然，叮囑尹游擊說，軍餉解發不足，可以憑藉山水之利屯田自給。回到兵營又巡視一番，天色漸晚，吩咐尹游擊早點兒安歇，韓潤昌、林翔鳳心頭各自擔著心，又不敢勸他回船，等尹游擊一走，將房屋四周查探一遍，商議分了工，韓潤昌在內隨身護衛，林翔鳳在外面率五十個軍卒遠近布防，輪值警戒。二人都是武舉人出身，武藝精熟，平生卻是頭一次護衛督師出巡，不敢有絲毫的大意。夜近二更，海風漸漸強了，海濤陣陣，海浪拍擊岸石，轟然作響，山上時而傳來一兩聲鳥啼，越發顯得寂靜空曠。林翔鳳換好夜行衣，斜背了單刀，輕手輕腳到窗前，見韓潤昌雙手抱著寶劍，倚在臥房門外，屋內響起均勻的鼾聲，便輕手輕腳地退了，望望山腳下，岸邊的船隊燈火點點，知道他們也會一夜不眠。

忽然，撲喇喇一聲，一團白影在頭上飛過，林翔鳳縱身追趕，幾個起落來到後面的兵營，兵營前高掛著一盞氣死風燈，兩個值夜的兵卒來回走動。林翔鳳忌憚被他們發現，驚動起來釀成大亂，將身形一收，躲在一塊巨石後面，只這一緩，那白鴿便失了去向。

林翔鳳心頭大急，不敢再等，繞過那兩個兵卒，逕向後面摸去。隱約見兵營拱衛著一所高大的房子，裡面有微弱的燭光透出窗幔，林翔鳳才靠到近前，便聽到鴿子咕咕咕的叫聲，心頭大喜，身子一縱，騰空而起，雙手一搭屋簷，翻身躍上屋頂，輕輕揭開瓦片，俯身向下偷看。只見屋內燈火通明，尹繼阿已從鴿子的腿上取下一個窄窄的紙條，「毛帥怎麼說？」

林翔鳳這才發現上首的椅子上端坐著一個身形削瘦的黑衣人，面色深黑，顴骨兀起，神情極是冷峻。尹繼阿將紙條遞與黑衣人，那人擺手道：「你竟忘了毛帥定的規矩嗎？法不傳六耳，信既是給你的，我焉敢拆看。」

林翔鳳見他們將毛文龍敬若神明，暗暗覺得十分可笑，卻又禁不住喝采他軍令森嚴。尹繼阿已將紙條拆看一遍，靠近燭臺燒了，林翔鳳心裡直呼可惜，正恐無法知曉信上寫的什麼話，尹繼阿恭聲說道：「公子爺，毛帥他老人家對、對……」他偷瞧黑衣人一眼，正好與黑衣人凌厲的目光相遇，黑衣人冷冷地逼問道：「快說！怎麼吞吞吐吐的，可是不想說與咱聽？」

「公子爺說的哪裡話？公子爺與毛帥本屬一體，小的怎敢隱瞞不報？只是、只是……」林翔鳳見他對黑衣人一臉媚笑，偌大年紀卻口稱小的，知道他必是個沒骨氣的人，心下越發瞧他不起。

不料黑衣人卻不領情，猛地一拍椅子扶手喝道：「囉嗦什麼？還不快講！」

尹繼阿見他發怒，戰戰兢兢道：「毛帥他老人家對公子爺刺殺袁崇煥不成，十分惱怒，要公子爺將人手與小的合在一處，連夜動手，必要將袁崇煥……」他自然地朝門口看一眼，右手做了一個砍切的姿勢。

「這麼說咱是要受你節制了？」黑衣人鼻子裡冷哼一聲。

「不敢，不敢！小的想都不敢想的，還是公子爺主持大局，小的哪裡有如此的本領？」

「老尹，你真的不想？嘿嘿，這可是你的地盤兒，你我一個登州游擊，一個旅順游擊，一般的官兒，強龍不壓地頭蛇嘛！再說又有老爺子的指令……嘿嘿，你當真不想？」

「小的只是想毛帥交代下來的事兒，要想法子做好，萬不可做砸了。如今雙島的糧餉還要靠他老人家恩典，也是上千號的性命，小的敢胡思亂想嗎？」

「不是有朝廷嗎？」

「朝廷？遠在十萬八千里以外，哪個會想著小的們？小的們常說，毛帥便是朝廷，效忠他老人家一切都平安的。」尹繼阿說得極懇切，說到後來竟眼含熱淚，幾乎要跪下叩頭遙拜。

黑衣人擺手道：「好啦！我父帥也是知道你的，不然也不會將此性命攸關的大事交付與你。說說怎麼動手吧！」

「小的集合起營兵，將前面的幾座房子圍了，堆些乾柴，一把火……」

黑衣人打斷他的話，厲聲道：「蠢才！袁崇煥是死人，等你去捉？集合營兵那麼大的動靜，營兵沒到袁崇煥早發覺了。用火燒他，虧你想得出，你要給他山下的兵馬報信嗎？你這些烏合之眾抵得過身經百戰的虎狼之師？」

「那、那該怎麼辦？豈不是、豈不是無法動手了？」

黑衣人陰惻惻地乾笑幾聲，「先將我帶來的死士圍剿袁崇煥，區區五十幾個軍卒不在話下。到時動起手來，山下的軍卒若上山增援，你率營兵狙擊，待我殺了袁崇煥，咱們一起回皮島。」他閃身出門，往山北而去。林翔鳳見他身手敏捷，功夫不弱，飄身下地，遠遠地跟了。翻過山嶺，又穿過一片松林，黑衣人倏地不見了，林翔鳳凝聚目力，四下搜尋，無奈夜色深濃，山石嶙峋，到處黑黝黝的，分辨不清。找了片刻，不敢再逗留，忙返身回來，遠遠聽見山腰一片喊殺聲，心中大急，提氣疾奔，營房左右燃起點點火光，百十個黑影已將袁崇煥的臥房團團圍住，袁崇煥手持寶劍，正與韓潤昌帶著護衛們苦鬥，聯手抗敵，無奈這些軍卒衝鋒陷陣都是猛士，技擊之術卻不甚高明，眼看向外衝殺幾次，都被迫得節節退回，兀自舞弄刀槍苦苦支撐。林翔鳳正待衝入，卻聽有人狂笑道：「袁崇煥，看你還往哪裡逃？大夥兒加把勁兒，捉拿袁崇煥，賞銀一萬兩。」那些黑影紛紛附和著叫道：「捉拿袁崇煥！捉拿袁崇煥！」

第十五回

顧大局規勸情切切 斬驍將回師意迷迷

尹繼阿早已嚇得癱在地上，林翔鳳一把將他提起，問道：「那個黑衣人是誰？」尹繼阿坐起身形，驚恐地看看四下，顫聲道：「他是毛……」話未說完，一聲冷笑傳來，「你好大的膽子！」遠處的山石後飄出一個鬼魅般的影子，赫然便是黑衣人，他雙手齊揚，隨即向後山奔去。

林翔鳳聽得耳熟，循聲望去，那說話的赫然就是那個黑衣人，心下大覺奇怪，他怎麼竟搶到了前面？若不是有近道可行，此人的輕功當眞高明！當下大喝一聲，拳打腳踢，衝到韓潤昌面前道：「不可戀戰，我在前面開路，你護好督師，一起衝出去。」

韓潤昌陡見林翔鳳回來，精神大震，取下身上的硬弓，連發數箭，將幾名壯漢射倒，一聲罵喊向外衝殺，那黑衣人早已料到，叫道：「放暗器！」霎時，飛鏢、袖箭、透骨釘等各色暗器如同飛蝗一般，林翔鳳、韓潤昌二人一面揮舞刀劍遮擋，一面急呼後退，饒是如此，已然有十幾個軍卒著傷。袁崇煥見親兵被殺的殺，傷的傷，心知不敵，忙命退入屋內待援。他望望屋外黑沉沉的夜色，命軍卒看準後用弓箭射擊，切勿教他們靠近放火，從懷裡取出那個鐵鑿道：「難道雙島也歸屬了毛文龍？」

林翔鳳借著窗外閃動的火光，見上面刻著一個小小的「毛」字，點頭道：「督師說得不錯，屋外那些殺手便是毛文龍派來的死士。海上一計不成，才施此二計。他們靠飛鴿傳書，十分迅捷。」

袁崇煥收了鐵鑿道：「看來毛文龍對我早生了戒備之心。」

「他必是不想教人踏入東江半步的。」韓潤昌看著袁崇煥道：「弓箭已然不多，督師可換了軍卒衣服，儘早衝殺出去，不然一旦他們將屋子點燃了，那時……」話音未落，窗外已飛進幾隻火把，引燃了窗幔，登時屋內火光沖天。林翔鳳急道：「快些躲了，小心暗器，免得成了他們的活靶子！」身邊的軍卒早已連聲「哎喲」，倒地痛呼不止。袁崇煥憤然道：「千軍萬馬之中，本部院也不知衝殺過多少次，想不到今日會死在這海內的孤島上，眞是教人死不瞑目。」

林翔鳳將袁崇煥拉到楹柱後面，奮力一掌，將北向的小窗擊爛，急呼道：「督師先走！」

袁崇煥圓睜雙目，慍聲道：「翔鳳，我什麼時候帶頭退過？」

林翔鳳又是慚愧又是感激，垂淚道：「督師千金之體，天下蒼生共賴，怎可以守此坐以待斃？世上沒了我們幾個不打緊，若是、若是沒了督師，咳、咳，那遼東還有哪個可指望？我等兄弟豈非成了大明的罪人，咳、咳，眞、眞是萬死莫辭呀！」

二人爭執之間，屋內煙氣已濃，眾人嗆得不住咳嗽，呼吸艱難，韓潤昌與林翔鳳對視一眼，低喝道：「擒賊先擒王！」一腳將屋門踢開，林翔鳳連連將屋中燒著的桌椅踢出，二人雙雙躍起，勢若瘋虎，直向黑衣人撲來。黑衣人暴退幾步，喊道：「不必與他死拚，只用暗器招呼他。」二人眼看暗器如滿天花雨疾射而來，情知厲害，不敢硬拼，揮刀護住要害，且舞且退，堪堪又要被逼回屋內。正在危急，山腳下驟然傳來陣陣喊殺之聲，袁崇煥見援軍將至，命軍卒將剩餘的狼牙箭射出，將屋外的殺手逼退數丈，暗器已是難以打到，率軍卒跳出門來。

不一會兒，喊殺聲漸近，林翔鳳呼道：「督師在此——」氣發丹田，聲聞數里，只一疏神，已有幾隻暗器打在身上，好在距離甚遠，力道已緩，入肉不深。

謝尚政大呼道：「我們來了！督師無恙嗎？」黑衣人見勢不妙，呼哨一聲，霎時退得無影無蹤。不多時，謝尚政率將士殺到，謝罪道：「卑職來遲，督師受驚了！」回身將五花大綁的尹繼阿推過來，一腳踢倒，罵道：「兵營一有動靜，卑職便帶人前來增援，不想這狗賊竟在半路狙擊，好在雙島這些軍卒經不得一陣衝殺，各自散了，不然豈不誤了救援大事！」

尹繼阿早已嚇得癱在地上，林翔鳳一把將他提起，問道：「那個黑衣人是誰？」

尹繼阿坐起身形，驚恐地看看四下，顫聲道：「他是毛……」話未說完，一聲冷笑傳來，「你好大的膽子！」遠處的山石後飄出一個鬼魅般的影子，赫然便是黑衣人，他雙手齊揚，隨即向後山奔去。

韓潤昌大急，事起倉促，不及多想，縱身護到袁崇煥身前，林翔鳳看不清他發的什麼暗器，不敢伸手去接，只這一緩，便見尹繼阿翻身倒地，俯身探看，見他的眉心和咽喉各插一枚長長的喪門釘，早已氣絕，兀自大睜著兩眼。暗忖：黑衣人去而復返，竟悄無聲息，想必是有什麼密道機關。想到此處，忙說道：「督師，敵暗我明，前途險惡重重，不如連夜回寧遠。」

袁崇煥搖頭道：「毛文龍以為我受此襲擊，必定驚嚇而回，正可出其不意趕往島山。本部院倒要看他耍什麼花樣？」

謝尚政跟在袁崇煥身後，皺眉道：「督師心意已決，卑職不好再勸。只是遼東這副擔子何止千斤？都在你的肩上，朝廷無人可換，還是不要大意的好。」

袁崇煥停住腳步，撫劍嘆道：「我何嘗不知？但是只是一味堅守，遼東恢復必然遙遙無期，實在有負皇恩。若能收服毛文龍，無異如虎添翼，水陸齊發，直搗黃龍便為時不遠了。毛文龍暗地裡與後金款和，雖只想貪圖些金銀財物，並非一心投靠，但我既總督遼東，實在難以容他腳踏兩隻船，不思報效朝廷。唉！東江之事如不能善加督責，難免群起效尤，令不能禁，如何用兵？東江雖小，事關重大呀！不可置之不理，冒些凶險卻也値得。」

船隊連夜拔錨起航，天色漸明，大海潮生。此時，西南風起，順風順流，船行甚快。過了松木島、小黑山、大黑山，風勢已小，波平浪靜，海水漸漸轉成藍色，異常澄澈，自是與淺海不同。袁崇煥不時用千里鏡瞭望，卻見一個小島猶如一頭肥豬橫臥在海上，心中大奇，知道副將汪翥祖輩在遼東打漁，喊來詢問。汪翥笑道：「此處已屬黃海了，離旅順口不遠。那島本來沒名字，後來往來的漁夫見其形狀酷似一頭肥豬，便取名豬島。」說著又指點道：「這一帶島嶼甚多，起的名字多是蟲魚禽畜之類，豬島以外，還有什麼烏島、蛇島、蝦蟆島、牛島等諸多的怪名。這些島中，蛇島最爲凶險上，卑職從小時就沒聽說過有人踏上蛇島半步。」

「爲什麼？」

「島上遍地都是黑眉蝮蛇，也不知有多少條，奇毒無比，見血封喉，不用說上島了，就是遠遠地瞧上一眼，也要嚇得幾天心神不寧的。」

袁崇煥聽得興味盎然，問道：「咱們要去的島山上可有什麼奇怪之處？」

「島山三面環海，只有西邊與陸地相連，離旅順口陸路十八里、水路四十里。島上不生樹木，一座不高的小山宛如亂石堆砌，甚是荒涼，沒有人煙，倒是個清淨的所在。」

「旅順口的守將是哪個？」

「聽說也是姓毛，想必是毛文龍的死黨。」

袁崇煥舉起千里鏡望了一會兒，見旅順口深探大海，周圍聳著幾座山峰，不由連連點頭道：「這裡眞是屯兵的好地方，進可攻盛京，退可入海堅守。又與山東登、萊兩州隔海相望，南風吹起，也就一晝夜的海程，這條海路若是貫通成一線，攻打後金何等便利！」

說話間，船已近岸，早有守軍划一艘小艇迎上來引路。船剛停穩，搭好跳板，一個滿身甲冑的軍官上來，沙啞著嗓子道：「旅順游擊毛永義叩見督師，一路辛苦。」接著將袁崇煥迎入草舍道：「這島山本是個鳥不拉屎的窮地方，沒有一戶人家。毛帥奉督師鈞旨，說要在此會晤，倉促間蓋不成瓦房公館，只搭了些草舍，實在簡慢。督師萬金之軀，若是住不慣，可將臨時行轅設在旅順口，供應也方便些。」

「不必。此處海闊天空，寂寥無人，最宜說話談心。本部院行伍多年，也是能吃得些苦的。」袁崇煥問道：「聽說毛文龍手下無一不姓毛，你是他什麼人？」

「情在父子。」

袁崇煥捋鬚大笑，「好！打仗親兄弟，上陣父子兵。難怪人稱東江兵驍勇善戰，建州夷奴聞風喪膽。」

「督師誇獎，東江上下感激，義父他老人家聽說了，還不知有多高興呢！」毛永義躬身謝了，又道：「已午時了，督師遠來，舟車勞頓，用飯歇息吧！卑職不叨擾了。」

告退而出，屋外的林翔鳳迎上來，笑道：「毛游擊，也眞難爲你了，數日之間能搭起這上百間的草舍實在不易，督師極是滿意！」極親熱地向他肩頭輕拍一掌，暗暗用了三成內力，毛永義似是躲避不開，實實地受了這一掌，「啪」的一聲，竟是十分響亮。毛永義皺眉揉肩道：「將爺眞是神力，骨頭都覺疼了。」

林翔鳳見試探不出，單刀直入道：「幾天前，毛游擊不是還在雙島嗎？什麼時候回來搭得草屋？噢！是了，旅順口人馬不少，想必兩邊一起動手的。」

毛永義齜牙一笑，說道：「將爺說笑了。卑職唯恐這些軍卒懶惰，一直督責不休，哪裡離得開一刻？不然誤了督師與義父的約會，卑職這顆乾癟的頭顱熬不得幾碗湯，盛不了幾兩酒，怕是要被拿來當球踢作溲器了。」林翔鳳拱手道了辛苦，心下暗忖：說也奇怪，此人身形酷似昨夜的黑衣人，怎麼竟沒有一點兒武功？難道看走了眼？

次日，袁崇煥一大早起來，草草用了飯，命謝尚政、韓潤昌留守大營，帶了汪翥、林翔鳳、程本直與五十名軍卒，圍著島山四周查看，島山不過彈丸之地，不到一個時辰便已走遍，果見島上不用說樹木，就是寸草也不生長，到處都是褐色的亂石。汪翥道：「每年入夏，海水漲起大潮，此島全被淹沒，直到進了九月，潮水才退。數月海水浸泡，草木難生。」

程本直道：「好地方！觀海看日頭，一點兒也沒遮攔的。只是那首《觀滄海》的千古絕唱要改一改，『樹木叢生，百草豐茂』，只能是『樹木不生，亂石當道』了。曹孟德未能到此，如今又前不見古人，不知改得如何？可惜！可惜！」

汪翥怪異地瞥著他道：「難得你這般的雅興！若是被人圍困在島上，終不成要啃石頭充饑嗎？」

程本直一怔，不知如何作答，訕訕而笑。袁崇煥笑道：「本直是個風雅之士，就是眞的絕了糧，也會弦歌不輟的。你倆的情懷不同，見識自然各異。汪翥看的是眼前，本直是要意會古人。」

程本直面色不由大窘，口中卻吶吶道：「本直不過一介寒儒，豈可與前賢相提並論？督師胸藏萬甲，聲震天下，文才武功都是極匹配的。」

「這個可留與後人評說。剛才你說孟德不及此處，甚覺可惜，似大可不必。人事有代謝，往來成古今。江山留勝跡，我輩復登臨。一代有一代的人物，一代有一代的功業，何須強分什麼軒輊？」袁崇煥望著北方，問道：「本直，聽你剛才的話，可是怪我不教你帶兵嗎？那好，我正有一事要你去辦。」

「可是要帶兵偷襲皮島？」

「看來《三國》你讀得不少。東江務要穩固，豈可自相殘殺。兄弟鬩於牆，得利的必是外人，不可行此下策！」

「……」程本直默然低下頭。

「不要瞎想了，你回寧遠吧！」

「回寧遠？」三人大驚。

「是。帶些戰船回去，不必留下這麼多。」

程本直問道：「留下幾艘？」

袁崇煥笑而不答，輕輕伸出三個手指。「什麼？只留三艘！那不是任由毛文龍宰殺嗎？」三人又驚又急。

汪翥道：「兵分則勢孤。眼看六月初一的約會之期已到，尚不知毛文龍要帶多少人馬來，他若猝然發難，豈不壞了督師一世的英名？」

十八人渡過鴨綠江襲取了鎮江，召集流亡，鎮守皮島，擢升爲總兵，累加至左都督，掛平遼將軍印，開衙建鎮，天啓皇帝授了他一把尙方寶劍，竟成了威震一方的大帥。皮島正處鴨綠江口，是海運往來的必經之路，毛文龍以地利之便，徵收商船通行稅銀，販賣人參、貂皮，收穫頗豐。有了大把的銀子，他便四處打點，漸漸成了手眼通天的人物，每年光是派人給朝廷要員的冰炭敬不下十幾萬兩銀子，送與魏忠賢、崔呈秀等人三節兩壽的花紅水禮更是無數。魏忠賢失勢自縊，他又想方設法地尋找新的靠山，但他又極精明，看不清風向時，便遍撒銀子，既給錢謙益，又給溫體仁、周延儒，兩邊誰也不得罪，避免捲入朝廷黨爭。他對袁崇煥早有耳聞，卻一直沒見過面。袁崇煥起用回到遼東，想起當年寧錦大戰時沒有聽從他的號令，自背後偷襲後金，援手祖大壽，解去錦州之圍，心頭惴惴不安，每每想起，如芒在背，害怕舊事重提，與自己過不去，尋機報復，便到寧遠拜會，探探虛實。見袁崇煥其貌不揚，身材短小，但縱論天下，韜略深蘊，暗覺當世無人可與他爭鋒，更覺不安。果然不久袁崇煥下令封海，所有商船必須轉到寧遠領取出海公文，卻一改軍餉由戶部解發的慣例，轉爲由寧遠解發。毛文龍暗自驚嘆，袁蠻子這招實在厲害，似是攔喉一刀，難以抵擋，娘的！將老子逼得急了，便投了後金。咬牙發狠卻無可奈何，上摺子給皇上也不見動靜，只得苦苦支撐，好在以往的積蓄尙多，但這口氣實在難以下嚥，時刻提防著袁崇煥再有什麼計謀。他在皮島至寧遠沿途派了不少眼線，打探寧遠的一舉一動。此次袁崇煥要來島山相會，他暗命義子毛永義聯絡尹繼阿半路截殺，自己在皮島坐觀風色，靜候消息。誰知他二人辦事無功，一擊失利，袁崇煥毫髮無傷，帶領三十八艘戰船兩千人馬已到島山，心下不由躊躇，去與不去左右爲難。正在猶豫，毛永義飛鴿傳書說袁崇煥恐後金人自水路偷襲，遣回了二十八艘戰船和一干人馬，他心裡冷笑道：袁蠻子，我再不去赴會，終不成教你小視了。他在船上，遠遠望見只有幾艘大船停在海邊，虎頭朱紅樓船上高掛著大纛旗，獵獵作響，暗暗喝采道：袁崇煥果然好膽色。

袁崇煥高坐在虎頭大船上，見船隊先後靠了岸，甫一停穩，毛文龍搖擺著下來，後面二十多員戰將緊緊跟隨，幾十個軍卒抬著許多幣帛酒肴，朝虎頭船而來。不等旗牌官張國柄稟報，毛文龍剛剛登上船頭，袁崇煥起身笑道：「貴鎭來得好快呀！」

毛文龍上前施禮道：「卑職本算計著先到此迎候督師，可是海上風浪大，來得遲了，實在失禮，有罪有罪！」一揮手命人獻上禮帖三封和三桌筵席。

袁崇煥知道他有意拖延時日，不敢貿然輕身而來，也不說破，淡然道：「未晚先投宿，雞鳴早看天。只是誰都不是神仙，難免算計錯了。」俯身一攔，只受了半禮，命人置了座，分上下坐了，笑道：「貴鎭名震邊陲，不用說朝廷多有嘉許，就是朝鮮、後金提起來，哪個不敬畏？東江自你建牙開府，已成重鎭，本部院早想來看看，一時不得其閒，歲月蹉跎，今日才嘗宿願。」

「督師過譽。東江地處偏僻，彈丸之地，能有什麼作爲？」

「貴鎭何必妄自菲薄？皇上屢有旨意嘉許你孤撐海上，數年苦心，切不可辜負了聖恩。」

毛文龍淒涼一笑，嘆道：「皇上天恩，本鎭豈會不思報效？當年督師未到遼東時，曾放言：給我軍馬錢糧，我一人守此足矣。督師如此豪言，卑職頗有同感。倘若東江糧餉軍馬充足，夷奴來犯，正可乘機掃蕩巢穴，一舉建功。只是卑職孤處天涯，遼東多年以來經撫不和，疲於應付，動遭掣肘，白白坐失了許多的機會。督師起復，卑職不勝欣喜，正想在督師麾下建功立業，也不枉了此生，但風傳拘於海禁令，糧餉解發日漸遲緩，近兩月竟成拖欠，實在難以爲繼，還談什麼殺敵報國？」

袁崇煥憤然作色道：「文臣不肯體恤武官，是多年已成的陋習，稍不如意，便背地裡告你的黑狀，捕風捉影，肆意中傷。本部院也聽說了戶部派員到東江核查軍餉，這些京官平日清閒慣了，哪裡知道什麼邊地之苦？」他停下來，看著毛文龍，語調一轉，有些低沉地說道：「糧餉一事，戶部核查兵員之數偏少，解發自然不足，本部院已給皇上遞了急摺，戶部奉旨補發十萬兩軍餉到寧遠，本部院已隨船帶來，即可交付於你。你可放心，今後糧餉必當按時足額解發，戶部、兵部不敢再有刁難。」

「有督師這句話，卑職安心多了。本鎮替東江數萬將士磕頭了。」說著掃視身旁的將士一眼，那些將士急忙跟著屈膝，黑鴉鴉地跪倒了一片。

袁崇煥雙手將毛文龍扶起道：「快起來！此乃本部院份內之事，何須多禮。」便在船上擺開筵席，寧遠、東江眾將都依次坐了吃酒，幾杯酒下肚，漸漸說笑起來，言談甚歡。袁崇煥本不喜東北的烈酒，臉上已然著色，趁著酒興拉住毛文龍的手道：「遼東海外，只有你我二人，務必同心共濟，方能成功。我經歷艱險來到島山，意在商議進取。東西夾擊，復遼大計，在此一舉。我有一個良方，只不知生病的人肯不肯吃這一帖藥？」

毛文龍酒量頗豪，舉碗飲了，含糊道：「卑職在遼東出生入死二十餘年，單是在海上孤島也有八年，雖說也立了幾次微末的功勞，但卻屢次遭受讒言，朝中沒人給撐著，在外面做事難哪！糧餉缺乏，器械馬匹不足，怎麼打仗？若是錢糧充足，建功立業，也不是什麼難事。啊呀！酒桌上不談國事，來來來，吃酒吃酒！」

「這是什麼酒？這麼大的力道！我再也吃不得了，心早亂了，怕是要說醉話了。」

袁崇煥乜斜著眼睛道：「明日本部院想犒賞東江將士，你帶了多少人馬？」

「三千五百。」

「眞不少啊！船上狹小，排擺不開，本部院就借貴鎭營帳到岸上痛飲。再說，這裡是你的地盤兒，你是主，我是客，也該到你營帳才是。」

第二天，袁崇煥戎裝登島，毛文龍率東江將士列隊相迎，檢閱已畢，進了毛文龍大帳，商議東西夾擊後金之計，隨即談起改編東江軍，聽從督師節制，卻在東江鎭設立道廳等事宜。毛文龍敷衍道：「督師奉旨總理遼東，東江理在轄內，仿照寧遠更定營制，那是極自然的事，只是這設立道廳，本鎭以為須再斟酌。」

袁崇煥聽他不再稱卑職，而直言本鎭，暗有幾分不悅，軒眉一聳，問道：「貴鎭還有什麼疑慮之處？」

「數年以來，本鎭若說還有什麼微末之功，就是東江安若泰山，夷奴不敢輕易來犯，能有今日的局面，實在得宜於號令專一，沒有文官的掣肘。而遼東積成此數十年難了結之局，督師想必也領會得其中一些緣由，根子在哪裡？還不是經撫不和，以致喪師辱國？昨日督師講文臣不肯體恤武官，本鎭聽來，感念肺腑，總算有人替邊將說話了。」毛文龍說得極為沉痛，饒是叱吒邊陲的驍將，說到傷心之處，也禁不住眼圈發紅，聲音竟有些哽咽。

「男兒有淚不輕彈，說得矯情！大丈夫處世，吃苦易受委屈難，人心都是肉長的，傷心落淚也是本色。鎮南兄，今日你我快談，只以兄弟相稱，不必再想著官場的那些俗套。可好？」

毛文龍一時沒想明白，只是點點頭。袁崇煥和聲問道：「鎮南兄離家怕有三十年了吧？」

「不止，已三十三年了。」

「如今你已過天命之年，也算是功成名就了，本部院知道你久在邊塞辛勞，飽嘗甘苦，你老家杭州可是人間的天堂，老兄可想到西湖邊蓋上一片大宅子，亭臺樓閣，假山水榭，納幾年清福？」

毛文龍這才明白了他話中的深意，微微一笑，說道：「我也早有此心呀！只是……」

「只是什麼？古人說：富貴不還鄉，猶如穿著錦衣玉袍卻在黑夜裡行走，哪個能看得到你富貴的風光排場？你若是不方便，本部院代你奏請。」

「督師厚意，我心領了。西湖買舟，悠遊湖光，寄情山水，含飴弄孫，頤養天年，此樂何極？本鎮畢竟也是俗人，自然也是想的，可如今還不是甩手一走的時候，家事國事兩不相宜。」

「怎麼不相宜？」

「當年漢武帝在八水長安賜一所宅子給大將霍去病，督師該記得他是如何辭謝的吧！」

「匈奴未滅，何以家為？！」

「如今夷奴猖獗，我若此時解甲歸隱，會有三不近人情之處。」

「……」袁崇煥不想他竟如此健談，默默地聽著，不發一言。

「邊事未靖，回家享樂，不知報國，無人臣子之情；忍心督師一人爲遼東戰局操勞焦慮，不知分擔一二，無部屬之情；將東江將士拋在一邊，不顧其所終，無首領之情。我豈能這樣做！」毛文龍講得激昂起來，握拳道：「本鎮雖是一介武夫，沒有念過多少書，但在遼東多年，邊事雖不敢說爛熟於心，也看出一些眉目，知道點兒輕重。若是剿滅了東夷，朝鮮孱弱已久，可順勢襲取。那時數百里江山入我畫圖，皇上中興之志指日可待。」

「哈哈哈……」袁崇煥笑了起來，翹指讚道：「鎮南兄，豪氣干雲，當眞令人感佩。只是有些多慮了，莫非對朝廷將遼東交付本部院不放心嗎？」

「遼東有督師主持大局，朝廷都放心，本鎮有什麼不放心的？只是督師駐在寧遠，東江誰可代替本鎮？」

袁崇煥見已談僵，心中暗暗嘆了口氣，看來要他心服難比登天，轉了話題道：「本部院今日要犒賞東江官兵，每人一兩銀子、一石白米、一匹棉布，兄將名單呈報上來。」

毛文龍哪裡肯交名單，推辭說：「本鎮來得匆忙，將名單留在了皮島，所帶親兵之數三千五百餘，扳著手指也可數得清，本鎮教他們明日領犒就是。」

「也好！就先犒賞這些親兵。」袁崇煥見難以再談，起身告辭。

次日，天色剛亮，毛文龍尚未起來，毛永義報告說：「昨夜袁崇煥回到座船，即召集副將汪翥等人議事，直到五更方散。」

「所議何事？」毛文龍一下子坐起身來。

「兒子也曾派人去探聽，可是四處都有值夜的軍卒，難以靠近座船。」

「怎麼不找幾個身手好的去？」

「兒子也想帶兩個高手前去，可是躲過值夜的軍卒容易，卻難逃過船上人的眼睛。那韓潤昌、林翔鳳都是武功極高的練家子，兒子在雙島曾與那林翔鳳交過手，他掌力渾厚，還在兒子之上。兒子擔心一旦打草驚蛇，袁崇煥回了寧遠，想見他都難了，刺殺更是不用想了。」

「嗯！也好，小心無大錯。我們是不是動手，要見機行事，不可鹵莽。袁蠻子曾說要到皮島巡視，那時再殺他最好。他們商量了大半夜，難道袁蠻子還想動武不成？」毛文龍目光閃爍地盯著毛永義。

「防人之心不可無。父帥不可被他幾句好話哄騙了。」

「哈哈哈……」毛文龍狂笑幾聲，神情極是不屑道：「我從小闖蕩江湖，在遼東白手起家，建了東江偌大的地盤，豈是幾句好話便可糊弄的？這些年來，我都是擺布別人，替咱爺們做事，雖說流水般地花了不少的銀子，可是前朝的魏忠賢、崔呈秀哪個不乖乖地爲咱說話？就是當今的寵臣周延儒、溫體仁，還有我那掛名的老師錢謙益，不都是咱朝中的內應嗎？袁崇煥有什麼可怕的，等時機到了，咱請朝中的人上些摺子彈劾，少不得又要丟官罷職。咱惹不起他，自然會有惹得起他的。永義，今日袁蠻子要來營犒賞，快傳令下去，教孩子們小心戒備，一有風吹草動，即刻廝殺。哼！我倒要看看袁蠻子究竟耍什麼花樣！他袁蠻子敢在我的地盤兒撒野，咱這些孩子抵不過他那幾百的人馬？就是兩個殺一個，東江兵還有不用動手觀戰的呢！」毛永義出帳而去，兩個親兵進來幫他起身梳洗。

將近卯時，袁崇煥離船上岸，毛文龍迎接進了大帳，身後左右十幾個帶刀護衛跟隨進來，袁崇煥面色一沉，喝道：「本部院與毛帥有機密事談，你們爲何進來？不聞號令隨意進中軍大帳，立斬！念你們初犯，饒了這遭，退下！」說著將身上的尙方寶劍摘下交與韓潤昌，韓潤昌雙手一捧，站在帳門外。這十幾個護衛都是千挑萬選的死士，武藝超群，忠心耿耿，平日與毛文龍形影不離，此次來島山，毛文龍更是反覆交代，見他們被袁崇煥呵斥，頓覺大失顏面，沒好氣地罵道：「娘的，你們這幾個不長眼睛的混蛋，我與督師密談，哪個教你們進來了？還不滾出去！」護衛們不敢再留，怏怏退出大帳，並在不遠處徘徊。

袁崇煥笑道：「貴鎮法令如山，馭下有方，令人佩服！」坐下見几案上擺著一局殘棋，指問道：「貴鎮倒也風雅得緊呀！也好手談？」

「本鎮年輕時遇到一個道人，將一些棋譜相授，無奈圍棋之道深不可測，只幾個棋譜還成不了行家。」

「圍棋之道雖深，要在一個圍字，搶先機，占地盤。此次本部院檢閱東江，可是與圍棋之道不同，昨日商議定營制，設道廳，並非有搶占東江之意。本部院回船上後，輾轉難眠，深怕話說得不明，你生出誤會。今日見了圍棋，豁然省悟，東江距寧遠數百里，一些事務往來請示，勢必貽誤時機，對遼東大局有害無益。不如從今以後，旅順以東憑藉貴鎮印信行事，旅順以西憑藉本部院印信行事，貴鎮以爲如何？」

「如此甚好！」毛文龍喜出望外。

袁崇煥起身繞著大帳走了幾步，說道：「本部院原想與貴鎮一起往皮島巡視，只是路上耽擱了幾日，離開寧遠日子久了，也放心不下，就留與下次吧！此次未見東江軍容之盛，甚覺遺憾，本部院打算命寧遠與東江眾將士較一較射技，以壯軍威，然後再行犒賞，將十萬兩餉銀當場補發。」

不多時，山坡上搭起帳帷，擺好帥案，袁崇煥帶眾將聚在帳前登高觀看，只見寧遠、東江眾將士齊齊地排列島上，擺了十幾個箭垛，軍卒往來穿梭，個個奮勇，都想在督師大人面前爭勝討賞。袁崇煥追憶說：「本朝開國之時，中山王徐達、開平王常遇春等人曾率水師在鄱陽湖、采石磯大戰，後來一直打到漠北，掃滅胡元，開創我大明基業。其實單靠水戰固然能勝得一時，但騎馬射箭陸地廝殺也不可輕視。如今東江水師只能以紅船在水上自守，東夷並不下海，難道要先趕他們入海再打水戰嗎？所以水師必須也能陸戰，不可偏廢。」

毛文龍心下不悅，以爲他瞧不起東江水師，哪裡心服？暗自冷笑道：古來就沒聽說有什麼水陸兩用的兵卒，此人如此信口開河，不過嘩眾取寵罷了，未必有多少眞才實學。臉上卻堆笑說：「督師見識超卓，說的極是。本鎮偏居海隅多年，只在水上經營，實在無異自縛手腳，也想在沿海有個立錐之地，還要督師成全。」

袁崇煥伸手向北指點道：「你我戮力殺敵，驅除韃虜，不愁沒有容身之處。」

毛文龍慨然道：「督師放心，本鎮自當奮勇，再拓疆土。」

林翔鳳瞥見毛永義站在一旁，出列恭身道：「久聞東江將士驍勇善戰，卑職也想射上幾箭，博取督師、毛帥一笑。毛游擊可願下場相陪？」

毛永義看著他那冰冷的目光，想要推辭，卻見毛文龍已然點頭，無奈只得拱手道：「末將射技微末，本不敢獻醜，林將軍盛情，卻之不恭，幸勿見笑。」

謝尚政道：「我與二位裁判報數。」說著從懷裡掏出紅白兩面小旗，問道：「如何比試？」

林翔鳳道：「山上只有亂石，缺少其他可射之物。當年李廣射虎，千古佳話，我們也效仿一番，就射石頭如何？」說著，大步出帳，找了一塊平滑的大青石，雙手擎起，來到帳前輕輕放下道：「請督師點鵠。」袁崇煥取了朱筆，在大石上親筆畫了一個圓圈兒，點了紅心。林翔鳳又將大青石抱起，山路崎嶇，平常人空手行走都覺艱難，林翔鳳懷抱二百餘斤的大石，卻不十分吃力，向前走了百步上下，彎腰沉臂向下一擯，咚的一聲響亮，那大青石穩穩地矗立起來，將下面散碎的山石砸得火花飛濺，眾人齊聲喝采。「僭越了！」毛永義喝叫一聲，取弓箭在手，有意賣弄手段，略覷一覷，流星般地連發三箭。眾人見謝尚政揮動紅旗，知道都中了紅心，又是一陣喝采。毛永義看看左右，神情極是得意。林翔鳳抱拳含笑，先取兩枝箭在手，先發一箭，隨後側身一箭用上了上乘的暗器功夫，箭去甚急，正中前面那箭的箭尾，先前那箭竟轉了頭，匪夷所思地直向毛永義面門飛來，變故突起，眾人紛紛驚呼。箭如電光火石，毛永義躲閃已是不及，閃電般地伸出右手，暗運內力，生生用兩指將箭夾住。

林翔鳳過來道：「我輸了。林某箭術不精，一時失手，差點傷人，慚愧慚愧。好在毛游擊這手接暗器的功夫實在俊得緊，指力端的如此了得，眞是深藏不露啊！」

「一時情急，僥倖抓住，哪裡算得上什麼功夫！」毛永義知道已中了林翔鳳的道兒，被他試探出了身懷武功，急忙遮掩。眾人虛驚了一場，卻沒理會他二人一問一答之間，各懷心事。岸邊東江兵丁比鬥射箭正酣，袁崇煥不動聲色地望一眼謝尙政，謝尙政將手中的紅旗上下左右連揮數下，寧遠軍卒見了，紛紛住了手聚攏起來，將比箭的東江兵丁圍在核心。袁崇煥見此情形，點頭道：「毛游擊身手大是不凡，東江軍威可見一斑，看賞！」

親將五十兩銀子賞與毛永義，吩咐道：「東江官兵，不論大小一律有賞。軍官每人三兩到五兩，兵丁每人一錢。」說罷走進大帳。

毛文龍見比箭勝了，正自高興，又見袁崇煥犒賞軍士，想那十萬兩餉銀頃刻間便要補發，心花怒放，進帳面謝。袁崇煥阻攔道：「貴鎮不必多禮，要謝就教各將官來謝。」

毛文龍出帳吆喝一聲，一百多名將官排隊進來跪謝。袁崇煥逐一詢問姓名，不料個個回說姓毛，毛可公、毛可侯、毛可將、毛可相、毛可喜、毛有德、毛仲明……無一例外。他倒吸一口冷氣，暗道：難怪毛文龍不容他人插手，東江名爲朝廷所有，實則已是毛家一人的天下了。

「怎的他們都與貴鎮同姓？」

毛文龍大喇喇道：「這些將官都是本鎮的義子義孫，多年相處，情逾骨肉，便都甘願改姓了毛。」

袁崇煥冷哼一聲，反問道：「情逾骨肉？本部院看這些將官個個英武過人，都是好漢的模樣，但聽說貴鎮每月只給他們每人五斗米，要是一個人吃也還夠了，可是這些人哪個沒有妻兒老小，哪個沒有兄弟姐妹？一家數口分食這點兒米，哪裡能夠果腹？貴鎮如此待人，自己卻一日五餐，菜肴五六十品，寵妾八九人，珠翠滿身，侍女甚多，豈算是情逾骨肉？」幾句話說得東江將官聳然動容，感激地望著袁崇煥，毛文龍卻一下子怔住，萬萬沒想到袁崇煥會替東江將官說話。

袁崇煥掃視著眾人，接著說：「寧遠、錦州的將官俸銀足額發放，兵丁的口糧也從不克扣，只是勉強溫飽，不至於凍餓。東江將士堅守孤島，海外勞苦遠遠超出寧遠、錦州守軍，本部院明瞭此情，心中深感酸楚。你們飽受克扣之苦至今，本部院也難辭其咎，請受本部院一拜。」袁崇煥躬身下拜，起來又向四周抱拳施禮。東江將官個個感激涕零，跪倒在地，含淚叩頭。

「快起來，快起來！都起來說話，如此本部院越發覺得對不住大夥兒。」袁崇煥一手一個將前面的將官拉起來，卻有將官見他如此推心置腹，哽咽不起，大帳裡登時悲聲大作，哭成一團。

袁崇煥道：「本部院知道你們改姓毛，都是逼不得已，姓氏傳自祖宗，若無什麼大的變故，豈可輕改？你們身家性命都懸他人之手，進退無路，只得背叛祖宗辱沒先人，也屬無奈！如今皇上立志中興，只要你們為國家出力，本部院可以保證今後不用再愁什麼糧餉，也可認祖歸宗。」東江將官聽了，面現喜色，心神漸安，暗恨毛文龍狠毒刻薄。毛永義大聲道：「弟兄們，義父他老人家待咱們也不薄呀！若不是他老人家。我們還不知是死是活呢！有活命的大恩，就是克扣點糧餉有什麼打緊的？究竟還是活命的恩德大呀！你們說是不是？」

東江將官卻都默然，個個低頭無人回應。毛永義罵道：「你們這些忘恩負義的混賬王八蛋，餵不熟的狗……」

「放肆！大帳之中哪裡有你說話的份兒，退下！」袁崇煥一拍帥案，毛永義心有不甘，氣咻咻地咕噥著退到一旁。

袁崇煥看看呆在當場不知所措的毛文龍，喝問道：「毛文龍，朝廷每年以十萬人馬之數解發東江糧餉，其實東江不過兩萬八千餘人，多出的糧餉哪裡去了？往來皮島的商船稅銀與通商朝鮮、日本、暹羅的進項，每月不少於十萬兩白銀，又哪裡去了？本部院奏請錢糧由寧遠核實解發東江，你卻執意往登、萊二州自行買糧，低買高賣，中飽私囊。與你商議定營制，設道廳，稽查兵馬錢糧實數，你竟始終不肯奉命。糜費朝廷錢糧，卻又教東江將士忍饑挨餓，到底是什麼心腸？」

毛文龍支吾道：「修船築城等都要花銀子，督師賬未算清，倒來這裡聳人聽聞。」

袁崇煥冷笑道：「看你們的戰船多有破舊，便知久已失修，修船的銀子哪裡去了？幾年前紅衣大炮使用已多，而你們水上征戰還單憑弓箭，比起開國時的水師還有所不如，一旦遇敵，如何作戰？今日教你看看本部院的戰船如何尖利。放炮！」謝尚政將紅色令旗連揮三下，畫成圓圈，頓時就見岸邊的船上吐出幾道火舌，接連傳來幾聲驚天動地的巨響，不遠的山坡炸出幾個大坑，東江將官個個失色，山下的兵丁更是驚得抱頭鼠竄。

袁崇煥朝山下指點道：「造這樣的戰船不過幾千兩銀子，你修船如何用了數十萬兩？你還強辯嗎！」接著目光逼視著毛文龍，厲聲說：「寧遠多少公事？本部院甘冒風浪，屈尊推誠前來，披肝瀝膽，與你談了三日，好意拉你回頭上岸。哪曉得你狼子野心，總是一片欺誑，你目中沒有本部院也就罷了，當今天子英武天縱，你卻私改他人姓氏，化外稱王，暗存不臣之心，國法豈能相容！」

毛文龍大呼道：「本鎮哪裡敢藐視督師？」

「豈止是藐視？你是要將本部院置之死地而後快。這個東西今日要換與你了。」袁崇煥從內衣取出那柄鐵鑿擲到他腳下，「若非本部院早有提防，只怕已做海底冤鬼了。」

刺殺袁崇煥本屬機密，東江官兵沒有幾人知曉，忽見督師擲下一個鐵鑿來，不知何意。林翔鳳將鐵鑿撿起遞與眾人觀看，將毛文龍派人刺殺督師的始末簡略說了，東江將官聽得面面相覷，或信或疑，紛紛議論。

「你血口噴人！寧遠能工巧匠甚多，要仿造一柄鐵鑿容易得很，何足爲怪？」毛文龍見刺殺之事已洩露，額頭上登時滿是汗水。

「你看都未看便說仿造，不正是心裡有鬼嗎？若說仿造，本部院哪裡得知皮島自製軍械的樣式？」

「袁崇煥，本鎮早聞你威名，還道你是個光明磊落的大丈夫，不料你今日竟尋來一柄什麼鐵鑿栽贓於我，行徑卑污，實在令人心寒齒冷。說本鎮有罪，難道孤守東江，保存疆土，便是罪嗎？先帝在時，封我爲欽差平遼便宜行事左軍都督府左都督，掛征虜前鋒將軍印，賜尚方寶劍蟒衣，先帝封賜豈是你輕易抹殺的？你身爲督師，總理遼東，不思慮驅除夷奴，卻總想法子剪除我毛文龍，同室操戈，我、我就是死也不服！」。

袁崇煥聲色俱厲，喝道：「你道本部院是個書生，沒有經過多少戰陣，節制不了悍將，瞧我不起，本部院所管將官何止百千？你欺君罔上，冒兵克餉，屠戮遼民，殘破高麗，騷擾登萊，騙害各商，擄掠民船，變人姓名，淫人子女，還說沒罪？你所犯當斬大罪十二，小罪數不勝數。」

「什麼十二條？想必都是你揑造增加的！」毛文龍聲嘶力竭，眼裡射出怨毒的光芒。

「我朝祖制，大將在外，必由文臣監督，你專制一方，軍馬錢糧不肯受核，此一當斬。臣子之罪，莫大乎欺君，你殺戮降人難民，卻稱殺的是後金夷兵，謊報冒功，此二當斬。狼子野心，宣稱南下襲取登州和南京易如反掌，大逆不道，此三當斬。克扣自肥，每年餉銀數十萬，發給軍卒糧餉每月只有三斗半，其餘盡情侵盜，此四當斬。在皮島擅開馬市，私通海外諸國，此五當斬。逼迫部下將領改隨毛姓，副將之下，擅自封官，濫施獎賞，此六當斬。依仗皮島居出入要津之利，剽掠往來商船，濫徵稅銀，敗壞軍紀，辱我軍威，此七當斬。並搶良家婦女，部下效尤，此八當斬。驅趕難民到遼東深山偷挖人參，不肯便不發糧食，甚至投入牢獄，任憑他們凍餓而死，此九當斬。將巨額金銀送去京師，賄賂公卿，拜魏忠賢爲父，並爲逆閹塑像島上，此十當斬。鐵山一仗，大敗喪師，卻謊報有功，此十一當斬。開鎮八年，不能恢復寸土，觀望養敵，此十二當斬。事實俱在，哪一條是平白污你？遼東恢復，事權必一，你恣意妄行，不聽節制，驅除東夷當先除你。請王命！」

韓潤昌高舉起尚方寶劍，毛文龍心下不勝驚駭，嘴裡卻兀自咬牙切齒道：「尚方寶劍本鎮也有一口，有什麼稀罕的！依大明律例，副將以下可請王命就地正法，總兵官則革職聽勘，你雖貴爲督師，不過只有節制之權，殺不得我！」

「這個倒不須你操心，本部院殺得殺不得，唯有皇上可判，皇上若是怪罪，取我項上人頭與你償命，本部院也無怨言。來人！將毛文龍冠服除下，綁了！」

「慢著！」有人大叫一聲，飛身跳到毛文龍身前，伸手一攔道：「督師所說的十二當斬之罪，多是信口雌黃，有幾個可作得數？官大就有理了嗎？」

「毛永義，有話準你直言。」

毛永義面色陰冷，嘿嘿笑道：「別的暫且不提，就說這建生祠一事，我記得督師當年也有此舉，總不能別人做有罪，自各兒做卻有理了吧？」

袁崇煥不想他會有此問，暗覺尷尬，爭辯道：「那不過是當時監軍寧遠的太監所為，與本部院並無多少干係。」

「有無干係，督師心裡明白。末將明白的是毛帥這麼多年出生入死，數建奇功，先帝與當今皇上屢有旨意嘉獎。退一步講，就是沒有功勞也有苦勞，隨意捏造幾個什麼罪名，就擅殺大將，督師不怕寒了大夥兒的心？」

袁崇煥叱道：「毛文龍本來只不過是個尋常百姓，現今官居極品，滿門封蔭，已足夠酬答他的辛勞了，為什麼卻不思報效朝廷，胡作非為，如此悖逆？毛文龍可恕，天下惡人誰不可恕？」說完向西叩頭道：「皇上，臣今日誅毛文龍以整肅軍紀，諸將中若有行為如毛文龍的，也一概處決。臣如不能五年恢復遼東，請皇上也像誅毛文龍一樣處決臣！」

毛文龍魂不附體，叩頭求饒，哭泣道：「卑職知錯了，求督師網開一面，允卑職戴罪立功。」袁崇煥將臉轉到旁邊，看也不看，不住地冷笑。

毛永義情知難以挽回，悲聲道：「爹爹，求他們做什麼？咱們惹不起還躲不起嗎？」伸手抓住他的腰帶，一提一靠，毛文龍偌大的身軀竟被他輕輕背在身上，身子掠起，跳到帳外。林翔鳳等人一驚，吶喊著緊追出來。

袁崇煥霍然起身喝道：「將他們攔下！」謝尚政呼嘯一聲，山石後面衝出幾十個身形魁梧的軍卒，扇形圍了上來，手中赫然持著五尺長短的西洋鳥銃，一齊指定了毛文龍、毛永義二人。

袁崇煥哈哈大笑：「看看是你的腿快，還是本部院的西洋火槍快。綁了！推回大帳！」

第十六回

聞警訊馳援失方寸
避鋒芒假遁逼京城

眾人聽他說得堂皇正大，句句在理，憤恨之情稍減，轉而埋怨毛文龍：我等雖說改了毛姓，終究還是寄人籬下的外人，不然怎麼竟也要克扣冒領餉銀？只是義父有罪，但似不及死，不該就這般輕易地殺了，他老人家畢竟經營東江多年，積威所及，誰可替他領袖東江？

親兵上來將毛文龍、毛永義二人衣冠剝下，五花大綁，推入大帳。袁崇煥環視東江將官，問道：「毛文龍這樣的罪惡，你們說該殺不該殺？」

諸將都嚇得不敢作聲，毛文龍哀告道：「文龍有罪，自知該死，求督師老爺開恩，容文龍解甲歸田，了此殘生。」

「朝廷只知你冒兵貪餉，誰知你竟背著朝廷私通後金，如此膽大妄爲！」袁崇煥將一張紙片在他眼前一晃，厲聲說道：「你不知國法已久，老酋努爾哈赤時你也曾多次與他書信往來。今日若不殺你，東江這一塊土終非皇上所有！」接著，嘆口氣道：「本部院開導你三日，好話說盡了，無奈你執迷不悟，自取死路，如今再想反悔，已是遲了。軍中無戲言，令出難改。」

毛文龍見那紙片赫然自己是給皇太極的親筆書信，驚駭道：「這……怎麼到得你手？」

「要想人不知，除非己莫爲。你私通後金，豈能隱瞞得過？」

「那不過是一時的權宜之計，當不得眞。」

「以前當不當得眞，如今努爾哈赤已死，自是無從對證了，難道教本部院請出地下的努爾哈赤盤問嗎？如今是眞是假，你知我知皇太極知，還要請他來三推六問嗎？」

毛文龍甚是絕望，跳腳抗辯，高聲罵道：「袁蠻子，你好狠的心，我與你素無仇怨，你、你……」一時激憤，說不出話來。

「本部院與你何嘗有什麼私仇？若是私仇，倒還可恕，國法卻是難容！」將尚方寶劍交與旗牌官張國柄，森然道：「趙可懷、何麟圖何在？命你二人監斬。」水營都司趙可懷、何麟圖應聲上前，領命去了。不多時，一顆血淋淋的人頭呈了上來，毛永義依舊捆綁推回帳中。

袁崇煥命厚殮毛文龍，見東江將官個個面如土色，上前將毛永義身上繩索解去，安撫道：「本部院今日只斬毛文龍一人，其餘一概無罪。你們照舊供職，各復本姓，爲國報效，不必憂疑。毛文龍不殺，他必帶你們與朝廷爲難，這可是滅九族的大罪！你們都是大明臣民，難道要跟他一輩子流落海島，遠離父母之邦，忍心教祖宗墳塋荒蕪，無人祭掃？」眾人默然無語，帳中一片死寂。

「哼！想必是見我們東江人多勢眾，不得不說些安撫的軟話兒，免得脫不了身。若堂堂督師大人有來無回，不免教天下人恥笑。」毛永義怨毒地看著袁崇煥，不住地冷笑。

「哈哈哈，我袁崇煥束髮受教，讀的是聖賢書，也算條響噹噹的漢子，言出必行，從不反悔。你若疑心，我一時也難勸服，只管疑心便了。若說我有來無回，卻是小覷了本部院，東江兵卒再多，可比得上當年夷酋努爾哈赤的八旗軍馬？本部院大戰寧遠、錦州之時，可曾說過一個怕字？你們若有哪個以爲本部院錯殺了毛文龍，可以上奏朝廷，皇上准了，你們盡可來取我的項上人頭。」袁崇煥見日頭過午，揮手道：「明日開弔，本部院親來拜奠毛文龍。」

次日用過早飯，袁崇煥一身素服趕往毛文龍大帳。謝尚政匆匆跑來，神色竟有幾分難掩的驚慌，低聲道：「督師，海面上來了十幾艘戰船，掛著東江旗號，想必是東江的援兵，督師還是不要去弔唁了，回寧遠要緊。」

袁崇煥皺眉道：「此時我若轉回寧遠，東江必定兵變。東江兵變，海上北伐東夷大計便落空了。我們乘船遠來，無功而返，心豈能甘？你去岸邊迎候，接來人到大帳見我，不可驚走了他們。」

靈堂已布置完畢，擺滿了白幡靈幛。袁崇煥率林翔鳳、韓潤昌進來，見毛文龍的一干義子義孫們罩了白袍，分列兩邊爲他守靈，個個面色悲戚，默默無聲。袁崇煥到靈前上了香燭，親自奠酒，屈身叩拜，嘆道：「鎮南，昨日斬你，乃是懾於朝廷大法，不得已而爲之。今日到你靈前拜祭，是出於你我僚友的私情。你我同爲邊事操勞，爲解皇上夙夜焦勞，備嘗甘苦，你我算是知己，無奈國法無情……」他說到此處，滿面痛惜之色，哽咽難語。兩旁的人磕孝子頭還禮，不住嗚咽。

袁崇煥行畢弔喪之禮，起身道：「鎮南，我將東江交與你的兒孫們管轄，你可放心？前人栽樹，後人乘涼，你創建東江有功，也不可埋沒了。」那些義子義孫聽了，不由憶起當年開創東江的艱難，暗自唏噓。袁崇煥向前跨了幾步，繞過供桌，撫棺垂淚道：「鎮南，三夜深談，你說等邊陲事了，便回杭州，在西湖水邊築舍養老，誰知東夷未除，你竟恃功而驕，以身試法？」

眾人聽他說得堂皇正大，句句在理，憤恨之情稍減，轉而埋怨毛文龍：我等雖說改了毛姓，終究還是寄人籬下的外人，不然怎麼竟也要克扣冒領餉銀？只是義父有罪，但似不及死，不該就這般輕易地殺了，他老人家畢竟經營東江多年，積威所及，誰可替他領袖東江？袁崇煥見他們個個低頭不語，開導說：「毛帥已逝，東江群龍無首也不是法子，本部院打算……」他有意停頓下來，見大夥兒一齊抬頭注目，神情極爲緊張不安，微笑道：「東江兵卒總數不過二萬八千，本部院打算分爲四協……」

「放我進去！放我進去！」帳外有人連連怒吼。

袁崇煥喝問道：「什麼人在外喧嘩？」

「毛文龍之子毛承祿求見督師。」謝尚政在外面回道。

「放他進來。」

一個高大英武的年輕將領勢若瘋虎般地闖進來，見了神位和靈柩呆了一呆，隨即倒地大哭道：「爹爹，你竟這樣狠心地走了，孩兒都不曾看你最後一眼。」以頭觸地，砰然有聲。眾人見他哭得淒淒慘慘，一起跟著心酸。毛承祿哭拜多時，霍地站起身來，向袁崇煥怒目道：「袁蠻子，我爹與你有什麼冤仇，你這般設計陷害他？將他從皮島騙到這裡，不問青紅皂白便斬了，我爹有何罪？」

「大膽！見了督師不上前參拜，還口出不遜，不知軍法嗎？」韓潤昌撫劍呵斥。

袁崇煥搖手阻止，問謝尚政道：「路上你可曾講與他聽？」

「末將說督師請尚方寶劍斬了毛文龍，他登時火冒三丈，叫嚷著要尋督師拼命，哪裡聽得進去末將的解說。」

「你當著大夥兒的面，再說與他聽。」

謝尚政簡要地將毛文龍十二大罪說了，毛承祿跺腳大叫道：「袁蠻子，你這般羅織罪名，分明是欲加之罪何患無辭！謊報軍功，九邊哪裡沒有？克扣冒領，哪個將領不吃？你何苦偏偏咬住我爹爹一人不鬆口？」

「本部院奉欽命督師薊遼兼督登萊天津軍務，東江自然受我節制，從我號令，遼東大小將官要不惜死不愛錢，與兵卒同甘苦，至於其他各邊有沒有克扣貪冒，那是兵部的事，本部院管不著也管不了，你胡亂扳污，一味渾說，減不得一分罪，輕不得一點刑。當今遼東戰事吃緊，兵卒拋妻捨子浴血奮戰，何等艱辛！毛文龍不知體恤，恣意殘害，只此一條便是死罪，本部院可是冤枉他了？」

「分明是你挾私報復，卻說什麼體恤兵卒？」

「本部院與你爹爹有何仇怨？」

毛承祿冷笑道：「你裝什麼糊塗？有什麼仇怨你心知肚明，你打我爹爹的主意怕也不是一天兩天了。當年寧遠、寧錦兩次大戰，爹爹固守東江，你必恨他老人家不出一兵一卒相援，也不進襲後金後方以為策應。」

「一派胡言！」袁崇煥又好笑又好氣，聳眉道：「當年寧遠大戰，本部院不過一個小小的寧前兵備道，寧錦大戰才升為遼東巡撫，漫說未有請援的打算，就是請援也是向山海關、薊鎮請援，哪裡會想到東江？本部院兩次大捷，哪一次是靠援兵而勝的？」

毛承祿一時語塞，片刻才說：「父仇不共戴天，我今日就是拼著一死，也要報此大仇！」說著，便要拔劍。

林翔鳳自他進了大帳，一直全神戒備，料到他會有此舉。當下移形換位，欺身而上，左手將他的腕子一叼，右手早將寶劍拔取在手，二指在劍身上一彈，「鏘——」的一聲，清徹悅耳，哂笑道：「劍倒是精鋼所鑄，可惜跟錯了主人。」說完右手一揚，那柄劍遊龍般地穿過帳頂直飛而出，許久才聽「錚錚」幾聲連響，想必落入了亂石之中。眾人見了露了這手極上乘的功夫，不由驚得臉上失色，毛永義也暗讚他內力深厚。毛承祿見他出手如閃電，不知自己的長劍如何到了他手中，心中一怔，韓潤昌上前一腳，將他踢翻在地，將尙方劍架在他的脖子上。

袁崇煥道：「他想必一時傷心過度，才亂了方寸，分不清是非，忘了朝廷。」他掃視著眾人，「毛文龍克扣冒領，你們未必不知，想是敢怒不敢言，爲他積威所懾。東江由他一人專斷，如何不會爲所欲爲？若再如此，難保不再有毛文龍。爲東江長遠而計，兵卒不如分而治之，不能教那些只知個人享樂不顧兵卒饑寒的混賬東西一手遮天，才不致再有克扣冒領之事。東江的將領本部院多是初識，認不得幾個，聽說參將徐敷奏有古大將之風，可管一協兵卒。其他三協留一協與毛承祿，子承父業嘛！毛文龍有罪，也不當禍及家人。餘下兩協你們舉薦兩人，但以非毛姓者爲宜。」

「游擊劉興祚機智過人，衝鋒陷陣，打仗從未怕過，是條漢子！我保舉他……」

「副將陳繼盛輔佐毛帥多年，若不是他體恤兵卒，東江也不會有今日的興盛。」眾人七嘴八舌，大帳中一片嘈雜。

袁崇煥點頭微笑道：「既是你們如此服膺他二人，本部院就將這兩協交與他們。」

毛承祿不想大夥兒這麼快便生了叛離之心，知道大勢已去，掙扎起身，哭道：「爹爹，孩兒也還領什麼兵，你老人家的下場孩兒還寒心得不夠嗎！爹爹，等等孩兒，我隨你去了。」一頭便向棺材撞去。毛永義、毛有德、毛有信幾人慌忙上來，死死抱住。

「放開他！」袁崇煥嗔目大喝：「毛承祿，你定要做個孝子，本部院成全你！本部院行事但求俯仰不愧，不以罪人之子看你，一力抬舉，你還尋死覓活，糾纏不清？鎮南並非只你一子，若有心讓賢，你弟弟承祚、承先也已長大成人，哼！你斟酌斟酌……」

毛承祿有如冷水澆頭，面色大變，他與承祚、承先並非一母同胞，承先年紀最小，但其母頗爲毛文龍寵愛，本來明爭暗鬥的勢如水火，一旦弟弟掌權，自各兒不是永無出頭之日了，那時眞是生不如死，他越想越覺心驚，額頭冒出一層冷汗，雙腿一軟，跪倒在地，叩頭道：「督師，卑職一時亂了心神，求督師……」

袁崇煥含笑將他拉起，撫慰道：「本部院與你爹爹有惺惺相惜之意，不是本部院饒不過他，是國法朝廷容不得他。你若覺得本部院錯殺了他，本部院還要在島山停留幾日，你自可提刀尋仇，只要合乎情理，本部院甘願延頸受戮，化解你心中的怨恨。」

毛承祿囁嚅道：「卑職傷心過度，鹵莽妄行，督師不怪已屬萬幸，哪裡還敢造次……」「好生出力，不難再振家聲。」袁崇煥叮囑幾句，即命將十萬兩餉銀分發犒賞軍士，收回毛文龍敕印，著陳繼盛代管東江事務權，傳檄撫慰各島軍民，差官核查島中冤獄，將那些擄來的客商船隻俱都放行，革除毛文龍的虐政，又在島山逗留了五天，才兼程回寧遠。回到行轅便上了緊急奏摺，將親赴東江斬殺毛文龍的始末原原本本地稟報謝罪，恭請皇上懲處，畢竟尚方寶劍只可便宜行事，不可隨意輕用，不請旨是不能斬殺總兵的。

他心中惴惴地等了十幾天，不想皇上優詔褒答：「毛文龍懸踞海上，跋扈有跡，犄角無資。卿能聲罪正法，事關封疆安危，將帥在外臨機決斷，不必事事聽從朝廷安排，不必引罪」，並曉諭兵部，一切軍機聽以便宜行事，沒有絲毫怪罪。不久，京中傳來消息，皇上明詔公布毛文龍罪狀，下旨有司緝捕其在京中的爪牙，袁崇煥感激地放下心來。

毛文龍的死訊傳到盛京，已是兩個月以後的事了。

皇太極自繼承了汗位，想起父汗努爾哈赤的寧遠慘敗，忘不了父汗在靉雞堡行宮憂憤不止，悲涼地喃喃自語：「我自二十五歲起兵，縱橫四方，攻無不取，戰無不勝，不想卻被擋在一座小小的寧遠城外，損兵折將……」。想起當年寧錦苦戰，自己親率八旗健旅竟未占到絲毫的便宜，心裡既痛楚又極是不甘。袁崇煥、袁崇煥，這個身如猿猴般矮小的漢人好似後金天生的剋星，特地與我大金為難的。他暗暗發狠：怎麼死的不是他？就是再死幾個毛文龍又有何用。想了良久，心情鬱悶難以排遣，換了便服，帶著幾個侍衛出宮往城北而去。自袁崇煥起復以來，他一直心緒不佳，時時有探馬從寧遠等地來報，明軍修築城池，寧遠、錦州、山海關一帶防守堅固異常。這一帶是出兵征明的必經之路，道路平坦便捷，可進可退，此路受阻，要想出兵報兩次慘敗之仇，幾無可能。後宮的事更是教人心煩，永福宮的側福晉博爾濟吉特氏隨自己圍獵歸來，好端端的竟小產了，臥床難起，太醫請脈說是得了驚厥之症。可恨的多爾袞，竟然趁我不在調戲她。哼！我能賜封你墨爾根岱青，授你為固山貝勒，統領鑲白旗，自然也可處罰你。你方立軍功，不好奪你的爵權，再說此事也不便為代善、阿敏、莽古爾泰等幾個大貝勒知曉，不然豈非掃了我天聰汗的顏面？這個賬早晚要清算！

他心事忡忡地走入寬敞的通天街，迎面是一所不甚大的宮院，圍廊式的殿堂，黃色琉璃瓦鑲綠邊的屋頂，與周圍的房屋迥然不同，越發顯得氣勢非凡，任誰也想不到這是當年努爾哈赤在盛京的居所。老年的努爾哈赤雖在疆場上依然叱吒風雲，回到盛京卻極喜安靜，耐不得宮裡的煩雜熱鬧，便在明人留下的定邊門南建造了一所精致的二進院落，帶著美貌的大福晉阿巴亥隱居般地在此靜養。努爾哈赤死後，這裡便空閒了，但每日依然有人打掃看護，守衛也極森嚴，閒雜人等不准靠近半步。

皇太極邁入宮門，沿高臺拾階而上，進了內院，居中是三間寬敞的大殿，東西兩廂各有三間配殿。大殿裡的寶座竟是用純白色鹿角爲扶手黃花梨座面的寬大木椅，几案的左首安放一隻晶瑩剔透的巨大碧玉盤，上面盛滿大塊的冰，冒著淡淡的水霧，無聲地消融著。八月的盛京正值暑熱，空曠的大殿裡卻陰氣森森，極是愜意。他將高大壯碩的身軀半躺半靠在鹿角椅上，饒是殿裡清涼，渾身也是流汗不止，剛要將袍子鬆快些，貼身的太監進來稟報說：「范章京來了，在門外候著，教奴才看看大汗可醒著？」

「快傳他進來。你這奴才，我多次說過，范章京來不用稟報，你怎麼不長些記性？」

「大汗，不要責怪他，是臣怕驚擾大汗歇息。」門外進來一個年輕書生模樣的人，三十出頭的年紀，形貌頎偉，舉止沉穩，上前恭恭敬敬地打千兒施禮。皇太極揮手道：「范章京，沒有他人，行的什麼禮？快坐了。」

那人粲然一笑道：「汗王恩寵，臣下心領身受，但尊卑之儀不可廢。」執意施了禮謝坐。這范章京本是漢人，名范文程，字憲斗，號輝岳，乃是北宋名臣范仲淹第十七世孫，他的六世祖范岳曾任湖北雲夢縣丞，洪武年間獲罪，全家從江西樂平縣謫徙邊陲重鎮遼東都司的瀋陽衛，范氏一門自此在瀋陽繁衍生息。范文程自幼飽讀詩書，十八歲與兄長文案一起考中了秀才，在當地小有文名。不料，這一年建州左衛都指揮使龍虎將軍努爾哈赤以七大恨告天，十三副鎧甲起兵反明，稱汗建國，與明朝分廷抗禮，兵戈一起，遼東再難安寧，烽火映窗，不便苦讀，博取功名眼見無望。萬曆四十六年，努爾哈赤攻取遼東重鎮撫順所，范文程更斷了讀書取仕的念頭，與兄長投筆從戎，同赴後金大營，爲努爾哈赤效命。努爾哈赤因他是名臣之後，又富謀略，青眼有加，不久升他做了章京，參與帷幄，只呼范章京而不稱其名，以示尊寵。努爾哈赤死後，第八子皇太極繼承汗位，將他視爲亦師亦友的心腹智囊，無話不說。范文程接到來城北行宮的暗令，知道皇太極勢必遇到了極爲煩難的大事，他靜靜地等著大汗發問。

皇太極體態魁偉，喜寒畏熱，似是再難忍耐汗水滾落的苦楚，脫了上身的袍子，露出毛茸茸的胸膛，鐵一般的肌肉條條隆起，起身走到屏風前，摘下上面的一塊黃綾緞子，屏風上赫然掛著一把龍虎紋的寶劍。他將寶劍取在手中，輕輕一拉，倏的一聲，有如龍吟，一道寒光如流水之波閃動不已。皇太極手撫寶劍，低頭沉思，良久低聲道：「這是我父汗的龍虎寶劍，當年他老人家從寧遠敗回，憂憤成疾，臨死前猶手指南方，念念不忘征討南明爲祖輩父輩報仇。他老人家壯志未酬，不久我卻又添了寧錦失利的新恨。如今袁崇煥又回到遼東，雖說近在咫尺，卻奈何不了他，新仇舊恨何時可報？如何揚我大金國威？我每時想起，總覺愧對父汗。」

「大汗，袁崇煥有堅城可憑，又有紅夷大炮可用，一味固守，的確不易與之相爭。寧遠、寧錦失利，兵卒損傷甚多，已害怕攻城，萬萬不可再一意央求。用兵之道要在以我所長擊敵所短，不可逞一時之氣。」

「范章京，這句話你憋在心裡頭好久了吧？」

范文程點頭道：「兵書上說：堅城莫攻。若攻堅，則自取敗亡矣。敵既得地利，則不可與之爭其地。當時臣有心勸阻，但見將士用命，奮勇向前，怕出言不祥，壞了我軍的士氣。」

「你們漢人有句話叫吃一塹長一智，我卻因一時激憤白白損傷了那麼多兵卒！」皇太極語氣陡轉沉痛，將寶劍依舊掛好，取袍子半披了，問道：「方才你說以長擊短是什麼意思？」

「要攻寧遠、錦州不難，只是切不可使性子硬攻，須想個機巧的法子。臣倒是有一連環計，不愁拿不下寧錦二城。」

「什麼連環計？」

「避實擊虛，調虎離山。」范文程臉上閃過一絲詭秘的笑意。

「……」皇太極無言地盯著他，滿目熱切之色。

「大汗可還記得諸葛亮的隆中對？」

「我受父汗教導，自幼喜好《三國演義》，戎馬多年也從未丢下，不知讀了多少遍。諸葛亮隱於南陽，耕於隆中，地出偏僻，天下大勢卻了然於心，實在是曠古絕代的高士。」

「他如何不鼓動劉備攻曹操襲東吳，而勸說他取荊州、益州？」

皇太極笑道：「你這卻難不倒我。諸葛亮講得已極明白，曹操擁兵百萬，挾天子以令諸侯，兵多將廣，難與爭鋒。孫權憑藉險要地勢，占據江東多年，人心歸附，賢才效命，謀取也難。荊州北據漢、沔，利盡南海，東連吳會，西通巴、蜀。益州險塞，沃野千里，天府之國，民殷國富，但劉表、劉璋二人昏庸無能，攻取自然要容易得多。」

「大汗眞是好記性！明朝初年爲防備蒙古人進犯，修築長城，設立遼東、薊州、宣府、大同、太原、陝西、延綏、寧夏、甘肅九大邊鎮。東起鴨綠江，西至酒泉，綿延數千里中，一堡一寨都分兵駐守。自天命汗以十三副鎧甲起兵復仇，明朝將兵力集聚於遼東，其他八鎮防務廢弛，不過徒有虛名。以我與明軍的情形而論，袁崇煥兵精糧足，好似曹操、孫權，若強與他爭鋒，勢必討不得多少便宜，弄不好會兩敗俱傷，而薊門一帶兵馬瘦弱，錢糧拖欠，邊堡空虛，戈甲朽壞，薊遼總理劉策懦弱無能，素不知兵，屬於劉表、劉璋之流，《孫子兵法》上說：『夫兵形象水，水之形避高而趨下，兵之形避實而擊虛。水因地而制流，兵因敵而制用。』『善用兵者，避其銳氣，擊其惰歸。』如今袁崇煥斬殺了毛文龍，東江軍心穩定尚需時日，不必擔心他們由水路來襲，大汗可避開寧遠、錦州，繞道遼西蒙古，直取薊門，進逼北京。袁崇煥聞訊必會千里馳援，揮師勤王，離開寧遠城，他還有什麼堅城大炮可依仗？那時大汗回師伏擊，野地浪戰，八旗勁旅便有了用武之地，何愁奪不了寧遠、錦州？若將袁崇煥生擒了，老汗王的大仇自然就報了。」

「我明白了，你是要逼他離開寧遠。」皇太極聽得滿臉歡笑，雙掌一擊，霍地站起身，雙目炯炯生輝，大聲道：「只是范章京膽子也恁小了！我大金鐵騎既深入險地，進逼北京，爲何不四處走上一遭？也好揚我軍威，滅滅他們的氣焰！」

「大汗雄才偉略，臣不能及。臣囿於寧遠，一葉遮木不見泰山，眞是鼠目寸光了。」范文程聽了心神震蕩，心下大覺讚佩。

皇太極哈哈大笑，吩咐道：「先派人聯絡蒙古各部，天氣轉涼，一齊進兵。」

西風漸緊，黃葉翻飛，遼西一望無際的高粱已變得穗垂葉枯，在浩浩的長風中起伏湧動如大海的波濤。秋高氣爽，寥廓霜天，遼河的水緩緩流淌，日夜不息。殘陽照在崎嶇的古道上，天邊一行南歸的大雁整齊地列隊而飛，翅翼融沒在霞光之中，塗染得一會兒金黃一會兒殷紅。

車轔轔，馬蕭蕭。遠處揚起大片的塵土，大隊披胄著甲的武士不斷叱喝著坐騎旋風般地捲來，中間擁著一個面貌清逸的中年人，赫然便是督師袁崇煥。他挺立在馬上，外面披件布袍，腰間插支長劍，神威凜凜，頷下三綹細鬚隨風飄舞，又添了幾分儒雅，只是不見了平日的那份閒適，滿臉的焦灼之色，不斷高聲催促人馬急行。原來皇太極統率十萬大軍大舉南犯，由蒙古科爾沁部布林噶圖台吉引路，穿過科爾沁草原，分三路向薊鎮喜峰口一線突襲：濟爾哈朗、岳托所率四旗軍馬與科爾沁蒙古軍破大安口入關，阿巴泰、阿濟格所率四旗軍和科爾沁蒙古軍破龍井關南下，皇太極親統大軍破紅山口入塞，一路長驅直入，浩浩蕩蕩，兵臨塞下重鎮遵化。遵化離北京不過三百里地，乃是北京最後一道門戶，遵化若失，後金鐵騎不日即可西犯京師，非同小可！北京早已關閉九門全城戒備，兵部發了緊急火牌，召四方軍馬勤王。山海關總兵趙率教奉旨馳援遵化，與薊鎮總兵朱國彥、遵化巡撫王元雅合兵一處，阻擋後金兵向西進逼京師。袁崇煥得到消息，急忙親筆寫了行兵方略，反覆叮囑趙率教不可輕敵冒進，命游擊王良臣持書信飛告趙率教，又命副總兵張弘謨、總兵朱梅各領一支人馬隨後救援。哪知趙率教早已率四千精騎急馳三晝夜，到了遵化城東六十里處的三屯營，後金大軍尾隨而來。朱國彥懾於後金兵威，害怕城門一開後金大軍跟進，任憑趙率教如何叫喊，拒不放他入城。趙率教無奈縱馬西奔遵化，途中遭遇後金大將阿濟格的伏兵，左衝右突，後金兵依然蜂蟻似圍上來，亂箭射得有如雨點一般。趙率教身中數箭，戰袍染得血紅，看看越聚越多的敵兵，知道進退無路萬難逃生，下馬跪了，向西遙呼道：「皇上，臣盡力了！」又轉向東北，哭道：「督師，卑職不能輔佐大人五年復遼，恕卑職失信了！」拔劍橫頸，自刎殉國，四千人馬頃刻間全軍覆沒。

初戰既折大將，袁崇煥痛入骨髓，臉色又青又白，暗自咬牙切齒，誅殺毛文龍以後，他曾專疏稟報遼東戰局，力陳薊門單薄，宜駐重兵，不然後金進犯，禍將不測，誰知摺子卻如石沉大海，自己有言在先，朝廷卻無人聽從，如今怎樣？強壓著胸中的怒火，不住埋怨座師韓爌、閣臣錢龍錫不曉邊事，調度失據，使後金兵入關南下。怨恨無益，如何應變才是大事。雖說後金兵由別處進犯，但自己未能將皇太極盯緊，禦他於關門之外，袁崇煥深恐皇上怪罪，命何可綱留守寧遠，親率副總兵周文郁、張弘謨，參將張存仁，游擊于永綬、張外嘉、曹文詔等五千馬軍晝夜兼程，入關馳援。依稀望到山海關的城牆，忽見前面人馬擁擠起來，急問：「人馬怎麼行走如此緩慢？」

不多時，一個校尉打馬跑稟報說：「督師，前面有一老者牧羊，數百隻山羊阻住官道。」

「是什麼人？教他快快將官道讓開，不要阻擋大軍行進。」袁崇煥皺起眉頭，心下已有幾分不悅。

「小人說了幾次，他就是不讓。」

「你可明言要進關勤王嗎？」

「小人說了，可他卻說勤王之師更不該擾民。」

袁崇煥沉吟不語，謝尚政罵道：「你可說這是袁督師的關寧鐵騎了嗎？」

那校尉見謝尚政發怒，心下惶恐，陪著小心，低聲答道：「也說了。」

「蠢材！一個山野草民竟也奈何不得，遇到後金兵又如何對付？放馬衝過去！」謝尚政聲色俱厲，那校尉唯唯諾諾，轉身欲退。袁崇煥心中一動，喝止道：「不可壞了軍紀！帶本部院去看看倒底是什麼樣的人物？」

袁崇煥打馬向前，遠遠望見一個戴著大斗笠的老者，手持長長的皮鞭驅趕著一大群山羊，嘴裡不住大聲吆喝，羊群沿路行走，幾乎擠滿了整條大道，關寧鐵騎緊緊靠在路邊，靜等羊群通過。到了切近，袁崇煥下馬施禮道：「老丈，可否借光讓路，教大軍通過？」

那老者頭也未抬，回道：「你有軍務，小老兒的羊也要趕著去吃草，爲何要讓你？」

袁崇煥面色一寒，慍聲道：「你既說王師不該擾民，本部院也知你是個明事理的人，如何輕重不分？我袁崇煥雖說軍紀森嚴，可事情緊急，未必不能變通，若一味相逼，休說本部院無情！」

那老者冷笑道：「好大的威風！什麼關寧鐵騎，未必如小老兒這一群山羊呢！」眾軍士聞言大怒，各拉刀劍怒視老者。

袁崇煥不怒反笑道：「什麼樣的山羊如此厲害？果眞能教皇太極聞風喪膽，就是用珠寶來換，本部院也會統統買下。」

「這些山羊哪裡會值得用什麼珠寶來買？」老者取下斗笠，哈哈一笑道：「小老兒並非敢冒犯督師虎威，也不敢損辱關寧鐵騎，只是想你們這樣千里馳援，怕是未必如小老兒趕著山羊去闖盛京。」

袁崇煥聽出老者話中隱含玄機，看著鬚髮如霜的老者臉上有一道深深的疤痕，自眉梢直至下頷，甚是猙獰恐怖，但雙目開闔之間卻精光閃露，竟是似曾相識一般，凝神細忖，忽然想起八年前自己單騎出關時的那個牧羊老人，驚問道：「老丈，你還活著？」

老者啪啪連甩幾個響鞭，羊群竟紛紛在路邊臥倒，嘴裡兀自不住地咀嚼。老者向袁崇煥招招手，在地上盤膝而坐，說道：「袁督師，小老兒是土命，不容易死的。只是一別八載，小老兒是越來越老，你是越做官越大了。聽說你後來連戰連勝，寧遠大捷紅衣大炮炸死了老酋努爾哈赤，寧錦大捷擊退皇太極數萬雄兵，他們父子二人都是一代梟雄，卻被你談笑之間打得大敗，當真令人佩服得緊呀！當年我追隨李成梁總兵，征戰遼東多年，大小百餘戰，都沒能將努爾哈赤奈何，眞是後生可畏，長江後浪推前浪，我眞的老朽了！」似是不勝感慨。

袁崇煥將布袍一撩，與他相對席地而坐，神色極是恭敬，遜謝道：「前輩謬讚了，崇煥豈敢當之？若非當年李總兵開出大好局面，未必會有今日的遼東。」他目光炯炯地望著老者滿面的風霜，又道：「當年我回到京城，便到兵部查了案卷，知道遼東大帥李成梁有個同胞的兄弟李成材，想必就是前輩了。」

「哈哈哈，這麼多年了，竟還有人知曉小老兒的賤名，委實榮幸得緊吶！」李成材的笑聲竟有幾分淒涼，他朝袁崇煥點點頭：「你當眞是個有心人。」

袁崇煥見多年懸在心中的疑團頓時而解，極是欣喜，問道：「前輩如何到了這裡？」

李成材神情一窘，悵然道：「老夫當年縱橫疆場，區區幾十匹野狼原不放在眼裡，不想多年不動手腳，功夫生疏了，竟被狼抓了一下，落得幾乎面目全非，眞是老了。我忍痛一把大火燒了茅舍，將狼群驚走，不想我那些山羊被狼群連咬帶嚇，死的死逃的逃，只剩下兩頭，恰是一公一母，我便帶它們一路向南，到了山海關下，哈哈，如今又是這麼一大群了。今兒個一大早聽山海關的戍卒說你要入關，我趕來見你一面。」他見袁崇煥含笑看著羊群，接著道：「這些都是那兩頭羊的子孫們，我帶牠們一起來阻攔你。」

「爲什麼？」袁崇煥一怔。

李成材喟然道：「入關大不易呀！」

「南行都是官道，路途平坦，怎麼說也比白山黑水容易得多。」

「你帶了多少人馬？」

「馬軍五千，步兵四千。」

「皇太極的人馬你不會不知吧？」

「後金鐵騎不下十萬。」

「據老夫所知，寧遠、錦州的人馬不過七萬，以此據堅城守衛不難，而分兵馳援，心有旁騖，兵分勢孤，難免左右見絀，若爲皇太極所乘，你如何應付？」

袁崇煥不慌不忙道：「守堅城，抄後路，聚殲之九字而已。」

李成材大不以爲然，搖頭道：「關內城池的堅固京師爲最，但卻不可據守以爲屏障。」

「如何不可據守？」

「你既入關，勤王乃是首務，自當攔截皇太極，使他離京師越遠越好，怎可縱敵到城下，驚擾京畿？但遵化已失，京師門戶大開，薊州旦夕可破，你有什麼城池可據守？抄後路，聚殲之兩策不可謂不佳，只是關內各地勤王之師何日會齊？可否聽你調遣？尤其難爲的是關內兵丁長年未經戰陣廝殺，自然比不得你的關寧鐵騎，老夫怕你弄巧成拙，進退失據，勞而無功，反而獲罪天下，予人以口實，重蹈當年遭免的覆轍。」李成材說到最後，聲音低沉，目光一片惘然。

袁崇煥豪邁道：「前輩多慮了，皇太極此次深入腹地，補給救援艱難，乃是天賜的良機，正可會集各路軍馬圍殲，定教他來的去不得，豈可輕輕放過？不然他龜縮盛京，遼東何日才可平定？」

李成材淡然道：「少年心事當拿雲。老夫也年輕過，也曾有過如此的雄心壯志，只是世事難料，並非如此容易。老夫巴巴地趕來，阻你去路，原本是想獻一良策，如今看你這般決絕，不說也罷。」他起身拍拍身上的塵土，啪地一甩鞭子，羊群竟也聽話地一個個直起身來，蠕蠕前行。

袁崇煥阻攔道：「前輩有話講了再走不遲，我願聞教誨。」

李成材長嘆一聲，片刻才說：「後金八旗精銳盡出，盛京勢必空虛……唉！督師未必用得著，不說也罷。老夫已耽擱了大軍這麼久了，也該告退了。沒想到我歸隱多年，竟還割捨不下，看來還是六根難淨呀！」他臉色淒然，那道紅亮的傷疤扭曲得格外駭人。

袁崇煥急呼道：「前輩……」

李成材轉身漠然道：「其實也沒什麼，只有八個字：圍魏救趙，臨機設伏，則遼東可安寧數載，不然遼民之難不知何時能了。」說罷揚鞭而去，不多時隱沒在蒼茫的原野裡，只有一縷歌聲斷斷續續地傳來：「官途有夷有險，運來則加官晉爵，運去則身敗名裂……有多少宦海茫茫吁可怕，那風波陡起天來大……單聽得轎兒前唱道喧嘩，可知那心兒裡厲亂如麻，到頭來空傾軋……霎時間墜缺錦上添花，驀地裡被嚴參山砂落馬……」

夕陽、寒鴉、朔風、落葉……歌聲越發地蒼涼淒切，袁崇煥起身含淚凝望多時，眼看暮色漸漸深重了，心裡沉沉地，似是瞬間老邁了許多。謝尚政見他面色有異，恨聲道：「督師不必聽他胡言亂語，一個山野老匹夫知道什麼軍國大事？」

袁崇煥不置可否，怔怔地問道：「允仁，復遼與勤王哪個輕哪個重？」

「自古功高莫國救駕，自然是勤王爲重了。」

「錦州也用不了那麼多人馬了。」袁崇煥望望依稀可見的山海關，緩緩上馬命道：「傳我將令，士不傳餐，馬不再秣，晝夜兼程，務必趕在皇太極之前進入薊州城，阻止後金兵西進。再調錦州總兵祖大壽，參將鄭一麟、王承胤，游擊劉應國率馬步軍兵隨後入關接應。」加了一鞭，那馬箭一般地向前直衝而去。征塵再起，大隊人馬繼續南進。

一路急行，六天飛馳五百里進駐薊州，袁崇煥得知後金兵離此還有兩三日的路程，才暗覺鬆了一口氣。

皇太極聞報袁崇煥搶先到了薊州，心下也覺凜然，不由暗自讚嘆，袁崇煥果是將才，與范文程商議一番，銳卒勿攻，避其鋒芒，悄悄繞過薊州城向西進發，兩日之間，接連攻克京師以東的玉田、三河、香河、順義，在通州紮下大營，距京城不足五十里。袁崇煥大驚，斬了幾個漏報軍情的探馬，率軍尾隨追趕，入夜時分，越過後金大營，趕到張家灣，擋在京師、通州之間。駐紮已畢，飯也不及吃，便召集眾將商議，看著大夥兒略顯疲憊的神態，撫慰幾句，才說道：「後金兵來勢洶洶，又多是精騎，往來飄忽，極是迅捷，皇太極有何舉動，也難以預知，若一味尾追堵截，必然疲於應付，因此不可與他周旋。當今之計，以京師爲重，京師安則君父安，君父安則社稷安，不必拘泥一城一地之得失，以守衛京師爲上策，使後金無可乘之機。」

「京師乃是天下根本，督師入守京師之策雖說可行，但也頗有忌憚之處，不可小視。」燈光不甚明亮，但聽聲音，袁崇煥知道說話人是周文郁，此人乃是寵臣禮部侍郎周延儒的家奴，被保舉做了副總兵，乃是周延儒安插的親信耳目，心裡本來瞧他不起，多有提防，本想不作理會，轉念又想或許從他話中探聽出一點朝廷的動靜，便問道：「有什麼可忌憚的？」

「大明成例：外鎮之兵未奉明詔，不得輕離駐地，何爲督師竟要進入京師，萬萬不可。如今有了兵部勤王咨文，事急從權，又是一片忠心，此事倒也有的可解說，但督師未與敵交鋒，直入京城，卻是大大的不妥，怕是會招人猜忌，眾口鑠金，不可不防。」

「平生無謗不英雄，隨他們去說。君父有急，顧不了這些，倘若能濟事雖死無憾。你多慮了！」袁崇煥頗不以爲然。

「卑職幾日前在薊州便聽到了一些風傳，說是朝廷有人說督師……」

「事情緊急，怎麼還吞吞吐吐的，有話直說！張存仁，你爲何阻攔他？」袁崇煥一眼瞥見周文郁身旁的參將張存仁不住拉扯他的衣甲。

周文郁掙脫了他的手，上前跨了一步道：「那些奸邪小人說督師資敵。」

「什麼？說我資敵？」袁崇煥不禁愕然，心中暗道：或許正是你家大人所說。隨即哈哈大笑：「我征戰守邊多年，出生入死，如何資敵了？想必是皇太極的奸計，以此流言謗語擾亂我心，不可信他！」

「督師是頂天立地的大英雄光明磊落的大丈夫，可是防人之心不可無呀！督師既率大軍入援勤王，若不迎擊來敵，未動一刀一槍，便退守京師。督師坦蕩，毫無芥蒂，卑職等也知道督師滿腔都是報國的丹心，但能堵住那些小人的嘴嗎？若縱敵深入，蹂躪京畿，驚擾都人，那時怨言四起，督師將何以自白？」

袁崇煥默然，良久才問：「你們是不是私下商量過了？」見眾將點頭，長長吁出一口氣道：「那你們以爲怎樣才是上策？」

周文郁道：「我等商議，當今情勢有三不可不戰。我軍駐在張家灣，東距後金屯兵的通州不過十五里，兩厢已成對峙之勢，不可不戰。後金深入關內，糧餉接濟自難，不過靠擄掠爲食，難以持久，我軍則不同，張家灣西臨河西務，正是運河糧道所在，足可供給，不可不戰。從張家灣放馬瞬間便到京城，京畿重地不可有半點兒的差池，關係社稷安危，也關係督師清白，破流言，保君父，不可不戰。督師三思。」

袁崇煥聽得心頭一熱，疑心大減，在他肩上一拍道：「你們語出肺腑，於公於私，我都極是感激。臨陣殺敵，報效君恩，正是我們做武將的份內之事，豈可推脫？只是此次聞警入關，精騎只有數千，皇太極卻有十萬人馬，敵眾我寡；我軍每日倍程而行，未能休整，人困馬乏，皇太極則以近待遠，以逸待勞，兩軍交鋒，萬一有什麼閃失，京師震動，非同小可。京師乃是天下根本，豈可輕易動搖？我深怕皇太極兵分兩路，如前幾日在那薊州避開我軍，直逼京師，而我左支右絀……」他見周文郁鼓著腮想要爭辯，擺手阻止道：「敵我各有所長，他們馬快箭利，習於野地浪戰，此地一馬平川，衝殺起來優劣立判，我實在沒有必勝的把握。再說皇太極領兵遠來，過不了幾天，想必意在速戰而不願戀戰，我入防京城，一來可安人心，二來京師城牆高厚，遠勝寧遠，又有紅夷大炮可恃，皇太極必然望而怯步，知難而退。只要退了敵兵，謠言自會不攻而破。不要再說了，你們的苦心我理會得，還是君父要緊京城要緊。夜深了，吃飯歇息吧！」

已近三更，崇禎枯坐在乾清宮東暖閣裡，沒有絲毫的睡意。夷狄進犯京師，英宗皇帝之後近二百年還不曾有過。自起用袁崇煥，遼東一年多已沒有戰事，他心裡正喜去了這一心頭大患，不想皇太極爲突然兵臨城下。崇禎極爲惱怒，不禁納罕皇太極究竟是怎樣的人物，竟敢如此藐視天朝？是誰給了他如此大的膽子？好在入閣辦事不久的大學士成基命力薦原任閣臣孫承宗督理京師兵馬錢糧，崇禎也知道孫承宗曾爲帝師，頗有文才武略，哥哥熹宗皇帝對他又敬又怕，欣然點頭，封孫承宗爲兵部尚書兼中極殿大學士，從高陽火速來京，率軍進駐通州，防禦東陲，護衛京師。日間又接到塘報袁崇煥已率精兵入關，進駐薊州，滿桂進駐順義，各地勤王之師也陸續趕來，一顆高懸的心才覺安寧了幾分。只是天朝顏面何存？自己這中興之主的顏面何在？他心裡異常煩亂，連日來，言官們交章彈劾袁崇煥爲逞一己之私，無故誅殺毛文龍，目無君父，致使皇太極後顧無憂，專心入關，騷擾京畿，言語之間隱隱流露出皇上不該優旨縱容之意。崇禎將這些摺子堆在一邊兒，不住搖頭苦笑，五年復遼是大計，失一毛文龍本不足惜，這些年他空耗的糧餉還少嗎？因此而責罰甚至棄用袁崇煥，遼東交與何人？遼事何時才可了結？他凝神沉思，暗罵言官們見識淺鄙，不知輕重，京城烽火正起，兀自攻訐邊將不止，豈不是要自各兒作死嗎？曹化淳垂手鵠立在一旁，屏住呼吸，不敢有絲毫的攪擾。他在內書堂讀書時日雖不多，也就大半年的光景，但他天生聰慧，生性又極爲乖巧，那次皇上面試文題，與鄭之惠雙雙折桂。不久崇禎見王承恩竟對唐代的宮廷御膳渾羊歿忽知之甚詳，不爲詫異，知他究心飲食，便提拔他到御膳坊當了總管太監，乾清宮首領太監的缺兒便破格落到了曹化淳的頭上。

噹噹噹……，几案上的那座西洋鐘忽然打開兩扇小門，跳出一個梳著雙角的小孩兒，手持細小的黃金杵對準金鐘連敲數下，崇禎抬頭看了，已是亥時，起身問道：「小淳子，可還有什麼急摺？」

「萬歲爺該歇歇了。」曹化淳向殿外揮了一下手，一個宮女捧著一個紅漆食盒進來，小心地打開，端上一碗冒著熱氣的燕窩羹，他接過道：「萬歲爺，先用此再說，不可太勞神了。」

崇禎捏起青花瓷勺，卻忽地住手哼道：「全是混賬話！夷兵將到城下，情勢瞬息萬變，豈能因吃這燕窩羹耽擱了十萬火急之事！有什麼話？快說！」

曹化淳向那宮女示意退下，才低聲說道：「方才東廠提督王永祚派人稟告說袁崇煥將近戌時青衣小帽進了城。」

「啊——」崇禎暗驚，手中的瓷勺險些抖落，急急問道：「他、他去了哪裡？」

「韓、錢二閣老府上。」

「做了什麼？」

「韓閣老閉門不納，將他擋在府門外，他又轉去了錢府，足足半個時辰才出城回營。」

「講了些什麼？」

「一等知曉端的，王永祚稱再當面詳奏。」

崇禎面沉似水，慍聲道：「京師戒嚴，塘報都難送入，他是如何進得城門的？」

「袁崇煥有萬歲爺所賜的尚方寶劍，京師守城的那些將領對他又極爲服膺，入城原本不難的。」

「京師重地，防備森嚴，事權要一，豈可無父無君地講什麼情面？」他吃了一口燕窩羹，似覺難以下嚥，皺眉揮手命撤下，取朱筆草擬了一道聖旨，交與曹化淳道：「情勢危急，非同尋常。朕命司禮監沈良佐、內官監呂直一同提督九門及皇城門，司禮監李鳳翔總督忠勇營、提督京營。快送與當值的閣臣謄清速辦！」

曹化淳答應一聲，恭恭敬敬地接了，便要告退。崇禎叮囑道：「告訴王永祚，明日務必查清奏來！」

第十七回

讚忠勇暢飲慶功酒
知悔悟大戰廣渠門

袁崇煥在趕往紫禁城的路上，便接到了德勝門酣戰的捷報，不知戰況如何，心裡暗自焦急。昨日到了廣渠門，憑藉尚方寶劍暗暗叫開城門，悄悄到了座師韓爌的府門，遞了門生帖子進去，本想找座師探探皇上的口風，不想韓爌閉門不納，只傳出話來，就是有天大的事，也要等拜見了皇上以後到內閣的值房去說。

天色近晚，王永祚才匆匆進宮，叩稟說想盡了法子也沒有探聽出袁崇煥與錢龍錫說了些什麼話，先前安插的那個小書僮因劉鴻訓一案，朝臣們已存戒心，錢龍錫命他退下，才與袁崇煥二人密語，小書僮什麼也未聽到。那書僮用銀子賄賂了夫人身邊的丫鬟，哪知錢龍錫口風極緊，朝廷大事從不隨意吐露，就是床第之間也沒半句關涉公事的話，那丫鬟也是探聽不到半點風色，終是無用。崇禎聽錢龍錫如此機密其事，心裡越發狐疑，嘴上卻淡淡地說：「你下去吧！到時朕自會問明。」

王永祚滿面惶恐地叩頭告退。崇禎取了塘報來看，多是通報敵情與入京勤王的消息，山西、陝西、河南、湖北、安徽甚至四川、貴州都聲言已興師來京，崇禎看得心裡不住搖頭，暗忖道：千里迢迢，若等他們來護衛京師，朕說不定會像英宗皇帝一樣成了階下囚，那些前朝的實錄上竟諱稱什麼北狩，文思當眞奇巧之極！放下塘報，他翻看了那摞得高高的奏摺，有獻計守城的有彈劾邊將的有上書請戰的，多率意而言，雜亂無序，崇禎看得不耐煩，起身在暖閣裡踱步，忽然想起皇子慈烺多日不見了，上次見他已能站立片刻，白胖得粉團一般，口中咿咿學語，聽不清說的什麼，神情憨態可掬，極是喜人，近日怕是會蹣跚走路了。崇禎不由暗叫好笑，抬腿出門。曹化淳抱著紫貂皮的大氅急急跟在後面，上前替他披了，問道：「萬歲爺要往哪裡去？奴婢先通稟一聲，免得他們失儀掃了萬歲爺的興致。」

「不必了，朕不怪。」崇禎左折向北直奔坤寧宮，他想即刻見到慈烺，走得極快，幾個侍衛在周圍的黑影裡遠遠地跟著，曹化淳接過身邊宮女的彩燈，執燈前導。整座紫禁城靜悄悄的，東西長街少了白日的笑語喧嘩，太監宮女們除了當值的，都躲在屋子裡酣睡。將到日精門，迎面飄來一排暈紅的光點，崇禎知道那是喊夜的宮娥，她們每夜都手持宮燈和金鈴，從乾清宮門走向日精門、月華門，口中高唱「天下太平——」，風雨無阻，寒暑不輟。今夜怕是省閱文書入神了，沒有注意到外面斷斷續續的鈴聲和這拖得長長的歌吟。宮女們陡然遇路皇上，一齊讓路盈盈地跪了請安，崇禎毫不理會，邁步進了坤寧門，門口的宮女忙跪地相迎，早有一名宮女飛跑進去通報了。

不多時，周皇后匆匆忙忙地趕到門口跪迎，崇禎拉她起來道：「皇兒可好？有日子沒見著了。」

「皇上焦勞，臣妾也不敢教人去請，慈烺已會喊爹爹了。」周皇后引他進宮。崇禎臉上有了一絲笑意，竟似不信地問道：「可是眞的嗎？都說孩子先呼娘的，爹爹兩字想必是你教的。」

「慈烺聰慧之極，臣妾不過教了幾回，他便記下了。」

「快抱過來喊給朕聽！」崇禎臉上笑意更盛。

周皇后一怔，爲難道：「皇上，你這做阿爹的也不看看是什麼時辰了，孩子早被奶媽哄著睡下了，夢裡怎麼喊得出？」話一出口，看著皇上略有些憔悴的面容，心裡不由暗自發酸，堆笑道：「臣妾早有心抱了孩兒教皇上瞧瞧，逗皇上一笑，又怕這些日子皇上忙，叨擾皇上辦正經事。聽說後金兵到了通州，皇上可要保重，莫急壞了身子。」

崇禎醒悟慈烺早已睡熟，心下頗有些失望，勸慰道：「昨日塘報各地勤王之師紛紛來京，袁崇煥已提雄兵入關，侯世祿、滿桂駐紮在德勝門外，你不必擔憂。」望望周皇后略顯豐腴的身子，調笑道：「當年你入王府前還說你瘦弱纖細，不像個有福祉的，如今倒變成了送子娘娘。」

周皇后未防他竟還有這般心思，不由緋紅了臉頰，看一眼門邊，曹化淳與那幾個宮女早已沒了影子，才含羞問道：「皇上可是嫌棄臣妾身子臃腫了？」

崇禎一把將她拖入懷中，聞著一絲淡淡的乳香，輕吸入口，道：「環肥燕瘦，何必強分軒輊？烺兒想必白胖吧？」

「司禮監尋下了兩個上好的奶口，都是弄璋之喜的頭胎，臣妾的奶水竟也不少，每日也餵他一些，烺兒能不白胖？皇上放心，烺兒是我大明立朝以來屈指可數的嫡長子，臣妾怎敢不好生看待他？」

「朕放心。朕今夜就歇在這兒，聽你說說烺兒。」崇禎低頭在她鬢邊低語。

周皇后淺笑道：「被烺兒擾了大半日，覺得疲倦已極，再說臣妾身子又重了，皇上還是去永寧宮或是翊坤宮吧！不然明個兒她倆知道了，又要嚼舌頭根子。」

崇禎這才看出她的腹部微微隆起，想起烺兒滿月多吃了幾杯湯餅酒，當夜就歇在了坤寧宮，將手伸過去道：「可是那一次嗎？」

周皇后以爲他又要摟抱，輕輕打脫了他的手，卻又抓了放在腹部，嬌嗔道：「皇上，你要嚇著孩子了，他在裡面亂踢呢！」

不想腹中胎動瞬間消失，崇禎將手縮回，笑道：「是你的肚子爭氣，她們嚼什麼舌頭？」

「說皇上偏心，罵臣妾貪心唄！她倆望眼欲穿的，盼著皇上這個送子觀音呢！」

「想是有了娘兒便忘了朕！」

周皇后笑著往外推他道：「臣妾是教皇上好做人的，反遭皇上指摘了。」

「朕知道你有不妒之美。」崇禎想起田妃柔媚的眼神，不再延擱，出了坤寧門，沿著暗長的永巷折向東行，將到永寧宮的垂花門前，身後傳來一陣急急的腳步聲，曹化淳轉身舉燈，對著來人呵斥道：「你他娘的跑這麼急幹什麼？不怕驚了聖駕活剮了你！」

「曹、曹公公，奴婢有急事要見萬歲爺。」來人是御前太監金忠，伺候皇上雖早，卻反在曹化淳手下聽差，聽到曹化淳呵罵，不敢回嘴辯說，垂手而立，不住地用眼睛瞟著曹化淳，口中喘著粗氣，神色竟是十分慌張。

「小忠子，你這差事怎麼當的，現在是什麼時辰了？萬歲爺勞乏了一天，你還要……」

崇禎正想這漫漫長夜田妃做著什麼，是在銅鏡前靜靜地坐著，一絲一縷地梳著髮髻，還是畫著什麼花鳥蘭草？聽到金忠隱忍不住焦急的聲音，停下腳步轉身問道：「什麼事？」

「萬歲爺，奴婢可、可找著您了。方才奴婢去了坤寧宮，聽說萬歲爺來了永寧宮，奴婢急忙追趕……哎喲——」金忠痛呼一聲，險些摔倒在地。

「你他娘的怎地這等囉嗦！」曹化淳一腳踹到他腰上。

金忠敢怒不敢言，揉著痛處道：「萬歲爺，是高公公請您回暖閣。」

「你這個笨嘴的王八！萬歲爺問你什麼事？」曹化淳作勢抬腳又要踢，金忠不敢躲閃，暗爲自各兒太過驚慌，語無倫次，忙定了定神道：「剛剛送來塘報，說、說袁崇煥到了廣渠門外，屯兵章公寺。高公公急著請萬歲爺過去呢！」

崇禎一驚，急急回到乾清宮東暖閣，卻見高時明、王永祚二人在殿門外不住地張望，他邁步進殿，伸手將身上紫貂大氅解了一丟，問道：「袁崇煥幾時到的？」

高時明接住大氅，轉遞與曹化淳道：「將近酉時。」

崇禎蹙眉道：「兵部曾有咨文命他堅守薊州，阻擋後金兵，他怎的不聽號令，擅自到廣渠門做什麼？」

「奴婢也不知曉，塘報剛剛送來。」

「怎麼深夜才送入宮來？」崇禎極為不悅。

「京師戒嚴，怕混入奸細，入夜查驗得更緊。到了城內，文書房送進司禮監值房，此時宮門已落鎖，又耽擱了些時辰。」

「皇太極可有動靜？」

「後金大隊人馬仍駐在通州，但前哨也尾隨到了城下，想是袁崇煥抵擋不住……奴婢妄、妄測。」高時明自知失言，不敢再說下去。

「前哨到了城下？袁崇煥為何不阻擋他們？」崇禎勃然大怒，將塘報摔在案上。

王永祚看著崇禎發青的臉色，小心地說：「萬歲爺，外面盛傳袁崇煥資敵招敵。」

「休要胡說？他在遼東征戰多年，與皇太極有殺父之仇，如何會資敵招敵？」

「想著做東北王嗎？」王永祚陰陰地一笑。

「可有實據？」

「實據奴婢倒還沒有，可是奴婢以為他若不資敵，如何不奉命駐紮薊州，卻一味退走入城，這不是畏敵避戰況？他如何不在張家灣攔截後金兵？最可疑者，袁崇煥爲何坐視皇太極繞開薊州，連下玉田、香河、三河諸城？至今追而不擊，不與皇太極交戰？」

崇禎閉上眼睛，良久才說：「朕知道了，你們起去吧！外頭的謠傳不可輕信，如今堅守城池固然重要，安民心、安軍心、安士心、安大小臣工之心、安遠近地方之心也馬虎不得，兵法上說：『以治待亂，以靜待嘩，此治心者也。』人心切不可亂了。傳旨明日平臺召見袁崇煥。」

次日卯時剛過，便聽得德勝門外鼓角雷鳴，響起震天的喊殺聲，後金兵潮水般地攻來。遠遠望去，旌旗招展，劍戟如林，馬匹奔馳往來，如同急風驟雨，又似敲擊無數面鼙鼓，此起彼落，轟然作響，驚天動地。德勝門外本有燕京八景之一的薊門煙樹，乃是元大都的遺蹟，當年的古城牆和樓閣都已廢圮，只留下兩個高大的土堆，上面長滿了桑榆松柏，樹木蓊然，鬱鬱蒼蒼，似是籠罩一團或濃或淡的煙霧，四季不變。如今卻是人喊馬嘶，蕩起高高的塵沙蔽日遮天，刀槍劍戟在日光下凜凜耀目，分不清多少人罵喊喧嚷。宣府總兵侯世祿居左，大同總兵滿桂居右，兩員驍將舞刀躍馬領兵迎擊，兩軍展開血戰。日色慘淡，朔風如刀，後金兵猛攻不止，明軍竭力死戰，兩軍相持，約莫一個時辰的光景，勝敗未分。不久左路侯世祿軍支持不住，往後潰敗。滿桂身受三處槍傷和七八處刀傷，血流不止，將外面的戰袍浸透，兀自不退，攘臂舞刀大呼，不料嗖的一箭射來，正中左臂，箭勢甚急，竟透臂而出。滿桂身子略晃一晃，勒住韁繩，抬胳膊看了，揮刀將箭鏃砍下，忍痛奮力拔出，大喝一聲，又向敵陣衝去，後金兵爲他氣勢所震懾，不由紛紛向後退卻。城上九門提督內官監呂直看得心下怦怦亂跳，急命參將李秉春發炮助戰，火器營的軍兵裝好火藥，點燃引信，連發數炮，無奈距離太遠，沒傷到後金兵，卻都落在滿桂軍中，炸得人仰馬翻，不少馬匹猝然受驚，四處奔逃，一時無法駕馭，後金回兵掩殺，滿桂抵擋不住，率數百將士節節敗退，一個身穿白袍的後金將領拍馬揮刀率兵在後面緊緊追趕。滿桂無心戀戰，率領殘兵躲入城邊的一座破廟中，苦苦支持，但見敵兵氣勢凶猛，層層包圍而來，急忙退向德勝門甕城，遠遠仰頭對著城頭大呼道：「放炮！快放炮！」

「轟轟轟……」數聲巨響，震耳欲聾，大炮在滿桂等人身後炸響，後金兵頓時人仰馬翻，大片地倒下，攻勢登時弱了許多，滿桂退到城下，呂直忙吩咐升起閘門，放滿桂進了甕城。

袁崇煥在趕往紫禁城的路上，便接到了德勝門酣戰的稟報，不知戰況如何，心裡暗自焦急。昨日到了廣渠門，憑藉尚方寶劍暗暗叫開城門，悄悄到了座師韓爌的府門，遞了門生帖子進去，本想找座師探探皇上的口風，不想韓爌閉門不納，只傳出話來，就是有天大的事，也要等拜見了皇上以後到內閣的值房去說。袁崇煥黯然而退，轉身到了錢龍錫的府第，錢龍錫不好推辭，請他到書房見了，劈面便說他太鹵莽了，不該誅殺了毛文龍。

袁崇煥道：「閣老，看旨意皇上並未……」

錢龍錫擺手打斷他的話道：「方今遼東還離不開你，你與毛文龍孰輕孰重，明眼人哪個看不出？何況皇上聖睿明察！你離京赴遼東前，老夫在館驛與你曾經談起毛文龍之事，勸你三思，你道可用則用之，不能用則殺之。不錯，毛文龍是該殺，可不該由你來殺，你的殺法不對呀！」

「古之大將立功者，多憑決斷之力，將在外君命有所不受……」

「這個理兒老夫懂得。殺毛文龍並非十萬火急的事，不是火燒了眉毛上了房，算不上什麼當機立斷。尤可斟酌者，你未到遼東，皇上便有明旨，兵部、戶部、工部悉心籌措，請錢糧則發錢糧，請調將則調將，如今一年有餘，可有半點懈怠？凡有所請，皇上一概恩准，你誅殺毛文龍卻不請旨，要將皇上置於何地？你怎麼就不上個摺子，先稟一聲呢？你眼裡還有皇上嗎？」

袁崇煥聽得語塞難言，額上冷汗直流，怔怔地看著錢龍錫，似是有些陌生了一般，心底吶吶想要分辯，但覺他的話語卻又句句浸入心脾，竟是無從說起。錢龍錫意猶未盡，接著數落道：「皇上看重遼東，你一句五年復遼說得容易，可曾想過他人的苦楚？兵部、戶部、工部都是位列九卿，何等的尊貴，可是那麼甘心從命隨意使喚的嗎？還不是皇上替你撐著？糧餉，哼！糧餉哪裡來？旱魃為孽，四處饑饉，可是好措置的？你殺了一個毛文龍，可斷了多少京卿朝臣的財路？你得罪的不是一人，上到六部下至府縣，你一句要糧餉，哪個安生得了？哎！若能按期復遼，這些並非大事，輕輕一筆帶過不難，可如今後金鐵騎直逼京畿，復遼未見效驗，卻弄得敵軍兵臨城下，此種結局你如何向皇上交代？皇上又如何向大小臣工交代？」

袁崇煥頓覺頭一陣陣眩暈，耳中轟鳴成了一片，只見錢龍錫的嘴開合起來，花白鬍鬚上下抖動，恍惚之間，聽不清他說的什麼，急忙收懾心神，卻聽他不住嘆氣道：「……這也不能全怪你，遼事積重難返，都多少年了，一時怕是難以措手，要是文武群僚都如你一般，五年復遼也並非不可為。」

袁崇煥不置可否，情知再難安坐久留，起身告辭道：「閣老見教的極是。學生一腔熱血，欲為聖明除弊事，肯將衰朽惜殘年，本是不計個人得失的，哪怕是拼卻性命！學生受命以來，夙夜憂嘆，恐付託不效，復遼不成，辜負君恩，也有損諸多朝臣舉薦之德，對不起閣老的一片眷顧之情。遼東雖是暫已安定，但戰局瞬息萬變，卻也容不得瞻前顧後，反覆權衡，學生盡人事而聽天命，唯求俯仰不愧。若能復遼，學生不惜所有，盡心盡力而已。事如不成，生死榮辱都屬天意，非戰之罪，也無可悔恨。」

袁崇煥回到大營，輾轉難眠，聽著北風吹得帳篷嗚嗚作響，將平臺召對、寧遠兵變、誅殺毛文龍等許多往事細細回想了一遍，品味著錢龍錫的那些話，心中忿忿然，披棉袍到了帳外。夜幕深沉，朔風撲面，大營四周一片寂靜，只有值夜的兵丁、將領不住走動巡查，放眼向東望去，後金兵營燈火萬點，迤邐數里，燦若銀河。眼看就要大戰一場了，他掐指暗中計算著關寧步軍行路的日期，如今援軍未到，敵我眾寡懸殊，若背城而戰只許勝不許敗，實在冒著極大的風險。思慮及此，不由心中一悸，越發忐忑不安，回到大帳也無睡意，幾乎一夜未眠，天將放亮，才略略閉了會兒眼睛，就急急地趕著進宮。

「喲——督師大人怎麼一身青衣小帽地上朝了？不怕失了儀嗎？」袁崇煥剛剛踏上建極殿的臺階，就見一個身穿緋色圓領棉袍戴著護耳暖帽的小太監，嬉笑著迎上來。

「你是……」

「咱是在萬歲爺身邊伺候的奴才，大人叫我小淳子便了。奶奶的，這天可真冷，萬歲爺幹嘛非得在平臺召對呢?暖閣裡多好!」

袁崇煥見他哆嗦著身子,想起廣渠門外的五千鐵騎在露天地裡宿營,無處避風取暖,心裡一沉,脫口問道:「小、小,是小淳子吧!你也冷嗎?」

曹化淳噗嗤一笑,用手巾擦著鼻子道:「瞧督師這話說的!小的也是人吶,怎的不知冷熱呢!」

「唔、唔,數九寒天,也正是冷的時候。小淳子,以前儘是小恩子來迎,你倒是眼生得緊。」袁崇煥本來極是豪爽,千軍萬馬都不曾有過絲毫的慌張,不想今日卻被小太監搶白,不免覺得幾分尷尬,便轉了話題。

「小恩子呀!他算熬出頭了,人人都喊他公公,哪裡還會有那個『小』字?御膳坊做總管,肥差呀!」曹化淳嘴裡嘖嘖稱讚,滿臉的羨慕之色,半分也不掩飾。

「想必是你接了他在乾清宮的差使?」袁崇煥不知宮裡的規矩,聽得似懂非懂,隨口問道。

「那是萬歲爺抬舉咱。」說著將兩手互抄入袖筒裡,不停跺腳取暖。

袁崇煥看著有些陰霾的天空,想著德勝門外的激戰,「轟轟轟……」數聲大炮隆隆傳來,遠遠聽來竟覺十分沉悶,禁不住出了神。「袁大人,你說這夷兵幾時能退呢?」

「哦!等我關寧精兵到來,各路勤王兵馬入援,自然不怕他們。」

「那、那眼下守城兵馬不多,城池該不會……」他看著袁崇煥,言辭閃爍。

袁崇煥咬牙道:「堅守待援,等人馬齊備,斷了皇太極的後路,南北夾擊,教他有來無回，我大明朝豈是可隨便小視的！」曹化淳聽他說得鏗鏘慷慨，凜凜生威，心頭也是大爲振奮，正要出言奉承幾句，卻見金忠跑來道：「曹公公，萬歲爺正在坤寧宮，一時半會兒出不來，傳口諭給袁大人，先到乾清宮暖閣候著，過些時辰與滿總兵一同召對。」

袁崇煥暗吃一驚，原來眼前的這個小太監便是皇上頗爲眷顧的曹化淳，沒見面前還道會是什麼年紀高大的老太監，不想竟是一個乳臭未乾的少年，心裡有些瞧他不起。

「知道了。」但見曹化淳擺擺手，早換了一副淡然的模樣，架子竟是極大，小小年紀正是嬉笑頑皮之時，不想他爲有模有樣拿捏自如，當眞難爲。

金忠轉身要退，曹化淳忽地似是想起什麼，問道：「皇上怎麼又到了坤寧宮？」

「這……」金忠看一眼袁崇煥，欲言又止。袁崇煥情知事關禁中機密，忙轉過頭去，凝神朝德勝門方向細聽。金忠湊到曹化淳身邊，附耳低聲道：「炮聲震天價響，娘娘……」聽得本不眞切，下面聲音越來越低。此時炮聲已歇，袁崇煥聽不到絲毫動靜，心裡焦急萬分，轉頭見他二人還在低語，斷斷續續地聽到什麼傳太醫、胎兒一些隻言片語，如墜五里雲霧，捉摸不透。又過了半盞茶的工夫，金忠道：「公公，小的先回去，免得出來久了，萬歲爺眼前沒人伺候，發起怒來，公公臉上也不好看。」

袁崇煥正想詢問德勝門大戰的結局，見金忠要走，緊趕幾步，一把將他扯了問道：「德勝門戰事如何？」

「後金兵被紅衣大炮擊退，滿總兵也受了傷。」

「傷得可重？」袁崇煥極爲關切。

金忠回身一笑，婉言道：「待會兒大人不就看到了？小的也是聽說的。」進了乾清宮，曹化淳往裡面一指道：「袁大人，您且在這裡候著，咱就不進去了，往後面看看萬歲爺何時起駕。」

「曹公公請便。」袁崇煥邁步入內，一股溫熱白氣迎面撲來，收緊的筋骨一下子舒泰開來，暖閣居中設有背東向西的寶座，寶座、御案、香几等均為淺色沉香木和深色紫檀木製做，極為珍貴。寶座兩邊各有一個鎏金的火盆，裡面通體紅亮明艷的紅羅炭燒得正旺，散發著淡淡的香味。此時已為隆冬，燕山一帶極為寒冷，偌大的暖閣卻溫暖如春，袁崇煥見兩個火盆便有如此的熱力，暗暗稱奇，卻不知暖閣地下火溝交錯，早已填滿了炭火，晝夜不熄，焉能不暖？四下環顧，但見閣中陳設輝煌燦爛，榻上椅上都鋪著明黃飛龍錦緞軟墊。袁崇煥雖官至督師之尊，可早年貧寒，中進士後沒有幾年遠赴遼東，每日不是築城，便是操兵肅殺，從未見過這等富麗舒適的所在，低頭自顧身上的青衣小帽，衣衫褐黑，與皇家氣象實是大不相稱，君威咫尺，頓覺銳氣減了幾分。袁崇煥坐在寶座前的錦墩等候，不敢輕動，想著皇上何時駕臨，德勝門外的戰事何時停歇。半個多時辰，四周依然寂靜無人，他轉動幾下酸痛的脖子，瞥見寶座後面的牆上掛著尺幅不大的一幀墨蘭圖，兩三抹斜斜的細長葉子托著一朵半開半閉的蘭花，栩栩如生，氣息流動，大覺好奇，見上面款題：臣妾淑英恭筆，旁邊畫著一個極怪異的字，平生僅見，當真匪夷所思。他本是文進士出身，寒窗下有過十幾年的苦讀工夫，一字不識，儒者之韻，想到此處不禁有些羞惱了，心下暗自安慰道：多年未靜下心來讀書了，可天下的書籍何止千萬，未曾經眼的也不知凡幾，不識此字豈非平常？但心又覺不甘，直起些身子，仰頭細看。

忽聽身後有人笑道：「元素眞是個風雅的儒將，披堅執銳便是金戈鐵馬、氣吞遼東的猛將，換上青衣小帽又成了詩書風雅的文士。」

袁崇煥回身見崇禎笑吟吟地走進來，後面跟著一個面容清瘦的中年人，身穿二品錦雞補服，最後是個鐵塔般的大漢，亂蓬蓬的鬍鬚遮住了大半個臉，一條白帶子繫在脖頸上，吊起的左臂衣袖上血跡斑斑，此人便是大同總兵滿桂。袁崇煥見他並無大礙，不由大喜，給皇上跪拜施禮道：「臣救駕來遲，皇上恕罪。」

「卿臨危赴難，千里馳援，朕心甚慰，一起坐下敘話。」三人等崇禎到寶座上坐定，才恭敬地坐了。袁崇煥朝滿桂頷首示意，滿桂也點幾下頭，君王在前，不好一吐離別後的塊壘。

崇禎道：「元素，你看那幀墨蘭圖，想必是最後的這個字不識吧！這是朕的御押，本來就不是什麼字，一個記號而已。」

「皇上英明，那些讀書人習用的字，本就不足以顯示尊貴，自然該另闢蹊徑了。」那個中年人滿臉堆笑。

「你們想還不曾見過面吧！這是新任的兵部尚書申用懋。」崇禎指點著那個中年人道。

「袁大人名垂海內，本兵早就仰慕已久了。」申用懋作了一個揖，又向滿桂道：「滿總兵血戰德勝門，忠勇絕倫，本兵也極感佩。」二人急忙還禮，連道不敢。

袁崇煥暗忖道：兵部尚書竟換得如此之快，一年前平臺召對尚是王在晉，不出半年聽說換了身貌偉岸的王洽，未曾得見，便因遵化城陷遲報了三日，被逮入獄，換成了眼前的此人。正在思慮，卻見王承恩帶了御膳坊的幾個小太監進來，抬著兩個朱漆的大食盒，頃刻間便擺好了酒宴，都是極精美的御饌。

崇禎端起酒杯道：「元素率關寧鐵騎入援京畿，滿桂在德勝門外力挫眾敵，且滿飲此杯，他日退敵，再行封賞。」他將太禧白喝了，又道：「滿桂，朕傳你即刻入宮，聽說你定要換了戰袍再來，朕知道你怕君前失儀，你卻不知朕看到你血染的征袍，才可想見你奮勇殺敵的模樣。」

滿桂聽得心神激蕩，含淚道：「臣是個武夫，原本就喜歡打仗……那些建州韃子若不退回關外，京城裡的皇上怎麼辦？還有那麼多黎民百姓……臣終不能眼看著韃子肆意擄掠。」他本拙於言辭，此時又見皇上勸酒，一時不知如何答謝，反來覆去只這幾句，再無別的話語，情急之下全身不住顫抖，滿是血污的戰袍簌簌作響。

崇禎離座走到他面前，問道：「你身上有幾處傷口？」滿桂急忙站起。

「臣也記不得了，舊傷加上新傷當不下百處。」

「可眞是體無完膚了。」崇禎面色憑添了幾分沉痛，喊道：「小淳子，伺候滿將軍寬衣，朕親爲他數一數傷疤。」

衣甲極是難脫，有幾處血跡已乾，竟黏到了身上，曹化淳小心地邊剝邊脫，好一會兒，才脫去左臂的袖子，露出銅錢大小的箭傷，傷口並未癒合，兀自湧著鮮血，少時便染紅了整條臂膊。滿桂笑道：「還是我自行脫吧！」說罷，刷刷幾把竟將衣甲拉扯而下，上身脫得精光，跪在錦墩之上。果然身上疤痕累累，有的竟新舊交替，一個連著一個，那剛剛癒合的傷口一經扯動，又滲出點點的血水，沿著脊背流下，更加難以分辨。饒是袁崇煥身經百戰，心下也暗自讚嘆，禁不住流下淚來。申用懋、王承恩、曹化淳等人平日不踏出京城一步，哪裡見識過這般鮮血淋漓的場面，更是看得心驚肉跳咋舌不已，幾乎要閉目掩面，不敢再看。

崇禎低頭細數，凡一百六十五處，越數越覺心驚，撫著滿桂的脊背，唏噓道：「所謂武將不惜死，朕看了滿桂的傷疤，才知道其實死也平常，不就碗大的疤嗎？受傷遭創血流不止，猶自力戰不已，才是好漢！古人有一處傷疤飲賜一杯的佳話，本以為是野史遊談，今日見了滿桂的傷疤，才知不是虛言。朕也仿效古人賜酒，你可有此酒量？」

滿桂叩頭慨然道：「臣死且不懼，哪裡會怕區區這幾杯酒！」

崇禎命曹化淳斟酒，滿桂道：「不必這般麻煩，如此一杯一杯地飲酒，要吃到何時？此杯盛酒二錢上下，以此算來，皇上賜酒約有三斤，一併取來豈不便當！」起身逕到食盒裡抓了三瓶金莖露，又向王承恩討了一個青花瓷的大大碗公，將三瓶酒全擰開蓋子，傾在大大碗公裡，雙手平端了，向口中倒下，「咕咚咕咚」一口氣喝下肚去。眾人見他眨眼間將三斤酒喝了，又驚奇又佩服。

崇禎道：「喝得可好？」

「好酒！好酒！」滿桂抹嘴連呼，卻又搖頭道：「可惜味道過厚過甜，不如燒刀子喝著過癮。」

「燒刀子是什麼酒，能好過朕的御酒？」

袁崇煥情知皇上誤解了滿桂的話，忙解說道：「滿桂性喜烈酒，平日也喝得慣了，御酒柔和綿軟，沒有燒刀子的力道，才覺味淡些。」

「那個容易，一等夷兵退了，朕賜你一缸，教你吃個夠！」崇禎說著轉向袁崇煥道：「你征戰多年，聽說沒有一丁點兒的傷，眞是福將！」

「全賴皇上福庇。」

「朕有多少福？朕若挨上幾刀，皇太極便退兵換我疆土，卻也捨得。皇太極答應嗎？後金兵已到了京畿，你們說怎麼辦？朕終不成要與皇太極定城下之盟約？」崇禎抬頭望著窗外，言辭之間不勝悲憤。

三人嚇得離座跪下，袁崇煥道：「建虜入關，臣難辭其咎。」

「建虜入關隘口既爲薊遼總理劉策所轄，責有分任，與卿無關。」崇禎揮手示意他們起來道：「你千里馳援，足見忠心，不必自責了，有什麼退敵方略詳細奏來。」

袁崇煥道：「皇上，臣以爲夷兵遠來，利在速戰，退敵之策要在堅守，待其糧盡，人困馬乏，自然敗逃。」

崇禎心裡暗暗生出一絲不悅：皇太極在朕眼皮底下耀武揚威，若不出戰，只是一味堅守，朕顏面何在？申用懋見崇禎默然，揣摩說：「如此退敵，似是太過難看，若天下騰笑，督師臉上豈非也失了光彩！」

袁崇煥見他如此懵懂無知，想他是初次見面的本兵，又在皇帝面前，不好發作，壓住火氣，解釋道：「這是最爲穩妥的計策，天子腳下，萬萬不可造次的。」

「那是自然、自然。」申用懋見崇禎點頭，暗悔孟浪，害怕禍從口出忤怒了皇上，不敢多言，訕笑一聲，神情甚是尷尬。好在崇禎心事頗重，只顧低頭沉思，滿桂忙著穿戴衣甲，都未理會。

一會兒，崇禎才抬頭問道：「退敵只此這一個法子嗎？」

「方才臣所言乃是中策，還有上下兩策。」

「何為上策？」

「堅守待援，暗派奇兵焚燒後金糧草，再派兵去搶占長城各處要隘，斷其退路，等各地勤王之師會齊，南北夾擊，將其盡滅在關內。」

「勤王之師會齊當有時日，此間若皇太極騷擾京畿，如何抵禦？」

「臣派侯世祿率兩千人馬駐守三河，以策應薊州。又在沿途所經撫寧、永平、遷安、豐潤、玉田諸地，都留兵布防，截擊後金不難。至於昌平乃是歷代皇陵所在，臣不敢疏忽，已派尤世威率兩千人馬協守。」

崇禎沉吟道：「何為下策？」

「決戰城下。」

「依朕看這三策，你所說上中下之分也不盡然，決戰城下未必就是下策。朕沒帶過兵打過仗，但這用兵征戰之道卻也略知一二。如今皇太極兵臨城下，情勢與你在遼東不同，北京也與寧遠有異。朕覺得當今之計是先安內，朝野震動，舉城惶恐，如何能行？朕要先安他們的心，不然生出什麼變亂來，禍起蕭牆，我們自各兒先亂了，城守得住嗎？那時怕是用不著皇太極來攻，就有一些亂臣賊子搶著獻城了。朕要一戰見功，教朝野有個指望。」崇禎來回走動，眼裡熠熠生輝。

袁崇煥頗覺意外，又極是爲難，但又覺皇上說得也有些道理，可卻是一步險招，若敗了……他不敢多想，只覺心頭怦怦跳個不住，皇上沒想到決戰不勝嗎？他脫口道：「敵兵十萬，我軍加上京營不足五萬，且京營的三萬人馬久不經戰陣，強弱之勢判然可分，不如堅守不出，多守一天便會多一些勤王之師，勝算便多上一分。京師重地，半點也馬虎不得，一旦……」

「嗯——？怎麼未曾出戰，銳氣全無了，當年五年復遼的豪言壯舉何在！」崇禎目光凌厲地掃了他一眼，隨即語氣又緩和下來，語氣卻仍顯嚴厲地說：「你不用給朕提醒，哪裡有什麼一旦不一旦的，只許勝不許敗！」

「臣死不足惜，只是怕有負聖恩。」袁崇煥陡然心裡一寒，只覺皇上目光森然如刀，何止如芒在背，簡直全身都是，就是心裡也遍布了芒刺，他分明感到了無上的君威和難言的懼意，不敢再申辯一句。

「出城決戰，朕也是爲你著想，替你止謗彌禍。」崇禎輕輕嘆氣道：「不是朕逼你，朕也難爲！」

「皇上——」袁崇煥登時想到了那些流言，含淚感激地望望崇禎道：「臣請皇上延緩一日。」

「爲何？」

「臣自寧遠入關，五天急馳六百里，近日又輾轉薊州等地，將士勞困已極，苦不堪言，請皇上准臣率軍進城休整一日再戰。」

崇禎沉吟道：「朕深知將士辛苦，入城休整也在情理之中。只是眾敵環伺，近在咫尺，京師震恐未定，寧遠兵精冠於天下，若退入城內，一來示之以弱，助長夷敵凶焰，二來京師勢必人情洶洶而無片刻之寧，弊大於利呀！」

「明日既戰，臣請告退回營籌劃。」

「朕明日親臨城頭，爲你助威！」崇禎親將三人送到殿門口。

已近掌燈時分，天空飄飄揚揚地灑下雪花，地上薄薄地積了一層。袁崇煥衣衫單薄，剛從暖閣裡出來，暖透的身子被冷風一吹，不由連連打了幾個寒顫。崇禎見了，急呼道：「取朕的大氅來！」

曹化淳以爲崇禎要出殿門，忙上前將手中的紫貂大氅爲他披上，不料崇禎一把扯下，爲旁邊的袁崇煥披了道：「朕沒說你有罪，你爲何青衣小帽地就來了，哪裡像個兵馬大元帥的樣子？小心可別凍病了，不然明日如何爲朕殺敵？」

「皇上——臣爲皇上駐守遼東，而今皇太極深入關內，蹂躪京畿，不但臣在遼東的心血付之東流，還令皇上焦勞百姓恐慌，臣心有不甘……」袁崇煥百感交集，呆呆地怔在殿外，一時竟忘了謝恩，只想將心中的鬱悶一吐爲快。崇禎搖手阻止道：「哪個有罪哪個有功，朕心裡明白。此次縱敵入關，京城遭險，罪在劉策一人，兵部尚書王洽不習邊事，聞警緩報，調度乖張，罪不可赦，朕已命錦衣衛將他們緝拿到鎮撫司獄羈押。明日就看你的了，元素，你可不要教朕失望呀！」

「臣必死戰！」袁崇煥低頭看著身上的紫貂大氅，咬牙說道。

次日天剛黎明，廣渠門外鼓角雷鳴，後金大兵潮水般地沖來。袁崇煥知道已非輕袍緩帶、談笑用兵之時了，一場惡戰即將來臨，穿了甲冑，披掛整齊，親自上陣督戰。他立馬而望，只見後金兵漫山遍野，不見盡頭，地上那層薄薄的積雪一經人踩馬踏，頃刻間蕩然無存。饒是他身歷寧遠、寧錦大戰，見慣戰陣，但見此次後金軍容之盛，兵力之強，卻也暗自吃驚。急將令旗揮動，城上的紅衣大炮一時齊發，落入後金軍中炸響，騰起多高的煙塵，後金軍登時折了二千人馬，但兀自前仆後繼，奮勇搶攻。

第十八回

范文程巧施反間計
袁崇煥羈身鎮撫司

「臣以為縱不能殺袁崇煥，但使他遭遇不用，並非難事。」

他回身坐下，提起金壺將兩個杯子盡皆斟滿，恭敬地遞到皇太極面前道：「崇禎起用袁崇煥，朝野以為遼東得人，自可高枕無憂，如今大汗繞道蒙古入關，京畿震動，朝野必然對他暗生失望之心。袁崇煥搶先到了薊州，大汗避其鋒芒，直逼北京，十幾天來兩軍並未交手，朝野已疑心他與大汗有什麼密約，一時流言紛起。天賜良機，正可用計，大汗切不可猶豫錯過了。」

一輪殘月升到東邊天際，月冷星稀，冬日的天穹分外高遠，幾塊灰濛濛的雲片浮在空中，一陣陣北風吹來，竟飄下些許米粒兒般的霰雪，滾落得到處都是。

廣渠門外，無邊的曠野之上，灰色的營帳一座連著一座，營帳當中聳立著一座外襯黃綢的牛皮大帳，黃金鑄成的帳頂在星月的輝映之下閃著微光，大帳前高高懸著一枝九旄大纛，被風吹得嘩啦啦作響。這金頂牛皮大帳便是皇太極的臨時行宮。天剛擦黑，皇太極與代善、莽古爾泰、阿巴泰、多爾袞、阿濟格、岳托、濟爾哈朗、思格爾諸貝勒大將共議用兵大計，大貝勒代善進言：我軍勞師襲遠，日久必疲，今出師已有月餘，將士心急思歸，沒有鬥志，不如退兵。二貝勒阿敏、三貝勒莽古爾泰也附和：袁崇煥率關寧精兵堅守北京，急切難下，班師最為上策。

皇太極絲毫也聽不進去，決然道：「班師還不是時候。此次入關伐明，我謀劃已久，斷不可半途而廢。眼下明朝各地援軍未到，北京城內只有區區三四萬人馬，袁崇煥驍勇善戰，他手下精兵不到一萬，關寧的步軍趕來還需數日，何必急於退兵！」岳托、濟爾哈朗等人見大汗心意堅決，力請乘勢而戰，相互爭執不下。眾將已生退兵之意，皇太極實在沒有料到，直至深夜眾人各自散去，尚未說服，他心中氣惱，睡意全無，獨自圍著火盆悶悶地吃酒。

「大汗好興致！」帳簾挑起，范文程大步進來，打千兒請了安，說道：「我們漢人有句俗語：一個人不吃酒，大汗敢是嫌酒少了，才躲著眾人喝？」

「范章京，來得好快！我豈會獨吞，這不是已給你留了杯子？」皇太極含笑示意他對面而坐。

「遵化到這兒路程不算遠，馬一伸腿便到了。」范文程端杯一飲而盡。二人體貌上，皇太極要威猛高胖許多，但范文程酒量頗豪，與他竟不相上下。

不一會兒，三壺高粱燒酒便飲光了兩壺。皇太極吃得面色紅亮，深鎖眉頭將議論用兵的情形簡要說了，嘆道：「幾個貝勒所慮也並非沒有道理，我聽章京之言，在薊州避開袁崇煥的鋒芒，直逼北京，你又教圍而不打，在城下相持已有幾日，如此空耗下去，不用說糧草不繼，一旦明朝各地勤王之師趕來，袁崇煥又在撫寧、永平、遷安、豐潤、玉田諸地留兵布防，想要斷我歸路，那時南北夾擊，情勢必是極爲凶險。」

范文程道：「大汗，袁崇煥守而不戰，是在激我攻城，臣圍而不打，則是激他出戰，他是守有勝算戰無勝算，臣則是攻無勝算戰有勝算。明朝的精兵多在九邊，九邊之中又以遼東爲最，只要擺布了袁崇煥，其他各邊望風可降。」

「袁崇煥治軍有方，不愧將才！我大金向以馬快箭利聞名，哪料袁崇煥的關寧鐵騎如此迅捷，竟搶先占了薊州？此等人物若爲我所用，我大金無異虎生雙翅，何愁不能伐明復仇！」皇太極自知袁崇煥並不會歸順，但欽佩他是當今唯一的對手，言下大有惋惜之意，又喝了一大口烈酒，說道：「范章京，我自寧錦兵敗，眞想再與袁崇煥痛快地廝殺一場。他馬軍精銳不下我八旗鐵騎，但人數畢竟小我十倍，況且遠來疲敝，又無堅城可以憑據，正可殺他個片甲不存。」

范文程笑道：「大汗，硬攻不是法子。北京並非關外孤城寧遠，不用說城牆高大，城頭有無數的紅衣大炮，就其乃是大明的根本、帝王之居，明軍豈有不死守之理？袁崇煥雖說駐守城外，一旦城外不可支持，必然退進城內堅守，以他堅守寧遠的法子而守此城，大汗若要攻城，勢必勞而無功。」

「這麼說你也贊同班師？」

范文程搖頭道：「大汗力破眾議，親率大軍，深入險地，如此班師，豈非可惜？今後服眾怕是越發地難了。」

「不戰又不退，你可是又有了什麼計策？」

「不錯。臣先前所講入關伐明，想的是取寧遠，如今看來一城一地的得失，於明朝本不足惜，寧遠不取也罷！」

「寧遠關外重鎮，我一直如鯁在喉，大有不吐不快之感，若回師能取寧遠，如何不取？」

「寧遠彈丸之地，不過是有了袁崇煥才令人生畏，若非此人在，寧遠孤城豈會穩如泰山？」

「你還是要算計袁崇煥？」皇太極目光一熾。

「算計他即是算計整個明朝。」他見皇太極有些惑然，問道：「大汗，似袁崇煥這般的人物，你以爲如何處置爲好？」

「能夠我用最好。」

「不能用呢？」

「殺之。」皇太極眉毛一聳，滿臉生寒。

「合用則用之，不然寧殺勿留，大汗所言極是。可是袁崇煥手下猛將死士甚多，我們殺之誠屬不易。」

皇太極默默無語，內心陡覺黯然，猛地一拍大腿道：「難道我竟奈何不了此人？那還想什麼伐取明朝！」

范文程道：「我們殺不了他，可以想法子教別人殺他。三十六計第三有所謂不自出力，借刀殺人，大汗可以一試。」

「借誰的刀？」

「自然是最好用的刀，最難招架的一把刀。」范文程往火盆裡加些木柴，將杯中的烈酒潑澆到上面，那火燒登時噴出一股藍色的火焰，越發地旺了，映得他面如金紙，儼若廟裡的尊神。他看著漸漸升高的火苗，嗅著滿帳酒香，一字一頓地說：「崇、禎——」

皇太極不以爲然，搖頭道：「崇禎倚重他尙且不及，怎會殺他？」

「大汗可還記得蔣幹盜書之事？」

一個念頭電光火石在皇太極心頭閃現，他脫口道：「你可是說用反間計？」

「不錯！袁崇煥既然一時難以馴服，可終歸有管得他的。」范文程起身掀起帳幕，一股狂風迎面撲來，他禁不住打了個寒顫，往對面黑黝黝的廣渠門一指，陰冷地一笑，說道：「崇禎是個多疑的人，大汗覺得他可像曹操？」

「崇禎終究不是曹操，《三國演義》想必他也讀得精熟，再這般騙他自然難了。漢人有句古話：一之爲甚，豈可再哉！此計怕是難行。」

「臣以爲縱不能殺袁崇煥，但使他遭遇不用，並非難事。」他回身坐下，提起金壺將兩個杯子盡皆斟滿，恭敬地遞到皇太極面前道：「崇禎起用袁崇煥，朝野以爲遼東得人，自可高枕無憂，如今大汗繞道蒙古入關，京畿震動，朝野必然對他暗生失望之心。袁崇煥搶先到了薊州，大汗避其鋒芒，直逼北京，十幾天來兩軍並未交手，朝野已疑心他與大汗有什麼密約，一時流言紛起。天賜良機，正可用計，大汗切不可猶豫錯過了。」

「范章京，你且說如何安排？」

「臣請大汗先答應一事？」

「照直說！」皇太極早已無心吃酒，目光直視著他。

「敗給袁崇煥。」

皇太極大惑不解，問道：「你是說要故意輸與他？」

「大汗捨得輸了此戰，反間計才好安排。他不足一萬的人馬與我十萬大軍對壘廝殺，意外獲勝，崇禎必會生疑。大汗再派些兵丁扮作明朝的百姓混入城中，街頭巷尾散布袁崇煥與大汗有約，假意敗退爲他留些顏面，也方便他勸諫議和，崇禎疑心自然加重。我軍敗後退到北京郊外，那裡多是明朝權貴戚畹的別業田莊，大汗可趁機四處擄掠，多搶些金銀糧草，袁崇煥不能分兵來救，莊園民舍遭此浩劫，那些權貴戚畹就是平頭百姓也會恨他入骨的，朝野的議論也足以殺人。」

「蔣幹容易找尋？」

「臣已物色到了兩人。」

皇太極哈哈大笑：「竟有這麼多蔣幹？」君臣二人乘興豪飲，一壺燒酒轉眼又喝盡了。

天色剛亮，後金大軍直撲廣渠門，袁崇煥急忙率兵迎擊。激戰方起，崇禎便到了廣渠門，一身武弁服，暗襯軟甲，司禮監掌印太監高時明、九門提督沈良佐、京營提督李鳳翔和協理京營的兵部右侍郎劉之綸、乾清宮總管曹化淳等人簇擁在周圍。廣渠門是外城東向的正門，俗稱沙窩門。北京原本只有紫禁城、皇城、內城三道城牆，沒有什麼外城。因蒙古騎兵多次南侵，時常迫近京城。世宗嘉靖皇帝下令增築外城一百二十里，將內城四面包圍，後因財力不足，只在南面修了二十八里的一段外城，卻建了七個城門：東便門、廣渠門、左安門、永定門、右安門、廣安門、西便門，北京便成了凸字形，不再方方正正。外城城門之中，廣渠門僅有一層單簷歇山頂的門樓，較之永定門、廣安門略顯低矮。崇禎下馬進了箭樓，遙遙望見一個身穿黃袍的後金大將舞劍指揮向前衝殺，舉千里鏡觀看，那人身材高大，滿臉鬍鬚，甚是威武，問高時明道：「此人便是皇太極嗎？」

高時明身居禁中，哪裡見過什麼皇太極？口中支吾難言，好在職掌火炮營的參將李秉春曾效命寧遠軍前，依稀記得他的模樣，當下稟道：「皇上，此人並非皇太極，乃是他的兒子豪格。」

「其子如此，其父可知。」崇禎擔心地向城下瞭望，見袁崇煥手執長劍督師，明軍絲毫不亂，前面一排弓箭手萬箭齊發，將後金大軍射得難以前進半步。

忽然後金軍中兵卒齊聲呼喊：「大汗萬歲，大汗萬歲，萬萬歲！」呼聲自遠而近，越來越響亮，如潮水般洶湧澎湃。但見後金大軍嘩地向兩旁閃裂而開，一根黃色九旄大纛高高舉起，鐵騎擁衛著一匹神駒鏘鏘馳近。那馬渾身墨黑，額頭一圈白毛猶如中天的圓月，四個蹄子也是雪白，端的神駿異常。馬上的大將通身上下明黃的戰袍，碩大的金盔在嚴冬的日頭下熠熠生輝，肋下懸著一口鯊魚皮鞘腰刀，威風凜凜，儼若天神。「皇上，此人便是皇太極。」李秉春大呼道。

「此人的威猛與氣度果然遠出其子之上。」崇禎不禁感慨道。

後金官兵見大汗騎著心愛的寶駒小白親臨督戰，士氣大振，叫喊著向明軍大營衝來。正黃旗、鑲黃旗乃是皇太極的扈駕親兵，最爲神銳，不避箭矢，奮勇爭先。袁崇煥見後金軍攻勢凶猛，左手取另了令旗，回首向城頭急揮，示意放炮。一瞥之下，遠遠望見箭樓外面錦衣衛和京營將士林立，登時明白皇上已然駕臨，又見箭樓兩邊的城頭上人頭攢動，黑鴉鴉地站滿了京城的老百姓，那些膽子大的從女牆和堞頭後面探出腦袋觀望，登時熱血沸騰，振臂大呼道：「皇上御駕城頭，好男兒報效君恩、爲國盡忠，正在其時，殺呀——」拍馬向前便衝。眾將士素來敬服袁崇煥，聽他神威凜凜地大聲呼喝，隨後緊跟，各挺刀劍奮勇上前。一時之間，號角鳴響，箭如蝗飛，長刀耀日，鐵騎奔踐，煙塵瀰天，兩軍混戰廝殺，兵器撞擊聲箭矢鳴鏑聲混成一片，刀光劍影，血色迷漫。城頭上的眾人生來多是未出京城半步，哪裡見過什麼戰陣廝殺，眼看萬馬奔騰，兩軍如潮水般地相互撞擊，聲勢威赫，眞如天崩地裂一般，心下無不駭然，幾欲心驚膽裂。

袁崇煥眼見後金大兵源源不斷地湧來，將九千人馬衝作幾截，分隔包圍起來，心中大急，向周文郁喝道：「傳令擂鼓，豎起大纛！」

「敵我眾寡懸殊，後金兵若是瞧見了大纛，督師可就凶險了。萬一脫不了身……」

「軍中不可無帥，不然士氣難鼓。不要囉嗦，快傳令！」

鼓聲大作，「袁」字大纛高高升起，各處的明軍見了，無不感奮，抖擻精神，個個以一當十，竭力死戰。

「袁蠻子來啦！袁蠻子來啦！」

「活捉袁蠻子，爲老汗王報仇！」

後金兵不住吶喊，隊中衝出一員白袍小將，拈弓搭箭，對準袁崇煥射來，箭來如電，相距又近，袁崇煥聽到弓弦響，再躲避已難，急將頭一擺，那箭自面門前飛過，狼牙利鏃在臉上劃出一道深深的血槽，半個臉登時血肉模糊，滴灑到戰袍上。身邊的林翔鳳大怒，拍馬直向白袍小將衝去，見他還要再射，右臂一揮，將手中長矛奮力擲出，白袍小將忙撒手扔了弓箭，雙手捧著長劍，對準長矛奮力一撥，那長矛斜射而去，其勢不減，將旁邊的護衛貫胸而過。林翔鳳突襲得手，乘勢衝入敵陣。後金兵大驚，挺刀舉戟，紛紛上前截攔。袁崇煥怕他有失，抬手用衣袖擦擦臉上的血污，一提馬韁，縱騎急馳，馬嘶如雷，旋風般地隨後殺入。明軍占了地利，後金軍卻仗著人多，激戰良久，雙方死傷均極慘重。袁崇煥苦苦支撐，他平素治軍嚴整，士卒寧肯戰死，也不肯後退半步。

將近午時，皇太極想到范文程昨夜的話語，看看時機已是差不多了，便想敗退，可是手下將士人人要在大汗眼前建立功勛，並不理會他的用心，見對方人馬遠較減少，兩個多時辰竟進不得半步，哪裡甘心？一時殺得興起，只知向前不知後退，皇太極想敗走竟也難了，未露敗相又不好鳴金，再如此相持下去，袁崇煥勢必難以支持，若將他逼入城中，那些計策豈非要付之東流了？正在焦急，卻聽後營一陣大亂，傳來震天的喊殺聲，兵卒吵嚷道：「不好了！中了袁崇煥的奸計了！」

皇太極大驚，暗忖：袁崇煥入援兵馬不足一萬，盡在眼前，哪裡又來的人馬？正自驚愕，卻見無數的明軍殺到，一個彪形大漢飛馬衝在前面，手中的大砍刀舞得如同雪片一般，生生衝開一條血路，直奔城下殺來，口中大呼道：「督師，祖大壽來了！」

袁崇煥臉頰上的鮮血兀自涔涔而落，脖子和半條臂膀已染得通紅，眼看追隨自己多年的關寧鐵騎一個個倒下，或爲流矢所傷，或力竭而死，而後金大軍連綿不斷地攻到，心裡不由連連浩嘆，今日是要戰死國門了。略一分神，斜刺裡拍馬衝出一個後金將領，掄刀砍來，袁崇煥躲閃已是不及，眼看那大刀就要砍落，旁邊有人大喝一聲，「休傷我大帥！」飛身挺刀隔架，兩刀對砍相交，火花四濺，竟一齊折斷。袁崇煥反手一劍，將賊將的腦袋劈作兩半，驚魂甫定，才看清出手之人是帳前衛士袁升，正要點頭示意，又衝來一群後金兵，將他二人團團圍住。袁升失了兵刃，赤手空拳難以抵擋刀砍槍扎，一時險象環生，袁崇煥有心上前救他，無奈被數十個金兵圍困，分身乏術。正在危急間，聞聽祖大壽領兵殺到，暗呼僥倖：蒼天有眼，佑我大明。當下精神一振，大笑道：「復宇，你來得正是火候！」忙命手下親兵大呼：「後金兵敗了！後金兵敗了！」

明軍猝然等到援兵，喜出望外，呼喝聲響遏行雲，後金兵卒心神俱震，措手不及，一時軍心大亂，祖大壽所率關寧精兵又是以逸待勞未經廝殺的生力軍，兩下合兵一處，氣勢如虹，後金兵抵擋不住，紛紛後退，陣腳漸亂，舉旗投槍，自相踐踏，死者不計其數。皇太極急忙指揮人馬布開陣勢，強弓硬弩，向外激射，阻住明軍的攻勢，祖大壽率軍數度衝殺，均被箭雨射了回來。皇太極這才下令後隊變前隊，向東面的通州城衝突而去，數萬鐵騎挾風而馳，有如千萬雲朵飄忽而逝。袁崇煥回望一眼城頭，見皇上仍在箭樓，急將令旗揮動，隨後追趕。一直追到運河西岸，後金兵退十里，阿巴泰、阿濟格、思格爾三部都被擊潰。這場大戰自清晨直殺到日頭將落，整整惡鬥了四個時辰，日落西山，城頭與城下的煙塵猶未散盡。

後金怕袁崇煥趁機劫營，不敢退回通州城紮營，連夜拔營向西南移到南海子、采育之間。眾貝勒大將紛紛入帳請罪，阿巴泰、阿濟格、思格爾羞得無地自容，一言不發，跪地俯首請死。皇太極含笑安撫一番，將自己的鐵胎弓賞與弟弟多爾袞，一拍他的肩膀道：「箭法眞是越發高明了！若是那弓再硬上幾分，怕是就取了袁崇煥的性命。」隨後命眾人回營歇息，眾將副將高鴻中、參將鮑承先、寧完我喚了進來，將捉到的提督大壋馬房兩個太監楊春、王成德交與他們看守。

定更時分，颳起了北風，大塊的灰雲將天空遮蓋得黑漆漆的，對面也難分辨出人影。夜已深了，大戰之後的兵營格外安寂，一座帳篷裡飄出烤羊的肉香和濃烈的酒香，五個後金將領圍著篝火席地而坐，大塊吃肉大碗喝酒，高聲談笑，旁若無人。帳篷靠裡堆著一些枯草，上面蜷曲地躺臥兩人，身上赫然穿著明朝太監的衣飾，被五花大綁動彈不得，正是楊春、王成德。二人聞著鑽鼻的肉香，忍不住肚子咕咕作響，對視一眼，各自暗吞口水。但聽一人道：「今夜我們做徹、徹夜之歡、歡，將酒飲完、完，羊肉也、也吃完，不完不散。」

「老鮑，你的舌頭已是硬了，還要再喝？」

「達海，都說你酒量洪大、大，別、別人怕你，我鮑承先偏卻不、不服，再來一碗，怎、怎樣？」

「你們三個漢人都敢如此豪飲，我豈會怕了？莫說一碗，就是再喝上個三五碗的，也不在話下。」

「不要喝了，明日還要上陣廝殺，小心誤了事！若再吃酒便是不要腦袋了。」

鮑承先大笑，將手中的羊骨將火堆裡一丟，頃刻間一股焦糊的氣味瀰漫開來，「哈哈……巴克什，你怕、怕什麼！醉臥沙場君莫笑、笑，古來征戰幾、幾人回？有……酒還不教吃嗎？再說近日就要簽城、城下之盟了，還打、打的什麼……」

「噤聲！」年紀最長的那個漢人將領上前一把將他的嘴捂住，低喝道：「休得胡言！小心……」說著朝鮑承先身邊的年輕人使個眼色道：「寧完我，過去看看。」

楊春、王成德慌忙閉目裝睡，聽那寧完我輕手輕腳地到了跟前，伸手探了探鼻息，便退了道：「高副將，還好，兩人都睡實了。老鮑，你不可再喝了，免得酒後失言，洩露軍機，帶累了大夥兒。」

鮑承先掙脫開那人的手掌，用手點指道：「高、高鴻中，羊肉還、還多，你何必、必將你的手給我吃、吃？你眞是個不、不爽快的人，這般地小、小心謹愼？此事早已鐵、鐵定了，誰能再、再變？哼！」

達海不覺惑然，看看巴克什，轉頭問高鴻中道：「果有此事嗎？我倆怎的不知？」

高鴻中似是仍有些放心不下，回頭看看道：「喏！這兩個牧馬廠太監可要提防，以免走漏風聲，大汗追究下來，可是死罪！」

「那我先解決了這兩個閹狗！」達海霍地站起身來，拉出腰刀。

「不必了！捉到他們之時，大汗便吩咐不可隨意殺戮，今後他們也是大汗的子民了，自家人不可動粗。」高鴻中將達海的腰刀推回鞘中，壓低嗓音道：「城下之盟我倒是知道些底細，此事說來話長。早在天啓年間，老汗王因寧遠兵敗憂憤而死，袁崇煥派了都司傅有爵、田成和李喇嘛等三十餘人假借弔喪之名，其實有心議和。後來袁崇煥又派杜明忠往盛京聯絡，還沒等有什麼結果，袁崇煥便遭魏忠賢罷棄，此事就不了了之了。等袁崇煥復起，他又派李喇嘛往來於寧遠、盛京之間，暗中與大汗商定了一個計策。」

他忽地住口，向寧完我道：「你再去看看那兩人可曾醒來？」

「你也恁的囉嗦了！我剛剛見他倆睡得死沉的，竟這般多心。」寧完我極是不情願地起身過去。

「小心無大錯。」高鴻中見那兩個太監一動也不動，咧嘴笑笑說：「袁崇煥內心早已不想再打了，他是福建人，習慣了江南溫熱的天氣，遼東冰天雪地的，他豈會願受這般苦楚？但他向明朝的皇帝誇下了海口，若不能議和罷兵，哪裡能夠離開遼東？他擔心崇禎不答應議和，便密請大汗幫他脅和。」

「怎樣脅和？倒是聞所未聞的。」達海更覺茫然。

「袁崇煥請大汗盡發傾國之兵，直逼北京城下，他故意急急趕來救援，卻只帶了不足一萬騎兵，如何抵得住我大金的十萬雄兵？崇禎見我軍威，訂城下之盟自然不難。」

寧完我將頭亂搖道：「此話不然，若如此該大敗袁崇煥才對，崇禎見抵擋不住，自會求和，如今我軍敗了，他豈會害怕？」

「你這便是只知其一不知其二了。這次撤兵，並不是我們打了敗仗，那是大汗的妙計，想要教崇禎越發倚重袁崇煥，如此他才好借機進言，金兵勢大難敵，不如議和等等。你沒見到嗎？大漢單人獨騎靠近明軍，明軍軍中便有兩名將領，隱約是謝尚政、林翔鳳過來參見大汗，耍了幾下刀槍，其實是爲袁崇煥傳話，請大汗先退兵數里，等崇禎召見時便可進言。看來大事不久既要成功了。」

「袁崇煥如日中天，正受崇禎寵信，他何苦如此？」

「小寧，這還不明、明白？袁崇煥怎麼這般名重、重朝野，還不是沾、沾了大汗的光，若不是大汗，他怎會……」咕咚一聲，鮑承先話未說完，卻一頭栽倒地上，頭盔甩出老遠，險些滾到火中。

「飛鳥盡，良弓藏。狡兔死，走狗烹。未思進先思退，袁崇煥果然聰明過人。」寧完我雙掌啪的一拍，卻又怕驚醒了那兩個太監，吐吐舌頭，回頭去看，見他們沒什麼動靜，才道：「夜深了，先各自散去吧！免得明日誤事。」

「也好！」高鴻中點點頭，又指著睡倒在地的鮑承先道：「他醉得死豬似的，哪個架得動？就教他歇在這裡，你照看他一夜吧！明日再教他請酒。」

起身與巴克什、達海出帳走了。寧完我壓滅了火種，和衣要睡，忽然哎喲哎喲地雙手捂了肚子，不住呼痛，掙扎著向帳外邊走邊咕噥道：「想是羊肉烤得不熟，這該死的巴克什、達海，他們倒是茹毛飲血的慣了，卻這般害我們。哎呀，好疼！竟是要拉肚子了。」

楊春、王成德聽得腳步聲遠了，又側耳細聽鮑承先鼾聲如雷，睡得極爲沉重，急忙用牙齒去咬繩索，好在捆得不算太緊。不一會兒，竟將繩索咬脫，躡手躡腳地出帳，聽聽四周毫無聲息，原來這座帳篷就在金營的營邊，往外是無邊的荒野，二人仰頭看看星斗，認準了方向，沒命地狂奔起來，頃刻間消失在沉沉的夜幕之中。

南海子是北京城南的一片低窪野地，樹木茂密，野草叢生，到處都是大片大片的蘆葦，高過人頭。垂柳依依，荻花瑟瑟，麋食澤草，鷗鷺翔集，一年四季，景色頗佳。此處人煙罕至，常有野獸出沒，自元朝忽必烈定都後，便成了皇家的獵苑，閒雜人等不可隨意出入。此時，天已隆冬，蘆葦早已乾枯，但依然葉葉交錯，茂密如昔，楊春、王成德二人常年在郊外牧馬，地形極是熟悉，一頭鑽入蘆葦蕩中，眨眼沒了蹤影。寧完我鬼魅似地從暗處閃身出來，看著他倆逃走，轉回帳中，那鮑承先竟也醒了，已沒有絲毫的醉態，二人相顧大笑。

袁崇煥逼退了後金兵，回守廣渠門韋公寺大營，神色略顯疲憊，卻毫無睡意，臉頰的傷處雖敷了金創藥膏，依然火辣辣地疼。仗雖打贏，他心裡卻頗爲憂慮：祖大壽帶的不過是先頭的馬軍，步軍仍未趕到，若後金兵反撲過來，怕再難如此僥倖取勝了。正自沉思，祖大壽等人說笑著進來，一齊拜見道喜。眾人並未理會他臉上的笑容竟有些凝結，祖大壽帶頭道：「督師，此次京城下打了勝仗，正可一展我關寧勁旅廝殺對陣的好身手，教那些朝臣們看看我們如何保家衛國英勇殺敵，往後別再拖延遼東的糧餉了。」

「復宇，後金兵尚未退走，此時這樣說話似嫌早了。」

「早什麼？後金兵再來，我們就再拼殺一回，教京城的人們多開一次眼界。」祖大壽磨拳擦掌，大半年沒有仗打，他似是有些心癢難過。

袁崇煥看著他那剽悍的身軀，淡然一笑道：「仗有你打的，何必如此心急？何可綱怎麼還沒到？」

「他在後面統領大隊人馬，卑職心急就先行了一步。」

袁崇煥嘆口氣道：「他們還有幾日可到？」

「三、五日吧！打了勝仗，督師怎的還如此鬱悶？」

袁崇煥蹙眉道：「哎！這一仗我們贏得實在僥倖，用兵之道，僥倖得勝，比打敗仗還糟。我一直在想，皇太極十萬人馬似是並未全部參戰，可是有什麼詭計？」

祖大壽不以為然，笑道：「想是督師屢敗後金，他們見了督師旗號，心中先已怯了，鬥志不堅，遲疑不前，未見得是有什麼保留。」

袁崇煥不置可否，唏噓道：「區區九千人馬抵擋十餘萬大軍，我想起來也有些後怕呢！敗當在情理之中，可是一旦敗了，真不敢想哪！」他苦笑著搖搖頭，「我是怕明日皇上又來旨催促出戰，關寧大軍未到，宜守不宜戰呀！好啦！都回去歇息，明日說不定又是一場惡戰。」幾句話說得眾將心頭沉重起來，初戰告捷的喜悅一掃而光，默默地退了。

次日拂曉，袁崇煥一覺醒來，探馬報說皇太極已退兵南海子一帶，便有心派火器營偷襲後金大營，剛剛集齊眾將，御前太監金忠傳旨命他與祖大壽入城議餉。二人騎馬到了東華門，天已大亮，崇禎皇帝早已等在建極殿後左門，韓爌、李標、錢龍錫和新近入閣的成基命四位閣臣環列左右。袁崇煥、祖大壽和稍後趕來的滿桂行了叩拜大禮，崇禎並未賜座，只淡淡地問道：「袁崇煥，你可還記得一年以前，也是在此，你當著朕的面兒說了些什麼話來？」

袁崇煥一怔，不是有旨意要議餉嗎，怎麼卻問起舊事來了？他原本故地重遊，想起去年的豪言，至今未能多所踐行，已如芒在背，聽皇上如此問話，陡覺汗顏無地，心裡隱隱泛起一絲絲寒意，問道：「皇上，勤王兵馬日多，軍中糧餉已近枯竭，須……」

「先不談軍餉的事，你回朕的問話。」

「臣當年放言五年復遼，按期而核，尚有時日，皇上……」

「哼！按期而核，朕的人頭還在嗎？」

「皇上何出此言？臣不勝惶恐。」

「何出此言？皇太極統領大軍到了城下！遼東你是怎麼守的？」

「皇上，遼東固若金湯，是皇太極狡猾……」袁崇煥十分疑惑，縱敵入關之罪不是說在劉策嗎？怎麼怪到自己頭上了？

崇禎看看神情有幾分委頓的袁崇煥，壓下了幾分火氣。幾天來，他心裡暗暗思索著一個個疑團：袁崇煥早有奏摺說後金會從薊鎮入侵，難道他預知此事？未奉旨便來入援，還來得這麼快？一路尾隨後金，不顧朝廷駐守薊州的禁令與皇太極一前一後來到京城之下？一再不願與後金決戰……？難道那些傳言並非捕風捉影，袁崇煥眞的通敵？疑點重重，令人不安，可又實在不願信實，他暗暗嘆口氣，揮手道：「傳楊春、王成德上來。」

楊春、王成德二人依然衣衫不整，身上污穢不堪，外衣有幾處掛得破裂，楊春竟只穿了一隻靴子，想必逃得慌忙丟了。二人叩頭道：「奴婢們拼命逃出來，只求萬歲爺能知道這個天大的陰謀，就是死……也瞑目了。」

崇禎冷冷地看著，袁崇煥越聽越覺心驚，到後來臉色蒼白如紙，全身冰冷徹骨，心頭一陣陣痛如刀割，不料那楊春、王成德二人說到最後，竟爬起身跳到他面前，啐道：「呸！袁崇煥你這叛國背恩的無恥小人，皇上對你天高地厚之恩，你卻暗地裡投了皇太極，我們非但要戳穿你心底天大的陰謀，就是拼了這條賤命，還要揭下你的假面皮來！」

二人說著便要上前撕咬，祖大壽早已按耐不住，鬚髮戟張，擋在袁崇煥面前，喝道：「你這兩個刑餘的閹狗，怎麼也不會吐出象牙來！袁督師赤心報國，豈容你們誣陷？」

袁崇煥大驚，伸掌猛地一推他道：「皇上面前，小心失儀！」

崇禎臉色已變，不料卻厲聲道：「朕何時說袁崇煥通敵來？朝廷重臣，豈容你們兩個賤奴肆言！還不滾了！」楊春、王成德二人一直供職牧馬廠，地位尚不如在內廷灑掃的太監，也不知多少禮數，只想萬歲爺疑心袁崇煥，我們怒罵他一番，便是討好了萬歲爺，哪想竟忤了聖意，急忙連滾帶爬地去了。

「元素，可有此事嗎？」崇禎不露聲色，慢慢呷了一口熱茶，身子慢慢往後靠了，他昨夜四更見到了楊春、王成德二人，十分震怒，幾乎徹夜未眠，此時才感到異常疲憊。

事出倉促，不但袁崇煥、祖大壽二人又驚又怒，就是幾個閣臣和滿桂也吃驚非小，各自思想著如何勸諫。袁崇煥叩頭說：「皇上將遼東重任付與微臣，臣不敢欺瞞，事事都專摺請命，並無私下通敵一事。」

「不敢欺瞞，誰准你斬殺了毛文龍？」

「……？」袁崇煥一時語塞，驚愕得睜大眼睛，抬頭望著皇帝，竟不知如何對答。

「毛文龍一死，東江無力牽制後金，他們才放膽長驅直入，蹂躪京畿。數日以來，京城內外惶恐不安，百姓們都罵你什麼，你想必也會有所耳聞！」

「臣聽說了。投了袁崇煥，韃子少一半……他們不明眞情。」

「眞情是什麼？百姓傳言自然不能全信，可此事都是空穴來風嗎？」

「皇太極四處燒殺擄掠是實，可臣並無資敵之舉。」

「你私下與皇太極和談，當朕不知情？朕問你，若非朕一再嚴旨催促，你在城外屯駐多日，爲何不與建虜決戰？」

「皇上，虜軍勢大，在京師與虜決戰尤須持重，不容有絲毫的閃失。關寧步軍尙須幾日方能抵京，臣以爲那時再與虜戰方可穩操勝券。」

「哼哼，那前日出戰何以得勝啊？」

「全憑皇上神威，才僥倖小勝。若再戰，臣實在沒有必勝的把握……」

「朕哪裡會有如此神妙的本事？必是暗中有什麼名堂吧！」崇禎不住冷笑，霍地站起身來，咬牙道：「袁崇煥，朕以遼東事付你，本想掃平邊患，誰知竟致胡騎狂逞，烽火京師！你身任督師，不先行偵防，卻縱敵深入內地，雖說晝夜兼程，千里赴援，尙未盡失報國忠君的心腸，如何又箝制將士，不肯出戰，依城坐視，任其淫掠？錦衣衛何在？將袁崇煥拿下！下鎭撫司看管，即日革職聽勘！」

第十九回

寫蠟書勸歸祖大壽
貪厚祿出賣袁督師

眼看著糧餉將要耗盡，聽說督師被打入了詔獄的死牢，進城救督師不可，城外駐守也不可，祖大壽束手無策。正在焦急，何可綱率領大隊步軍到了，二人商議一番，督師勤王都被下了大獄，我等還想什麼在此立功？先回遼東再說，免得在此空耗，大軍無餉嘩變，局面難以收拾。正在猶豫不決，城頭上有人大喊：「聖旨到！宣祖大壽，何可綱接旨！」

幾位閣臣大驚，韓爌乃是袁崇煥萬曆己未年考中進士時的座師，不好說話，心中著急，偷偷以目示意身邊的錢龍錫。錢龍錫自袁崇煥起復後，二人往來甚密，宮裡已傳出消息，說他倆暗自結黨爲奸，自是不敢開口講情，只將眼睛盯著李標。李標見皇上心火正盛，心下十分躊躇，暗忖：此時硬勸，弄不好反而火上澆油，害了袁崇煥。思慮及此，便裝作沒有看到，竟將臉轉到一旁，對殿上的一切恍若未聞。新入閣的成基命平素極服膺袁崇煥的治邊之才，又見其他三位閣臣默然無語，只得跪下道：「皇上，臨陣斬殺主將不吉，當今眾敵壓境，首務在於禦敵，剿滅建虜，非袁崇煥不可，陛下三思。」

崇禎擺手道：「臨敵易將，兵家所忌，但勢已至此，不得不如此！」

「那兩個太監的話並不可輕信，免得中了皇太極的奸計。」

「哼！你可是說群英會蔣幹中計？皇太極這點兒雕蟲小技，也瞞得過朕嗎？皇太極在演戲，你們以爲朕會信實嗎？不必再說了，先將袁崇煥押入詔獄，不然京師流言不息，人心難安。」

「皇上！袁督師有大功於國，且一向忠心耿耿，臣願以闔家老幼保他無罪，求皇上開恩！」祖大壽面孔煞白，咫尺天涯，饒是叱吒風雲的猛將，見了皇上赫然震怒，竟也嚇得四肢戰慄，良久才轉過神來。

崇禎臉色一霽，安撫道：「此乃袁崇煥一人之罪，與卿和關寧眾將士無關。」

「微臣世代戰守遼東，自曾祖父鎮、祖父仁、父承訓到臣已歷四世，薄積戰功，多有官誥和贈蔭，臣願以這些封賜爲督師贖罪！薊遼少哪一個都無大礙，卻不可一日無袁督師！」祖大壽征戰沙場，不擅言辭，情急之下，論辯起來竟極有條理，而語出肺腑，令人動容。

崇禎未置可否，勸慰道：「卿先下去吧！回營後，務必安撫好軍心。」

「督師不回，臣獨自回營，豈不成了畏刀避劍的小人？如何向眾將士交代？」祖大壽平時只服膺袁崇煥一人，其實眼裡並沒有多少皇帝，遑論這些閣臣，今日見崇禎不問青紅便要將袁督師下獄，而三位閣臣竟不出一言相救，早已寒心，索性將生死置之度外，大聲抗辯。

「復宇，不可放肆！這豈是忠臣的言行？快回營去吧！」袁崇煥喝止道。

「督師——」祖大壽含淚道：「他們這般誣陷你，怎的還不容我們說話了嗎？」

崇禎見祖大壽眼裡只有袁崇煥一人，心頭怒氣更盛，臉色登時又青又白，一句話也說不出來。大冷的天兒，額頭上竟冒出了一層細密的汗珠。閣臣們見祖大壽頂撞皇上，暗怪他鹵莽，成基命急忙道：「皇上，軍情瞬息萬變，軍中不可一日無主帥，不然爲敵所乘，京城之危何日可解？」

「此事容易，朕的意思是分設文武兩經略，新任本兵梁廷棟爲文經略，滿桂爲武經略，暫代袁崇煥總理各路援兵，節制諸將，各賜尚方劍，以崇其威。」

滿桂在一旁看得心驚肉跳，他雖說曾怨恨袁崇煥偏袒趙率教，可如今趙率教已戰死遵化城外，二人的恩仇已煙消雲散，何況他內心絕難認同袁崇煥資敵，聽崇禎命他節制諸將，跪了道：「皇上，臣只是一介武夫莽漢，才不堪此大任。請皇上收回聖命。」

「朕意已決，就這決定了。」崇禎閉上眼睛，錦衣衛推搡著袁崇煥下殿。

「臣無罪！」袁崇煥屈膝叩了頭，見崇禎冷著臉，一聲不吭，眼皮微微抬動了幾下，卻又緊緊閉合著，起身默然地出來。

「督師——」祖大壽不捨地跟在後面。

袁崇煥回轉身來，仰望著高大雄偉的建極大殿，那高聳的殿頂上金黃的琉璃瓦，在冬日的日頭下閃閃發光，他那略顯蒼老憔悴的臉上竟擠出一點笑意，轉頭道：「復宇，好生回營，萬萬不可造次啊！」

「是呀！切不可幫了倒忙。等皇上回心轉意時，也好從中斡旋。」成基命拉著祖大壽的衣袖，低聲勸說。

祖大壽哭著回到大營，眾將士聽說督師被捕下獄，驚怒萬分，個個放聲大哭，整個軍營登時亂作一團。祖大壽安撫眾人回營，不可造次生事。將士們無奈，各自回去，一連三天，等不到督師的消息，都覺心灰意冷，一時間流言蜚語不絕於耳，軍心散亂，惶惶不可終日。京城的百姓過慣了悠遊自在的日子，多少年來沒有經歷過戰禍的煎熬，心裡早已恨極了袁崇煥，聽說皇上將他下了詔獄，大快人心，竟成群結隊地登上城頭，對著大營不停地罵遼東將士是大漢奸，與後金沆瀣一氣，那些年輕力壯的男子紛紛朝下扔石頭，砸傷了數百個軍士。一名千總悲苦難忍，推出了一尊虎蹲火炮要向城上還擊，祖大壽大怒，當即將他打了一百鞭子，穿耳遊營，下令城池百步之內將士不得靠近。眼看著糧餉將要耗盡，聽說督師被打入了詔獄的死牢，進城救督師不可，城外駐守也不可，祖大壽束手無策。正在焦急，何可綱率領大隊步軍到了，二人商議一番，督師勤王都被下了大獄，我等還想什麼在此立功？先回遼東再說，免得在此空耗，大軍無餉嘩變，局面難以收拾。正在猶豫不決，城頭上有人大喊：

「聖旨到！宣祖大壽，何可綱接旨！」

祖大壽、何可綱心頭有如火石一般閃亮：可是要赦免督師嗎？忙飛奔出來，營中許多將士緊隨其後。二人跪倒城下，抬頭仰望，見一個身穿朱衣的太監捧著明黃的絹緞開始宣讀，「奉天承運，皇帝詔曰……」祖大壽見那太監似是乾清宮御前太監金忠，聽著他那尖細的嗓音甚爲刺耳，越聽越覺心驚，盼來的不是什麼赦罪的聖旨，卻是定罪的詔書：「此乃袁崇煥一人之罪，與眾將士無干」。袁督師就這麼完了？臉色變得煞白，心中大痛，眼前一黑，幾乎摔倒。城下早已一片哭聲，驚天動地，城頭上的百姓卻一齊歡呼雀躍起來，拍手道：「捉了大漢奸，捉了大漢奸！」一邊痛哭，一邊歡笑，煞是熱鬧。

「走！」祖大壽暴喝一聲，起身回營。

「什麼？他們回了遼東？」崇禎接到東廠的急報，一下子呆住了，惱怒道：「果然帥驕兵惰，看來他們是不想替朕出力了。袁崇煥，你竟如此忠心嗎？」

「皇上，不可放他們回去呀！關寧兵馬最爲精銳，若他們走了……」閣臣成基命與兵部侍郎署尚書事劉之綸進來叩拜，都是一臉的焦急之色。

崇禎怒氣難息，擺手道：「你們不要說了，朕明白。朕是不相信走了遼東兵馬，天下就沒了勤王之師！不是還有滿桂嗎！」

忽然門外有人回道：「那不一樣，滿桂的才能沒法子與袁崇煥相比。」崇禎扭頭見白髮蒼蒼的首輔韓爌走了進來，才幾天的工夫，鬚髮竟如霜雪一般。他一下子明白了，原來韓爌一直在背後拿著主意，賜了座，菀爾笑道：「象雲先生，你可是在替袁崇煥講情嗎？」

「不是。老臣不是替他求情。」

崇禎頗覺意外，知道他與袁崇煥有師生的名分，問道：「是避嫌嗎？」

「臣有心避嫌，此時卻顧不得了。皇上將袁崇煥下獄，臣當時未發一言，確是不便說話，袁崇煥是臣的門生，臣爲他辯駁怕難以從公從允，皇上當時想必也會這麼看。臣擔心激怒皇上，一則難有救護之功，二則也傷皇上之明。臣只好不說話。臣下朝後，依然進退無據，勢處兩難，草了乞休的摺子，便想回家頤養天年，遠離是非，落個耳根清淨。可是臣思忖再三，臣不能那麼做，那樣是能避嫌，可是心卻不得安寧，食君之祿，事急臨身，卻只想自各兒的進退安危，對不住皇恩，對不住這些俸銀。」他本來走得急切，進了暖閣，渾身已微微帶汗，臉色漲紅，鶴髮童顏，飄飄然竟有些出塵的氣度。

「可是怨朕將袁崇煥下獄，才想乞休的？」

韓爌搖搖頭說：「臣並非想一味袒護袁崇煥，聖人說：當仁不讓於師，何況他只是臣的一個門生。事到如今，也是他咎由自取，怨不得別人。誰教他擅作主張呢！」話音一落，成基命與劉之綸二人心頭不住納悶，不知他葫蘆裡賣的是什麼藥？怎的不勸反而順著皇上說呢？

「那先生趕來何事？」

「臣有幾句話來問皇上，又怕觸了聖怒。」

「只要不是教朕即刻放了袁崇煥，但講無妨。」

「事關聖譽，不敢話入六耳。」

崇禎蹙起眉頭，吩咐道：「小淳子，伺候紙筆。」

韓爌取筆在手，將紙在膝頭展開，揮筆而就，摺了兩摺，遞與曹化淳，向崇禎道：「皇上不必說話，只點頭或搖頭即可。」

崇禎見他神秘其事，將紙片展開，見上面嚴正地寫著兩個字：遷都，面色沉了下來，連連搖頭，韓爌撲倒在地，叩頭道：「皇上英明，皇上英明！」

「起來說話。」

韓爌早已老淚縱橫，哽咽道：「臣知道皇上要做中興之主，斷不會如此的。臣還有兩句話要說，皇上以爲後金不從山海關進犯，卻繞道蒙古草原，便是袁崇煥通敵嗎？」

「單憑這一點難以定論，朕也不願意冤枉他，畢竟有功於遼東嘛！可是袁崇煥早有奏摺說後金會從薊鎮入侵，難道他預知此事？未奉旨便來入援，還來得這麼快？一味尾隨後金，不顧朝廷駐守薊州的禁令與皇太極一前一後來到京城之下？這些只是巧合嗎？如今京城上下流言四起，教朕怎麼辦？」

韓爌聽出皇上並未有將袁崇煥置於死地的打算，心頭略安，與成基命、劉之綸對視一眼，又說：「大明朝兆億生民，後金怕哪一個？」

「怕袁蠻子呀！」

韓爌搖頭道：「臣斗膽，皇上這話只對了一半。」成基命、劉之綸聽他說出，幾欲咋舌，心裡暗暗爲他捏把汗。但見他侃侃而論：「後金害怕袁崇煥不錯，可是若把袁崇煥放歸老家，或是另行任用，後金還怕他不怕？後金明裡是怕袁崇煥，其實是怕朝廷重用他，命他鎮守遼東，使他們不能南進半步。後金怕袁崇煥，根子上是怕明君聖主。老臣自神宗爺起到如今再蒙皇上恩典入閣拜相，三十多年了。神宗爺、光宗爺、熹宗爺，憑天良說話，別的不敢說，視朝勤勉都比不得皇上，用人和馭下上也少著皇上幾分銳氣。老臣領會得皇上的苦心，袁崇煥下獄也是情非得已，京城烽火，燕山雲冷，實在是百餘年來不曾有的結局。遍地狼跡，生靈塗炭，流言洶洶，民怨沸騰，袁崇煥通敵一事若做了實，不用皇上下旨，就是京城百姓一人一口唾沫，也將他淹死了。此時，說不定就有許多人想著要向他開刀問罪呢！暫時將他下獄，皇上用心也是極爲良苦。」

成基命、劉之綸聽了，忙都隨聲附和，心裡暗讚：薑還是老的辣，先抑後揚，不動聲色，給了皇上一個大大的臺階下，這勸諫的功夫眞是爐火純青了。成基命敬重韓爌是東林前輩，年老位尊，今日見他卻似諛臣的模樣，心頭略有些憋堵，情知他是好意，不好分辯什麼，輕輕地乾咳了一聲，透出一口氣來。崇禎面色緩和下來，直起身思忖道：「朕不會中了皇太極的道兒，那點兒計謀便想瞞過朕，他也太托大了。朕知道皇太極是在演戲，豈會信實？」隨即面含笑意：「先生你也不必給朕戴高帽，朕也不中你的道兒，袁崇煥嘛，必要教他知道儆戒，不可隨意放肆了。關寧軍就由先生想法子追回來吧！」

「解鈴還須繫鈴人，袁崇煥比臣有用，如今敵勢甚熾，遼兵無主，不如放出袁崇煥以安軍心，命他驅逐滿虜出境贖罪，遼兵自然不會潰敗，一舉兩得，皇上……」

「朕明白，守遼非蠻子不可，將他羈押詔獄不如教他前去邊塞立功。只是他太任性，磨磨他的火氣，再另議擢用不遲。」

「當今情勢危急，臣擔心到了不可收拾的地步。皇上既有心還用他，還是以早為上，權變一二……」

崇禎冷笑道：「朕不信祖大壽和那些遼東兵馬只聽袁崇煥一人節制！」

「聽袁崇煥節制即是遵奉王命，並無什麼分別。」

崇禎哼了一聲，怒道：「袁崇煥何曾將朕的話放在心上？誰教他私自與滿虜議和？滿虜乃是女眞餘孽，周為肅愼，隋、唐稱為靺鞨，萬曆皇爺封努爾哈赤為龍虎將軍，替我朝守邊。東胡各族自古都是中國臣民，歷代莫不如此，何嘗是另建一個邦國！袁崇煥不思如何收復河山，出民水火，為思謀與虜酋暗中議和，如今滿虜兵臨城下，朝野洶洶，朕如何對祖宗對天下？」

韓爌不敢再勸，恨聲說：「皇上所言極是，袁崇煥實在鹵莽了。和議喪權辱國，東虜得寸進尺，氣焰囂張，越發不將我大明放在眼裡，實在貽禍無窮。皇太極不過東胡的梟雄，如何配與我朝結城下之盟？此事斷不可行！臣想袁崇煥也不過是虛與委蛇，並非眞心，所謂兵不厭詐，全為事功。他一介武夫，只顧了遼東，看不到局外大勢。」

崇禎怒氣略息，揮手道：「先生起去吧！關寧鐵騎可是不等人的。至於袁崇煥，朕再想想怎麼處置他。」

「臣想先見見他。」

崇禎點頭應允，曹化淳小跑著進來說：「萬歲爺，有個叫程本直的，專程從遼東來，在午門外爲袁崇煥跪請鳴冤。」

「將他轟走，再若來時，不必留情！」崇禎皺眉說道。

袁崇煥在詔獄已三天了。雖說眼下正走霉運，可是像他這樣的封疆大吏，位尊權重，如日中天，說不定皇上一句話便又起復了，慢怠刁難豈非自討苦吃？鎮撫司摸不準皇上的心意，上下倒也不敢爲難。說是關押，卻是單間牢房，極爲潔淨，桌椅板凳筆墨紙硯一應俱全，飯食也有酒有肉，都是專門請了廚子單獨做的。可袁崇煥卻吃嚥難下，坐臥不寧，白天已聽不到城外的炮聲，周圍監牢裡卻不時傳來受刑囚犯撕心裂肺的哭嚎，極是陰森可怖。他想著城外露宿的關寧將士，想著戰局，不知皇太極動向如何，暗自焦急。

入夜北風吹窗，嗚嗚作響，一彎冷月射出屋內，靜臥床頭，倍覺淒涼，想著戎馬半生，盡力邊事，出生入死，卻落得羈身詔獄，不知罪名何日洗刷，心中忿忿不平，一腔怨恨無處發洩，獄中對月，別是一番滋味在心頭，人有悲歡離合，月有陰晴圓缺，此事古難全，胸中塊壘難消，不由眼淚長流，悲從中來，取筆在手，伏案疾書，寫罷反覆吟哦幾回，擲筆大笑，笑罷又哭。天下的獄卒多會察言觀色，任憑他哭笑，也不敢過來勸解阻止。袁崇煥哭笑累了，閉目養神，良久昏昏欲睡。突然聽到一個蒼老的聲音傳來，極是稔熟：「打開牢門！」睜眼一看，見那獄卒將門鑰撥弄得嘩嘩作響，門外赫然站著自己的恩師韓爌，一襲灰布棉袍，外罩大氅，宛如古松蒼柏一般。他身後黑鴉鴉擠滿了人，李標、錢龍錫、成基命、劉之綸等不下十幾個人。他慌忙翻身下床，叩頭便拜：「恩師深夜光降，弟子有失遠迎，該死該死！」

「起來起來！」韓爌邁步入內，伸手將他拉起，看他臉上淚痕兀自未乾，長嘆道：「太史公說：夫天者，人之始也；父母者，人之本也。人窮則反本。故勞苦倦極，未嘗不呼天也；疾痛慘怛，未嘗不呼父母也。大丈夫快意恩仇，敢愛敢恨，談笑哭嚎也屬平常，並非咄咄怪事。只是你好多的事都是處置不當，倒也怨不得別人。」

「恩師，弟子一心忠君報國，不想卻有此大難。」

「崇煥，你到今日還不明白嗎？當日你到府求見，老夫沒有見你，你明白其中的緣由嗎？」韓爌見他欲言又止，神情極是爲難，又說：「你要是只以爲老夫是避嫌，那就錯了。老夫爲何要避嫌，你想過沒有？」

袁崇煥沉吟片刻，才道：「弟子久居遼東，不諳朝廷事體，實在說不出。」

「看來錢閣老說的話，你竟未放在心上，也沒細加揣摩。老夫問你，哪個教你入援京師，皇上可有明旨？」

「只是焦心君父安危，千里馳援，全爲事急，未曾多想。此事皇上曾明旨褒獎，並未責怪呀！」

「此一時彼一時，此事你做得不夠周全，瓜田李下，難保不令人生疑。老夫再問你，入城可是奉詔？你不必說，老夫也知道皇上沒有旨意。你未見皇上，老夫能在府裡見你？如此致皇上於何地？崇煥呀！做什麼事都不可逞一時之勇，要權衡大局。遼東在你看來是全局，但在朝廷看來不過一個無憂角。朝廷大局你不曾慮及，若教君父無憂，也就罷了，可……唉！」

韓爌長嘆一聲，搖一搖頭，換了話題道：「老夫不允你入府，想來你會耿耿於懷，今個兒老夫來是一表心跡，解了你心裡的疙瘩。還有一件事要奉旨與你商議。」

「請恩師吩咐。」

「祖大壽、何可綱帶著關寧精兵轉回了遼東，此事你想必還不知曉。」

「他們回了遼東？」袁崇煥絲毫沒有想到這一層，饒是見慣了戰陣肅殺，也覺吃驚，睜大了眼睛，問道：「他們什麼時候走的？」

「他們已走了一天了。老夫今夜來就是勸你將他們召回來。」

「皇上可有旨意？」

「只有口諭。」

袁崇煥神情黯然，搖頭道：「恩師，請恕弟子無能為力。」

「怎麼，你不想召回他們？」

「弟子如今是待罪之身，如何召他們回來？」

「你可寫信規勸他們。」

袁崇煥苦笑道：「不是弟子不奉旨，令恩師為難。弟子若還是督師，祖大壽自然會聽我節制，不必寫什麼信。可如今弟子乃是獄中的罪犯，如何能憑幾寸長短的紙條調動大軍？這信弟子怎樣寫法？再退一步說，弟子就是寫了信，祖大壽也未必會聽了。」

韓爌情知他心中的怨氣一時難以排遣，伸手將桌上的那張紙片拿起，見上面寫滿了詩句，開篇第一首題為《入獄》：

「北闕勤王日，南冠就縶時。
果然尊獄吏，悔不早輿屍。
執法人難恕，招尤我自知。
但留清白在，粉骨亦何辭。」

下面仍是一首五律，題作《獄中對月》：

「天上月分明，看來感舊情。
當年馳萬馬，半夜出長城。
鋒鏑曾求死，囹圄敢望生。
心中無限事，宵柝擊來驚。」

看罷默然良久，緩緩道：「老夫知道你心中怨氣頗重，可是怨天尤人何益？先賢說：夜深人靜獨坐觀心；始知妄窮而眞獨露。每於此中得大機趣；既覺眞現而妄難逃，又於此中得大慚忸。皇上掃除逆閹，慨然思有作爲，立志成爲一代中興之主，澄清天下，首重邊事，將遼東大任專付與你，一年以來，凡你所請無有不允，兵部、戶部、工部懾於皇上之威，軍械錢糧不敢稍有拖延。宮中舊例，酉時以後，所有奏摺不得遞入，但遼東戰事的摺子皇上明旨隨到隨報。皇上如此看重遼東，也是看重你呀！爲遼東早日收復，不惜嚴旨切責朝廷重臣，朝臣們就沒有怨言嗎？可是遼東怎樣了？皇太極兵臨城下，耀武揚威，雖說不應歸罪於你，可朝廷的兵馬錢糧大半集於遼東，禦敵於關門以外，本來就是你的份內之事，你若推脫怕是說不過去。」他停頓下來，看看門外，見典獄史早命人搬了一些椅凳，請眾人在外面坐了，壓低聲音道：「你想想皇上的顏面，心裡還冤屈嗎？還有京師的文武百官黎民百姓，你怕是得罪遍了。」

「皇上的顏面？」袁崇煥悚然似有所醒悟，驚愕地望著韓爌。韓爌點頭道：「皇上清除閹黨，君臨天下，雄視萬方，一心要做從古未有的聖主，從未將那些前朝的明君們放在眼裡，有一次一個臣子將他比作漢文帝，本來想要龍顏大悅，誰料皇上竟不以爲然，說那漢文帝不過中上等的皇帝，與他相提，不免貶低了。另一臣子急忙改口稱頌，說皇上乾綱重振，可比唐太宗掃蕩群雄，皇上面色和緩下來，淡淡地說唐太宗不愧一代雄主，但若說閨門無序，家法敗壞，朕羞於與他爭論。皇上這般地心比天高，要做帝王中的完人，不想卻教皇太極逼到了家門口兒，隨意往來城下，如入無人之境，能不惱羞成怒？」

袁崇煥心中猛地一悸，竟覺墜入了無底深淵般的莫可奈何，自己的座師都如此看待，他人可想而知，勢必有過之而無不及，他越想越覺徹骨的心寒，口中喃喃爭辯道：「數月之前，弟子曾有疏本稟報薊州兵馬羸弱，戈甲朽壞，奏請峻防固禦，可朝廷一味因循拖延，邊事哪個放在心上？如今苛責歸罪於弟子，實在難以甘心。」

韓爌道：「你以爲朝廷不想嗎！可是錢糧哪裡來？一時籌得出嗎？唉！唯平心者始知多心之爲禍。不必一味激憤舊事了，還是想想眼前吧！遼東兵馬已走了，你若這麼聽任他們出關，怎樣洗刷通敵的冤屈？崇煥呀，你好生想一想。」

「他們出關也勝過在這裡受弟子的連累。」

「唉！老夫明白你一時意氣難平，可這都是誅心之言，皇上若是知道了，你就是再守十年遼東抵得過嗎？你既然有心報國，這點委屈都受不得，皇上將復遼重任交付與你，不用說你未能禦敵於關門之外，單就你這番心思，老夫看來也是所託非人了。受得委屈才能成就大事，這個道理你不會不懂，古往今來多少聖賢莫不如此，不用老夫再多說了吧！」

袁崇煥低頭不語，韓爌見久勸難以奏效，心下頗為失望，拂袖而起，嘆道：「崇煥，老夫忝為人師，不能有片言相助，看來我與你師生之情已盡，當年你拜老夫幾拜，其實都是世俗的禮數，內心也未必服的。如今老夫便再還你，兩下算扯平了。你寫不寫書信，老夫不會再強勸，時候也拖延不起，只要你一句實話，老夫得了實信也好回去覆旨，免得帶累大夥兒。」說著便要下拜，袁崇煥急忙雙手扶了。兩人爭執不下，門外有人厲聲道：「袁崇煥，我素服你的名聲，不想你竟是這般欺世盜名，全無人臣的模樣！」話音未落，一個高大的中年漢子昂然而入。

「余大成？」袁崇煥認識來人，那漢子乃是江寧人氏，在兵部職方司任郎中，素有清執之名。當年袁崇煥任兵部職方司主事時，曾與他共事數月，縱論天下軍國大事，惺惺相惜，引為知己同道。余大成略略頷首，伸手指點道：「孟子說：天將降大任於是人也，必先苦其心志，勞其筋骨，餓其體膚，空乏其身，行拂亂其所為，所以動心忍性，增益其所不能。當年在兵部時，你攘臂談邊事，放言給你軍馬錢糧，一人守遼東足矣。皇太極兵臨城下，皇上為之焦勞，百姓飽受擄掠之苦，你豈可推脫得乾淨？你有冤屈，也當乘此時在天子腳下大敗虜兵，一舉解了京師之圍，自然洗刷乾淨了。自古做臣子的，苟利於國，不惜髮膚性命，鞠躬盡瘁，死而後已。你到了遼東，就是將性命託付遼東，你不惜戰死遼東，馬革裹屍，其實倘若有利遼東有利朝廷，死於沙場與死於國法有什麼不同？為人臣者終須以國家為重啊！」

「聞警馳援，我無負皇上。」袁崇煥陡覺心中一陣酸楚，幾乎要落下淚來，卻自忍住，片刻慨然道：「欲知肺腑同生死，何用安危問去留！我自到遼東，便有心與此事相始終，遼東一日不復，我一日不入關。此情上天可鑒，你們豈會不知，如何這般逼我？」他終於禁不住泗涕長流，大笑幾聲，連連拍打胸膛道：「難道我袁崇煥辛勞數年，征戰沙場，卻是沒有為君為國的心腸嗎？好！拿紙筆來，我寫！」

袁崇煥略一沉思，埋頭奮筆疾書。他滿懷一腔激憤，沉肘運腕，筆勢開張有如長槍大戟，森然逼人，片刻間便將書信寫好，擲筆復大笑幾聲，說道：「祖大壽性情至孝，其母隨在軍中，大壽若躊躇不決，可請老夫人勸說，千萬牢記！」

余大成點頭，取了書信請韓爌過目道：「首揆大人，事不宜遲，當連夜去追祖大壽。」

「好！皇上已經恩准成閣老所請，遣都司賈登科前往招撫。此時他已牽著御馬監的良駒，在廣渠門裡等著書信呢！」韓爌拉住余大成的手，將書信遞與他，又輕輕連拍了幾下，以示嘉許。

賈登科深知此事極為重大，關係京師安危，早在獄門外等候，忙將書信小心貼身藏好，連夜飛騎出城，向東北急追。到山海關也未見到祖大壽大軍的蹤影，問了山海關的守將朱梅，才知道他們昨日已出關北去。賈登科顧不得歇息，一刻也不敢停留，穿關而過，好在所騎的馬匹神駿異常，不到三個時辰，便看到前面的滾滾沙塵，揚手大叫道：「祖總兵，我奉袁督師之命，有信送你——」

祖大壽一聽袁督師有信送來，撥轉馬頭迎上，接信在手，見果是袁督師親筆所書，展信急讀，看了「復宇足下」四字，便忍不住淚水涔涔而下，下馬捧信大哭，將士們見了隨著一起大哭。何可綱本在前面開路，聽得後面一陣騷亂鼓噪，回馬過來，發狠道：「哭什麼？我們既是救不出袁督師，哭死也沒用！還不如省些力氣多殺幾個鞑子，也好告慰督師在天之靈。督師不是常說：死後不愁無勇將，忠魂依舊保遼東嗎，我們回到遼東，爲督師建個祠堂，樹個牌位，督師不是又與我們在一起了！照樣與弟兄們一起殺鞑子，守城池……」說著牙關緊咬，仰頭從馬上墜了下來。祖大壽忙將他摟在懷裡，在地上抓了一把雪，在他臉上來回搓弄了幾下，良久，何可綱才大叫一聲，甦醒過來。

祖大壽寬慰道：「可綱兄弟，督師還沒有死，這是他老人家親筆寫的信，教咱們回去守衛京師。」

「督師還沒有死？」何可綱聽了，竟歡喜得手舞足蹈起來，「方才你們一哭，我還以爲督師……」一時情動，哽咽難語。

「大壽呀！我看還是回去的好。」一個白髮如霜的老太太被一個丰姿綽約的少婦和一個小丫鬟左右攙扶著，顫巍巍地走過來，她便是祖大壽的老娘，丈夫祖承訓已死多年，爲不使兒子分心，她一直跟在祖大壽軍中，日常起居都由旁邊的少婦——祖大壽的媳婦左氏照料。賈登科見她們不請自來，心中竊喜。

「娘，京師眾人罵我們爲賊，扔石頭砸死不少弟兄。兒子派出的巡邏軍卒，竟被當成後金的奸細捉去殺了。我們拼著性命守衛京師，卻又何苦？」

「這些娘都聽說了，可是怎麼說也不能將督師一人丟在京師受苦？娘這樣回到寧遠，如何再見督師的家人？」

祖大壽見娘面有怒色，口中囁嚅難言。賈登科見他這統領數萬雄師的猛將，在老太太面前竟神情扭捏，溫順有如羔羊，大覺有趣。老太太當著眾將士的面，也不好再責備兒子，連色和緩下來，柔聲勸道：「娘自幼教導你忠君報國，不要辱沒了祖家的門庭。咱們反出關來，本來以為督師已經死了，乃是一時激憤，也怨不得哪個。可是督師並沒有死，謝天謝地，咱們再不知悔改，這樣返回遼東就是大錯特錯了，沒有絲毫的好處，只有加重督師的罪名。不如揮師入關，打幾個勝仗，再去求皇上赦免督師，皇上也是近人情的，想必不難答允。這樣豈不皆大歡喜？」

「將軍，娘說的極是，就是戰死在京城之下，也勝似這般灰溜溜地逃回遼東。你領兵反出山海關，就是我這婦道人家臉上也覺無光，何況將軍堂堂的大丈夫！好生回去，萬不可打錯了主意，悔恨不及。」左氏在一旁附和。

祖大壽點頭，親將老太太送回車上，便要傳令原路返回，卻見山海關來的官道上塵頭大起，一隊精騎旋風般而來，不由向賈登科變色道：「可是想脅迫咱回去嗎？」

何可綱咬牙道：「來一個殺一個，看誰有這樣大的狗膽！」

賈登科也覺狐疑，搖頭道：「我只一人出關，並未帶一兵一卒，何來脅迫之說？」

「量你也無此膽量！」祖大壽不住冷笑，他見慣了戰陣，多年在沙場肅殺，哪裡將這點追兵放在眼裡，喝令放箭。

賈登科見他如此驕悍，哂笑道：「祖大帥身經百戰，虎膽如斗，怎麼會如此輕率起來，也不看看來人是誰？」

祖大壽面色一紅，雙手阻止放箭。片刻之間，那隊精騎已來到近前，爲首的一人見軍卒們個個張弓而待，引而不發，驚得大喊道：「祖總兵，切莫放箭，末將是孫閣老手下游擊石柱國，奉孫閣老之命前來接應。」

孫承宗自熹宗朝即督師遼東，袁崇煥、祖大壽都曾在他麾下聽命，其時袁崇煥官寧前兵備僉事，祖大壽任游擊將軍，這些遼東的將士不少是孫承宗的舊部，素來欽服於他，當即放下弓箭。石柱國又將一封密札呈與祖大壽，原來孫承宗擔心有什麼閃失，寫信勸說祖大壽上疏自辯，又答應代爲剖白，殷殷囑咐他立功以贖袁崇煥之罪，祖大壽極是感激，隨即揮師入關。

皇太極不再攻城，連日率領大軍在京畿四周擄掠，分兵遊弋固安、良鄉一帶，得知袁崇煥下獄的消息，隨即趕回京師，至蘆溝橋遇到明軍車營。爲首的副將申甫乃是一個遊方僧人，自言擅造戰車，將一些獨輪火車、獸車、木製西式槍炮呈經御覽，崇禎也是病急亂投醫，見樣式奇特，特旨擢爲副總兵，撥糧餉召募了新軍。倉猝之間，召募的多是市井遊手好閒之徒，自然抵擋不住滿洲精騎，一觸即潰，片刻間全軍覆沒。皇太極兵不血刃，直逼臨永定門外。梁廷棟、滿桂所率四萬人馬本來分屯西直、安定二門，得知後金兵到了永定門外，滿桂帶領一萬人馬改屯宣武門甕城內。不想崇禎爲安定京師人心，屢屢下旨催促滿桂出戰禦敵。滿桂身經百戰，深知敵眾援寡，應當持重堅守，不可冒險求戰，但皇帝嚴旨催逼，實在無可奈何，只得留下五千人馬守城，與總兵孫祖壽、麻登雲、黑雲龍等率五千人馬，揮淚而出，在永定門外二里許紮營，列柵置炮，嚴陣以待。西邊一輪紅日沉沉將落，祖大壽放眼遠望，城外的一些茅屋草舍已成殘垣斷壁，幾處竟升起幾縷炊煙，驀地傳來一陣嚎啕的哭聲，他聽得心頭十分酸楚，幾乎要滾出淚來。

天將黎明時分，皇太極暗令部屬冒穿明兵服裝，打著明軍旗幟，趁著天色昏暗朦朧之際，突然攻入明軍大營。明軍發覺卻難分友敵，登時大亂，兩軍混戰在一起。滿桂身先士卒，奮力拼殺，一心指望梁廷棟率兵增援，可是梁廷棟在西直門的甕城裡龜縮不出。

滿桂勢單力孤，自辰時到酉時，殺得筋疲力盡，後金兵依然潮水般地湧來，滿桂又急又累，大叫一聲，身上的箭瘡迸發，墜下馬來。副將孫祖壽正要下馬搭救，一隊後金騎兵蜂擁而至，將他亂刀砍死，滿桂被踏成了肉泥。黑雲龍、麻登雲被擒，五千人馬全軍覆沒。

永定門外，硝煙漸漸散去，狼藉的屍體稀稀落落散布在平川曠野之間，無主的戰馬在寒冷肅殺的戰場上徘徊悲鳴。京師震恐。

已近年關，可是大敵當前，京師上下全沒有一點兒過年的景象，也沒有心思熱鬧。

錢龍錫一大早趕到內閣值房，逕直進了首輔的屋子，從袖中取了疏本遞與韓爌道：「首揆大人，這是我告病的本章，我要回華亭老家了。」

「怎麼不等過完年嗎？」錢龍錫的乞休，韓爌本在意料之中，只是沒想到竟如此之快。

「還過什麼年？哪裡有那心思！不瞞你說，自打袁崇煥殺了毛文龍，我便擔心怕有今天，可是終是難以逃脫，這怕是命中注定的。當年袁崇煥起復，我是抱著極大的期望，想有朝一日重振東林雄風，後來你入閣身居首揆，外有良將，內有重臣，東林漸有生氣，澄清天下自是不難，可惜袁崇煥因太急於事功了，一招不慎……哎！」錢龍錫再也說不下去，神情極是萎靡。

韓爌苦笑道：「稚文，當年的血雨腥風你沒經歷過，只是仰慕當年東林黨人，爲其不計生死忠心爲過的大義所激，後來你多年在南京爲官，實在體會不到其中的甘苦。當今閣臣之中，你我、汝立、靖之都廁身東林，孫稚繩也心向東林，於東林的長處體會甚深，卻少有看到其短處，東林多坦蕩君子，世人多不懷疑，可是東林持論失之於偏，你可理會得？」

「矯枉過正，也是應該的。」

韓爌心下頗覺不然，搖手道：「但如此一來，東林特立於朝，極易成爲眾矢之的，便是弊病。皇上對朝臣植黨極是不滿，不可大意。」

「我還道首揆大人是沒了壯年時的銳氣，卻原來有這般的心思。難怪你居中調度，不偏不倚，是怕皇上抓到把柄，如履深淵，戰戰兢兢，這首揆也沒多少滋味了。」

韓爌將疏本還與錢龍錫道：「外圓內方，不可爲爭一時之氣，譬如行棋布局，大勢爲重，不必糾纏細枝末節。總之，黨之一字，愼勿再提。」

「鳥之將死，其鳴也哀。人之將去，其言也善。我是回家頤養的閒人了，言語自然少了諸多忌諱，話從心出，口無遮攔，不轉什麼彎子，只是痛心東林這大好的光景轉眼化作煙雲，隨風而散，心有不甘。唉，多說也無益了，聽說皇上有意召周延儒入閣，我還是趕緊給他騰出地方吧！」錢龍錫嘆息搖頭，滿腹心事和盤托出，面色顯出幾分迷惘和盛宴將畢的淒涼。

韓爌大有兔死狐悲之意，黯然道：「稚文，你回老家也好，躲躲風頭，遠離是非之地。其實該走的是我，歲月不饒人，眞是頂不住了。」話一出口，便覺似有假意安撫之嫌，哈哈乾笑兩聲。

「首揆萬不可走，你走了東林大纛誰來撐起？」

韓爌沉思片刻道：「那就看情勢如何了，崇煥之事一日不了結，我心裡的疙瘩一日難去，一旦他性命不保，我……唉！勢必身不由己，心有餘而力不足呀！」

錢龍錫凜然道：「那就拼死一爭。」他一字一頓說出，心下想必極爲絕望。

「和誰爭？和皇上爭嗎？」韓爌搖搖頭，「徒勞無益，何必求此虛名。」

屋內一陣沉默，寂靜得令人尷尬。錢龍錫見不可再勸，正要起身告辭，卻見曹化淳一步跨進來，躬身道：「兩位閣老都在呀！」隨即挺直身子，正色道：「萬歲爺口諭。」韓爌、錢龍錫急忙起身跪倒。

「兵部尚書梁廷棟仰體聖心，替朕分憂，自請審訊袁崇煥，閣臣擬旨。」

韓爌、錢龍錫暗忖：這是刑部的職責，怎麼竟交與兵部？梁廷棟在遼東時，便與袁崇煥有隙，若他來審訊，想必凶多吉少了。曹化淳何等機靈聰慧，見二人目不轉睛地看著自己，嘻嘻笑道：「兵部有了袁崇煥通敵的實據，萬歲爺自然允了，哪個不想立功！」

「什麼？梁廷棟有了實據？」二人大吃一驚。

「是人證，小的本不該說的。」曹化淳眨眨眼睛，「不過，此事終瞞不得閣臣，兩位閣老平素極看顧小的，小的總要報答不是？」說著左右看了一遍，壓低聲音道：「那人是袁崇煥的同鄉，自幼在一塊兒玩大的知己。聽說就爲了一個總兵的職位……唉！防人之心不可無呀！小的告退了，這會兒萬歲爺那邊兒人手少。」拱一拱手，轉身走了。

「首揆大人，你可要救崇煥呀！」錢龍錫渾身冰冷，禁不住哆嗦起來。

韓爌長長嘆出一口氣來，悶聲道：「怎麼救？我身爲他的座主，難辭其咎，也不方便說話。那人是誰？怎的如此喪盡天良！」

「想必是謝尙政。衆將之中只有他一人與崇煥屬總角之交。」

韓爌心下大疑，急問道：「他怎麼到的城中，與梁廷棟交結在一起呢？」錢龍錫木然無語，只將頭慢慢轉動了幾下，看來也不知內情。

第二十回

破東林奸佞做閣老
毀長城大帥遭剮刑

梁廷棟哈哈一笑，離了書案，一拍他的肩膀道：「袁崇煥保住性命，也會丟官罷職，他這棵大樹你是依靠不上了。人家要倒楣，你何必要一起陪著？還是想想自救的法子吧！個人前程要緊呀！若是不識時務，違了聖意，哼哼……不用我多說，你也掂量得出來。」

謝尙政出賣袁崇煥一事並沒有多少人知道，他倆本是同鄉，自幼在一起玩耍，習學文詞武藝，後來謝尙政棄文專意習武，到了萬曆四十六年才中了武舉，一直並不得意。

明朝本有重文賤武的習氣，武舉若要授予官職，須有軍功才行。他與袁崇煥情交莫逆，袁崇煥升任兵備僉事，到了山海關，第一個上奏章保薦他，一步步提拔他升到參將，成爲心腹愛將，幾乎時刻不離左右，但職位卻在祖大壽、趙率教、何可綱等人之下。謝尙政本想憑著與袁崇煥多年的交情而不次升遷，可不料袁崇煥卻公私分明，懸望已久，未能如願，常有怨言。袁崇煥斬殺毛文龍後，謝尙政自恃功高，幾次暗示要做個總兵，袁崇煥並不理會，反而規勸了他一番。他心裡一冷，竟起解甲回鄉的念頭，並暗嘆仗劍出關，布衣歸家，囊中的銀子也攢得不多幾兩，實在羞見故鄉人，便暗中貪墨克扣糧餉，被袁崇煥發覺，謝尙政痛哭流涕，悔恨不已。袁崇煥思忖良久，命他儘快補上虧空，如何處罰以後再議。謝尙政心裡暗暗叫苦，銀子早已流水般地出去了，哪裡還補得上？心下爲難，悶悶地應了下來。不想接到皇太極入關的警報，袁崇煥暫將此事放到了一邊，率軍入關。袁崇煥下獄，謝尙政有心搭救，意在堵住袁崇煥的嘴，從輕發落，想起新任兵部尙書梁廷棟曾在遼東任職，與自己頗有些交情，便偷偷入城，遞上三千兩的銀票，求他講情。

梁廷棟隨手將銀票夾在一本書裡，示意他坐下細說，聽了大略，冷笑幾聲，說道：「這樣袁崇煥便會饒過你嗎？」

謝尙政遲疑道：「人心換人心嗎？再說卑職與他自小在一起，他、他竟如此狠心嗎？」

「你眞是個老實人。有沒有這麼狠心，我不好說，只是這麼多年你才是個四品參將，他對得住鄉黨死士嗎？」梁廷棟見他默然無語，笑道：「其實地上的路多得是，何必一條道走到黑？識時務者爲英雄，要懂得權變才好呀！」

「大人說的是……」謝尚政揣摩著他話中的意思，不敢貿然猜測。

梁廷棟卻似漫不經心，淡然道：「我看你著實爲難，畢竟你我一起在遼東待了不少時候，實在不忍心，向你透個口風。你道皇上爲何將袁崇煥下獄？」

「資敵呀！」

梁廷棟瞇起眼睛，搖手道：「這不過皮相之談，爲的掩人耳目罷了。」

「不是有楊、王兩個太監作證嗎？」

「那不過是皇太極的反間計，蔣幹盜書一類的勾當，皇上豈會信實！」梁廷棟不自覺左右看看，壓低聲音道：「皇上是疑心袁崇煥這兒有鬼。」邊說邊指指胸口。

「疑他不忠？」

「也可這麼說。當年誇口五年復遼，未見功效，口不應心，便是欺君之罪。擅殺大將，自然是藐視皇上。不殺他，皇上的氣兒如何消得了？」

「這麼說袁督師沒救了？」

「他沒救了你不是才有救嗎！」梁廷棟目光森然，隱隱含著一絲殺機，「不過，要殺他也要教天下人心服。五年之期未到，此時追究斬殺毛文龍之罪也有些遲了，出爾反爾總有些不是明君的氣度，皇上的氣兒也不好消呢！」他瞥一眼謝尚政，說道：「這個火候兒，要是誰能仰體聖意，替皇上分了憂，一個區區的三品總兵還不是探囊取物一般容易。允仁，你可明白我說的話？」

謝尚政見他繞了很大的圈子，覺得似是布下陷阱等人來鑽，心裡不由有了幾分驚悸，辭謝道：「有本兵大人、閣老們，還有許多的朝臣，卑職就是想盡心，也是沒份的。」

「你想錯了。」梁廷棟道：「話說到這兒，我不妨挑明了。其實要替皇上分憂，非你莫屬，你只要辦好一件事，袁崇煥再也不能奈何你了。」

「什麼事？請大人明示。」

梁廷棟起身走到書案後，指著紙筆道：「只寫一份證詞即可。」

「證詞？」

「不錯，你的話最可信，只要你說他資敵，袁崇煥自然百口莫辯了。」

「這……卑職自幼與他相交，情同手足，不好對不起他。」謝尚政神色一黯，將臉轉到一旁。

梁廷棟哈哈一笑，離了書案，一拍他的肩膀道：「袁崇煥保住性命，也會丟官罷職，他這棵大樹你是依靠不上了。人家要倒楣，你何必要一起陪著？還是想想自救的法子吧！個人前程要緊呀！若是不識時務，違了聖意，哼哼……不用我多說，你也掂量得出來。」他有意收住話頭，兩眼盯著謝尚政，見他面色一會兒蒼白，一會兒蠟黃，一直陰晴不定，聲調一緩，接著勸道：「俗語說得好：夫妻本是同林鳥，大難臨頭各自飛。若是袁崇煥引起大獄，你要想解脫乾淨怕是不易，還想著搭救他？韓爌、錢龍錫、李標、成基命幾人哪個不想救他？可是哪個又敢當面向皇上求情？你還是經歷得少，不知宦海的險惡呀！何必自尋死路呢？」

謝尙政低頭木然道：「大人，此事要是傳揚出去，我……卑職是怕遭人唾棄。」

「有心爲皇上盡忠，卻要糾纏於兄弟私情，如何能成大事？你若執迷不悟，我便將這張銀票與你克扣軍餉之事一併呈報皇上，那時休怪我不講情面了。」梁廷棟面沉似水，回身坐到書案後，端茶送客。

「大人莫要動怒，容卑職再想想……」謝尙政不想他會如此要挾，登時汗如雨下，暗悔不該將貪墨一事和盤托出，惶恐地站起身來。

「還想什麼？你等著坐牢吧！」梁廷棟將袍袖一拂，似已不耐煩。

謝尙政上前恭身道：「大人，卑職倒是可寫證詞，只是怕孤證不足憑信。」

「那你要怎樣？」

「卑職想求大人找到一個人。」謝尙政心頭長嘆一聲。

好春軒裡，周延儒與剛剛過府造訪的溫體仁圍几而坐，竹桌竹椅，桌上擺著幾味揚州小菜，一把宣德窰的青花執壺，兩個精致的酒杯。二人想必飲了幾杯，都寬了袍服，臉上有了細細的汗珠。周延儒淺淺呷了一口酒，半坐半靠著大紅的錦墊，身子微仰，雙眼望望溫體仁道：「大宗伯，看來銀子少了是辦不成什麼大事，我也沒想到小唐竟變得如此貪婪了。」神色有些憤憤然。

溫體仁乾笑一聲，將筷子放了，取手巾拭了一下微微發熱的臉頰，慨嘆道：「自古人爲財死，鳥爲食亡。這也怪不得唐之徵，他當秉筆太監一年多了，想必收的禮多了，世面見識廣了，胃口比不得當年了。再說當年爲了扳倒錢謙益，出出胸中的惡氣，你一出手就是八萬兩銀子，如今只將五千兩銀子與一些揚州、宜興土產打發他，越來越寒酸不體面，他自然看不入眼了。你想想，事情要做得機密，他還要暗裡打點求人，那御史曹永祚哪裡能不使銀子？劉文瑞等七人假作奸細充當乾證，能不使銀子？還有錦衣衛那邊可少得了？區區五千兩，豈夠使的？不但他落不到手裡多少，說不得還要往裡添些呢！他還是顧惜了上次的情面，不然豈會做這般受累不討好的事？你就不要再埋怨了，小唐做事向來對得住人。」

「毛文龍一死，斷了每年的冰炭敬等例銀，我去哪裡找許多的銀子來使？哼！都怪袁崇煥，本來相安無事，井水不犯河水，好端端的，偏逞什麼英雄，也不請旨便斬殺了朝廷的封疆大吏，眼裡哪裡有皇上？」周延儒心裡隱隱作痛，光那兩把名手製作的宜興壺就花了三千兩銀子，看來是送了個不識貨的，被當成了泥巴瓦罐。「嘿嘿，這樣便休怪皇上容不得他了。」

溫體仁冷冷一笑，「誰教他做事只顧前不顧後的，一時是痛快了，後果怎麼樣？」

「皇上並沒有怪罪他，我一直納悶，後來想想也明白了，皇上隱忍不發，是因遼東還要用他，權衡利弊，只好捨棄毛文龍了。」

「嗯！皇上忍得一時，怕是忍不了一世。袁崇煥有干城之才，皇上自然不會動他罰他，可是如今皇太極兵臨城下，蹂躪京畿，袁崇煥無可奈何，瞬息之間，不能驅除韃虜，掃滅狼跡，皇上用他之心怕是不會如往昔那樣堅定了。」溫體仁花白的眉毛高高挑起，將杯中的殘酒一飲而盡，「天作孽，猶可恕；自作孽，不可活呀！怨不得別人。」臉上隱隱顯出幾分得意之色。

「何以見得他失了聖寵？」

「你沒聽說袁崇煥請旨入城歇兵，皇上絕然不允，皇上是對他起了疑心。既生猜忌，袁崇煥的好日子便到頭了。」溫體仁見周延儒聽得入神，親手執壺為他斟滿了酒，嗅著琥珀色香醇的美酒，輕鬆道：「你這狀元府上的酒果然與別家不同，喝了想必會交華蓋運的，上次在府上叨擾了一回，至今回味起來，猶覺唇頰留香，只是我的酒量太淺，享不了多少。不過，這樣的好酒只該慢品細嘗，狂飲鯨吸實在是暴殄天物。」

周延儒哈哈一笑，說道：「大宗伯可是品出眞味來了，其實米酒還是浙江的正宗，江蘇不過學了些皮毛，當不得如此謬讚的。唉！大過年的偏偏這麼不太平，過得沒什麼滋味，還不如在南京時熱鬧，若不是大宗伯光降，卑職是沒心思動酒的。」

「老弟不是心疼沒了毛文龍那點兒冰炭敬吧？」溫體仁揶揄道。

周延儒面色微微一熱，好在酒已將臉膛染得紅亮，看不出絲毫的異樣，訕笑道：「老大人未免看低了卑職，卑職再窮，倒也不用等那些銀子買米下鍋……」

「玉繩，老夫不過說句笑話，萬不可當眞。」溫體仁起身踱步道：「銀子失一些不打緊，要緊的是不可隨意教不懂規矩的人得勢太久，將我等欺壓得喘不過氣來。東林黨人也太過蠻橫了，凡是換了新君，他們都要把持朝政，這次更是厲害，閣臣竟無一人不是出身東林，袁崇煥又在遼東統帥十幾萬精兵，若等他收復了失地，東林必然做大，那時更是沒有你我的立錐之地了。哈哈哈，好在天不滅曹，皇太極竟繞道入關，實在是天賜良機，趁此時機擺布了袁崇煥，看韓爌、李標、錢龍錫等人何以自安？」

周延儒暗忖道：眼下自各兒聖眷正隆，若閣臣爲之一空，倒是千載難逢的大好機緣。心念及此，不由笑道：「袁崇煥斬殺毛文龍後，朝野震動，抱不平者大有人在。聽說杭州人陸雲龍作了一部四十回的《遼海丹忠錄》，還有一部無名氏的《鐵冠圖》，都稱譽毛文龍，爲之鳴冤叫屈。」

「豈止如此？不平的大有人在，朝臣們有幾個不暗罵袁蠻子的？就是東林在野的清流陳繼儒、錢謙益兩個大名士也憤憤不平，遑論他人？皇上追究京師城牆不堅之罪，將工部尙書張鳳翔下了大獄，兵部、戶部、吏部的大小官員哪個不嚇得腿肚子哆嗦戰慄？營繕司郎中許觀吉、都水司郎中周長應、屯田司郎中朱長世偌大年紀都被責打八十，斃於杖下。雖說是皇上的旨意，可說不得會記在袁蠻子的賬上，如今人人自危，大夥兒能不恨嗎？」溫體仁住了腳步，回身坐下，熱熱的米酒下肚，愜意地瞇起小而亮的眼睛。周延儒附和道：「這個袁崇煥！實在教皇上失望了。」舉杯吃了一口，竟忍不住搖頭嗟訝，不知是惋惜還是憤恨。

「可是《遼海丹忠錄》、《鐵冠圖》都是街談巷議的野人之語，難入皇上耳目的。」

溫體仁話鋒一轉，「毛文龍是陳繼儒、錢謙益的記名弟子，想必給了他們不少的銀子，換來幾句伸冤的話也屬常情。至於有人說什麼袁崇煥揑造十二條罪名害死毛文龍，與秦檜以十二道金牌害死岳飛一般，實在是信口雌黃，全是激憤之言。袁崇煥有如秦檜不打緊，那皇上豈不成了偏安江南的趙構？如此議論不但於事無補，反會將事辦砸了。」

「也是。如今怨恨袁蠻子的人充盈朝野，只是都沒有什麼好法子治他的罪。」

「玉繩，事在人爲，也要看機緣如何，急不得躁不得呀！」溫體仁詭秘地一笑，端杯品飲，令人莫測高深。忽聽門外有人喝采道：「好酒！初春佳日，臨窗把盞，不是神仙也勝似神仙了。」

二人一驚，見兵部尙書梁廷棟一身青衣小帽地駐足在門口，一齊起身相迎。周延儒笑道：「大司馬光臨，排闥直入也太教學生失了禮數。」

梁廷棟的年紀資歷與溫體仁彷彿，此時大權在握，已成朝中的重臣，聽周延儒話語中似隱含一絲責備，竟不在意，捋一下花白的鬍子，搖手道：「老朽本來到大宗伯的府上請教，聽家奴說大宗伯正在少宗伯府上，自恃與周大人過從不疏，不揣鹵莽，貿然而來，也沒教下人們通稟，失禮失禮。」他看一眼桌上的酒肴，笑道：「到了庭院，一股酒香入鼻，一時情不能禁，口無遮攔，驚擾兩位了。」

二人的酒宴被攪擾，周延儒心裡隱隱有幾分不快，但見他出言豪爽，品級畢竟高於自己，不好怠慢，忙堆笑道：「豈敢，豈敢！莫放春秋佳日過，最喜風雨故人來。似大司馬這般的佳客，就是請怕也難請到的，幾杯水酒實在慢怠了。」寒暄之間，家人早已擺好了竹椅杯盞碗筷，三人落座。

溫體仁問道：「老兄不會是專心吃酒來的，可是事情有了頭緒？」

「不錯。」梁廷棟從貼身處取出一張紙片，遞與溫體仁道：「我已拿到了。這是過錄的副本，謝尙政親筆的證詞我已密奏入宮，此時也該送到皇上手上了。」

周延儒暗驚，怎的竟謀取了那謝尚政的親筆證詞？他可是袁崇煥的親信，不知上面寫些什麼，但顯見於袁崇煥不利，看來溫、梁二人早有預謀了。他心裡禁不住佩服道：這條計策果然毒辣，禍起蕭牆，變生腋肘，教人不信也難。溫體仁接過紙片只掃了一眼，並未細看，淡然道：「老兄深契聖意，出手果是不凡。玉繩，你先看看吧！我吃酒多了兩杯，老眼昏花的，怕瞧不真切。」

周延儒接在手中，邊看邊想：溫尚書想是怪梁廷棟搶了頭功，忙道：「有了謝尚政的親筆口供，我看這次袁蠻子是在劫難逃，出不了鎮撫司了。」

「事情沒有如此簡單。」溫體仁看看梁廷棟、周延儒，搖頭道：「謝尚政親筆錄下了口供，說是鐵證，其實也經不起仔細推敲。」

「如何經不住推敲？」梁廷棟一怔，他自天啓朝在遼東任職，與袁崇煥生出不少罅隙，暗恨了多年，一直無可奈何，如今皇上將袁崇煥下了獄，自然不願放過報仇的機會。

「謝尚政貪於福建總鎮之職，想著衣錦還鄉，光宗耀祖，甘心賣主求榮，人品卑劣，這樣的人不可一味指望他做成大事。他克扣軍餉事情敗露，當著袁蠻子的面痛哭流涕，發下毒誓，袁蠻子礙於自幼訂交的情面，令他將虧空填補，尚未及追究，本來就是想大事化小，待他何等的恩情！可姓謝的卻狗急跳牆恩將仇報，這等反覆無常的小人，難保他對我們不會情急反噬，萬一緊要關頭他忽地變了卦，那時老兄如何辯解？」溫體仁侃侃而談，目光閃爍不定地看著梁廷棟。梁廷棟聽得卻有如焦雷炸耳，得意之情一掃而光。周延儒點頭道：「此事可以想見。劉文瑞等人不是害怕會審露餡逃了嗎，謝尚政也未必靠得住！一旦走漏了風聲，被人檢舉給了皇上，袁崇煥未必不能鹹魚翻身。」

溫體仁拊掌道：「皇上英明過人，豈是好蒙混的？開始就未必信實袁崇煥資敵，不然袁崇煥何以活到今日？其實皇上只是生他的氣，憋著勁兒地想做中興之主，成不成畢竟有個念想，這下可好當頭來了一棒，攪了好夢，皇上能不急？可是皇上倒還沒急暈了頭，不過將袁崇煥解職下獄，沒像曹阿瞞一般鹵莽地將蔡瑁、張允一刀殺了。看皇上的意思，不過是教他知道儆戒而已，不是非殺他不可，能不能教皇上鐵下心腸，就要看我們的手段了。這幾日韓爌等人暗裡聯絡孫承宗一起從中斡旋，祖大壽又回兵入關，想以戰功贖袁崇煥之罪。看來事情說不定還有轉機。」

「皇上若存重新起用袁蠻子之心，放他出來自然是遲早的事，只是眼睜睜看著袁蠻子化險爲夷，實在是……唉！」梁廷棟連拍幾下大腿，心猶不甘，嘆氣道：「唉！實在是百密一疏，若是能找到那個證人就好了。」

「哦！什麼證人？」溫體仁、周延儒一齊望著他。

「是個遊方的和尚，行跡不定，哪裡找得到？」梁廷棟神情不禁有些沮喪。

「到底是哪一個？」

「李喇嘛。」

「哈哈哈……」溫體仁、周延儒二人相視大笑。

「怎麼……你們？」梁廷棟不解道。

周延儒收住笑聲，喘息道：「大司馬，此人早已被東廠密押在詔獄裡，你卻哪裡去找？」

溫體仁看著梁廷棟面現喜色，搖頭道：「此人與謝尙政不同，六根清淨，無欲無求，富貴於他如浮雲，你如何說服他甘心爲你所用？他是做不得人證的，別癡想了。」見梁廷棟滿臉的失望之色，略停片刻，開導道：「我們也不必太心急。皇上如今還割捨不下他，滿桂等人或敗或死，都不是皇太極的對手，眼下後金兵又未退走，袁崇煥死期還不到。」

周延儒冷笑道：「那就要看皇上的胸襟了。」

「此話何意？」

「大宗伯可知周皇后又產下了一個龍子？」

「嗯！不是生下來就……」

「是死了不假，可知是因何而死的？」周延儒見梁廷棟搖頭，低聲道：「聽乾清宮的小淳子說，皇后是受驚早產，剛剛八個月，自古活七死八，皇上能不心疼，皇后能不記恨？」

「怎樣受驚的？」

「咳！還不是德勝門外放的那幾炮，驚天動地的，哪個不怕？皇上的喪子之痛好容易忍了，大司馬此時祭出證詞這張牌來，皇上疑心再起，這國仇家恨的，袁崇煥出獄想必就不容易了。」

溫體仁讚道：「如此雖未必能將袁崇煥置於死地，但遲些日子出獄則是無疑。玉繩，你聖眷正隆，可及早入宮，假作爲袁崇煥求情，窺探一下聖意，我們再做打算，切不可忤了聖意，弄巧成拙。」

周延儒反問道：「大宗伯可是以爲如此不妥？」

「皇上倚重袁蠻子，斷不會以莫須有的罪名增加與他，輕重緩急，皇上豈分不出？龍子受驚而死，罪責不能全算到袁蠻子的頭上，這個理由似顯牽強。再說事關宮闈，不可孟浪了。」

周延儒阿諛道：「大宗伯此話見解得是，莫非有了妙計？」

「也非什麼妙計，只是老朽不必如梁兄那樣大費周章，也不如你對宮闈密聞知之甚詳，不過是想投皇上所好而已，其實只有一個字。」溫體仁將話語一收，笑瞇瞇地看著他們。

「一個字？」

「黨——」溫體仁拉長了音調。

「大妙！」梁廷棟喝采道：「長卿兄拈出此字，袁崇煥死期眞要到了。」

周延儒也點頭道：「兩位大人以爲會在何時？」

溫體仁冷哼一聲：「狡兔死，走狗烹。怕是不會遠了。」甚是神秘，似已成竹在胸。

陽春三月，北京城外已是桃紅柳綠，芳草如茵，皇太極取道冷口關從容退回了遼東，慌亂了數月的京城終於安定了下來。錢龍錫已托病去職，閣臣本來就少，又出了缺，崇禎便特旨召周延儒、何如寵、錢象坤三人拜禮部尙書兼東閣大學士，入閣辦差。韓爌見皇上沒有放還袁崇煥的意思，而周延儒曲意媚上，聖眷更隆，也上本乞休。崇禎見他年紀老邁，也知他有心避嫌，又有意重用周延儒，便命李標任首輔。不料，李標見韓爌、錢龍錫走了，情知事不可爲，好歹熬過了兩個月，也告老回鄉，周延儒數月之間竟擢升了次輔，年紀尙不到四十歲，飛黃騰達之快，令人艷羨。

袁崇煥下獄已過了大半年。開始時他總掛念京師戰事，夜不能寐，看守的獄卒雖說不敢慢怠，只是口風極緊，外面的消息不敢吐露絲毫。鎮撫司大獄非一般的監牢可比，袁崇煥又是皇上親口定下的欽犯，輕易不容外人探視。袁崇煥只好從獄卒的片言隻語和神色舉止中揣摩猜測戰事，卻又無從求證，異常焦慮，一下子消瘦了許多，日夜想著出獄抗敵。等了多日，不見動靜，強自靜心下來，每日練一套長拳，習字吟詩，入夜倒頭便睡。只是想起入關勤王，內心卻依然悲憤難平，白髮如霜的高堂老母還有跟著自己輾轉異地的妻女兄弟，如今不知怎樣了？這日剛練了拳，心卻難以平靜，不知什麼時候才能出得牢籠，心中不住長吁短嘆，從床頭枕下取出幾張紙片，捧了翻看，兀自入神，卻聽獄卒敲門喊道：「袁大人，有人來探監了。」

袁崇煥又驚又喜，騰地起身，隔著木柵門就見一個消瘦的身影穿過長長的廊道而來，手中提著一個精致的紅木食盒。袁崇煥見是自己軍中的記室程本直，大喜道：「本直，你、你是怎麼來的？」

「督師，可見、見著您老人家了……」程本直見了袁崇煥登時淚流滿面，哽咽得大張著嘴，半天才說出話來，將食盒放在地上，從懷裡取出一錠銀子遞與獄卒，獄卒將那錠大銀掂了掂道：「雖說有首輔老爺的鈞旨，可也不能逗留的時辰多了，有話快說，別囉嗦起來沒完！」

「不敢連累了兄弟。」程本直又取了一錠銀子塞與獄卒道：「兄弟多行些方便。」

「好說好說！只是不要高聲！」那獄卒將牢門打開，放他進去，又將門鎖好，眉開眼笑地走了。

程本直見袁崇煥一身囚衣，方正英毅的面孔已顯消瘦憔悴，頷下的髫鬚依然一絲不亂，但隱隱有了一些雜色，雙目低垂，只在顧盼時睛光偶露懾人心魄，跪下叫了一聲督師，卻說不出話來。袁崇煥多日不見故舊，猛然見了程本直，心中似有千言萬語，也不知從何問起，一把將他扯起坐下道：「本直，祖大壽可轉回了關內？」

程本直含淚點頭道：「祖總兵接到督師的書信，即刻回師入關，連戰連捷，大敗後金二貝勒阿敏，盡復遵化、永平、灤州、遷安四城。」

「好！」袁崇煥一拍桌子，起身大叫道：「如此便可將我袁崇煥資敵之罪洗刷清白了。京師戰事如何？」

「皇太極已退回了遼東，京師轉危爲安，只是、只是……」

「本直，平日見你也極慷慨磊落，怎麼如此呑呑吐吐了？」袁崇煥大笑。

程本直咬牙道：「皇太極眾人太過陰狠歹毒，退兵時還忘不了陷害督師，他、他竟在德勝門外放下兩封書信，一封給督師，另一封則給皇上。」

袁崇煥冷笑道：「想必又是款和之事，此舉聰明反被聰明誤了，畫蛇添足，皇上不會信他的。」他坐下看看程本直，見原本精細幹練的那個書生竟有些神情恍惚，顯得越發文弱，想到必是爲自己奔波走動，太過辛勞了，心下愀然，嘆口氣道：「本直，這些日子生受你了。可是蒲州師命你來的？」

程本直搖頭道：「不是，是成閣老。督師想必還不知道韓閣老早在一個月前便回了山西老家，錢閣老、李閣老也都回了原籍。」

「怎麼？恩師他老人家已經離開京師了？這、這……」袁崇煥驚疑交集，心頭一片茫然。

程本直面色抑鬱，聲音低沉道：「督師下獄後，錢閣老、成閣老、周閣老、吏部尚書永光都上疏解救，祖總兵更是情願以官誥和贈蔭請贖，參將何之璧率領全家四十餘口到宮外喊冤請命，願以全家入獄代替督師。兵科給事中錢家修請以身代，御史羅萬濤也爲督師申辯，都遭削職下獄。可他竟似不出力相救，還談什麼師生之誼？我本來記恨他……」

「你哪裡體會得恩師的難處？」袁崇煥搖頭苦笑。

「可不是嗎？後來韓閣老臨走，竟親到客棧找我，託我將他的苦衷代爲剖白，他是忌憚人言，怕攪擾進去，反成他人口實，有人乘機興起大獄。他還親筆寫信給督輔孫承宗，請他務必代爲周旋，務要爲國存干城之將。」

「都是我連累了恩師。」袁崇煥目光黯淡下來，「恩師如何知道你的？」

「我聽說督師入獄，便與佘義士私自入關，分頭奔走。我本書生，手無縛雞之力，寫了一篇《漩聲記》爲督師辨冤，三次詣闕抗疏，爲督師蒙不白之冤，心甘同誅之罪，不想九重宮禁深似海，哪裡見得到皇上？但此舉足以驚動朝野。只要我這條命在，督師一日不出詔獄，我一日不停喊冤。」程本直兩頰通紅，從懷中取出一卷紙，恭身道：「這是我寫的白冤疏，還要再到午門外跪請，以達天聽。」

袁崇煥接過展卷細看，上面工整的楷字寫得密密麻麻，洋洋數千言，「爲督師蒙不白之冤，微臣甘同誅之罪……皇上任崇煥者千古無兩；崇煥仰感信任之恩，特達之遇，矢心誓日，有死無生，以期報皇上者，亦千古無兩……

夫以千里赴援，餐霜宿露；萬兵百將，苦死無言，而且忍餒茹疲，背城血戰，則崇煥之心跡，與諸將之用命，亦概可知矣！……而訛言流布，種種猜疑，其巷議街談，不堪入耳者，臣不必爲崇煥辯。惟是有謂其坐守遼東，任敵越薊者；有謂其往刮薊州，縱敵入京者；有謂其散遣援兵，不令堵截者，有謂其逗遛城下，不肯盡力者……時未旬日，經戰兩陣，逗遛乎非逗遛乎？可不問而明矣！總之崇煥恃因太過，任事太煩，而抱心太熱，平日任勞任怨，既所不辭，今日來謗來疑，宜其自取……

況夫流言四布，人各自危，凡在崇煥之門者，竄匿殆盡。臣獨束身就戮，哀籲呼天，實爲事至今日，非遼兵莫能遏其勢，非崇煥無能用遼兵。萬萬從國家生靈起見，非從崇煥見也……」不由唏噓道：「本直，你何苦如此？倘若天顏不霽，赫然震怒，你白白搭上性命，豈非我之罪！」

「哈哈哈……」程本直仰天大笑，慨然道：「我所以求死並非爲私情，是爲出天下億兆黎民於水火。放眼天下，掀翻兩直隸，踏遍一十三省，我所服膺的惟有督師一人，生平意氣，豪傑相許，自然甘願代死。我前幾回所上白冤疏曾言，舉世皆巧人，而袁公一大癡漢也。唯其癡，故舉世最愛者錢，袁公不知愛也；唯其癡，故舉世最惜者死，袁公不知惜也。於是乎舉世所不敢任之勞怨，袁公直任之而弗辭也；於是乎舉世所不得不避之嫌，袁公直不避之而獨行也。而且舉世所不能耐之饑寒，袁公直耐之以爲士卒先也；而且舉世所不肯破之體貌，袁公力破之以與諸將吏推心而置腹也。我生而能追隨督師，已屬萬幸，若是這條賤命能代督師而死，實是人生快事。不然督師冤死，我豈獨生？我死之後，只求有好事者將我骸骨埋於督師墓側，立一個小小的石碑，寫上兩行字：一對癡心人，兩條潑膽漢，九泉之下也瞑目了。」

袁崇煥感嘆良久，指指桌上的幾張紙片道：「一入詔獄，生死難卜，建虜未滅，我何嘗願意囚居此地？可是我在此已過百日，遼東戰事怕是有心無力了。這是我寫與家人的幾首詩，想託你帶出詔獄，不能親與他們道別，也算有個交代，但求高堂老母及妻子兄弟能知我心。」

程本直將紙片捧在手中，略略翻看，見是三首七言的律詩，分別題作《記母》、《寄內》、《憶弟》，正要細看，獄卒過來催促，忙將詩稿藏入貼身的內衣，垂淚道：「此日一別，不知何時再見？都是那個賣主求榮的狗賊！當時在遼東，怎麼就沒看出他狼子野心，一刀殺了他？」

袁崇煥微笑道：「你這般發狠地恨誰？」

程本直切齒痛恨道：「不是謝尚政那個狗賊還會有誰！」

「允仁？他、他怎麼了？」袁崇煥心頭一沉。

「他出來做證說督師資敵。」

「……」袁崇煥遍體冰冷，面色倏地一白，搖頭道：「不會，不會！我與允仁是性命之交，他豈會這樣？想是受了什麼人的脅迫。」

「督師不必爲他開脫，他覬覦總兵一職久矣，哪裡還想著什麼朋友之情？」程本直兩眼通紅，淚道：「還有那個溫體仁，鼓動御史高捷、袁弘勛、史𡎺等人連章彈劾，說督師賣國欺君，秦檜莫過。他三番五次入宮密奏，不然督師怕是已回到遼東了。」

袁崇煥如墜冰窟，喃喃問道：「他、他說些什麼？」

「翻來覆去就這麼幾句話，縱虎容易縛虎難，袁崇煥結黨營私，遼東將非皇上所有。」

袁崇煥額角的冷汗涔涔而落，憂慮道：「同僚相嫉實在可怕。蒲州恩師和錢閣老勸我柔弱取勢，的確是金石良言，而李成材老前輩勸圍魏救趙也是大有深意。莫非我不該殺毛文龍，不該入關？」取了桌上的毛筆，飽濡了墨，走到粉皮牆邊，奮筆疾書，竟是龍蛇飛動的章草。程本直急忙端了硯臺，在一旁伺候，心中默記。

題壁

獄中苦況歷多時，
法在朝廷罪自宜。
心悸易招聲伯夢，
才層次集杜陵詩。
身中清白人菜信，
世上功名鬼不知。
得句偶然題土壁，
一回讀罷一回悲。

袁崇煥寫罷，將筆擲於地下。程本直見他面色凝重沉鬱，勸慰道：「督師耐心等候，有遼東將士在，皇上想必不會難爲督師。這百日來，關外將吏士民天天到督輔孫承宗的府第號哭鳴冤，我出去之後，還要赴闕上書，拼得一身剮，也要救督師出去。」

袁崇煥心頭一熱，拍拍他的手臂道：「有你這句話，我大慰平生。只是皇上是極有主張的明君，不易打動，切勿意氣用事，不然非但是以卵擊石，且會引火燒身，若有閃失，我心如何能安？唉！皇上想必起了疑心，難哪！」

程本直心頭大痛，囁嚅欲言，獄卒催道：「來人了，還不快走！」程本直提了一直未曾動過的食盒才出牢門，卻見迎面走來幾個太監，腳步雜亂地匆匆擦肩而過，心中一動，轉過廊角，掩身靜聽。不多時，尖尖地傳來一聲，「有旨意——，袁崇煥跪接——」

「袁崇煥擅殺逞私，謀款致敵，付託不效，欺藐君父，縱虜長驅，對壘不戰，又堅請入城養病，意欲何爲？本當族誅；姑開一面之網，袁崇煥即著會官凌遲處死，妻子流三千里口外爲民。」

「凌遲？」程本直聽得心驚肉跳，急急出了大門，向午門狂奔，食盒拋落腳下，酒菜灑了一地。

西安門西，皇城西側的甘石橋下矗立著四座高大的牌樓，都是精選紅松、黃柏及杉木插榫兒構築而成，四柱三間五踩斗拱，朱紅披麻漆柱，頂覆綠色琉璃瓦，正脊兩端及垂脊頂端皆裝飾吻獸，另有諸多彩繪蟠龍，騰雲飛舞。東向牌樓上書刻行仁二字，西向者書刻履義二字，南向與北向兩座牌樓上，都書刻大市街三字。這裡平日人丁輻輳，是條買賣興隆的商貿老街，也是殺人示眾的刑場，號稱西市。履義牌樓下面，搭好了席棚，擺好案几，是爲監斬台。棚前搭起了一根高高的分叉木樁，做處決犯人後懸首示眾之用。

凌遲本名臠割、剮、寸磔，俗稱零刀碎剮、千刀萬剮，乃是自古有名的慘刑。行刑之時，劊子手將犯人身上的肉一刀一刀地割盡，才剖腹斷首，使犯人斃命。大明開國以來受此慘刑的屈指可數，只有明武宗時專權的大太監劉瑾，明世宗時天下聞名的壬寅宮婢案楊金英等十六名宮女。但是明代凌遲的刀數遠遠超過前代的一百二十刀，照律應剮三千六百刀，劉瑾就被凌遲三日，總共剮了三千三百五十七刀。

巳時剛過，日頭越升越高，大市街外突然傳來一陣陣喝道的喧嘩聲，一隊兵丁幾個校尉簇擁著一輛木籠囚車自東向西緩緩而來，囚車的人犯齊頸露出頭來，細細的三綹長髯絲絲不亂，當風飄舞，正是薊遼督師袁崇煥。西市四周早已水洩不通，成千上萬的京城百姓不顧持槍兵丁的呵斥，潮水般地向前擁擠，將他團團圍住，拾起地上的瓦石擲擊，不住地叫罵。到了刑場，袁崇煥被推搡下了囚車，近前的人們大吐口水，伸拳出腳，雨點般地打在他身上。他手足都被鐵鏈牢牢縛住，不能抵禦躲避，也不想抵禦躲避，閉目踉蹌而行。霎時，整齊的布袍、頭髮、鬍鬚散亂不堪……

「剮了他！剮了他！」叫喊之聲震耳欲聾。他站在行刑臺上，一下子衰老了，面如死灰，仰頭看看灼熱眩人的日頭將近中天，幾無聲息地長嘆：我袁崇煥何曾負天下負皇恩……

校尉、人役將他綁到行刑柱上，柱上的鐵環繫住他披散的長髮，使他不能埋首於胸，只能將臉朝向眾人。刑場上竟是千萬雙閃爍著深仇大恨的眼睛，宛若饑餓尋食的虎狼……兩個身穿紅衣的劊子手走到台下，各帶一隻小筐，筐裡放著鐵鈎和解手尖刀，將小筐放了，取出青條石將尖刀磨得鋒利異常。

「這個賣國的奸賊！」

「可恨的大漢奸，都是他招來了夷賊！」

「吃裡扒外的狗賊！如何辜負了皇恩！」

「咱們百姓哪裡得罪他了？竟起這樣的黑心，引著建州夷賊搶劫我們。這狼心狗肺的雜種蠻子！」

他朝監斬台望去，上面威嚴地坐著兩個朝臣，那個身穿二品錦雞補服的赫然是梁廷棟，另一個身穿三品孔雀補服並不認識。他淒然一笑，梁廷棟略略一揖道：「元素，今日我與刑部侍郎涂國鼎大人一同監斬，也是奉旨行事，不敢有半分的私情。你若耐不得痛楚，我已備下了一些蚺蛇膽泡製的烈酒，可解血毒，聊盡同僚之誼。」

袁崇煥手抓鐵鏈，仰天笑道：「當年楊椒山直言自有膽，不須此物，我袁崇煥堂堂的二品督師，掛兵部尚書銜，怎會不如一個小小的兵部車駕司員外郎！」

梁廷棟乾笑幾聲道：「我還備下了核桃，免得你疼痛起來，失了朝臣的身分。」

「不必，大司馬的好意我心領了。袁某雖不才，君教臣死，死而無怨。」

「好，元素果是錚錚的鐵漢子！三千六百刀就一日割完，算是賣個人情吧！」梁廷棟豎起大指，心裡禁不住有些悱惻之意。

午時將到，梁廷棟高聲開讀聖旨，命人點炮。嗵嗵嗵三聲炮響。人群又開始騷動，

「剮了他！剮了他！剮了他！」吼聲似浪，綿綿不絕地湧來，聲如雷震，令人膽寒。

「去袍服鞋襪，動刀——」涂國鼎大喊。

袁崇煥轉頭環視人群，目光似箭，忽然他看見不遠處一個高大威猛的漢子，淚水涔涔地看著自己，心念一動，幾乎喊出「佘義士！」三字，電光火石之間，竟想到了白髮的老母、賢慧的妻子，不由大喝道：「且慢！」

梁廷棟一怔，冷笑道：「怎麼？元素還有什麼話要留下？」

袁崇煥並不理會，朝著佘義士的方向大聲吟道：

一生事業總成空，半世功名在夢中。
死後不愁無勇將，忠魂依舊守遼東。

然後連搖三下頭，緊閉雙眼。劊子手七手八腳將袁崇煥的衣服撕扯下來，裸露出上身，用漁網緊緊勒住他的身子，渾身的筋肉一塊塊從網眼中鼓出。第一、二刀割雙眉，第三、四刀割兩肩，第五、六刀割雙乳……由上而下，用鈎子鈎起他身上的一小塊肉，舉刀割下。那些紅艷艷的肉片被扔進小筐，兀自滴著淋漓的血水。

「快來吃大漢奸的肉，一錢銀子一塊，不分大小！」劊子手高舉小筐，向人群大聲吆喝，裡面滿是手指大小的肉塊。

袁崇煥血流如注，疼得幾欲昏厥，儘管尖刀離心臟還遠，但看到人群蜂擁向前，伸出一隻隻捏著散碎銀兩的手臂，爭相買取，當場大嚼，齒頰嘴角染得一片猩紅，分明覺得刀已刺到了腹內，心如刀剜。

「吃漢奸的肉，喝漢奸的血，教他永世不得超生！」人群大呼著，爭先恐後。

「好刀法！」袁崇煥用力轉過頭去，面向劊子手，想要張開來說話，額角疼得卻又發不出一點聲音，只在臉上露出淡淡一絲笑意。劊子手下手不講情面，可最爲佩服那些錚錚硬漢，割了已快半日，袁崇煥竟緊緊咬著鋼牙，一點聲響也不出，卻是令人吃驚。

他倆看看那具血肉模糊的軀體，幾乎同時收住尖刀，對視兩眼，低聲道：「哥哥，小弟經歷的事兒少，可也當這十幾年的差使，服侍打發過的老爺不算少了，可從來還沒見一個像袁爺這般膽大的呢！」

「袁爺是從刀叢槍陣裡衝殺出來的，橫掃千軍的兵馬大元帥，膽子能不大？好好做事吧！別胡思亂想的，咱手腳麻利些，也算積了陰德。」

割兩肘、兩大腿上的肉，割腿肚上的肉……

梁廷棟與涂國鼎慢慢站起身，走到台邊看了看，他輕輕一擺手，即刻便有一個人役提著一桶水快步上前，嘩地沖在袁崇煥身上，身上竟露出了森森的白骨。劊子手換過一把大砍刀，嚓嚓嚓嚓，一連四下，手足齊斬斬地剁下。最後便是刺心臟切腦袋了。法場上鴉雀無聲，眾人一齊盯著劊子手的尖刀。尖刀輕盈地一刺一切，鮮血噴濺而出，直出八、九尺遠，劊子手疾步向旁邊躍閃，一顆血淋淋的心臟赫然挑在刀尖上，兀自微微跳個不住。

「看看大漢奸的心是黑的還是紅的？一百兩，哪個拿去？」旁邊擠過那個大漢，將一張銀票遞到他眼前，反手一把將心臟抱入懷中，頭也不回地衝開人群走了。人役用繩子將肝肺捆好，高高懸掛在木樁上，鮮血不住滴落，樁下一片殷紅。

袁崇煥已被割成了一具骷髏，再也見不到叱吒風雲的模樣了。梁廷棟嘆息一聲道：「人犯屍身由大興縣領去投葬漏澤園，首級先由宛平縣領去，城頭懸掛三日，傳視九邊。」命令兩名校尉手舞紅旗，騎馬向東飛馳，往宮中稟報行刑刀數。

眾人見監斬官走了，一哄而上，紛紛撲向小筐，搶奪肉皮手指，撕扯開膛而出的腸胃，搶得肉皮腸子，便就著燒酒生呑，邊吃邊唾地痛快不已。那些搶得骨頭的，用刀斧剁得粉碎，還要踏上兩腳。鬧哄哄地將要散去，街上又傳來一陣開道的吆喝聲，遠遠地又押來一輛囚車，車上是一個文弱的書生，口中不住哭喊：「督師，慢走一步，程本直送你來了！」聲音嘶啞，極為淒厲。散去的人群復又聚攏起來，沒有聽到炮聲，只見刀光一閃，人頭便滾落在地，鮮血噴濺數尺以外，好似春殘時的落英。

八月十六的夜晚本是皓月當空的仲秋時節，不料卻烏雲密布，天黑如墨，伸手不見五指。京城高大的門樓上撐起的旗杆上挑著一顆血淋淋的人頭，血污遮蓋了容顏，唯有長長的鬍鬚隨風飄拂。定更時分，一個黑影悄悄來到城下，壁虎般地爬上城頭，周遭探看多時，狸貓一樣攀上旗杆，刀光一閃，割斷繫著人頭的繩索，悄無聲息溜下旗杆、城牆，隱沒在無邊的夜幕中。

袁崇煥的人頭不見了。次日清早，兩個錦衣衛校尉驚駭得撟舌難下，一時間全城到處是搜查的錦衣衛，找了多日卻沒有尋獲。

廣渠門內的廣東義園裡，堆起兩座小的新墳，一座光禿禿的，什麼也沒有，儼然是無主的野墳。另一座墳前豎著一塊小木牌，牌上墨筆寫著義士程本直之墓七個歪歪斜斜的大字，一串未燒完的紙錢被風吹得宛如死去蝴蝶的翅膀，幾片早黃的落葉在墳的上空飄灑著……

注：袁崇煥《記母》、《寄內》、《憶弟》三詩：

記母

夢繞高堂最可哀，牽衣曾囑早歸來。
母年已老家何有，國法難容子不才。
負米當時原可樂，讀書今日反為災。
思親想及黃泉見，淚血紛紛灑不開。

寄內

離多會少為功名，患難思量悔恨生。
室有萊妻呼負負，家無擔石累卿卿。
當時自矢風雲志，今日方深兒女情。
作婦更加供子職，死難塞責莫輕生。

憶弟

競爽曾殤弱一人，何圖家禍備艱辛。
莫憐縲紲非其罪，自信累囚不辱身。
上將由來無善死，闔家從此好安貧。
音書欲穿言難盡，囑汝高堂有老親。

大地【歷史小說】系列

中國四大美女　金斯頓 著◆每本特價：199

1 西施——這位江南女子是水的精靈，罩著一個含露的霓夢。她像一道彩虹，升起在春秋的天空，洞穿了歷史漫長的幽暗，把整個時代妝扮得五彩繽紛，也把范蠡、勾踐、夫差、伍子胥、文種，這些燦若星斗的名字點綴得更加燦爛奪目。

2 她態如飛艷，鄙視賄賂昏庸與諂媚，自請遠嫁匈奴，讓青春和美麗放出異彩。她就像美的光源，一踏上大漠，整個草原便爲她燃燒，大地山川鼓動著向她致意，連天上的大雁也不敢自傲，甘心落到地上向她的美敬禮。從長安古道到大漠草原，只要有風吹過的地方，都留下她光照千古的艷影。

3 她是一道迷離的色影，閃爍在三國的刀戈烽煙裡，她是月宮仙子，皎潔、嬌艷，一塵不染。貂嬋愛英雄，也引得英雄競折腰；董卓、呂布、袁術……這些名利之徒的勾心鬥角，一次又一次讓她失望，最後，她選擇了眞正的英雄——「寶劍」。

4 她是一朵含露盛開的牡丹，一道媚魂，高華瑰麗，儀態萬方。一代雄主唐玄宗爲她癡迷，燃燒、顫慄，重歸青春，像個初戀的少年，她們迷醉在靈與肉的交融裡，，大唐帝國的舞台上，皇帝李隆基擊鼓，詩人李白塡詞，歌手李龜年奏樂，楊玉環獨自高舞《霓裳羽衣曲》。

漢宮梟后—呂娥姁

特價$249

漢高祖劉邦的皇后呂娥姁（呂雉），因爲丈夫當了皇帝，所以成爲皇后，進而大權在握，操縱國柄，實際統治中國達15年之久。

時勢造就英雄。同樣，世勢也造就女人。

呂后生活的時代，正是封建地主階級朝氣蓬勃的時代。新興的大秦帝國，鑄就了輝煌，也鑄就了罪惡。呂后在這輝煌和罪惡中度過童年，十五歲嫁給劉邦，當過農婦，蹲過大獄，婚姻生活頗多苦澀。劉邦起義，秦代滅亡，接著楚漢戰爭，呂后一度被項羽扣爲人質，險遭烹殺。

艱辛的磨難錘煉了呂后的意志和品格，堅強，剛毅，幹練，同時對於紛擾的世界有了清醒和深刻的認識。劉邦稱帝，她被立爲皇后。

在封建國家“家天下”的性質，以及皇后「正位宮闈，體同天王」的特殊地位，加上呂后個人的才智，決定了她能夠登上政治舞臺，一顯身手。

國家圖書館出版品預行編目資料

崇禎皇帝・燕山雲冷／胡長青 著；-- 第一版.
-- 臺北市：大地, 2004〔民93〕
面； 公分-- （歷史小說；10）

ISBN 986-7480-00-7（平裝）

857.7 93001292

歷史小說 10

崇禎皇帝・燕山雲冷

作　　者：胡長青
創 辦 人：姚宜瑛
發 行 人：吳錫清
主　　編：陳玟玟
美術編輯：黃雲華
出 版 者：大地出版社
社　　址：台北市內湖區內湖路2段103巷104號1樓
劃撥帳號：0019252－9（戶名：大地出版社）
電　　話：(02)2627－7749
傳　　真：(02)2627－0895
E-mail：vastplai@ms45.hinet.net
印 刷 者：普林特斯資訊有限公司
一版一刷：2004年3月
特　　價：199元

大地

大地